Pressestimmen zu den Vorgängern:

«Ein gelungener Regionalkrimi. Ein mehr als doppelbödiger Plot sorgt für Spannung. Die Figuren sind derart gegensätzlich, dass die Funken zwischen ihnen nur so sprühen und der Leser seinen Spaß hat. Dieses sehr plastische Lokalkolorit sorgt auch für die nötige Prise salziger Meeresluft, um sich ganz auf die Insel Rügen versetzt zu fühlen.» *Bild.de*

«Ein vielschichtiger Krimi ... Holms Figuren sind kantig und oft rau, aber doch von einer herzlichen Menschlichkeit geprägt. Gekonnt baut sie auch unterschwellige Ost-West-Spannungen in die Handlung ein.» *Münsterland Zeitung*

«Packender Band des Ermittlerduos Kroczek/Böhme, der mit unerwarteten Wendungen überzeugen kann. Sehr lesenswert!» *happy-end-buecher.de*

«Ein spannender Fall mit originellen Charakteren und viel Lokalkolorit.» *Ostsee-Anzeiger*

«Eine interessante Figurenkonstellation und ein rasanter Schreibstil, der einen von Seite zu Seite eilen lässt.» *Kieler Nachrichten*

«Ein mitreißender Krimi.» *Hamburger Morgenpost*

«Spannend.» *Der Nordschleswiger*

«Einen neuen Fall aus der Reihe zu verpassen wäre sträflich.» *Die Rheinpfalz*

KLARA HOLM

Rabenaas

EIN RÜGEN-KRIMI

Rowohlt Taschenbuch Verlag

2. Auflage April 2025
Veröffentlicht im Rowohlt Taschenbuch Verlag,
Rowohlt Verlag GmbH, Kirchenallee 19, 20099 Hamburg

Originalausgabe
Zuerst veröffentlicht im Rowohlt Taschenbuch Verlag,
Reinbek bei Hamburg, April 2017
Copyright © 2017 by Rowohlt Verlag GmbH, Reinbek bei Hamburg
Die Nutzung unserer Werke für Text- und Data-Mining
im Sinne von § 44b UrhG behalten wir uns explizit vor.
Redaktion Sarah Tober
Umschlaggestaltung any.way, Cathrin Günther/Barbara Hanke
Umschlagabbildungen neuebildanstalt/Pufal; thinkstockphotos.de
Satz aus der Arno Pro bei Pinkuin Satz und Datentechnik, Berlin
Printed in Germany
ISBN 978-3-499-27272-1

Kontaktadresse nach EU-Produktsicherheitsverordnung:
produktsicherheit@rowohlt.de

Für Nils und Johanna,

bei denen es auch bei Sturm und Eisregen immer warm und behaglich bleibt. Und jetzt reden wir nicht vom Wetter, ihr zwei.

EINS

Die Fratze des Todes ...
Fratze ... Was für ein dämliches Bild. In Deutschland kam der Tod korrekt im Arztkittel und gab sich beschwichtigend: Alles in Ordnung, dem Patienten geht es erwartbar, in der Cafeteria wird übrigens ein hervorragender Kaffee serviert. Dass es sich beim Sterben um eine Ungeheuerlichkeit handelte, um nicht weniger als die totale Auslöschung eines fühlenden menschlichen Wesens, darüber fiel kein Wort. Die Ärzte taten so routiniert, als würden sie die Sterbenden einfach überweisen. Kollege Tod: ein neuer Patient. Warum wurden die über ihrer Arbeit nicht verrückt? Man *musste* doch verrückt werden, wenn man täglich damit konfrontiert wurde, wie Menschen einfach aufhörten zu existieren.

Auch Papas Gesicht hatte nichts von einer Fratze. Da er an Übergewicht litt, waren seine Wangen voll geblieben, und die Augen wirkten wie immer. Nur die vielen Apparate, an die man ihn angeschlossen hatte, gaben einen Hinweis, und natürlich die Nasensonde, über die er Sauerstoff einatmete. COPD, Raucherlunge – Scheiße. Er hatte halt so gern gepafft. Ein kleines Laster, eine verzeihbare Sünde ...

«Keine Sorge, der Spaß dauert eine Viertelstunde, dann sind wir damit durch.» Finn, der Streifenpolizist, der neben Kerstin auf dem Beifahrersitz saß, schreckte sie aus den Gedanken. «Der Idiot, der uns gerufen hat, beschwert sich im Tagesrhythmus. Wenn du nicht in die Bresche gesprungen wärst, hätten wir ihn vertröstet und die Sache einfach in der speziellen Ablage entsorgt.»

Damit meinte er den Papierkorb.

«Wer zieht auch in eine so beschissene Nachbarschaft!», lästerte Finn. «Diese Schreppers sind eine Sippe wie aus dem Lehrbuch: Einbruch, Drogen, Körperverletzung ... Die lassen nichts aus. Kannst die ganze Bande komplett in die Tonne treten. Der Kerl, wegen dem wir rausmüssen, ihr Nachbar, war übrigens früher mal Lehrer. Der hat wohl 'ne Zeitlang gedacht, er hätte 'nen pädagogischen Auftrag bei den Schreppers. Gott, da kriegt man fast schon wieder Mitleid mit den Leuten.»

Finn rekelte sich auf seinem Sitz, wahrscheinlich wartete er auf Beifall für seine lockere Einschätzung. Er kriegte sicher ständig Applaus von Frauen, so gut, wie er aussah, mit seinen lockigen Orlando-Bloom-Haaren, dem breiten Kinn und den Muskelpaketen.

«Danach haben wir uns jedenfalls den Feierabend verdient.» Mit einem anzüglichen Grinsen legte er seine Hand auf Kerstins Knie mit der dicken, blauen Strumpfhose. Kerstin hätte sie am liebsten fortgeschlagen. Aber das wäre unfair gewesen. Sie hatte ihrem Streifenkollegen eindeutige Avancen gemacht, als sie ihn zufällig im Sassnitzer Revier traf. Und als sie anbot, ihn zu den Schreppers zu begleiten, war ihm natürlich klar gewesen, worauf es rauslaufen sollte. Kerstin arbeitete bei der Kripo Bergen, hatte also gar nichts mit der Arbeit der Streifenpolizei im Nachbarrevier zu tun. Entsprechend hatte er kombiniert, dass sie auf eine schnelle Nummer mit ihm aus war.

Und genau das hatte sie auch gewollt. Ein bisschen unverbindlichen Sex, um die verfluchte Anspannung loszuwerden, die seit dem Krankenhausbesuch Besitz von ihr ergriffen hatte. Inzwischen musste sie bei dem Gedanken, sich mit Finn im Bett zu wälzen, allerdings würgen. Papa würde an seiner COPD sterben, man müsse täglich mit seinem Ableben rechnen, hatte der Arzt gesagt. Warum war sie nach der Arbeit nicht sofort wieder zu ihm gefahren? Sie liebte ihn doch. Klar, mit seiner fortschreitenden Demenz war es in den letzten beiden Jahren nicht immer leicht gewesen, aber er hatte sie wiedererkannt und so richtig schlimm ...

«Vorsicht!» Finn riss die Hände hoch, und Kerstin schlug einen hektischen Bogen um eine Ziege, die wie aus dem Boden gewachsen plötzlich auf der Straße stand. Scheiße, warum konnten die Leute nicht auf ihr Viehzeug aufpassen! Das wäre der größte Hohn gewesen: Papa hätte ihr den Vortritt ins Paradies gelassen.

Kerstin ging vom Gas und atmete tief durch, um sich zu beruhigen. Zum ersten Mal an diesem Spätnachmittag nahm sie wieder ihre Umgebung wahr. Lohme, das Dorf, aus dem die Beschwerde gekommen war, lag im Nordosten von Rügen auf Jasmund. Es war ein stiller Flecken Erde. Hügelland mit Äckern und Waldstreifen, gelegentlich ein Hof oder eine winzige Ortschaft. Auf den Feldern zeichnete warmes Licht die grünen Sämlinge weich. Möwen von der nahen Ostsee schwebten am Himmel.

«Mann, hast du sie noch alle?», beschwerte sich Finn.

«Ist doch gutgegangen.»

Finn begann wohl zu dämmern, dass es mit dem Quickie nichts werden würde. Vielleicht argwöhnte er, dass sie mit ihrem Angebot nur hatte austesten wollen, ob sie es noch schaffte, einen Mann um den Verstand zu bringen. Und da lag er nicht ganz falsch. Kerstin sah nach wie vor gut aus, was mit eiserner Fitness und strengen Diäten zu tun hatte, aber sie ging bereits auf die vierzig zu, und das beunruhigte sie. Regelmäßiger Sex, am liebsten mit jüngeren Männern, wurde immer wichtiger für sie. Sie fuhr in eine der Alleen hinein, die Rügen wie grüne Tunnel durchzogen. Dann erschienen erste Häuser und plötzlich eine Absperrung mitten auf der Straße.

«Wir müssen da rechts lang, in einem Bogen durchs Dorf.»

«Danke, ich hab Augen», schnauzte Kerstin und nahm die Kurve. Lohme war direkt an die Steilküste im Osten der Insel gebaut, sie konnte hinter den Häusern das Meer schimmern sehen. Ein toller Anblick. Am Straßenrand hing an einem Holzgerüst ein Plakat. *Lohme zuBETTonieren? NEIN!* Das verstand sie nicht. Wie konnten die nur so behämmert sein? Sie hatten hier ein Paradies, das jedes Jahr Tausende Urlauber anlockte, und es war doch der Tourismus, der die Insel am Leben hielt.

«Jetzt links», sagte Finn. Noch eine Kurve, dann lotste er sie zwischen einem leer stehenden Gebäude und einem Schrebergarten zu einem Parkplatz. «Am besten hältst du hier. Ist nicht mehr weit. Das letzte Stück können wir laufen.»

Kerstin stellte den Wagen ab, sie stiegen aus. In einer Ecke des Platzes stand ein blauer Anhänger, daneben ein alter Mercedes, eine Mischung aus geliebtem Oldtimer und Schrottkarre, und bei einem Gatter parkte ein Volvo. Jenseits des Gatters lag ein Buchenwäldchen. Hinter den Baumspitzen sank gerade die Sonne, allerdings ohne Glanz, es wurde nur dunkler. Das war wie eine Parabel auf das beschissene Leben, das auch einfach versackte, wenn das Ende kam. Armer Papa. «Wo wohnen die denn?»

«Den Weg hintern Gatter lang. Nur ein paar Schritte.» Finn ging zu einem Gebüsch.

«Was soll das denn jetzt?»

«Muss mal.» Er hatte den letzten Rest guter Laune verloren. Provokant stellte er sich so, dass sie sein Prachtstück sehen konnte, während er pinkelte.

«Was, verdammte Scheiße ...»

«Hab ich dich gezwungen mitzukommen?» Ja, er war sauer auf sie.

Angewidert wandte Kerstin sich ab. Neben dem Gatter war genügend Platz, um einen Fußgänger durchzulassen. Sie schlängelte sich an dem verwitterten Hindernis vorbei und zog allein los. Am besten die Sache möglichst schnell hinter sich bringen. Danach würde sie Finn zum Revier zurückbringen und im Anschluss gleich zu ihrem Vater fahren. Rasch eilte sie voran. Der Waldboden war mit einem grün-weißen Teppich aus Buschwindröschen übersät, die teilweise bis auf den Weg wucherten. Sie hörte hinter den Bäumen die Ostsee rauschen. Aber die Idylle beruhigte sie nicht. Papa würde sterben, und sie würde dann allein sein. Keine Geschwister, keine Onkel, Tanten oder Cousins ... Ihre Mutter war schon vor Jahren gestorben, damals in Berlin.

Nach kurzer Zeit hatte sie die Häuser erreicht, von denen Finn gesprochen hatte. Inzwischen war sie entschlossen, hart durchzugreifen und den – wie hießen sie gleich? Schneppers? – ordentlich die Meinung zu geigen. Und dem Ex-Lehrer, der mit seiner Geltungssucht Staatsgelder vergeudete, auch. Gott, hatte sie das alles satt! Immer den Ärger anderer Leute ausbaden müssen.

Sie musterte die Gebäude, die unterschiedlicher kaum sein konnten. Der Weg bog in einem scharfen Winkel nach links ab. An seinem Ende stand ein aufwendig renovierter Bauernhof – weiß verputzte Wände, Naturholzsprossenfenster, Reetdach, Blumenkübel, Rankgitter und eine lackierte Bank. Ein Bild wie aus der *Landlust* kopiert. Der Bauerngarten, der das Haus umgab, war von einem Jägerzaun umgrenzt, von dem ein Element niedergetreten worden war. Na, da wusste man ja schon, in welche Richtung die Beschwerden zielten.

Das zweite Haus direkt vor ihr besaß einen völlig anderen Stil. Herrenhaus war das Wort, das ihr spontan einfiel. So hätte sie auch leben wollen. Eine in Ehren gealterte Villa mit zwei riesigen Balkonen, von denen einer die Terrasse schützte und der andere die linke Seite des Gebäudes auflockerte. Die Fenster besaßen ebenfalls Sprossen, bildeten aber eine gläserne Front, sodass die Räume dahinter von Licht durchflutet sein mussten. Lädt zum Einbruch ein, dachte Kerstin mit einem kritischen Blick auf den Wald, der die kleine Siedlung umschloss. Allerdings schien das Haus unbewohnt zu sein, da gab's nichts zu holen.

Das dritte Haus direkt links neben ihr war einfach nur hässlich. Es überragte die beiden anderen. Die ehemals gelbe Farbe blätterte von den Wänden, eine der Scheiben im obersten Geschoss hatte einen Sprung, vergangene Stürme hatten ein paar Ziegel vom Rand des Dachs gepflückt, und am Balkon verrotteten die Holzlatten. Auf dem weitläufigen, ungepflegten Grundstück, das übergangslos im Wald versickerte, flatterte Wäsche im Wind. Hier wohnten die Schreppers, sie brauchte gar kein Türschild.

Komische Siedlung, dachte Kerstin. Da passte ja gar nichts. Kein Wunder, dass sich die Bewohner ständig in den Haaren lagen. Aber das ging sie nichts an. Sie würde die Anzeige aufnehmen und fertig.

Gerade als sie auf das Bauernhaus zuschreiten wollte, brauste plötzlich Musik auf. Heavy Metal, *Heaven Shall Burn*, volle Kanone. Vögel flogen auf, der Boden schien zu zittern. Kerstin musste grinsen. Das war genau die Musik, die sie brauchte, um ihre trüben Gedanken zu verscheuchen. Zum ersten Mal an diesem schrecklichen Tag passierte was Schönes. Die Schreppers, aus deren Richtung die Musik kam, waren vielleicht doch nicht völlig daneben.

Aber erst mal musste sie zum Bauernhof. Sie öffnete das Törchen, ging den akkuraten Plattenweg hinauf und klingelte.

«Na endlich!», schnauzte der Mann, der ihr öffnete – ein älterer Herr mit einem Bauch, über dem Hemd und Pullunder spannten. Sein Haar war schütter, das Gesicht fleckig und in Verdrossenheit versteinert. Irgendwo in einem der Zimmer liefen Nachrichten. Typisch Rentner, dachte Kerstin angewidert. Starrsinnige Knacker, die glaubten, ihr Alter hätte sie mit Gottes Weisheit und dem Recht auf alles versorgt. Die gingen ihr so was von auf den Sack. Wo zur Hölle blieb Finn?

Sie wollte ihren Ausweis vorzeigen, aber der Mann drängelte an ihr vorbei und schritt energisch auf das gelbe Haus zu. Kerstin folgte ihm widerwillig. Er umrundete eine Treppe mit kaputten Stufen und verschwand hinter einer Hausecke. Die Musik wurde mit jedem Schritt lauter. *The Lie You Bleed For* ... Da wurden alle Ängste weggedröhnt.

Rhythmisch mit den Schultern zuckend, bog sie ebenfalls um die Hausecke. Vor ihr lag ein verwilderter Garten. Er war ebenso wie der Waldboden mit Buschwindröschen übersät, nur dass die Blumen hier in Laufrinnen niedergetreten worden waren. Bänke umringten ein Feuer, an dem gegrillt wurde. Der Anblick hatte etwas Anarchisches. Die machen's richtig, dachte sie. Raus aus dem Trott, einfach alles wegrutschen lassen. Sie musterte die Feiernden: Auf der linken Bank saß eine junge Frau, ausnehmend hübsch, mit rotblonden Locken, die sie im Nacken zusammengesteckt hatte. Auf der mittleren Bank schmuste ein Pärchen in Lederklamotten, die rechte war leer, bis auf ein Kissen. Etwas dichter am Feuer saß auf einem klapprigen Campingstuhl eine alte, unglaublich hässliche Frau mit einem Strohhut und schwarzen Zähnen voller Zahnlücken. Daneben hockte ein kleines Mädchen, das mit einem Messer etwas in der Glut röstete.

«Walten Sie Ihres Amtes!» Der Lehrer blickte Kerstin mit verschränkten Armen an. Wie bescheuert war das denn?

Sie räusperte sich. «Ich müsste erst mal erfahren, worum es überhaupt geht.»

«Das hab ich doch bereits am Telefon erklärt.»

«Dann wiederholen Sie's.»

Der knutschende Mann löste sich von seiner Freundin und zeigte den Stinkefinger. Er war ein ungepflegter Typ mit Bartstoppeln, einem schwarzen Piercingring im Ohr und einer Fluppe zwischen den Fingern, keiner, dem man gern im Dunkeln begegnet wäre.

«Ja, machen Sie sich denn keine Notizen, wenn bei Ihnen eine Anzeige eingeht?», regte der Lehrer sich auf. «Es handelt sich um den Tatbestand des Vandalismus. Mein Gewächshaus – ich werde Ihnen das gleich zeigen – wurde von diesen ungeheuerlichen Menschen ...»

«Wie ist Ihr Name?»

«Das ist der liebe Gott», kicherte der Gepiercte. Er war besoffen oder auf Drogen, vielleicht beides.

«Gottfried Probst», erklärte der Rentner steif.

«Bei Ihnen ist also etwas kaputtgegangen?»

«Nicht kaputt*gegangen*. Man hat mein Gewächshaus mutwillig beschädigt. Nicht *man* – dieses asoziale Pack hier ...»

«Der lügt», meldete sich die Alte mit einer Stimme, die wie über rostiges Eisen gezogen klang, zu Wort.

«... ist in meinen Garten eingedrungen und hat ...»

«Der lügt.»

«... vorsätzlich die Glasfront meines Gewächshauses eingeworfen. Natürlich waren *die* das! Ist ja nicht das erste Mal. Vor ein paar Wochen hab ich sie erwischt, als sie ...»

«Haben Sie gesehen, wie die Scheiben zerstört wurden? Ich meine den aktuellen Schaden? Und haben Sie eine konkrete Person identifizieren können?» Kerstin war sicher, dass der

Mann recht hatte, aber sein besserwisserischer Tonfall brachte sie auf die Palme. Er starrte sie entgeistert an. «Wenn nicht, dann handelt es sich nämlich nur um eine Vermutung, die Ihnen schlimmstenfalls eine Anzeige wegen Verleumdung einbringen könnte. Ich bräuchte also etwas Handfestes, oder die Sache ...»

«Der hat selbst bei uns was eingeschmissen. Da oben», gackerte der Gepiercte und wies zu einem von Dreck und Spinnweben fast blinden Dachfenster.

«Halt's Maul, du Arsch!», entfuhr es dem genervten Lehrer.

«Haben Sie das gehört, Frau Kommissarin? Der Gott hat mich beleidigt.»

«Was unternehmen Sie denn nun? Ich erwarte den Schutz, der mir als Steuerzahler ...»

Kerstin verfluchte Finn, der sich immer noch nicht blicken ließ, und sich selbst, weil sie ihm angeboten hatte, mit hier rauszufahren. Zum Kotzen war das. Gott sei Dank hatte Probst genug. Am ganzen Körper zitternd, drehte er sich um und stolzierte davon. Seine Beschwerde wegen mangelnder Unterstützung durch die Staatsmacht würde sich auf jeden Fall Finn ans Knie binden müssen.

Der Gepiercte erhob sich und wankte auf Kerstin zu. «Der Gott hat mich beleidigt, haste das auch in dein Anzeigenbuch geschrieben, Schneckchen?» Er war echt stockbesoffen. Die Zigarette glühte zwischen seinen Lippen.

Kerstin hasste es, wenn sie dämlich angemacht wurde. «Ich brauche Ihre Namen.» Sie zückte ihr Notizbuch. Aber bevor sie zu schreiben beginnen konnte, kam jemand über eine unkrautüberwucherte Terrasse aus dem Haus – ein Mann mittleren Alters mit einem verlebten Gesicht. Er trug eine Schüssel mit Salat in den Händen, das bekam Kerstin noch mit. Salat – sie hätte Steaks erwartet.

Und dann kam der Filmriss, wie sie es später nannte. Was sie noch wahrnahm, war eine Bewegung im Augenwinkel. Jemand machte etwas, das sie alarmierte. Sie wusste, sie musste herumfahren, die Pistole ziehen, sich wehren, sie hatte plötzlich eine Scheißangst ... Dieses Gefühl brannte sich am stärksten in ihr Gedächtnis ein – die Angst.

Dann ertönte der Schuss ... Es folgte ein Schrei, der ihr bis ins Mark ging ... Und schließlich tauchte Finns schockiertes Gesicht vor ihr auf ...

ZWEI

Wie konnte das passieren? Niemand sprach die Frage aus, aber sie hing über der Lichtung, wie mit Leuchtfarbe an den Nachthimmel gemalt.

Auf dem Boden lag inmitten weißer Waldblumen eine angeschossene Frau, eine hübsche Rothaarige namens Nadine Schrepper – sie wurde von einem Notarzt versorgt, zwei Polizisten leuchteten ihm mit Taschenlampen. Der Krankenwagen wartete mit kreiselndem Blaulicht, bereit, die Bewusstlose abzutransportieren, sobald es zu verantworten war. Aber noch beugte der Arzt sich mit besorgter Miene über ihren Körper.

Luka Kroczek, Leiter der Kripo Bergen, konnte nicht sehen, was der Mann genau tat, aber er spürte seine Unruhe. Schussverletzungen gehörten sicher nicht zu seinem Alltag. Die Kugel hatte die Frau im Brustbereich getroffen, ihr weißer Pullover war mit Blut gefärbt, und Blut schwamm auf ihrer Brust, die der Arzt freigelegt hatte.

Finn Schmorle, der Polizist, der für den misslungenen Einsatz verantwortlich zeichnete, stand mit schuldbewusstem Gesicht auf einer versifften Terrasse. Kerstin Sonntag, die ihn aus unerfindlichen Gründen begleitet und auf die Frau geschossen hatte, verharrte neben dem Krankenwagen, so weit wie möglich von der Verletzten und deren Familie entfernt. Man konnte ihr den Schock ansehen.

Die Kollegen von der Sassnitzer Wache hatten Luka vor einer halben Stunde alarmiert. Finn Schmorle und Kerstin Sonntag hätten einen Notruf abgesetzt, sie würden angegriffen, es gebe eine Verletzte. Zwei Streifen und ein Krankenwagen seien auf dem Weg. Aber da Frau Sonntag in Lukas Kommissariat arbeite ... «Ich komme», hatte Luka gesagt und seinen Vorgesetzten in Stralsund aufgescheucht.

«Was hat Kerstin Sonntag bei einem Einsatz der Sassnitzer Polizei zu suchen?», hatte Martin Berger verblüfft gefragt.

«Weiß ich nicht», hatte Luka geantwortet. Dann war er rüber nach Lohme gefahren. Ein Polizist hatte sie vom Parkplatz zu einer Lichtung gebracht, auf der die Streifenpolizisten versuchten, etwa ein Dutzend Zivilisten vom Tatort fernzuhalten. Schmorle fuchtelte mit seiner Pistole – es war offensichtlich, dass er Angst hatte. Luka hatte ihm als Erstes die Waffe aus der Hand genommen. Hätte ja gefehlt, dass noch einmal geballert wurde.

Und dann hatte sich Kerstin in seine Arme geworfen. Vielleicht war dieser Moment am überraschendsten gewesen. Luka war Kerstins Vorgesetzter, aber sie hatten einander nie gemocht. Seit ihrem ersten gemeinsamen Tag auf Rügen hatte sie versucht, ihm Knüppel zwischen die Beine zu werfen. Unvergessen die Episode, als sie seine Freundin in die Pathologie bestellt hatte, damit sie den abgeschnittenen Kopf ihres Bauleiters identifizierte. Die gegenseitige Abneigung saß also tief.

«Sie ist mit einem Messer auf mich losgegangen», flüsterte Kerstin an seiner Brust.

Er war sauer. Was erwartete sie von ihm? Sie hatte eine junge Frau schwer verletzt, und das würde ihr eine Menge Ärger einbringen. Suchte sie Schützenhilfe? Aber er war bei dem Geschehen ja nicht mal anwesend gewesen. Er hatte sich von ihr in dem ärgerlichen Gefühl gelöst, benutzt zu werden.

Nun schaute er zu den gaffenden Dörflern. Den Polizisten gelang es endlich, sie zum Fortgehen zu bewegen.

Auf einem Gartenstuhl, den jemand auf den Weg zwischen den drei Häusern der Siedlung getragen hatte, saß ein weinender älterer Mann, der vermutlich zur Familie gehörte. Neben ihm stand sein Rollator, auf der anderen Seite ein etwa sechsjähriges Mädchen. Der Rest der Familie – eine vielleicht sechzigjährige Frau, zwei jüngere Männer und eine ebenfalls junge Frau – steckte ein paar Meter weiter die Köpfe zusammen. Und das war ein Problem. Sie waren vermutlich Zeugen. Normalerweise hätte Luka sie voneinander isoliert und noch vor Ort die ersten Befragungen durchführen lassen. Genügend Polizisten waren ja inzwischen eingetrudelt. Aber da lauerte das zweite Problem. Da Kerstin zu seiner Abteilung gehörte, war er parteiisch, das Gleiche galt für Finn Schmorle und seine Sassnitzer Kollegen. Was auch immer sie aus den Zeugen rauskitzelten – vor Gericht würde man sie zu Recht als voreingenommen bezeichnen. Ihnen blieb also vorerst nur, Sorge dafür zu tragen, dass niemand durchdrehte.

Verflucht, wo blieb der Chef mit seinem Trupp?

Der Arzt gab ein Zeichen, und die Patientin wurde auf eine Trage gelegt und in den Krankenwagen geschoben. Der alte Mann wollte sich erheben, schaffte es aber nicht und sackte auf den Gartenstuhl zurück. Sonst schien niemand die Verletzte begleiten zu wollen. Die Frau mit dem zerfledderten Strohhut warf einen Blick auf den Krankenwagen, redete dann aber weiter auf die anderen ein.

Conny Böhme, Lukas Kollegin, die zusammen mit ihm nach Lohme gefahren war, kam in ihrem dicken, knallgelben Wollmantel zu ihm rüber. «Haste nicht das Gefühl, du solltest da mal zwischengehen?»

«Wir sind Kerstins Kollegen, wir sind parteiisch. Du weißt doch, was das heißt: Keine Befragungen.» Luka starrte zu der

Menschentraube. So viel Wut. Die alte Frau drohte ihm mit der Faust.

«Rabenaas», murmelte Finn Schmorle, der ebenfalls zu ihnen getreten war.

«Bitte?» Luka drehte sich zu ihm um.

«So nennen sie die Alte im Dorf. Martha Schrepper. Die ist ein Miststück wie aus dem Bilderbuch. Ich bin hier in der Nähe aufgewachsen. Als ich klein war, war die für uns so was wie der Teufel.»

«Und mal abgesehen vom Dorftratsch?»

Schmorle schien den kaum verhüllten Rüffel nicht zu bemerken. «Die sind in den Siebzigern hierhergezogen. Der Vater da drüben ist nicht richtig im Kopf, der hat einen an der Klatsche. Seine Frau hat in der Familie das Sagen. Und die hat eine echte Verbrecherbrut rangezogen. Wenn auf Rügen ein Einbruch gemeldet wird, stecken in der Hälfte der Fälle die Schreppers mit drin. Die beiden Kerle daneben sind ihre Söhne, das Mädel ist die Freundin von dem einen. Wetten, die sprechen gerade ihre Aussagen ab?»

Luka wischte die eigenen Bedenken beiseite und ging zu der Familie hinüber. Zumindest konnte er sie daran hindern, ihr Gespräch weiterzuführen. Man öffnete den Kreis für ihn. Das kleine Mädchen, das sich inzwischen zu den anderen Erwachsenen gesellt hatte, starrte ihn an. Seltsam, dass sie sich nicht an die Oma oder einen der Onkel drängte. Und ebenso seltsam, dass niemand sich um sie kümmerte. «Frau Schrepper?»

«Bin ich, ja.»

Luka musterte die Frau. Er hatte wohl noch nie einen so hässlichen Menschen wie Martha Schrepper gesehen. Sie war bis auf die Knochen abgemagert, das Gesicht entsprechend faltig, die Haare, die ihr ungekämmt auf die Schultern fielen, strähnig. Aber am schlimmsten waren die Zähne. Schwarze und nikotingelb gefärbte Zahnstummel in einem von Falten gekerbten Mund.

«Die Verletzte ist Ihre Tochter?»

«Nicht verletzt, Jungchen. Abgeknallt. Ohne jeden Grund von dem verfluchten Bullenweib zusammengeschossen. Das gibt'n Aufstand, da kann sie sich jetzt schon drauf freuen.» Hass ließ ihre kehlige Stimme zittern.

«Warum begleiten Sie Ihre Tochter nicht?»

«Geht dich 'n Scheißdreck an.»

Luka zog die Braue hoch, sie starrte zurück.

Einer ihrer Söhne schien zu seinem Vater gehen zu wollen, änderte dann aber abrupt die Richtung, sodass er hinter Luka zu stehen kam. Luka bezwang den Drang herumzufahren. Sieben Polizisten hatten das Gelände im Blick. Kein Grund zur Sorge. Mit der Stimme des Mannes drang ein Schwall kalten Zigarettenrauchs über seine Schulter. «Meine Schwester wurde Opfer eines Verbrechens, begangen durch Ihre Kollegin, Herr Kommissar. Wir sind zutiefst erschüttert – *das* wollte meine Mutter ausdrücken. Sie steht unter Schock. Wir stehen alle unter Schock. Dieses Revolverweib stürmte in eine private Familienfeier. Wir haben gegrillt und Musik gehört. Da kommt sie mit unserem Nachbarn um die Ecke. Wir haben kein Wort gewechselt. Die Vorwürfe waren ja auch lächerlich. Probst haut wieder ab – und plötzlich zieht sie die Knarre und schießt auf meine Schwester. Nadine hatte sich nicht einmal bewegt. Ist Ihre Kollegin krank im Kopf?»

Luka drehte sich um. «Und wie ist *Ihr* Name, bitte?»

Der Mann sog an seiner Zigarette, blies ihm den Rauch ins Gesicht und sagte: «Schrepper. Dietmar. Und Ihrer?»

Luka zog seinen Ausweis, der Mann warf einen flüchtigen Blick darauf, erkennen konnte er bei dem schlechten Licht sowieso nichts.

«Sie werden Nadine die Schuld geben», sagte er. Seine Augen waren verhangen, Bart und Kopfhaar ungepflegt. Aber es lag etwas Intelligentes in seinen Zügen, etwas Klares, Einschätzendes und Berechnendes.

«Glauben Sie nicht, dass Ihre Schwester jetzt jemanden an ihrer Seite bräuchte?», wiederholte Luka seinen Vorschlag.

Wieder bekam er Rauch ins Gesicht geblasen. «Wir machen die Schlampe fertig. Sagen Sie das Ihrer Kollegin. Wir werden dafür sorgen, dass sie keinen guten Tag mehr erlebt. Das ist ein Versprechen. Ein Schrepper-Versprechen.»

Durch das Buchenwäldchen tönte das Jaulen von Sirenen. Martin Berger rückte mit seinem Trupp an. Endlich. Jetzt könnten die Befragungen beginnen.

Stunden später saßen sie im Bergener Kommissariat in Lukas Büro. Es war immer noch Nacht, aber der Morgen graute bereits. Die Spurensicherung hatte ihre Arbeit getan, was bedeutete, dass sie eine Patronenhülse eingesammelt und Kerstins Waffe eingetütet hatten. Außerdem hatten sie Haus und Grundstück nach dem Messer abgesucht, mit dem Kerstin nach eigenen Angaben angegriffen worden war, allerdings nichts gefunden. Es war verschwunden oder hatte nie existiert. Mehr hatten sie nicht machen können. Die Fußspuren auf dem Boden stammten von den Schreppers, den Polizisten und den Nachbarn, was sollte man da sichern?

Vor ihnen stand Kaffee auf dem Schreibtisch. Martin Berger ließ sich von Kerstin ihre eigene Version des Vorfalls erzählen, und die ging so: Sie hatte auf Finn gewartet, aber das Arschloch – Kerstin war zu aufgeregt, um auf ihre Sprache zu achten – hatte rumgebummelt. Gottfried Probst, der Pensionär, der die Polizei gerufen hatte, war zu seinem eigenen Haus zurückkehrt.

Sie selbst wollte nur noch die Namen der Beteiligten und die wichtigsten Vorwürfe schriftlich festhalten und dann gehen.

«Warum waren Sie überhaupt mit der Sassnitzer Streifenpolizei unterwegs?», unterbrach Berger sie.

Kerstin blickte zu Luka. Wollte sie, dass er ihr mit einer Anweisung, die er angeblich gegeben hatte, aus der Klemme half? Nee, so was machte er nicht. Es wäre auch gar nicht sein Job gewesen, sie zu einem Streifeneinsatz abzukommandieren.

«Das war etwas Persönliches», erklärte Kerstin steif. Wahrscheinlich lief etwas zwischen ihr und Finn Schmorle. Einen anderen Grund konnte Luka sich nicht vorstellen. Aber so was sollte man doch zugeben, wenn man bis zum Hals in Schwierigkeiten steckte.

Kerstin wischte sich über die geröteten Augen. «Es ging mir nur noch darum, die Daten der Familie Schrepper zu notieren. Und da ist diese Frau plötzlich durchgedreht. Ich hatte sie noch gar nicht angesprochen, da ist sie auch schon auf mich los. Mit einem Messer. Das ging alles so schnell, ich hatte keine Chance. Wenn ich nicht sofort reagiert hätte, würde ich jetzt im Leichenschauhaus liegen. Es war Notwehr!»

«Niemand außer Ihnen hat den angeblichen Angriff gesehen. Auch Ihr Kollege nicht», wandte Martin Berger ein.

«Die stecken doch alle unter einer Decke.»

«Die Schreppers mit Finn Schmorle?»

«Nein, der ... der hat sich eben getäuscht. Er ist doch erst dazugekommen, als alles schon vorbei war.» Kerstin drehte fast durch vor Verzweiflung.

«Wir konnten das Messer nicht finden», erinnerte Berger.

«Jemand hat es aufgehoben und ist damit weggerannt.»

«Wer?»

«Einer von den Schreppers.»

Berger nickte reserviert. Er blickte zu Luka. Kerstins Vergehen würde von einer außenstehenden Dienststelle bearbeitet werden müssen. So war die Vorschrift. Es hatte keinen Sinn, dieses Gespräch weiterzuführen. «Na schön. Sie sind fürs Erste vom Dienst befreit.»

Kerstin starrte ihn entgeistert an. War ihr gar nicht klar gewesen, was auf den Schuss folgen würde? Dass man sie suspendieren musste? Ihr letzter Blick, bevor sie rausrannte, galt Luka. Gott, war sie sauer. Sie hatte tatsächlich erwartet, dass er sie verteidigen würde.

Die Polizeimaschinerie lief ausnahmsweise einmal ohne das gewohnte Holpern an. Das LKA nahm sich des Falls an, und schon am nächsten Tag öffnete sich die Tür zu Lukas Büro. Der Mann, der hereinkam, war um die fünfzig. Seine ausgedehnte Halbglatze wurde von grauen Locken gerahmt, er trug eine schwarze, dicke Brille, Edeljeans und einen silbernen Anorak und lächelte sonnig.

«Herr Kroczek? Na, dann erst mal: Hallo. Gerd Kutscher mein Name – LKA Mecklenburg-Vorpommern. Das ist ja mal 'ne schöne Scheiße. Ich bin der Untersuchungsführer für den Fall Kerstin Sonntag. Ist rübergekommen, ja? Sagen Sie einfach Gerd zu mir. Ein paar Kollegen kommen noch nach, falls das nötig sein sollte, aber ich nehme an, dass wir alles rasch geregelt kriegen. So viel gibt's ja nicht zu ermitteln.»

Luka bat ihn, Platz zu nehmen. Es war ein kühler, sonniger Märztag. Licht fiel in breiten Streifen in das karge Büro. Man konnte den nahenden Frühling spüren, die Bäume vor dem Fenster trugen einen grünen Flaum, bald würden die Blüten der spanischen Kirschen aufplatzen. Normalerweise versetzte ihn diese Zeit in gute Stimmung. Heute nicht. Polizisten ermitteln gegen Polizisten. Davon hörte man, selbst hatte er so etwas noch nicht erlebt.

Knapp erzählte er seinem Besucher, worin Kerstins Stellung im Kommissariat bestand – sie arbeitete als seine Stellvertreterin –, und ergänzte verkrampft, dass er sie als fähige Polizistin kennengelernt hatte. Stimmte das? Ja, sie war clever und machte selten Fehler. Sie hatte es nur drauf, den Kollegen mit ihrem Rumgezicke das Leben schwer zu machen. Nicht allen Kollegen – nur mir, dachte Luka. Weil ich ihr vor drei Jahren die Leitung des Kommissariats weggeschnappt habe.

Kutscher beugte sich vor, fast sah es aus, als wollte er ihm die Hand tätscheln. «Keine Sorge, ich habe nicht vor, einer Kollegin ans Bein zu pinkeln. Die Wahrheit ist doch: Wir, also die Polizei, machen uns krumm fürs Volk, und zum Dank werden wir angepöbelt und bespuckt, und wenn was schiefläuft, wie in Lohme, dienen wir dem Rest der Republik als Schießbudenfiguren. Dann fangen sie *alle* an, auf uns einzudreschen. Die Politik, die Medien … der komplette Gutmenschenzirkus. Die Geier von der Presse waren schon da, richtig?»

«Die Ostsee-Zeitung hat eine Meldung gebracht.»

«Nur eine Meldung? Gott sei Dank. Verstehen Sie mich nicht falsch, Kroczek: Ich ermittle korrekt. Aber ich weiß, wie schwierig unser Job ist. Kerstin Sonntag musste in Sekunden eine Entscheidung treffen. Zack! Es war eine problematische Entscheidung – aber hinterher kann man immer gute Ratschläge geben.»

Luka lehnte sich zurück. «Wir haben Macht, Herr Kutscher – das macht die Sache so kompliziert. Wenn solche Sachen nicht geklärt werden, kriegen wir mexikanische Verhältnisse.»

«Natürlich, seh ich doch genauso. Die junge Frau, gegen die Frau Sonntag sich zur Wehr gesetzt hat, stammte aus einem schwierigen Milieu?»

Donnerwetter, in diese Richtung sollte es also gehen? «Ich gebe Ihnen die Adressen, die Sie haben müssen», meinte Luka wortkarg. «Sie brauchen sicher auch ein Büro?»

Kutscher nickte. «Wie geht es Nadine Schrepper?»

«Sie liegt im Koma. Ich habe veranlasst, dass ihr Blut abgenommen wurde.»

Kutscher brauchte einen Moment, um zu kapieren, worauf er hinauswollte. Dann nickte er begeistert. «Klar, die Kleine war unter Drogen oder besoffen. Erst bekifft sie sich, dann dreht sie durch und geht mit dem Messer auf Frau Sonntag los. Ich kenne eine, die hat sich einen Tee aus Engelstrompete gebrüht und anschließend einen meiner Kollegen gebissen. Mann, weißt du, wie gefährlich Menschenbisse sind? Schlimmer als Hundebisse. Da kannste eine Infektion kriegen, an der du in Tagen krepierst. Und weißt du, was das Tollste war? Der Richter hat das Weib auf achtzig Stunden gemeinnützigen Hilfsdienst verknackt. Damit hatte sich's.» Der Wechsel vom Sie zum Du geschah mit unangenehmer Selbstverständlichkeit. «Ich habe zu Mark – so heißt der Kollege – gesagt: Das ist mal wieder typisch, du kratzt beinahe ab, und diese Schlampe geht für ein paar Tage in ein Altenheim, den Omas was vorlesen. Aber was soll's, ich scheiß drauf. Ich mache meinen Job und fertig.»

Fünf Minuten später wusste Kutscher, wo sein Schreibtisch stand und sich die Kaffeeküche befand – nämlich gleich im Zimmer daneben –, und Luka kehrte in sein eigenes Büro zurück. Drüben auf dem Sportplatz kickten ein paar Jungs mit einem Fußball, der eine Luftpumpe gebraucht hätte. Schreibkram lag an.

Warum hatte Kerstin auf Nadine Schrepper geschossen? Vielleicht war sie wirklich von einer drogenbenebelten Frau angegriffen worden. Aber er konnte sich genauso gut vorstellen, dass sie in der Dämmerung etwas falsch wahrgenommen hatte. Vielleicht waren die Schreppers sie vor dem verfluchten Schuss verbal angegangen. Er hatte ja selbst erfahren, wie aggressiv die Familie war. Dann hatte Nadine sich unglücklich auf sie zubewegt ... Tja, war alles möglich. In Düsseldorf, wo er vor seinem Umzug nach Rügen gearbeitet hatte, gab es extra Trainings, bei denen geübt wurde, eben nicht reflexartig loszuballern, wenn man sich bedroht fühlte. Er bezweifelte aber, dass hier so etwas angeboten wurde.

Conny Böhme öffnete die Tür. «Kommst du mit?» Seine Kollegin steckte in Schlabberjeans und trug darüber eines ihrer T-Shirts mit Schriftzug, für die sie eine Neigung hatte. *Ich kann Essen in meinem Mund verschwinden und auf meinen Hüften wieder auftauchen lassen. Macht mich das zum Zauberer?* Sie war spindeldürr, er hatte keine Ahnung, wieso sie sich gerade dieses Shirt geschnappt hatte. Wahrscheinlich hatte es irgendwo als Sonderangebot rumgehangen. Ihre Tochter Nina, die eine Boutique betrieb, hatte ihr einen Blazer aufgenötigt, der zum Shirt wie die berühmte Faust aufs Auge passte. Und dazu diese Haare mit dem Nagelscherenschnitt ...

Er musste lächeln. Kleidungstechnisch hatte Conny nichts drauf. Aber sie war unkompliziert, offen und ehrlich, und ihr Verstand funktionierte wie ein Skalpell. Sie war genau der Mensch, nach dem er sich jetzt sehnte.

«Katja ist immer noch am Büffeln?», fragte er, als sie im *Bergen 94* saßen, der Kneipe, in der Conny ihr Bier am liebsten trank. Hinter der Theke glänzten die Pokale des *VFL Bergen 94*. Mucke, der Wirt, spülte in einem kleinen Edelstahlwaschbecken Gläser mit der friedlichen Miene eines Menschen, der mit sich und seinem Tun im Reinen ist. Es roch nach Zwiebeln und Pommes.

«Meine Süße muss nicht büffeln. Die löst abends zum Spaß mathematische Gleichungen oder zieht sich eine Runde Spanischvokabeln rein, du, die ist hyperschlau. Sie hat sich in New Jersey bei einer Anwaltskanzlei für ein Praktikum beworben – kannst du dir das vorstellen? Meine Kleine? Ich hab zugehört: Die sabbelt Englisch, als wäre sie damit geboren. Und die haben auf der Stelle zugesagt, keine Bedenkzeit oder so. Wollten nur noch ihre Zeugnisse rübergemailt bekommen.» Conny seufzte. «Ich würde glauben, man hat mir Katja untergeschoben, wenn ich sie nicht in meinem eigenen Schlafzimmer zur Welt gebracht hätte.»

«Im Ernst? Hausgeburt?»

«Genau genommen in der Küche. War aber aus Versehen. Weißt ja, bei mir geht immer alles hektisch.»

«Bist du stolz auf sie?»

Conny seufzte. «Klar. Nur ist sie mir manchmal so fremd. Die lebt gedanklich in Welten, in denen man im schwarzen Kostüm rumrennt und am Feierabend Cocktails schlürft, oder wie das heißt, und irre schlaue Sachen sagt. So stell ich mir das vor. Die will rübermachen zum Klassenfeind – das wäre mein Gefühl, wenn die DDR noch existierte. Klingt das bescheuert?»

«Und wie.»

«Ich hab Angst, dass sie mich irgendwann nicht mehr besuchen kommen wird.»

«Ihre erstklassige Mutter, die so umsichtig war, ihr den exzellenten Verstand zu vererben?»

«Hör auf mit dem Scheiß. Nina versteh ich. Das mit der Boutique ist ein Bockmist, und ich weiß, dass sie damit auf die Nase fallen wird, aber wenigstens kapiere ich, wie sie tickt. Luka, ich spür in mir so 'nen kleinen Teufel, der sagt: Behaupte doch einfach, dass wir uns Amerika und die Kanzlei nicht leisten können.

Dann würde Katja hierbleiben, sagt mir der kleine Teufel, und vielleicht Lehrerin werden oder was anderes, das in mein Leben passt.»

«Klar, aber das machst du nicht.»

«Vielleicht ja doch.»

«Sie wird immer zu dir zurückkommen. Verlass dich drauf. Die Welt, in der Cocktails geschlürft werden, ist kalt, dein Zuhause warm.»

Conny schniefte. «Und wie läuft's bei dir? Was macht die Liebe?»

«Teresa und Tilda sind in Düsseldorf bei einer Freundin. Letzter großer Urlaub, bevor Tilda eingeschult wird. Freizeitpark und so. Ich habe also massenhaft Zeit.» Er prostete ihr zu.

Ein Mann mit einem klitschnassen Schäferhund kam herein. Es hatte wohl angefangen zu regnen. Der Hund schüttelte sich, das Wasser spritzte auf die Gäste, die es gelassen nahmen. Das *Bergen 94* war nicht der schlechteste Ort, wenn man einen Feierabend verbummeln wollte. «Wurde sie nun angegriffen oder nicht?»

«Kerstin?»

Er nickte.

«Die ist kalt wie ein Stahlschrank, unsere süße Kollegin. Die ballert nicht einfach aus Schreck drauflos. Da ist sie wie Katja. Alles, was sie tut, hat Klasse. Wo ich Stunden drüber grübeln muss, da schießt sie, zack!, ins Schwarze. 'tschuldigung, war jetzt ein blöder Vergleich. Was ich meine ... »

«Sie hat etwas mit Finn Schmorle am Laufen, schätze ich. Trotzdem sind die beiden getrennt zu den Häusern gegangen. Und nach dem Schuss hat er sich auch nicht um sie gekümmert, obwohl man sehen konnte, wie dreckig es ihr ging. Wetten, die beiden haben sich auf der Fahrt nach Lohme gestritten?»

«Und deshalb rastet sie aus und ballert auf einen Menschen? Nee, Luka. Außerdem: Kann uns doch egal sein. Mit diesem Fall muss sich der Mensch vom LKA rumschlagen.»

«Kutscher.»

«Netter Kerl.»

«Im Ernst?»

«Nicht so neunmalklug. Einfach geradeheraus, find ich sympathisch.»

«Er ist voreingenommen.»

«Für oder gegen Kerstin?»

«Für jeden, der eine Polizeimarke besitzt.»

«Und das gefällt mir auch!» Conny zwinkerte, um klarzumachen, dass sie es nicht ernst meinte.

«Was wäre, wenn Kerstin die Schreppers von früher kennt? Wenn sich da etwas aus der Vergangenheit hochgeschaukelt hat?»

Conny verschränkte die Arme hinter dem Kopf und ließ den verspannten Nacken krachen. «Luka, halt dich da raus. Einmal, weil du ihr Chef bist, und außerdem, weil du sie nicht leiden kannst. Beides versaut den Blick. Das ist mein Rat, und für den kannst du mich jetzt auf ein Bier einladen. Ich knauser doch auf Amerika hin.»

Er hob die Hand und winkte Mucke.

Kutscher brauchte Geselligkeit wie andere Leute Luft zum Atmen. Und da die angekündigten Kollegen auf sich warten ließen, hielt er sich in der Zeit der Untersuchung an die Bergener Kripoleute. Alles, was ihm durch den Kopf ging, strich durch die Büros wie ein stetiger Wind aus Informationen und Beurteilungen.

Luka erfuhr, dass Kerstin bei ihrer ersten Aussage geblieben war: Nadine Schrepper habe sie grundlos mit einem Messer angegriffen. Der Schuss sei in Notwehr erfolgt. Finn Schmorle erklärte, dass er den Garten erst kurz nach dem Schuss betreten habe – wofür Kutscher ihn als Kameradenschwein titulierte. Ob er damit sein spätes Erscheinen kommentierte oder seine mangelnde Bereitschaft, für Kerstin zu lügen, war nicht auszumachen.

Familie Schrepper behauptete inzwischen unisono, dass Nadine aufgestanden sei, um sich eine Jacke aus dem Haus zu holen, und dabei grundlos niedergeschossen wurde. Eine Jacke also. Das widersprach der ersten Aussage von Dietmar Schrepper, aber Luka ahnte, dass ein geschickter Anwalt diesen Einwand im Nu zerpflücken würde. Zum einen war es Kerstins Kollege, der das entlastende Detail vorbrachte. Zum anderen geschah es ja ständig, dass Zeugen ihre Aussagen ergänzten oder korrigierten.

Luka war trotzdem sicher, dass die Sache mit der Jacke später von der Familie erfunden worden war. Leute, die sich gerade mit der Polizei stritten, würden wohl kaum darauf achten, ob einer von ihnen das Bedürfnis hatte, sich wärmer anzuziehen. Hatte Kerstin vielleicht doch die Wahrheit gesagt, als sie behauptete, dass Nadine grundlos auf sie losgegangen sei?

Als Kutscher wieder einmal den Kopf in sein Zimmer streckte, fragte er: «Die Sache mit der Jacke ... Hat dieser alte Mann, dieser ...»

«Georg Schrepper?»

«Hat er das eigentlich auch bestätigt?»

«Der ist nicht nur verwirrt, sondern auch stumm. Und empfindlich. Der haut mit seinem Rollator ab, sobald ich komme. Übrigens gibt es noch eine weitere Schrepper-Tochter. Die hab ich aber nicht vernommen, war ja bei der Tat nicht anwesend.»

Kurz darauf kam aus dem Polizeilabor die Nachricht, dass in Nadines Blut Rückstände von Ketamin gefunden worden waren.

Luka kannte die Droge. Früher war sie als Narkosemittel in der Tiermedizin verwendet worden und irgendwann zu einer Modedroge avanciert, die schöne Träume bescherte und gern auch als K.-o.-Tropfen benutzt wurde.

Kutscher, der ihm die neue Nachricht brachte, meinte: «Also, für mich fügt sich alles zusammen. Diese Nadine war auf einem Trip, sie hat weiße Kaninchen gesehen und Kerstin in Panik angegriffen.»

Nicht mehr Frau Sonntag, sondern Kerstin, registrierte Luka.

«Wenn das kein Fall von Notwehr ist! Dass die eigenen Leute für Nadine aussagen, hat keine Bedeutung. Zum einen, weil sie zu ihrer Familie gehören, und dann: Diese Asozialen lügen doch aus Gewohnheit.»

«Ist mir nie aufgefallen, dass es da Unterschiede gäbe. Die Ärzte und Anwälte machen's nur geschickter.»

Kutscher starrte Luka mit einem seltsamen Ausdruck im Gesicht an. Gut möglich, dass er für ihn gerade ebenfalls zum Kameradenschwein mutiert war.

Luka war froh, als er ins Wochenende verschwinden konnte.

DREI

Judy war eine Heulsuse. Das sagten alle. Oma Martha, die ihr immer eins hinter die Ohren gab, wenn sie weinte, Mutti, Onkel Dietmar und Onkel Monti, Tante Simone, die Onkel Montis Freundin war und alles nachplapperte, was Monti sagte ... Nur Opa nicht, weil der nicht redete. Und Tante Gitte auch nicht. Die sagte dafür: «Ey, Mädels sind cool. Und Weinen hilft sowieso nichts.» Und damit meinte sie wohl das Gleiche. Aber sie gab ihr dann immer einen Kuss, und deshalb war es nicht so schlimm. Judy hatte sie lieb, auch weil sie ihr oft was zum Spielen mitbrachte. Und weil sie mit ihr vor der Einschulung nach Stralsund gefahren war, um einen Schulranzen mit einer Prinzessin Lillifee drauf zu kaufen.

Der Schulranzen war für Judy wichtig gewesen. Die anderen Kinder aus dem Dorf ärgerten sie, und sie hoffte, dass der rosa Schulranzen etwas daran ändern würde. Der war nämlich superschön, mit einem Rehkitz und einem Schmetterling drauf, und außerdem gehörten noch ein Turnbeutel und zwei Mappen für Stifte dazu, die auch alle rosa waren. Tante Gitte hatte einen anderen Ranzen vorgeschlagen, mit Sternen und einer Rakete, aber Judy hatte auf dem Prinzessin-Lillifee-Ranzen bestanden. Sie glaubte, dass die anderen Mädchen sie dann lieber mögen würden.

Leider war das nicht der Fall gewesen. Ihre neuen Mitschülerinnen hatten sie *Assel* gerufen, und Judy nahm an, dass das ein anderes Wort für *Heulsuse* war.

Sie saß oben im Haus auf dem Dachboden, der voller Gerümpel war und wo Mäuse und Ratten herumhuschten, die sie gern mochte, weil sie vor ihr wegliefen und ihr nichts taten. Einige der Fenster waren zerbrochen. Aus dem größten konnte man auf die Ostsee hinaussehen, aber zu dem ging sie nie hin. Judy fürchtete das Meer, weil es bei schlechtem Wetter brodelte und dann die Wasserzombies rauskamen. Die hatten grüne, nasse Haare und Vampirzähne und schnappten sich Kinder, um sie zu fressen. Monti hatte ihr das erzählt. Gitte hatte gesagt, dass es keine Wasserzombies gäbe, aber Judy wusste, dass man sich, was Gefahren anging, mehr auf die Onkel als auf ihre Tante verlassen konnte.

Aus den anderen Fenstern konnte sie auf die Nachbarhäuser schauen, und das tat sie gern. Frau Gott, die in dem schönen Haus mit den Bänken und den bunten Lämpchen im Garten wohnte, grub oft die Beete um oder pflanzte Blumen und machte, dass alles gemütlich war. Manchmal sang sie dabei, dann wurde Judy leicht ums Herz. Aber jetzt war es schon dunkel, und Frau Gott war in ihrem Haus. Im Wohnzimmer brannte Licht, man konnte an der Wand die Bilder vom Fernseher flackern sehen. Das war nur noch langweilig.

Judy ging zu dem anderen Fenster. Dort lag das Haus, das so lange leer gestanden hatte. Vor kurzem waren ein paar Männer mit einem grünen Auto gekommen und hatten angefangen, das Haus innen wieder schön zu machen. An die Wände von einem Zimmerchen, in das sie von ihrem Fenster aus reinsehen konnte, hatten sie Tapeten mit Entchen drangeklebt. Die hatten ihr besonders gut gefallen. Judy hatte gehofft, dass dort vielleicht bald auch ein Mädchen wie sie wohnen würde. Eines, das nicht *Assel* zu ihr sagte.

Am Wochenende waren auch tatsächlich Leute eingezogen. Aber das Kind war leider noch ein Baby gewesen. Trotzdem freute Judy sich. Die Frau, die jetzt dort wohnte, lachte viel und schaukelte das Baby, und einmal hatte sie ihr zugewunken, als wollte sie ihr was zeigen. Aber da war Judy schnell weggerannt. Sie kannte die Frau ja gar nicht, und traurige Erfahrung hatte sie gelehrt, dass man sich von fremden Menschen besser fernhielt.

Komisch war, dass Onkel Dietmar und Onkel Monti zu den neuen Nachbarn rübergegangen und dass sie nett zu ihnen gewesen waren. Sie hatten den Grill mitgebracht und auf die Terrasse gestellt und mit dem Mann und der Frau zusammengesessen, und es hatte ausgesehen, als wären sie Freunde. Das war ein bisschen unheimlich, weil Judys Familie sonst mit niemandem befreundet war. Es hatte ihr auf der einen Seite gefallen, auf der anderen aber auch nicht. Judy fand es sicherer, wenn die Dinge immer gleich abliefen. Da wusste man, worauf man sich einstellen musste.

Leider rührte sich jetzt gerade auch in dem schönen Haus nichts. Die Fenster waren alle dunkel. Sollte sie runter in ihr Bett gehen? Lieber nicht. Onkel Dietmar und Onkel Monti hatten gesoffen, da wollte sie ihnen lieber nicht in die Quere kommen.

Also schlich sie wieder zu dem ersten Fenster zurück. Zwischen ihrem Haus und dem von Herrn und Frau Gott lag eine Wiese, links davon ein Schuppen und daneben Opas Grab. Opas Grab war eine tiefe Grube, die Onkel Monti früher mal gebuddelt hatte, weil Opa einen Platz haben wollte, wo er später mal beerdigt werden konnte. «Er will nicht in der Fremde verrotten», hatte Oma Martha erklärt, als Judy danach fragte. «Und da hat er recht.» Inzwischen wuchsen Blumen in der Grube.

Judy wollte sich schon abwenden, da bemerkte sie zwei Gestalten, die langsam zu dem Weg gingen, der über die Wiese zum Schuppen führte. Eine von ihnen war der Opa, das konnte man erkennen, weil er seinen Rollator schob. Die andere war größer, mit einer schwarzen Hose, einer schwarzen Jacke und einer Kapuze über dem Kopf.

In einer der Dachbodenkisten, in denen schlecht riechende Kleider lagen, hatte Judy ein Fernrohr versteckt, das sie einmal von einer Yacht in dem kleinen Hafen unten beim Dorf geklaut hatte. Mit dem Fernrohr hätte sie vielleicht rausfinden können, wer dort mit dem Opa spazieren ging, aber eigentlich war es ihr egal. Die beiden liefen zum Grab, dort blieben sie stehen. Der schwarze Mann deutete in die Grube hinab. Wahrscheinlich sagte er etwas. Opa konnte ja nicht sprechen, und deshalb redeten immer die Leute, die mit ihm zusammen waren. Sie blieben eine ganze Weile dort stehen. Der Fremde legte den Arm um Opas Schultern. Opa drehte sich ein bisschen, als wäre es ihm nicht recht.

Und dann wurde es plötzlich komisch. Es sah so aus, als wollte Opa mit seinem Rollator weglaufen. Er kam auch ein paar Schritte weit. Aber der andere Mann packte ihn und zerrte ihn zurück, der Rollator fiel um. Und dann stieß der Mann Opa in das Grab hinab. Einfach so. Judy riss die Augen auf und presste die Hand vor den Mund. Ihr Herz schlug in rasender Angst. Bestimmt hatte Opa sich weh getan.

Der schwarze Mann ging zu einem Gebüsch und holte etwas hervor. Judy spürte, dass sie runterlaufen und jemandem Bescheid sagen müsste. Onkel Dietmar oder Monti, damit sie Opa halfen. Aber ihre Onkel hatten ja getrunken, und Dietmar rastete dann immer aus. Mit aufgerissenen Augen sah sie zu, wie der Kapuzenmann eine Art Koffer zu der Grube trug. Der Mann hob das Ding an und goss etwas daraus über den Opa ins Grab.

Dann kam ein entsetzlicher Schrei, der bis hinauf zum Dachboden drang. Und plötzlich schossen Flammen in die Höhe.

VIER

Wieder Blaulicht zwischen den drei Häusern in Lohme. Wieder erschrockene Gesichter von Nachbarn. Martha Schrepper, die dieses Mal selbst die Polizei gerufen hatte, stand mit abweisendem Gesicht und über der Brust gekreuzten Armen in der Nacht.

Luka atmete durch. Die Kollegen von der Wache hatten ihn aus dem Tiefschlaf geholt. Der alte Schrepper war in einer Kuhle verbrannt, hatten sie erklärt. Grausam, einen entsetzlicheren Tod konnte man sich kaum vorstellen. Was für ihn selbst wichtig war: Sie hatten in Lohme jetzt einen Mordfall. Und dafür war er zuständig, egal, was Kutscher bisher ermittelt hatte. Ihn befreite diese Vorstellung. Kutscher pfuschte herum. Gut möglich, dass er im Lauf seiner eigenen Ermittlungen auch etwas über Kerstins tragischen Abend herausbekam.

Karl Kummerling, der den Einsatz bis jetzt geleitet hatte, war mit der gewohnten Professionalität vorgegangen. Der weiße Bus der Spurensicherung stand bereits auf dem Weg. Die unwilligen Schreppers hatte der Chef der Streife auf die Terrasse der Villa genötigt. Offenbar war hier vor kurzem jemand eingezogen, im Moment allerdings nicht zu Hause, wie Karl Luka erklärte. Egal, das Schrepper-Grundstück würde für die Nacht und wahrscheinlich auch für den nächsten Tag der Spurensicherung gehören. Die Probsts würden die ungeliebten Nachbarn sicher nicht in ihr Haus lassen. Also war die Terrasse der neu Zugezogenen der geeignetste Ort für die ersten Befragungen.

«Ich hab das Geschrei gehört und das Feuer durch mein Fenster gesehen und bin sofort raus», erklärte Monti Schrepper. «Zuerst hab ich gar nicht kapiert, dass es mein Vater war, der ...» Er verstummte. Sein nicht besonders gescheites Gesicht wirkte eingefallen.

«Noch wissen wir nicht sicher, ob der Tote Ihr Vater ist.» Zu identifizieren war er nämlich nicht mehr gewesen.

«Ey, Mann, der wäre doch sonst in seinem Bett gewesen, und außerdem hat der Rollator neben dem Grab gelegen.»

«Grab?»

«Die Schlampe ist schuld», murmelte Martha Schrepper, bevor Monti auf die Frage antworten konnte. Ihr Strohhut war zur Seite gerutscht, ihr Gesicht von Ruß verschmiert.

«Bitte?»

«Nadine war sein Liebling. Georg hat's nicht verkraftet, dass diese Sau auf sie geschossen hat. Er hat's einfach nicht mehr ausgehalten.»

Luka brauchte einen Moment, um zu kapieren, worauf sie hinauswollte. «Sie meinen, dass Ihr Mann Suizid begangen hat?»

Martha Schrepper blickte ihn an, das Gesicht eine Mischung aus Hohn, Wut, Trotz ... Es fiel ihm schwer, die Gefühle zu benennen. «Scheißbulle!» Ihr war wohl plötzlich wieder aufgegangen, dass sie mit dem Feind redete. Sie erhob sich von dem Terrassenstuhl und ging auf den Weg vor ihrem Haus. Dort bremste gerade ein Leichenwagen.

«Was bitte meinten Sie mit Grab?», wandte Luka sich erneut an Monti.

Dieses Mal antwortete Dietmar für seinen Bruder. Er saß in einem Korbsessel und schien als Einziger völlig unberührt. «Mein Vater hatte sich hinter dem Haus ein Grab angelegt. Er wollte auf eigenem Grund und Boden beerdigt werden.»

«Sie glauben ebenfalls, dass er sich selbst umgebracht hat? Auf diese Weise?» Luka hörte den Unglauben in seiner eigenen Stimme.

«Jedenfalls hat er ständig vom Aufhängen geredet.»

«Er ist aber ...»

«Aufhängen, verbrannt ... Wahrscheinlich hat er kapiert, dass er auf keinen Stuhl klettern und kein Seil mehr festbinden kann.» Auch Dietmar stand auf.

«Wo ist eigentlich Ihre Nichte?»

Der Mann hörte nicht mehr zu, sondern starrte wie gebannt zu der Wiese neben seinem Haus. Der Geruch nach verbranntem Fleisch hing immer noch in der Nacht.

«Sie können Ihr Grundstück und Ihr Haus bis morgen Abend nicht mehr betreten», erklärte Luka.

Dietmar reagierte nicht.

Luka erspähte Conny, die vom Parkplatzweg zu den Häusern eilte. «Das ist ja mal eine Scheiße», murmelte sie statt eines Grußes.

Er bat sie, im Haus nach dem kleinen Mädchen zu suchen, und sie trug es wenige Minuten später ins Freie. «Armes Häschen, hat bis zu den Haaren unter der Bettdecke gesteckt und gezittert wie ... na ja.» Sie übergab das Kind der jungen Frau, Simone Dingsbums, der Freundin von Monti Schrepper, die es umgehend auf den Terrassenplatten absetzte.

Luka wandte sich an Gerhild Sichelmann, die Leiterin der Spurensicherung. Sie blickten beide zum Himmel. Ein Wolkenbruch braute sich zusammen, der Wind zauste bereits die Kronen der Bäume. «Ich sehe zu, was ich retten kann», meinte sie und machte sich über den von ihren Kollegen abgesteckten Pfad auf den Weg zum Grab, eine weiße Gestalt in der Dunkelheit.

Luka wandte sich an Karl und bat ihn, die Schreppers nach Bergen zur Vernehmung fahren zu lassen. Die Nacht würde lang werden.

Conny, Olaf, Tobias, er selbst – sie befragten die Familienmitglieder parallel, jeder mit einem der Streifenpolizisten an der Seite. Am nächsten Morgen, nach viel zu wenig Schlaf, trafen sie sich im Besprechungsraum und verglichen die Aussagen.

Monti war, wie er schon erzählt hatte, vom Geschrei seines Vaters und dem Feuerschein geweckt worden. Er war zum Grab gelaufen, hatte seinem Vater aber nicht mehr helfen können.

Martha keifte Conny, die sie vernahm, an und wiederholte ebenfalls, was sie bereits ausgesagt hatte: Die Schlampe, die auf Nadine geschossen hatte, habe nun auch ihren Mann auf dem Gewissen. «Ihr seid doch der gleiche Dreck wie damals die Stasi. Um keinen Deut besser!»

Conny hatte verblüfft nachgefragt – und eine giftige Antwort bekommen.

«Martha und ihr Mann waren wohl zu DDR-Zeiten mal verhaftet worden. Als sie nach der Wende freikamen und sich wiedersahen, war er verstummt. Also, nicht wirklich. Am Anfang redete er noch, aber meist reagierte er auf gar nichts mehr, und wenn, dann nur durch ein Nicken oder das Zeigen auf einen Gegenstand. Georg wollte seine Ruhe haben. Sein linkes Bein war kaputt, auch eine Folge von Bautzen, deshalb der Rollator.»

Luka nickte. «Dietmar hat behauptet, dass Georg schon länger mit dem Gedanken gespielt hat, sich aufzuhängen?»

«Ja, das scheint für ihn ein Thema gewesen zu sein. Eine der wenigen Sachen, die ihn beschäftigten.»

Das mit den Selbstmordphantasien und dem Grab war von sämtlichen Schreppers bestätigt worden. Auf dem eigenen

Grundstück begraben zu werden, war offenbar Georgs heiliger Wunsch gewesen.

«Ich dachte immer, das ist verboten», meinte Tobias.

«Im eigenen Garten verbuddelt werden? Vielleicht sollte die Familie ihn heimlich begraben. Hast die Schreppers doch kennengelernt», gähnte Conny. Die Müdigkeit saß ihnen allen in den Knochen.

«Tja, so wie es aussieht, ist er offenbar ins Grab gestiegen oder gerutscht, hat sich mit dem Benzin übergossen, das er bereitgestellt hatte, dann den Kanister über den Rand ins Unkraut geworfen und sich angezündet.» Luka blickte zu Tobias. «Was sagt eigentlich das kleine Mädchen, diese Judy?»

«O Mann, die war so erschrocken, aus der hab ich fast gar nichts rausbekommen. Sie ist von dem Lärm aufgewacht, sagt sie.»

«Und das Ehepaar Probst?»

Olaf, der die beiden vernommen hatte, starrte auf seine Notizen. «Sie haben die Schreie gehört, aber geglaubt, dass jemand besoffen rumkrakeelt. Kommt ja öfter vor, dass es bei den Nachbarn laut hergeht. Vom Brandgeruch haben sie nichts mitbekommen, weil sie mit geschlossenen Fenstern schlafen. Richtig wach geworden sind sie erst von den Sirenen der Streifenwagen.»

«Kann man die Schmerzenslaute eines brennenden Mannes mit dem Krakeelen von Betrunkenen verwechseln?»

«Wenn die Fenster fest geschlossen sind und man selbst im Halbschlaf ist?», meinte Olaf. Sie blickten einander ratlos an.

«Haben sie was zu dem dritten Nachbarn gesagt? Da ist doch offenbar jemand eingezogen.»

Achselzucken. Musste man also noch rausfinden. Eilte aber nicht, da die Bewohner in der Tatnacht ja abwesend gewesen waren. «Habt ihr durch die Fenster die Einrichtung gesehen? Alles chic und teuer», meinte Conny.

«Wieso zieht jemand freiwillig neben Leute wie die Schreppers?»

«Vielleicht waren die gerade nicht daheim, als sie das Haus besichtigt haben.»

Sie schwiegen. Tobias wollte sich Kaffee nachgießen, merkte, dass nur noch ein Rest in der Kanne war, und stand auf, um neuen zu kochen.

«Mir gefällt nicht, wie einig sich die Schreppers in der Sache mit dem Selbstmord sind», sagte Luka.

Conny rieb sich die müden Augen. «Was vermutest du? Dass der Alte uns etwas über den Schuss auf Nadine verraten wollte? Der war doch gar nicht dabei, als es passierte, oder? Tobias, komm doch mal rüber.»

Ihr junger Kollege ließ Kaffee Kaffee sein und holte die entsprechenden Dateien auf den Computerbildschirm. Soweit man den Protokollen trauen konnte, hatte niemand Georg Schrepper beim Grillen sitzen sehen, auch sein Rollator wurde nicht erwähnt. In den Aufzeichnungen von Kutscher kam er ebenfalls nicht vor.

Luka verschränkte die Hände hinter dem Kopf. «Er kann etwas aus einem der Fenster beobachtet haben. Kutscher hat ihn ignoriert, soweit ich das mitbekommen habe. Er meinte, er wäre stumm.»

«Dann hätte er ihm doch bloß eine Tastatur geben müssen», brummte Tobias.

«Zettel und Stift», korrigierte Conny milde.

«Was auch immer, damit hätte er die Aussage gehabt.»

Luka klopfte auf den Tisch. «Klinkenputzen – und abwarten, was die Obduktion und die Tatortsicherung uns bescheren.»

Aber die ersten Informationen brachte ihnen Karl Kummerling, der gegen Feierabend zu Luka hinaufkam. Er hatte mit einem älteren Kollegen aus Sassnitz telefoniert, der bereits zu DDR-Zeiten in der Stadt Dienst geschoben hatte, und von ihm einiges erfahren. Der gelbe Kasten hatte offenbar schon immer der Familie Schrepper gehört – allerdings lange Zeit leer gestanden. Als Gottfried Probst das idyllische Plätzchen mit den drei Häusern entdeckte und das Bauernhaus bezog, hatte er gehofft, dass der Schuppen abgerissen werden würde, was aber nicht passierte. Nach der Wende kam eine wohlhabende Familie aus Westdeutschland dazu, die Tanners, die sich in die Villa und den Meerblick verliebt hatten. Sie brachten den Nobelbau auf Vordermann. Zaghafte Anfragen wegen des gelben Hauses blieben unbeantwortet. Trotzdem lief alles harmonisch, bis plötzlich die Schreppers zurückkehrten. Der alte Schrepper machte keine Probleme, der war ja ein ganz Stiller, aber seine Frau … «Die ist gerissen wie sonst was, hat der Kollege gemeint. Hat die eigenen Kinder auf die schiefe Bahn gebracht. Sie ist die treibende Kraft, was die Delikte angeht. Das vermuten sie jedenfalls in Sassnitz.»

«Haben sie eine Meinung zu der Selbstmordtheorie?»

«Georg Schrepper hat ja nie geredet. Sie haben angenommen, dass er schwachsinnig ist. Aber dass die Grube als Grab geplant war, scheint zu stimmen. Sie haben bei einer früheren Durchsuchung gesehen, dass dort ein Kreuz mit dem Namen von Georg Schrepper stand. Geburtsdatum eingemeißelt, Todesdatum fehlte. Ganz schön morbid, haben sie gedacht, aber keinen Grund gesehen einzuschreiten. War ja noch nichts passiert.»

«Und du? Was glaubst du?»

«Es bringen sich Leute auf die grausamste Weise um», meinte Karl bedächtig. «Als wollten sie sich selbst für etwas bestrafen.»

Das Telefon klingelte. Die Spurensicherung war mit dem Haus und dem Grundstück durch. Sie hatten den Rollator und den Benzinkanister sichergestellt, sonst aber nichts Bemerkenswertes gefunden. «Fußspuren könnt ihr vergessen. Die Familie war am Grab, das ist ja verständlich, außerdem Kollegen. Der Boden beim Grab war schräg, der abfließende Regen hat das meiste kaputt gemacht.»

Als Luka am Abend in sein Reihenhaus zurückkehrte, erschien es ihm noch leerer als sonst. Teresa, seine Lebensgefährtin, würde am Samstagabend aus dem Urlaub zurückkehren. Auf dem Kopfkissen ihrer Tochter, der kleinen Tilda, von der er fast schon vergessen hatte, dass sie nicht sein leibliches Kind war, saß Bob der Baumeister. Er nahm das ramponierte Kuscheltier auf. Tilda hatte es bei der Abreise liegen gelassen, aber in Düsseldorf schmerzlich vermisst. Allerdings nur die ersten Tage, wie Teresa erklärt hatte. Wer weiß, vielleicht flog Bob in eine Ecke, wenn sie zurückkehrte. Sie würde im Sommer eingeschult werden. Spielten große Mädchen noch mit abgegrabbelten Babyherzensangelegenheiten? Oder wurden sie mit dem Schuleintritt peinlich? Er hatte keine Ahnung.

Kurz dachte er an Judy, die vielleicht ein Jahr älter als Tilda war. Das Leben spielte mit gezinkten Karten. Einige Menschen wurden von Anfang an zu Verlierern abgestempelt. Sollte man Leuten wie den Schreppers ihre Kinder wegnehmen, damit sie eine echte Chance bekamen? Blödsinn. Liebe gedieh auch in weniger schönen Biotopen, und wenn man es genau nahm: Was wusste er schon von diesen Leuten? Vielleicht gingen sie miteinander ganz manierlich um. Vielleicht liebte das Mädchen seine irre Familie.

Das Handy klingelte, und Luka legte das Spielzeug beiseite.

Seine Miene hellte sich auf, als er das Bild auf dem Display sah. «David – als hättest du's geahnt!»

Er besaß nicht viele Freunde auf Rügen. David Grosser war einer von ihnen. Ein schräger Musiker, der im Philharmonischen Orchester Vorpommern spielte, mit Freunden abgedrehte Konzerte gab und sein Einkommen mit Musikstunden aufbesserte. Manchmal nervig, aber immer ehrlich. Gut, wenn er ehrlich war, nervte er vielleicht am meisten, aber das musste ja kein Makel sein. Sie trafen sich gelegentlich zum Jazzen, David am Klavier oder einem der anderen zahllosen Instrumente, die er beherrschte, Luka am Saxophon. Das war klasse, Entspannung pur. Kein blödes Gequatsche, nur eine Runde Coleman oder Charles Mingus. Manchmal fuhren sie auch mit der *Aquaholic* raus, dem Boot, das David sich im vergangenen Jahr angeschafft hatte.

Aber dieses Mal hatte sein Freund etwas anderes vor. «Hast du Lust auf ein bisschen Gruseln in Prora?», tönte es durchs Handy.

Prora oder der Koloss von Rügen, wie sie ihn hier auf der Insel nannten, war ein öder, viereinhalb Kilometer langer Gebäudekomplex an der Ostküste der Insel. In der Nazizeit erbaut, hatte er als Ferienheim für Hunderttausende Volksdeutsche dienen sollen. Er war nie in Betrieb genommen worden. Zu DDR-Zeiten hatte ihn die Nationale Volksarmee genutzt, und seit einigen Jahren hatten ihn Immobilienhändler gekapert, um in den sechsstöckigen Blöcken Eigentums- und Ferienwohnungen herzurichten, mit Blick aufs Meer. Angeblich verkauften sie sich wie verrückt.

«Gruseln?», fragte Luka.

«Komm einfach rüber. Wir treffen uns bei der Fischerklause. Weißt du, wo das ist?»

«Klar. Mit oder ohne Saxophon?»

«Mit natürlich.»

Wie es aussah, würde der Abend doch nicht ganz so trostlos verlaufen.

Die Sonne war längst untergegangen, als Luka mit seinem Touareg den Koloss erreichte. Er parkte auf dem betonierten Parkplatz und ließ den Blick über die riesigen, grauen Blocks schweifen, die zwischen ihm und dem Meer lagen. Jeder davon besaß sechs Etagen, Fenster reihte sich an Fenster, zwischen zwei Blocks ging jeweils im rechten Winkel ein Gebäude ab, das im gleichen bedrückenden Kastenstil erbaut worden war. Tristesse pur.

Die Fischerklause war zusammen mit einem Museum und einer Diskothek in einem Häuschen vor dem Koloss untergebracht, das wahrscheinlich ebenfalls aus dem Dritten Reich stammte. Ein aus grünen Lämpchen geformter Fisch lud zum Einkehren ein. Über dem Fisch fand sich eine gemalte Palme, die aber wohl schon zur Deko der Miami-Disco gehörte. Luka sah David auf sich zukommen. Er holte das Saxophon aus dem Kofferraum.

«Na bestens!» David hielt sich nicht lange auf. Sie überquerten den Parkplatz und schritten einen langen Betonpfad hoch, der sich parallel zu den Bauten erstreckte. Die andere Seite des Wegs säumten kleine, schäbig wirkende Buden, in denen Touristen tagsüber Kugeleis und Thüringer Bratwürste erstehen konnten. Zwischen den Blocks wuchsen Gras und wildes Gebüsch, an einigen Stellen zeugten Berge aus Steinbrocken, dass man mit Renovierungsarbeiten begonnen hatte, wahrscheinlich wurden nicht tragende Innenwände abgerissen.

David begann, von seinem letzten Konzert zu erzählen – Brahms-Streichquartette in einem renovierten Schlösschen –, bei dem ein Besucher die spannungsgeladenen Pausen mit

Schnarchkaskaden gefüllt hatte. Er lachte. «Schnarchen ist in Ordnung. Aber ein Mädel hat ins Smartphone geflüstert. Mann, da fühlst du dich wie in den guten alten Zeiten.»

«Ihr hattet Smartphones in der DDR?»

«Klar, wir wollten nur nicht damit protzen. Hier lang.» Er bog in eines der Karrees zwischen den Blocks ab. «Ich hab mal vor Honecker gespielt, in den Siebzigern. Hoffnungsvoller Knirps demonstriert den Glanz der Arbeiterrepublik, so sollte das laufen. Aber jemand in der ersten Zuhörerreihe hat geredet, und da hab ich aufgehört zu spielen.»

«Wie alt warst du damals?»

«Sechs oder sieben.»

«Mutig.»

«Quatsch, ich war durcheinandergekommen. Wahrscheinlich hab ich geheult, und angeblich hat mich die göttliche Margot höchstpersönlich getröstet. Aber seitdem hab ich einen Rochus auf Schwätzer im Publikum. So, hier ist es.» Er hielt vor einer Tür. Sie war mit Brettern zugenagelt gewesen, die aber jemand entfernt hatte. Aus einer der oberen Etagen drang Licht durch eine geborstene Scheibe.

«Darf man hier überhaupt rein?»

«Bullenfrage.»

«Nee, ich will aber noch meine Pensionierung erleben.»

«Die Nazis haben für die Ewigkeit gebaut. Tausendjähriges Reich, weißt du doch.»

Luka bückte sich und folgte seinem Freund in ein dunkles Treppenhaus. David ließ eine Taschenlampe aufleuchten. Der Lichtkegel fiel auf ein schmiedeeisernes Geländer, die Treppe dahinter führte in die oberen Stockwerke. Sie erklommen die Stufen und bogen in einen langen Flur ab, von dessen Decken abgeblätterte Farbbrocken wie Stalaktiten hingen. Der Boden war staubig. Jugendliche hatten die Wände mit hingeschluderten Graffiti bedeckt. *Ina loves Mirko 4ever* – manche Dinge änderten sich nie.

«Und?», fragte Luka. Die Decken hingen tief, sie schluckten den Schall seiner Stimme.

«Könntest du dir in diesen Mauern eine Mord-und-Totschlag-Geschichte vorstellen?»

«Haben wir Ärger miteinander, von dem ich nichts weiß?»

David lachte. Mondlicht fiel durch eine Fensterfront mit grünen und gelben Scheiben und warf bunte Streifen auf den Betonboden. Auf der anderen Flurseite gingen kleine Räume ab – einer sah wie der andere aus, vielleicht waren es ehemalige Soldatenstuben. Sie bogen um eine Ecke. Und standen vor einem umgekippten Rollstuhl. David blieb so abrupt stehen, dass Luka in ihn hineinlief. Einen Moment war es totenstill. «Scheiße.»

«Was ...?»

David begann zu rennen, an drei oder vier Türen vorbei, dann stieß er eine von ihnen auf. Licht fiel in den Flur. Luka, der ihm gefolgt war, blickte in einen großen, länglichen Raum, dessen Decke mittig durch eine Säulenreihe gestützt wurde. Er war hergerichtet wie ein Thronsaal in einem Disney-Film. Künstliche Wände deuteten golden verzierte Mauern an. Kronleuchter mit blinkendem Glas hingen an dünnen Schnüren von der Decke herab. In der Mitte der Kulisse stand ein mit silbernen Tüchern bedeckter Thron, auf dem eine junge Frau saß, die von mehreren Scheinwerfern angestrahlt wurde.

Schneewittchen, dachte Luka. Ihre in der Mitte gescheitelten Haare waren pechschwarz, die Lippen, die in Grübchen endeten, grellrot bemalt, und blass war sie auch. Nur die hellwachen Augen passten nicht ins Prinzessinnenklischee. Und ihr Outfit natürlich. Sie trug ein blaues Top, eine Lederjacke und enge Röhrenjeans. «Na endlich, Jungs, noch auf ein Bier gewesen?» Sie lächelte ihnen entgegen.

«Mensch, Gitte.» David ging zu ihr und tastete sie dabei mit den Blicken ab, als wollte er sich überzeugen, dass sie unverletzt war, und hätte gleichzeitig Angst, danach zu fragen. Gittes Beine hingen schlaff zu Boden, es war klar, dass der Rollstuhl im Flur ihr gehörte. Was war geschehen?

Sie redete, bevor er die Frage stellen konnte. «Ich schlage vor, wir fangen gleich an.» Vor ihr stand ein rot lackiertes Drumset. Sie griff nach den Drumsticks und legte einen Trommelwirbel hin.

«Was ist passiert, da draußen?», fragte Luka, als sie die Sticks wieder sinken ließ.

«Gar nichts.»

Aha. Der Rollstuhl, eines der stabilsten und sichersten Gefährte überhaupt, war also von allein umgestürzt, in einem langen, geraden Flur, dessen einzige Hindernisse in abgeplatzten Farbfladen bestanden? Gittes Ärmel und ihre Hosenbeine waren staubverschmiert. Auf dem Boden konnte man die entsprechenden Spuren sehen. Da sie es geschafft hatte, die Strecke bis zum Thron zurückzulegen, musste sie enorme Kraft in den Armen besitzen. Warum hatte sie den Rollstuhl dann nicht aufgerichtet und sich wieder auf den Sitz gezogen? Wäre das nicht unkomplizierter und weniger anstrengend als das Robben gewesen?

Luka nahm Davids Taschenlampe und kehrte in den Flur zurück. Er fand sich selbst blöd, aber das Verhalten von Davids Freundin war noch idiotischer. Auch hier draußen gab es eine Schleifspur, doch die sah anders aus. Zwei spitze Rinnen, als hätte jemand die Frau unter den Armen gepackt und sie über den Beton geschleift, sodass nur ihre Fersen den Boden berührten.

«Du hast recht, David, dein Freund ist ein waschechter Bulle.» Gittes Stimme sollte belustigt klingen, aber sie kriegte den richtigen Ton nicht hin.

Er kehrte in den Saal zurück und wiederholte seine Frage. «Was ist passiert?»

«Ich war ungeschickt. Sieht man doch. Mensch, hör auf, lasst uns loslegen.» Sie hielt inne. «O Gott, du hast gar keine Ahnung, worum es geht, was? Also, ich fass es kurz zusammen: Ich bin Drehbuchautorin, ich arbeite für *Pegasus-Film* und plane ... na klar, einen Film. Kein Märchen, die Deko stammt von früher. Für das, was mir vorschwebt, soll Prora ...»

«War jemand hier?», fragte David.

«... als zentraler Schauplatz dienen, das ist der Kern. Wenn man so eine coole Kulisse schon vor der Nase hat, muss man sie auch nutzen, finde ich. Wer weiß, wie lang's noch geht. Die Story soll in den Fünfzigern spielen. Sex and crime und so. Ein junger NVA-Offizier verliebt sich in eine Russin, ein Schwede kommt ihm dazwischen, ein kompromittierender Briefwechsel ... egal ... und dann ... tatata ...» Sie legte einen weiteren Trommelwirbel hin. Gitte war keine erstklassige Drummerin, eigentlich eine miserable, aber wahrscheinlich hätte niemand von dem bescheuerten Thron aus ein Drumset vernünftig bedienen können.

«Besonders wichtig ist mir die Hintergrundmusik, die den Film durchziehen soll. Ich will eine eigens komponierte Filmmusik, einen Sound, der im Ohr kleben bleibt. Deshalb hab ich mich bei David gemeldet. Ich habe euch beide mal spielen hören, in Thiessow, im Strandcafé. Da kam was rüber ...» Sie redete wie ein Wasserfall. Hätten ihre Beine sie nicht eingeschränkt, wahrscheinlich wäre sie durch den Raum marschiert, um ihre Unruhe zu lindern. «Viel Zeit braucht das nicht, keine

Angst. Mir reichen ein paar Einfälle. Richtig durchkomponieren kann das dann jemand anderes.»

Wer hatte ihren Rollstuhl umgeworfen und sie ins Zimmer geschleift?

«Könnt ihr mal was improvisieren? Es soll eine Stimmung haben wie ... ein bisschen leise, melancholisch, na, ihr wisst schon. *Amazing Grace* ... was weiß ich ...»

David zuckte nicht, trotz der musikalischen Zumutung. Er griff sich die Klarinette, die auf einem Tisch vor dem Fenster lag, und begann zu spielen. Kein *Amazing Grace*, sondern etwas mit Klasse, melancholisch, wie verlangt, vor allem aber schmeichelnd ... Er ist verliebt, dachte Luka, Donnerwetter. David war mit seiner Musik verschmolzen. Seine aufrichtigste Sprache waren die Melodien, die er spielte. Wenn man ein Ohr dafür hatte und ihn kannte, konnte man seine Gemütslage aus jeder einzelnen Sequenz filtern. Er war lange Zeit mit einer Frau aus Stralsund liiert gewesen, aber in letzter Zeit schienen die beiden die Lust aufeinander verloren zu haben. Nun sollte also etwas Neues kommen? Gitte begann, ihn vorsichtig mit ein paar Takten auf dem Drumset zu begleiten.

Also gut, die Frau wollte über den Vorfall mit dem Rollstuhl nicht reden, es war ihr offenbar auch nichts passiert – die Sache ging ihn nichts an.

Luka packte sein Saxophon aus. Gemeinsam stimmten sie die Instrumente und besprachen sich kurz, dann legten sie los. Sie hatten sich rasch aufeinander eingestellt. David griff sein Thema wieder auf. Die Akustik in dem Schneewittchen-Thronsaal war nicht besonders. Die Hässlichkeit von Prora schien sich auf die Musik zu legen. Aber was tat's. Gitte ließ die Drumsticks bald sinken und lauschte ihnen nur noch. Schließlich sagte sie leise: «Genau. Das ist es. So hab ich mir das vorgestellt.»

Sie griff nach dem Smartphone, mit dem sie die Musik aufgezeichnet hatte, und hörte sich die letzten Minuten noch einmal an, während Luka in den Flur ging, den Rollstuhl aufrichtete und ihn in die Disney-Kulisse schob. «Brauchen Sie Hilfe beim Umsteigen?»

Gitta stellte die Musik aus. «Sie können mich nicht leiden», stellte sie fest.

«Ich kann es nicht leiden, wenn man mich für dumm verkauft. Das ist etwas anderes.»

«Bulle», sagte sie noch einmal. Sie lehnte seine Unterstützung ab. Elegant, beinahe schwerelos, hievte sie sich vom Thron auf die lederne Sitzfläche des Rollstuhls. «Also gut, raus mit allen Wahrheiten, die Stimmung ist ja eh dahin.» Sie warf David einen Blick zu, in dem Bedauern stand. «Mein Vorname ist Gitte, komplett heiße ich Gitte Schrepper. Verwandt mit *den* Schreppers, richtig.»

Luka erinnerte sich an die Schrepper-Tochter, die Kutscher erwähnt hatte, die aber nicht in Lohme lebte und an den tragischen Abenden nicht vor Ort gewesen und deshalb noch nicht befragt worden war. Die Schwester von Dietmar und Monti und der bedauernswerten Nadine, die immer noch nicht aus dem Koma erwacht war.

«Ich pack schon mal die Instrumente ein», sagte David, es war eines der seltenen Male, dass Luka ihn verlegen sah. Offenbar war er eingeweiht gewesen.

«Das Drumset kann stehen bleiben. Und die Musik brauche ich ehrlich.» Gitte drehte mit Schwung ihren Rollstuhl zu Luka. «Es läuft etwas falsch, bei euren Ermittlungen wegen Nadine und dem Messer.»

«Wissen Sie, dass Ihr Vater gestorben ist?»

Ja, sie wusste es, er sah es an ihrem Blick, in dem sich Trauer mit einer seltsamen Resignation mischte, die fast sofort in Ungeduld überging. «Dietmar hat es mir gesagt.»

«Gerade, bevor wir gekommen sind?»

«So ist er, es spielt keine Rolle.»

«Ihr Bruder hat also Ihren Rollstuhl …?»

«Ich sag doch, es spielt keine Rolle.»

«Da komm ich nicht mit.»

«Dietmar rastet schnell aus, ich auch. Ich will nicht darüber reden. Es geht mir um Nadine.»

«Ich habe mit den Untersuchungen zum Fall Ihrer Schwester nichts zu tun. Ich kann sie weder beurteilen noch beeinflussen.»

«Klar.» Gitte bemühte sich um ein Lächeln. «Es ist nur so: Der Name Schrepper wirkt auf Rügen wie ein Trigger. Wenn irgendwo was Unsauberes passiert, und ein Schrepper war auf hundert Kilometer in der Nähe, dann hat er's auch getan. So denkt ihr bei der Polizei.»

«Da sind wir ja ganz schön blöd.»

«Wie schön, dass ich's nicht selbst sagen muss.» Gitte biss sich auf die Lippe. Die Grübchen ließen sie nett aussehen, egal, was für ein Gesicht sie zog, und wahrscheinlich hasste sie sie deswegen. «Wenn es um meine Brüder geht, um Dietmar und Monti, habt ihr recht. Die sind bescheuert. Aber bei Nadine irrt ihr euch. Meine Schwester ist nicht gewalttätig, egal, wie sie sich zudröhnt. Sie ist nicht das hellste Licht am Sternenhimmel, sie hat falsche Freunde und eine Familie zum Kotzen. Aber sie könnte keiner Menschenseele etwas zuleide tun.»

«Wie gesagt, der Fall wird von einer anderen Dienststelle bearbeitet. Sie müssten Ihre Einwände …»

«Zuhören kannst du ihr aber schon», fand David.

«Hab ich doch gerade, oder? Hilft nur nichts. Sie müssen sich an meinen Kollegen Kutscher …»

«Da war ich schon. Der Mann ist ein Idiot.» Gitte legte die Hände auf die Räder des Rollstuhls und fuhr zum Flur. Bei der Treppe musste sie warten. David hob sie aus dem Gefährt. Sie war leicht, hatte aber natürlich trotzdem ein ordentliches Gewicht. Luka war größer und durchtrainierter als sein Freund, doch es war ihm ganz recht, dass er nur den Rollstuhl hinabtragen musste.

Gitte hatte ihr Auto auf einer zubetonierten Fläche hinter einer Mauer geparkt. Das Umsteigen vom Rollstuhl in den Wagen schaffte sie mit Hilfe eines höhenverstellbaren Sitzbretts. Sie klappte ihren fahrbaren Untersatz routiniert zusammen und beförderte ihn auf den Beifahrersitz.

«Das mit Ihrem Vater tut mir leid», sagte Luka.

«Ja, mir auch.»

«Ihre Brüder halten es für Selbstmord.»

«Damit liegen sie wahrscheinlich richtig. Nadine war sein Glück. Die Jungs halten zur Mutter, die Mädchen zum Vater. Das Übliche.» Sie ließ den Motor an.

«Hatte er sich tatsächlich im Garten ein Grab angelegt?»

«Ist doch verständlich für jemanden, der sechs Jahre auf Gefängnismauern gestarrt hat. Er hat sich wenigstens die letzte Schlafstätte selbst aussuchen wollen.» Sie ließ den Motor an. Der Wagen bog auf den kleinen Weg ab.

«Zuhören kannst du aber schon», äffte Luka seinen Freund nach, als sie verschwunden war.

«Eingeschnappt?»

«David, pass auf, dass du dich nicht zum Idioten machst. Gitte wollte dich benutzen, um mich zu manipulieren.»

«Wie ist ihr Vater denn gestorben?»

Luka schilderte es ihm.

«O Gott.»

«Kann man wohl sagen. Ich weiß nicht, wie ein Mensch sich

so einen Tod aussuchen kann.» Sie kehrten ins Haus zurück, um ihre Instrumente zu holen.

«Lass die Finger von ihr», riet er, als sie die Treppen des unheimlichen Hauses wieder hinunterstiegen.

«Weil man bei den Schreppers ja schon weiß, was einem blüht?»

Luka zuckte mit den Schultern. Den Rest des Abends, den sie in einer Kneipe verbrachten, erwähnten sie die Frau nicht mehr.

Hatte Georg Schrepper sich also tatsächlich selbst umgebracht? Die Vorstellung drehte Luka den Magen um. Aus der Pathologie hieß es ziemlich rasch, dass von dem Toten nicht genug übrig geblieben war, um die Theorie einer Selbstverbrennung zu bestätigen oder zu widerlegen. Hautabschürfungen, Druckstellen: Was auch immer man als Zeichen von Gewalt hätte deuten können, war mit dem Mann verbrannt.

Sie grübelten über ein Mordmotiv, aber es fiel ihnen nichts ein. Der Vater hing mehr an den Töchtern als an den Söhnen – Eifersucht? Konnte Luka sich nicht vorstellen. Ehezwistigkeiten zwischen Martha und ihrem Mann? War schwer zu beurteilen. Dietmar, Monti und Martha hatten auf ihn betroffen gewirkt und nicht, als wären sie einen verhassten Menschen losgeworden. Gitte hatte ja auch nichts in diese Richtung angedeutet. Ein Testament existierte nicht. Viel Vermögen war angeblich auch nicht vorhanden, eigentlich nur das Haus, aus dem die Familie aber nicht ausziehen wollte. Zumindest gaben sie das an, als Luka nachfragte.

Als endlich die Abschlussprotokolle eintrafen, wurden ihre Ahnungen bestätigt: keine verdächtigen Spuren, weder auf dem Grundstück noch an der Leiche.

Luka sprach mit dem Staatsanwalt. Der war dafür, die Ermittlungen einzustellen. Und so hielten sie es. Der Tod von Georg Schrepper wurde als ungelöst zu den Akten gelegt, mit dem Vermerk, dass es sich vermutlich um einen tragischen Selbstmord gehandelt habe.

Ob Gitte sich wegen Nadine an Kutscher wandte oder die Sache auf sich beruhen ließ, erfuhr Luka nicht, und er fragte auch nicht nach. Gitte hatte ihre Gefühle als Beweis gegen Kerstin Sommers Behauptung angeführt, aber Gefühle von der Art *meine Schwester würde so etwas niemals tun* waren vor Gericht nicht die Mühe wert, sie zu formulieren, und deshalb für Ermittlungen nicht relevant.

Luka wurde noch einmal an die Sache erinnert, als Kutscher einige Zeit später in sein Büro kam. Der Mann grinste übers ganze Gesicht. «Finn Schmorle hat seine Aussage ergänzt.»

«Wie das?»

«Ihm ist eingefallen, dass er auf dem Weg zum Haus gehört hat, wie Kerstin jemanden anbrüllte, er soll das Messer weglegen.»

«Und wieso hat er das nicht schon früher erwähnt?»

«Mann, Kroczek, Sie wissen doch, wie das ist, in so einer Situation: Man ist aufgeregt und muss seine Erinnerungen erst einmal sortieren.»

Luka merkte, wie sein Puls in die Höhe schoss. Als er bei nächster Gelegenheit den Ordner mit den Vernehmungen durchging, sah er, dass Schmorles erste Aussage verschwunden war. Jetzt musste es für das Gericht so aussehen, als wäre die Sache mit dem Messer von Anfang an Teil seiner Aussage gewesen. Er kochte vor Wut und sprach Kutscher darauf an. Der wurde zum ersten Mal wortkarg. «Sie wissen, dass Sie sich in meine Untersuchung nicht einmischen dürfen!»

«Und Sie wissen, dass Sie unparteiisch ermitteln müssen.»

«Ich tue, was nötig ist, damit kein Unschuldiger zu Schaden kommt.» Der Mann vom LKA verabschiedete sich frostig. Und nun? Mit dem Chef reden, mit Martin Berger? Selbst Anzeige erstatten? Luka fragte Conny nach ihrer Meinung.

«Bist du bescheuert? Das, was Schmorle zu Protokoll gegeben hat, steht nicht im Widerspruch zu seiner ersten Aussage, dass er beim Schuss nicht dabei war. Kann alles so stattgefunden haben.»

«Und warum rückt er erst jetzt damit raus? Und warum ist die erste Aussage verschwunden?»

«Warst du dabei, als sie aufgenommen wurde? Kannst du beweisen, dass Schmorle die Sache mit Kerstins Rumgebrüll nicht bereits eingefallen war, als Kutscher ihn am Tag nach der Tat befragt hat? Mann, Luka, jeder weiß, wie du zu Kerstin stehst. Die werden glauben, dass du die Gelegenheit nutzen willst, ihr eins reinzuwürgen.»

«Du auch?»

«Quatsch. Ich bin sicher, dass Kutscher Schmorle bequasselt hat. Aber kannst du dein Gespräch mit ihm belegen? Luka, es gibt Augenblicke, da möchte man in die Tischkante beißen. Aber wenn man nichts ausrichten kann, ist es besser, man schluckt und hält die Klappe.»

Er starrte frustriert zum Fenster. Und folgte zähneknirschend ihrem Rat.

Die Verhandlung im Fall Nadine Schrepper fand knapp drei Wochen später statt. Man wollte die Polizistin wohl nicht schmoren lassen, und sie fehlte ja auch im Dienst, wo ein besonders brutaler Fall von häuslicher Gewalt und mehrere Anzeigen wegen sexueller Übergriffe, die in einem Sportverein stattgefunden haben sollten, die Beamten in Atem hielten. Luka ging selbst nicht zum Gericht, ließ aber Conny ziehen. Sie kam gegen 16:00 Uhr zurück und suchte ihn, bis sie ihn bei der Kaffeemaschine fand.

«Der Schrepper-Anwalt war echt gut, du, da hab ich gestaunt. Der hat Finn Schmorle im Zeugenstand in die Mangel genommen wie ein Staranwalt aus der Glotze. Und jetzt halt dich fest: Am Ende hat Finn zugegeben, dass er mit seiner Aussage, was das Messer angeht, geflunkert hat. Kerstin hatte ihn wohl bekniet, ihr zu helfen. Das kam gar nicht gut.»

«Puh!»

«Nadines Anwalt hat die Lüge als Steilvorlage genommen und die Schreppers als Opfer der Polizei dargestellt, von der ja bekannt ist, dass sie sich gern gegen die vom Schicksal Benachteiligten wendet – der ganze Schmus. Die Schwester von Nadine, diese Gitte Schrepper, war auch gekommen, und ihr Rollstuhl hat die Opferrolle noch einmal unterstrichen. Du hättest die mal reden hören sollen! Das Ganze war zum Kotzen, hat das Gericht aber beeindruckt. Donnerstag in zwei Wochen soll das Urteil verkündet werden.»

Luka nahm eine Tasse aus dem Schrank und füllte sie für Conny mit Kaffee. «Gitte Schrepper hat mit mir Kontakt aufgenommen und versucht, mich zu manipulieren.»

«Wie das denn?»

Er erzählte von Prora und Gittes seltsamem Benehmen. «Sie wusste wohl selbst nicht genau, was sie erreichen wollte. War jedenfalls auch eine beeindruckende Show.» Er spülte den Plastikfilter aus und stellte die Filtertüten in den kleinen Hängeschrank zurück.

Conny nippte am Kaffee. «Die Schreppers werden auf Schmerzensgeld klagen, hab ich am Rande mitgekriegt. Da geht's um richtig viel Schotter. Vielleicht haben sie Kerstin deswegen reingeritten.»

«Kutscher hätte nicht an den Beweisen rummachen sollen. Dann wäre es vielleicht anders ausgegangen.»

«Und nun?»

«Weiterarbeiten. Oder fällt dir was Besseres ein?»

«Lust darauf, nachher ein bisschen im *Bergen 94* abzuhängen?», fragte Conny.

Er schüttelte den Kopf. Teresa und Tilda waren wieder zu Hause. Er würde für die beiden Spaghetti bolognese kochen – das Einzige, was er küchentechnisch draufhatte – und anschließend mit Tilda eine Legoburg bauen. Von seinem Job und allem, was damit zusammenhing, hatte er momentan die Nase voll.

FÜNF

Am folgenden Tag schlug das Wetter um, es wurde zum ersten Mal in diesem Jahr richtig warm. Die Gaststätten und Cafés stellten Stühle ins Freie, und Luka lud seine Kollegen zwecks Hebung der Arbeitsmoral auf die Sonnenterrasse ins *Tüffelhus* ein. Kerstin fehlte ihnen, sie waren arbeitstechnisch am Limit. Besonders die sexuellen Übergriffe hielten sie auf Trab. Es gab in dem Sportverein zweihundertsiebzehn Jugendliche und siebenundvierzig Erwachsene, die sie eigentlich alle befragen müssten, was aber mit ihrem Personalschlüssel nicht einmal ansatzweise zu stemmen war. Und der Kreis, der ihnen am ehesten hätte Auskunft geben können, mauerte.

«Scheiße, warum können die Kerls nicht einfach fragen, ob die Mädels mit ihnen in die Kiste wollen oder nicht?», brummte Conny.

«Schön wäre auch, wenn die Mädels lernten, wie man deutlich ja oder nein sagt», konterte Tobias.

Aber so einfach war es nicht.

Während das Essen aufgetragen wurde, musterte Luka seine Leute. Olaf Dommel mit dem karierten Hemd und dem Blasenproblem, dessen Frau ihn bearbeitete, dass er sich in ihre Heimatstadt Rostock versetzen lassen sollte. Tobias Schneller, der Freizeit-Volleyballspieler, dem wie den meisten jungen Leuten ein Smartphone am Ohr klebte und der unverzichtbar war, wenn es um das Sammeln und Korrelieren von Daten ging. Und Conny mit ihrem klaren Blick. Alle gut, jeder auf seine Weise. Engagiert, zuverlässig. Aber zu wenige, um auch nur das Wichtigste abzuarbeiten. Er würde bei Berger Druck machen müssen, damit er endlich zusätzliches Personal bekam. Drei, vier Leute. Das war schon vor Kerstins Ausscheiden ein ewiges Thema gewesen.

Sie saßen zwischen alten Mauern aus rotem Ziegelstein, an denen Efeu rankte, das Essen war wie immer ausgezeichnet. Conny zeigte ihnen Bilder von der Boutique ihrer Tochter und seufzte, weil man über ein gewisses Chaos nicht hinwegsehen konnte. Gegen zwei Uhr machten sie sich auf den Rückweg ins Kommissariat.

Am Straßenrand vor dem Haus parkte ein metallicblauer Porsche Macan. Luka und Tobias blieben automatisch davor stehen. Es war ein tolles Gefährt: Frontscheinwerfer in die Motorhaube, ein dezentes Outfit, aber erstklassige Leistung – vierhundert PS unter der Haube, von null auf hundert in fünf Sekunden, schätzte Luka. Vor dem Kommissariat mit den deprimierenden Mauern und den schmutzigen Fenstern wirkte er wie die Queen vor einem Obdachlosenasyl. Luka sah durch die Fenster: Auf der Rückbank war ein Kindersitz angebracht.

Als er das Gebäude betrat, warf er einen Blick in den Flur der Streifenpolizei, aber der Fahrer wartete überraschenderweise oben im verwaisten Kommissariat. Es war ein Mann mittleren Alters in lässigen Edelklamotten, die zum Auto passten. Das Kind trug er auf dem Arm. Er stand auf und gab Luka die freie Hand. «Hagen Tanner. Bin ich bei Ihnen richtig? Sie leiten das Kommissariat hier?»

Tanner … Luka musste einen Moment überlegen, bis er den Namen einordnen konnte. Der Mann, der die Villa gegenüber der Schreppers bezogen hatte. Verblüfft bat Luka ihn in sein Büro. Conny folgte ungefragt. Das Kind mochte ungefähr acht

Monate alt sein – rosige Pausbäckchen, dunkelbraune Augen, eine kükengelbe Jacke und ein kükengelbes Mützchen, das das Gesicht einrahmte. Als Conny sich zu ihm beugte und es an der Nase kitzelte, begann es zu lachen.

«Wie heißt sie denn? Oder ist es ein Er?»

Tanner lächelte ebenfalls. «Emily. Sag hallo zu der Dame, Schätzchen.» Er nahm mit dem sabbernden Kind auf dem Besucherstuhl Platz, Conny stellte sich ans Fenster.

«Und was kann ich für Sie tun?», fragte Luka.

«Tja, wie soll ich anfangen?» Tanner war ein gut aussehender Mann – kurze, schwarze Haare, ein schmales Gesicht, glatt rasiert, der Körper wirkte durchtrainiert, sein Lächeln, das immer wieder aufblitzte, gelassen. «Ich wohne in Lohme, in dem Haus gegenüber von den Schreppers.»

«Geht es um den Tod von Georg Schrepper?»

Tanner hob abwehrend die Hände. «Nein, nein, davon haben wir gar nichts mitbekommen, das war ja vor unserem Umzug. Schlimm war es natürlich trotzdem. Wir sind in bester Stimmung aus Hamburg zurückgekommen, und dann ... Meine Frau hat den alten Mann überhaupt nicht gekannt, aber ein so entsetzlicher Tod – da muss wohl jeder erst mal schlucken. Es erinnert an die Endlichkeit des Lebens.»

«Und Sie selbst?»

«Bitte? Oh, kennen ist übertrieben. Ich habe Anfang der Neunziger mit meiner Familie in der Villa gewohnt, aber ich bin schon als Kind fortgezogen. 94 war das. Da war ich noch echt ein Knirps.»

Luka lehnte sich abwartend zurück.

«Wissen Sie, was mein erster Eindruck war, als ich mir das Haus angesehen und dabei die Schreppers getroffen habe? Wie grausig wir uns im Alter verändern. Besonders das Raben ...»

Er verschluckte den Rest des Wortes. «'tschuldigung. Man sollte niemanden so nennen, aber Dietmar und seine Geschwister haben von ihrer Mutter selbst so geredet. Ich hab als Kind gedacht, das wäre so etwas wie ein cooler Spitzname, weil sie ihre Mutter echt mochten. Mir ist erst später aufgegangen ...» Er brach ab. «Aber das interessiert Sie natürlich nicht. Es hat auch nichts ...»

«Wie war denn damals Ihr Verhältnis zu den Nachbarn gewesen?»

«Alles okay. Meine Eltern waren zum Glück entspannte Leute. Leben und leben lassen, wir sind alle Gottes Geschöpfe – diese Richtung. Meine Mutter hatte nichts dagegen, dass ich mit Dietmar losgezogen bin. Wir waren ja beide im gleichen Alter. Und Dietmar war ein klasse Typ, was heißt, dass er sich Sachen getraut hat, auf die ich gar nicht gekommen wäre.» Er lachte. «Nein, keine Sorge, wir haben nichts richtig Schlimmes angestellt. Wir sind heimlich in die Schrebergärten und haben Erdbeeren geklaut oder sind in das verlassene Waisenhaus an der Steilklippe eingestiegen. Einmal sind wir auch einen der Sendemasten vom Rügen-Radio raufgeklettert.»

«Warum ist Ihre Familie damals denn weggezogen?»

Auf Tanners Gesicht fiel ein Schatten. Einen Moment rang er mit sich, dann sagte er leise: «Ein Unglücksfall. Es war um Weihnachten rum gewesen. Meine Mutter musste ins Krankenhaus, weil sie ein Baby erwartete und es Schwierigkeiten gab, ich war mit meinem Vater im Haus zurückgeblieben. Er hatte mir was vorgelesen. Eine Weihnachtsgeschichte, nehme ich an, es war ja Adventszeit. Wir sind zu Bett gegangen, und dann hat unser Hund ein kokelndes Scheit aus dem Kamin gezogen. Vielleicht war es auch eine vergessene Kerze gewesen, ganz klar wurde das nicht. Tja ...»

«Ich hatte damals gerade bei der Polizei in Stralsund angefangen. Kann mich noch dran erinnern», erklärte Conny überraschend. «Tut mir leid, das mit Ihrem Vater.»

«Er muss das Feuer bemerkt haben. Jedenfalls ist er losgerannt und aus lauter Hast die Treppe hinuntergestürzt. Er wurde bewusstlos und ist im Rauch erstickt.»

«Tragisch», sagte Luka. Tanner wirkte mitgenommen. Einen Moment beneidete Luka ihn um die Beziehung zu seinem Vater, der sich die Mühe gemacht hatte, ihm Weihnachtsgeschichten vorzulesen.

«Meine Mutter hat das Baby durch den Schock verloren, und es ging ihr so schlecht, dass ich erst mal in ein Internat musste. War aber in Ordnung. Ich hatte bald viele neue Freunde und bin gern geblieben, auch als es meiner Mutter wieder besser ging. Anschließend hab ich studiert und geheiratet und ... Tja, jetzt bin ich zurück.»

«Gibt es einen bestimmten Grund?»

«Meine Frau und ich haben viele Jahre in Hamburg gelebt. Ich bin Fachanwalt für Steuerrecht, meine Frau Zahnärztin. Das lief gut. Aber nach Emilys Geburt wurde es uns in der Großstadt zu hektisch. Also haben wir beschlossen, nach Rügen zurückzukehren. Mutter hatte das Haus ja nie verkauft, es war also ganz unkompliziert. Wir mussten nur noch die Handwerker kommen lassen.»

Emily begann zu jammern, und Tanner stand auf, um sie umherzutragen und zu beruhigen. In seiner Jacke fand sich ein Schnuller mit Schnullerband. Er steckte ihn der Kleinen in den Mund und klemmte das Band an ihrem Jäckchen fest. Emily legte den Kopf an seine Schulter.

«Wie kann ich Ihnen denn nun helfen?»

Tanner wirkte verlegen. «Also, worum es geht ... und das

hört sich jetzt vielleicht bescheuert an, ich weiß, vor allem nach dem, was gerade mit dem armen Georg Schrepper passiert ist, aber ... Ich glaube, jemand versucht, mich umzubringen.»

Es war anderthalb Stunden später. Luka stand mit Tanner und Emily in *Freddies Garage*, einer kleinen Autowerkstatt in Sagard, und ließ sich den roten 718 Boxster zeigen, den Wagen, den Hagen Tanner normalerweise fuhr.

Freddie, ein hagerer Mann im ölverschmierten Kittel, der in Wirklichkeit Heinrich Borkmann hieß, war fassungslos. «Ich habe anfangs nur gedacht: Was für ein Mist, so eine schicke Karre, da blutet einem ja das Herz. Aber andererseits war's ja nur eine Beule. Und ehrlich – ein bisschen hat es mich auch gefreut, da mal ranzudürfen.» Klar, allzu viele Porschefahrer hatte er wohl nicht unter seiner Kundschaft.

Borkmann hatte den Wagen auf die Hebebühne gefahren und dann die Schweinerei entdeckt. Aufgeregt zeigte er Luka das Ungeheuerliche. «Hier, sehen Sie das? Der Bremsschlauch ist fast neu. Nichts porös oder so. Nee, da ist jemand mit einem scharfen Messer ran und hat den Schlauch angeschnitten. Hier, können Sie das erkennen? Völlig sauberer Schnitt! Und dann hat das Unglück seinen Lauf genommen. Die Bremsflüssigkeit ist ausgetreten, der Unfall war praktisch vorprogrammiert. Mannomann ...» Er deutete auf eine Beule im Schutzblech beim rechten Vorderrad und meinte zu Tanner: «Sie sollten Ihrem Schutzengel das Gehalt erhöhen, Herr Tanner. Wenn Sie richtig auf Touren gekommen wären, bevor die Bremsen versagten ...»

Tanner hatte seinen Teil des aufregenden Ereignisses bereits im Kommissariat zu Protokoll gegeben. Er hatte am Morgen in seinem Boxster rüber nach Stralsund gewollt. Es ging um seine neue Büroausstattung. Aber dann war ihm die Bremse komisch vorgekommen. Er war über den kleinen Parkplatz noch auf die Straße gefahren und ein Stück weiter, einen knappen Kilometer vielleicht, und wollte anhalten. Da hatten die Bremsen aber schon nicht mehr gegriffen. Es war ihm noch gelungen, die Handbremse zu ziehen, den Crash mit einem Eisenmast hatte er nicht verhindern können. Er hatte den Abschleppdienst gerufen und war anschließend mit dem Macan von seiner Frau nach Stralsund gefahren. Auf dem Rückweg hatte er den Anruf aus der Werkstatt bekommen. Und war dann direkt weiter zur Polizei.

Luka bückte sich noch einmal unter die Hebebühne. Der Schnitt im Material war klar zu erkennen. Jemand hatte ein scharfes Messer angesetzt, es gab nichts daran zu deuteln.

«Gut, ich alarmiere die Spurensicherung. Keiner fasst noch etwas an, bevor die Leute hier waren», warnte er und griff zum Handy.

Er versammelte seine Kollegen in dem kleinen Besprechungsraum des Kommissariats. Das Whiteboard war mit den wichtigsten Fakten zum Missbrauch im Sportverein übersät, an den Pinnwänden hingen entsprechende Fotos – deutlicher hätten sie nicht daran erinnert werden können, dass sie eigentlich keine Kapazitäten frei hatten, um sich mit einem Mordanschlag zu befassen.

«Und es war eindeutig Sabotage?», fragte Olaf ein bisschen ungläubig.

Tobias zeigte ihm die Fotos mit dem angeschnittenen Bremsschlauch, die Luka ihm aufs Handy geschickt hatte. Damit war dieser Punkt erledigt. Kein Marder konnte so säuberlich nagen.

«Erst verbrennt ein alter Mann, dann wird kurz drauf auf einen anderen Mann im Haus gegenüber ein Mordanschlag verübt. Vielleicht waren wir zu schnell, als wir die Ermittlungen über Georg Schreppers Tod abgeschlossen haben», meinte Olaf.

«Was vermutest du? Dass Probst ein Serienkiller ist?» Conny lachte müde. «Hatte Tanner Feinde?»

Höchstens das Finanzamt könnte ihm grollen, hatte er zu Luka gesagt. Wie also anfangen? Sie mussten in Tanners Hamburger Vergangenheit forschen und bei den Kollegen vor Ort nach früheren Anzeigen fragen. Aber zunächst einmal sollte ihr Interesse tatsächlich der kleinen Siedlung gelten, in der der Anschlag stattgefunden hatte. Bullerbü, wie Conny sie ironisch getauft hatte. Vielleicht hatte jemand etwas bemerkt.

Außerdem ordnete Luka an, dass Tobias den Polizeicomputer nach allem durchforsten sollte, was mit den Bewohnern der Siedlung zu tun haben könnte. Und Olaf sollte noch einmal mit den Kollegen in Sassnitz reden, vielleicht fiel jemandem etwas ein. Bei den Kollegen in Stralsund, die sich mit gewerbsmäßigem Raub befassten, sollte er ebenfalls nachhaken. Möglicherweise hatte jemand Tanners Wagen für eines der Schrepperautos gehalten, das aus irgendwelchen dubiosen Geschäften stammte.

Er selbst wollte mit Conny nach Lohme fahren und mit Tanners Frau reden. Eventuell auch mit der Familie Probst. Von denen hatten sie bisher wenig gehört. Und wahrscheinlich kannte niemand die Schreppers besser als sie.

«Wieso die Schreppers? Warum sollten die was mit dem Auto zu tun haben?», fragte Conny.

Luka dachte an Gitte. *Wenn irgendwo was Unsauberes passiert, und in der Nähe war ein Schrepper, dann hat er es auch getan.* Reagierte er ebenfalls so? «Wir sprechen mit jedem aus der Siedlung», wich er aus.

Auf dem kleinen Parkplatz vor den drei Häusern standen erstaunlicherweise fremde Autos.

«Party. Siehst du, normale Leute hängen um diese Zeit mit ihren Freunden ab. Das soll ein Wink sein, Kollege. Einer mit dem Betonpfeiler.» Conny ließ den Blick über die Fahrzeuge gleiten. «Meinst du, Tanner ist abgebrüht genug, nach einem Mordanschlag mit Freunden bei Kerzenlicht zu speisen? Nenn mich weltfremd, Luka, aber ich hätte erwartet, dass er erst mal seinen Therapeuten aufsucht.»

«So, wie du es tätest?»

«Ich würde mir 'ne Pizza reinschieben, Dieter Nuhr gucken und ins Taschentuch heulen. Das ist Therapie für kleine Geister.»

«Ich glaube nicht, dass der Besuch den Tanners gilt.» Die Autos hatten eine andere Preisklasse. Solide, aber zu bieder für den Steueranwalt und seine Zahnärztin. Er tippte auf Gäste des Lehrers.

Conny schien denselben Gedanken zu haben. «Warum zieht dieser Probst eigentlich nicht weg, wenn ihm die Nachbarschaft so auf den Sack geht?»

«Weil er sein ganzes Geld in das Bauernhaus gesteckt hat und es der Schreppers wegen nicht wieder verkaufen kann?», schlug Luka vor.

«Klar, ja, kein Wunder, dass er so verbittert aussieht. Mir kommt der Mann vor wie eine Stange Dynamit, an der die Flamme züngelt.»

Das Gatter stand offen. Sie liefen den Weg hinauf. Zwischen den Zweigen sah Luka ein Segelboot über die Ostsee ziehen. Darüber stand die Abendsonne. Manchmal kam ihm Rügen so schön vor, dass es weh tat. Ihm fiel auf, wie selten er noch an seine Heimat Düsseldorf dachte. Vielleicht liebte er die Insel inzwischen stärker als seine Freundin Teresa, die hier aufgewachsen war.

Sie erreichten die Häuser. Die Terrassentüren und sämtliche Fenster der Villa waren verschlossen, trotz des schönen Abends. Offenbar waren die Tanners unterwegs. Das hieß, sie mussten die Befragung von Julia Tanner verschieben. Aber aus dem Garten des Bauernhauses drangen Gespräche. Er hatte richtiggelegen, was seine Vermutung mit den Autos anging.

Conny, die Luka einige Schritte voraus war, spähte durch eine Forsythie, die sie mit ihrer gelben Pracht vor Blicken schützte. Sie winkte ihm. Er stellte sich neben sie, nicht so verstohlen, dass es peinlich würde, wenn man sie entdeckte, aber doch sehr still. Etwa ein Dutzend Männer und Frauen saßen um einen langen Gartentisch mit einer blütenweißen Tischdecke, auf der blaue Platzdeckchen farblich mit blauen Salatschüsseln und blaubunten Frühlingssträußen harmonierten. Die meisten Gäste waren im fortgeschrittenen Alter. Sie hatten etwas Gesetztes, das zu den Autos passte, einige nickten bedeutsam. Kollegen von Probst, tippte Luka.

«Hast du's gesehen?»

«Was denn?», flüsterte Luka.

Er wurde abgelenkt. Monika Probst trat durch die Terrassentür ins Freie. Sie war jünger als ihr Mann, rundlich, mütterlich, mit einem weichen Gesicht und einem angedeuteten Doppelkinn und sah bei weitem nicht so verbiestert aus wie ihr Gatte. Obwohl das Tablett mit den Biergläsern schwer sein musste, ließ sie sich nichts anmerken, sondern lächelte ihren Gästen freundlich zu.

Conny stieß ihn an. «Da! Neben der Vase, direkt bei Probst!»

Jetzt entdeckte Luka, was sie meinte. Er pfiff lautlos durch die Lippen. Zwischen den Schüsseln lag eine Pistole. Wenn Probst nicht auf Dekowaffen abfuhr, was er sich kaum vorstellen konnte, dann lag dort ... Sah aus wie eine CZ75. Das würde auch passen – die Waffe war fürs Wettkampfschießen zugelassen. Luka hielt Conny zurück. Lauschen war nicht schön, sparte aber Arbeit.

Neben der Pistole waren die Reste einer Silvester-Rakete drapiert. Und da sie so exponiert zwischen den Salaten prangte und immer mal wieder von einem der Gäste in die Hand genommen wurde, musste man wohl davon ausgehen, dass sie im Zentrum der Unterhaltung stand.

«... ungeheuerlich», hörte Luka einen stiernackigen Kerl sagen, der mit einem anderen Outfit als alternder Bandido hätte durchgehen können, aber in Schlips und Kragen einfach nur treuherzig wirkte. Schade, die Runde sprach zu leise. Nur ab und zu hob sich ein Wort aus dem Gemurmel. *Unverschämt genug ... Pack ...* Auch das Wort Polizei kam vor, und nicht in einem Ton, der vor Respekt troff.

Conny warf einen Blick zum Himmel, wo die Nacht heraufzog, und tippte auf ihre Uhr. «Mann, was denn nun?», flüsterte sie.

Luka bog die Zweige der Forsythie auseinander und ging auf den Tisch zu. Die Leute drehten sich um. Probst schielte zu der Waffe und hätte sie wohl gern unauffällig verschwinden lassen, was in dieser Situation aber kaum möglich war. Er stand auf. «Sie befinden sich auf einem Privatgrundstück», erklärte er steif.

Luka zückte den Ausweis, Probst starrte darauf, obwohl er sich zweifellos an ihn erinnerte. «Die Polizei also. Immer dann, wenn man sie nicht braucht. Und was führt Sie zu mir?» Er klang bitter. Der Stiernackige nickte.

«Wir würden gern mit Ihnen und Ihrer Frau sprechen. Nur

eine kurze Sache. Wenn Sie so freundlich wären? Übrigens: die Waffe ...»

«Was ist damit?»

«Besitzen Sie die entsprechenden Papiere?»

«O ja, *ich* schon!» Sein Blick zum Haus der Schreppers zeigte, was er meinte.

«Und Sie sind auch informiert, was den Umgang ...»

«Hören Sie, wenn Sie gekommen sind, um mir Ärger zu machen ...» Probst lief puterrot an. «Sie wissen doch überhaupt nicht, in welcher Situation ... Welche Position haben Sie überhaupt bei der Polizei? Sie können doch nicht einfach herkommen und ...»

«Doch, kann ich und muss ich sogar.» Luka schnappte sich die Waffe. Sie war gesichert, keine Patrone im Lager, auch keine im Magazin. Er legte sie zurück. «Ich würde zunächst gern mit Ihrer Frau sprechen.»

Monika Probst, die mit dem inzwischen leeren Tablett neben dem Tisch stand, lächelte verlegen und ging voran zum Haus. Ihr Mann zögerte kurz, dann trottete er hinter ihnen her. Auch gut, auf diese Weise hatten sie die Sache schneller hinter sich.

Das Wohnzimmer des pensionierten Lehrers schwelgte ebenfalls im Bauernhausambiente. Dielenböden, tiefe Sessel, Häkelgardinen, Rembrandtdrucke. Und wo immer Platz war, standen Regale mit Büchern. Hinter dem Glas eines schweren alten Schranks wurden die kostbarsten Schinken aufbewahrt, Leder mit Goldschnitt. Bildung, die ins Gesicht sprang und beeindrucken sollte, so schätzte Luka das ein.

Probst sank in einen der Sessel, seine Hände zitterten, das Gesicht war immer noch knallrot. Monika Probst stellte sich hinter ihn und legte die Hände auf seine Schulter. «Was möchten Sie denn wissen?»

«Worauf soll das mit der Pistole da draußen rauslaufen?»

«Meine Frau wurde bedroht. Wenn Sie sich die Mühe gemacht hätten, sich über die Vorkommnisse der letzten Tage zu informieren, sollten Sie das wissen. Sie wurde mit einer Silvester-Rakete beschossen. Liegt ebenfalls draußen auf dem Tisch, aber die haben Sie natürlich übersehen. Wissen Sie eigentlich, wie gefährlich diese Dinger sind? Ein unglücklicher Treffer ...»

«Hat einer von den Schreppers sie abgeschossen?»

«Monika wäre beinahe getroffen worden. So etwas kann tödlich enden. Aber die Polizei wiegelt natürlich wieder ab. Ich ...»

«Besitzen Sie Papiere für die Waffe?»

Probst stand auf, ging zu einem der Schränke, zog einen Aktenordner heraus – *Freizeit und Diverses* – und präsentierte ihnen den Waffenschein und die grüne Waffenbesitzkarte.

«Sie wissen, dass Sie die Waffe außerhalb Ihres Grundstücks nur ungeladen in einem Waffenkoffer bei sich tragen dürfen?»

«Ich habe mich natürlich vor dem Kauf der Waffe über sämtliche Vorschriften informiert. Und *ich* halte mich auch an Gesetze.»

«Wenn ich Ihnen einen Rat geben darf: Trennen Sie sich von dem Ding, bevor ...»

«Mir tut das Kind leid», unterbrach Monika Probst Luka unvermutet. Sie redete leise, als müsste sie, was die Stimmgewalt anging, ein Gegengewicht zu ihrem Mann bilden. «Die alte Frau Schrepper und ihre beiden Söhne sind schrecklich, ihre Töchter auch, aber die Kleine ...»

«Die hat sie doch nicht alle», fauchte ihr Mann. «Hast du sie schon mal reden hören? Die ist völlig gestört, Moni. Kein Wunder, bei der Familie.»

«Sie heißt Judy», erklärte Monika Probst, als würde es das Mädchen in ein besseres Licht stellen.

Gut, das führte nicht weiter. «Wir sind wegen Ihrer anderen Nachbarn hier, wegen der Tanners», wechselte Luka das Thema. «Die Bremsen an einem ihrer Wagen wurden beschädigt, und wir würden gern wissen ...»

«Die Bremsen? O Gott!», stieß Monika Probst hervor.

Er nickte.

«Es ist ihnen doch nichts passiert?»

«Ist noch mal gutgegangen.»

Sie lächelte erleichtert. «Das sind so liebenswürdige Menschen. Ich war mit Frau Tanner – also der alten Frau Tanner, jetzt gibt es ja schon die nächste Generation – befreundet. Wir hatten uns beide fürs Gärtnern interessiert. Man sieht es nicht mehr, aber sie hatte dem Wald ein richtig hübsches Fleckchen Erde abgerungen. Wir haben manchmal Blumenzwiebeln und Samen getauscht. Das mit dem Baby war so traurig. Wissen Sie von dem Brand?»

Luka nickte.

«Es war so tragisch. Sofia und Lebold haben auf mich immer gewirkt wie ein Ehepaar aus einem Film – und dann war mit einem Schlag alles kaputt.» Monika Probst wischte hastig eine Träne weg, als wäre sie ein Affront gegenüber ihrem Mann, mit dem die Ehe vielleicht nicht ganz so romantisch lief. «Aber dass Hagen jetzt zurückgekommen ist, freut mich. Er will auch seine Mutter überreden, wieder in das Haus zu ziehen. Vielleicht wird doch alles wieder gut.» Sie verließ den Platz hinter ihrem Mann und setzte sich auf einen geblümten Polsterstuhl.

«Lebold hätte besser aufpassen müssen, damals», brummte Probst. «Man lässt doch keine brennenden Holzscheite im Kamin zurück. Schon gar nicht, wenn man einen Hund hat ...»

Ein Motorengeräusch drang aus dem Garten. Nicht wie von einem Auto, sondern von einem Motorrad, und zwar von einer richtig schweren Maschine. Luka trat zum Fenster und schob die Häkelgardine beiseite. Probsts Gäste hatten sich auf ihren Gartenstühlen umgedreht. Das Gerät donnerte über eine Wiese, die das Probst'sche Grundstück von dem gelben Haus trennte. Er erkannte Monti Schreppers mageren Kopf mit dem großen schwarzen Ohrring. Kein Helm, kein Schutzanzug, natürlich nicht, dafür ein freches Grinsen im Gesicht.

Luka ging ins Freie. An einer Stelle war ein Stück Zaun entfernt worden – vielleicht das Opfer einer Attacke der streitsüchtigen Schreppers. Ein neues Zaunelement, das die Lücke füllen sollte, lehnte bereits an einem Baum.

Monti zog mehrere Kreise und ließ die Maschine, eine Harley, aufjaulen. Luka hatte keine Ahnung, was diese Show sollte. Wahrscheinlich wollte der Bursche die Nachbarn einfach auf die Palme jagen. Monti – was für ein bescheuerter Name – entdeckte ihn bei der Zaunlücke. Luka hatte angenommen, dass er noch einmal den Motor aufjaulen lassen und dann abschwirren würde. So lief es fast immer, wenn Halbstarke vor der Polizei den Macker mimten. Monti fuhr auch richtig auf einen Schuppen hinter der Wiese zu, aber dort wendete er die Maschine.

Er grinste, trat aufs Gaspedal und hielt auf Luka zu. Der merkte, wie sich seine Muskeln verspannten. Es war eine surreale Situation. In seinem Rücken starrten gebannt die Leute, die sich gerade noch über die Untätigkeit der Polizei aufgeregt hatten. Vor ihm hetzte ein durchgeknallter Junge seine Maschine über den Wiesenboden – ein Kerl, der vielleicht genauso zugedröhnt war wie vor wenigen Wochen seine Schwester. Und nun?

Luka meinte in einem der Fenster des gelben Hauses ein Frauengesicht zu sehen. Gitte? Er war ziemlich sicher.

Monti legte die Hand an die Bremse. Seine Augen gingen zu einer Stelle links von Luka. Dorthin wollte er also im letzten

Moment abdrehen. Aber er hatte seine Karre nicht im Griff. Er donnerte heran, und während Luka sich mit einem Satz zur Seite rettete, kippte das Motorrad, schrammte durch die Zaunlücke und blieb in einem Beet mit Frühblühern liegen. Monti war schon vor dem Zaun aus dem Sattel geflogen und im hohen Gras gelandet.

Luka ging zur Harley, stellte den Motor ab und nahm den Schlüssel an sich. Monti hatte Glück gehabt. Noch während Luka auf ihn zulief, erhob er sich. Ungläubig schüttelte er den Kopf und starrte auf seine Maschine, die sich zwischen den Blumen in die Erde gefressen hatte.

Martha Schrepper stürzte aus dem Haus. Die Alte hatte die ganze Aktion offenbar beobachtet, und einen Moment lang sah es so aus, als wollte sie Luka mit ihren Krallen ins Gesicht fahren. *Du bist schuld.* Das war schon irre. Luka hatte jede Menge Mütter und Väter kennengelernt, die sich schützend vor den Nachwuchs stellten, wenn er Mist gebaut hatte. Aber dieser Fall war so eindeutig … Er bekam eine Ahnung, was bei der Erziehung der Kinder schiefgelaufen sein musste.

Martha musterte ihn einige Sekunden giftig, dann ging sie weiter zu ihrem Sohn und verpasste ihm eine Ohrfeige. Monti lächelte dümmlich. «Komm mit», schnauzte sie ihn an.

«Wird er nicht», widersprach Luka. Monti war nicht sonderlich überrascht, als er ihn festnahm. Martha Schrepper dagegen leerte einen Kübel voller Schimpfwörter über ihm aus und kehrte fluchend in ihr Haus zurück. «Du hörst von unserm Anwalt, Scheißbulle!»

«Donnerwetter, *unser Anwalt* – das nenn ich mal nobel gedroht», murmelte Conny, die herbeigeeilt war und Handschellen vom Gürtel zog. Monti sah aus, als wollte er das Weite suchen. Sie grinste. «Lass, Junge … nee, denk nicht mal dran.

Unser Kommissar ist ein Höflicher, aber ich schieß dir die Beine weg, wenn du abhaust.»

Hinter ihren Rücken hörten sie Probsts triumphierende Stimme. «So, jetzt haben Sie's mal selbst erlebt!» Seine Gäste klatschten Beifall. Luka packte den jungen Mann am Arm und schaute auf die Uhr. Halb neun. Bis morgen konnten sie den Held der Harleys in einer Zelle schmoren lassen. Er drängte ihn vorwärts.

Auf dem Parkplatz erwartete ihn eine Überraschung. Gitte Schrepper stand mit ihrem Rolli neben dem Polizeiwagen. «Monti, du bist ein Idiot», sagte sie sehr ruhig. Und dann zu Luka: «Ich werde ihn begleiten.»

«Halte ich für keine gute Idee.» Luka öffnete die hintere Wagentür und hielt seine Hand über Montis Kopf, damit er unversehrt ins Auto kam.

«Was hast du vor? Ihm einen Strick aus seiner bescheuerten Zweiradakrobatik drehen? Er ist im Nu wieder draußen.»

«Erst mal darf er sich auf eine Übernachtung all-inclusive auf Staatskosten freuen.»

Gitte rollte um den Wagen herum und hielt ihn am Arm fest, als er die Beifahrertür öffnete. «Entweder begleite *ich* meinen Bruder – oder es kommt der Anwalt dazu, der uns schon im Prozess gegen deine Kollegin vertreten hat. Und dann wird die Nacht lang.»

«Wer bezahlt den Anwalt eigentlich? Sie?»

«Verrate ich dir, wenn du mich mitnimmst.»

Luka zögerte. Monti zu verhören wäre wahrscheinlich wie in der Wüste nach Wasser graben. Aber Gitte hatte etwas im Köpfchen. Vielleicht hatte sie gesehen, wie sich jemand bei Tanners Wagen rumtrieb, oder etwas am Familientisch gehört. Würde sie es verraten, wenn der Täter aus ihrer Familie stammte? Könnte sein, wenn man ihr ein bisschen zusetzte. Sie hatte ja selbst gesagt, dass sie ihre Brüder nicht mochte. Und wenn es um einen Mordversuch ging, würde sie sich vielleicht ins Gewissen reden lassen.

Er trat also beiseite, sodass sie sich auf den Sitz hieven konnte, was sie erstaunlicherweise ohne große Probleme schaffte. Sie deutete auf den Rollstuhl, und er verstaute ihn im Kofferraum.

«Danke.» Sie war wirklich hübsch, wenn sie lächelte.

Sie nutzten einen ebenerdigen Raum in der Bergener Polizeistation, um das Verhör durchzuführen. Monti und seine Schwester saßen auf der einen Seite des Tisches, Luka und Conny gegenüber. Monti litt weder an Kopfweh noch an anderen Beschwerden. Luka fragte danach, bloß kein Risiko eingehen. Aber seinem Gegenüber war nur langweilig. Der Schreck war überstanden, der Vernehmungsraum schüchterte Monti nicht ein. Wahrscheinlich hatte er sein halbes Leben auf Revieren verbracht.

«Wie war denn das mit der Rakete?»

«Was für 'ne Rakete?» Monti fummelte an seinem Ohrring. Er wusste Bescheid, sein Gesicht war wie ein offenes Buch.

«Wer hat sie abgefeuert?»

«Ich weiß überhaupt nicht, wovon du redest, Mann.»

«Frau Schrepper, könnten Sie Ihrem Bruder erklären, dass es günstig für ihn wäre, kooperativ zu sein – nach der Show, die er vorhin vor Publikum abgezogen hat?»

«Worum geht's denn überhaupt?»

«Jemand hat mit einem von diesen Silvesterdingern auf Monika Probst geschossen.»

Gitte musterte ihren Bruder verdrossen. «Wenn du was weißt, dann sag's. Das ist ein Affenkram. Hast du sie losgeschickt?»

«Quatsch. Ich hab keine Ahnung, ehrlich nicht, Gitte.»

Conny verdrehte die Augen. Gitte sah aus, als wollte sie dasselbe tun. Sie beugte sich vor. «Kroczek, meine Schwester liegt im Koma, und mein Vater hat sich vermutlich deshalb umgebracht – und ihr reitet auf einer bescheuerten Rakete herum, die nicht einmal jemanden verletzt ...»

«Und was ist mit Tanners Wagen?» Luka versuchte, beide Schreppers im Blick zu haben, als er die Frage stellte. Monti schaute verdutzt, er hatte keine Ahnung. Auch Gitte zog überrascht die Brauen zusammen. Wenn sie keine verdammt gute Schauspielerin war, wusste sie nichts von der Manipulation an Tanners Bremse.

«Haben Sie in den letzten Tagen etwas Ungewöhnliches in Ihrer Siedlung beobachtet?»

«Was denn, Mann?», fragte Monti.

Gitte legte die Hand auf seinen Arm. «Worauf willst du raus? Hat Hagen eine Beule ins Blech bekommen?»

«Ist er ein netter Nachbar?», fragte Conny.

«Woher soll ich das wissen? Ich hab ihm seit seinem Einzug einmal zugewinkt.»

«Und Sie, Herr Schrepper?», fragte Luka.

«Hä?»

«Hagen Tanner – was ist das für ein Mensch?»

«Ey, der ist doch der Kumpel von Didi, also von meinem Bruder. Klar ist der in Ordnung.» Monti kaute auf seinem Fingernagel, der schwarz vor Dreck war. Er dachte nach, man merkte, wie viel Mühe ihm das bereitete. «So einer wie Hagen macht nix Schräges. Der hat jede Menge Kohle. Der hat das gar nicht nötig. Außerdem ist er so was wie 'n Anwalt.»

Monti wusste nichts von dem angeschnittenen Bremsschlauch. So viel Blödheit konnte man gar nicht spielen.

«Kennen Sie jemanden, der Tanner hasst? So sehr, dass er versuchen würde, ihn umzubringen?»

Monti schaute ratlos, Gitte misstrauisch.

«Warum sind Sie eigentlich mit der Harley auf mich zugefahren, Herr Schrepper?»

«Alda, das war doch nur 'n Spaß. Ich hätt dich schon nicht umgenagelt.»

«Da freu ich mich aber.»

Monti besaß kein Ohr für Ironie. «Klar doch, Mann», grinste er.

Also gut, diese beiden Schreppers wussten nichts von dem Sabotageakt. Luka stellte das Aufnahmegerät aus. «Gibt es etwas Neues bei Ihrer Schwester?»

«War's das?», fragte Gitte.

«Wer hat denn nun den Anwalt bezahlt, der Ihre Interessen vertritt? Sie?»

«Dietmar.»

«Hat er so viel Geld?

«Finde es raus.»

Luka schwieg kurz, dann zog er sein Handy hervor und rief ein Taxi.

Als er eine Viertelstunde später das Kommissariat verließ, sah er, dass Monti seine Schwester zwar brav bis zur Straße geschoben, sie dann aber hatte stehen lassen. Vielleicht wollte er die Gelegenheit nutzen und sich noch mit ein paar Sassnitzer Kumpeln vergnügen. Gitte winkte gerade dem Taxifahrer, als Luka aus der Tür trat. Sie drehte sich zu ihm um. «Kommst du noch mal rüber?»

«Das Sie wäre mir lieber», sagte er, während er die wenigen Schritte tat.

«Bei Leuten wie den Schreppers.»

«Nein, ich meine, wenn eine Bekanntschaft beruflich werden könnte.»

«O Gott, ein Paragraphenfetischist.»

Der Taxifahrer fuhr zum Ende der Straße und wendete, damit sie leichter ins Auto käme.

«Ich hab's nicht kapiert», sagte Gitte. «Worauf wollten Sie eben hinaus? Die Gerichtsverhandlung gegen Ihre Kollegin ist doch vorbei. Sie können für sie nichts mehr rausholen.»

«Besten Dank für die Einschätzung.»

Der Taxifahrer hielt an und öffnete den Kofferraum. Gitte ließ sich auch von ihm nicht helfen. Sie musste eisern Sport treiben, anders waren die Kraft und das Geschick, mit denen sie sich in das Auto bugsierte, nicht zu erklären. Sie zog die Tür zu und öffnete das Seitenfenster, während der Mann den Rollstuhl verstaute. «Was ist los mit Hagen Tanner?»

«Das frage ich Sie.»

«Alles, was ich von ihm weiß, ist, dass er als Kind ein grünes Fahrrad hatte und ich drauf fahren durfte. Da war er zehn und ich ein Keks, der gerade in die Schule gekommen ist. Befreundet war er nur mit Dietmar. Und damit Sie's richtig einordnen: Tanner ist im Moment noch berauscht von vergoldeten Kindheitserinnerungen. Aber sobald er kapiert, zu was mein Bruder geworden ist, wird er nichts mehr mit ihm zu tun haben wollen – und *dann* können Sie mich fragen, ob jemand ihn hasst.» Die Scheibe fuhr wieder hoch. Der Taxifahrer ließ den Motor an.

Und was, wenn das schon passiert ist?, überlegte Luka, während er ums Haus zu seinem eigenen Wagen ging. Wenn Tanner bereits etwas gesagt hatte, das Dietmar Schrepper in Rage brachte?

SECHS

Wann ist man alt? Monika Probst stand in ihrer Diele mit den rustikalen dunklen Eichenmöbeln, die Gottfried passend zum rustikalen Wohnzimmer und der rustikalen Küche bei einem Tischler in Rambin hatte anfertigen lassen, und starrte auf ihr Spiegelbild. Sie hatte vor zwei Wochen Geburtstag gehabt und war vierundfünfzig geworden. Da sie ein bisschen mollig war, hatte sie noch nicht so viel mit Falten zu tun, aber in den Haaren, die sie nicht färbte, zeigten sich graue Strähnen, und ihr Busen hing breit und schlaff im BH. Ich bin farblos, dachte sie, obwohl sie nicht bleicher als andere Leute um diese Jahreszeit war. Ich bin von innen farblos.

Sie nahm ein Gummiband aus einer Schublade und fasste das grau-braune Gewusel an ihrem Kopf zu einem Pferdeschwanz zusammen. Gottfried hätte sie gebeten, den Zopf zu flechten. Damit die Frisur zum Haus passte. So drückte er es natürlich nicht aus, aber genau das meinte er. Gottfried, dachte sie, Himmel, Gottfried mit seinem Wahn vom Landleben. Vor zwei Jahren hatte er sich sogar Bienen angeschafft. Obwohl sie Angst vor diesen Insekten hatte. Du wirst dich an sie gewöhnen, hatte er gesagt – und in gewissem Maß recht behalten. Draußen machten ihr die Viecher nichts mehr aus. Wenn allerdings eines ins Haus eindrang, geriet sie immer noch in Panik.

Monika zog ihre Gartenschuhe an und ging ins Freie. Die Sonne schien – sie freute sich auf die Gartenarbeit. In ihrem Garten fühlte sie sich frei. Da gab es echte Schönheit ohne Muff.

Glücklicherweise litt Gottfried an einer Sonnenallergie und hielt sich am liebsten auf der überdachten Terrasse auf. So hatte sie den Rest des Grundstücks meist für sich.

Es war noch still in der kleinen Siedlung, kein Wunder. Die Schreppers schliefen lang, und die Tanners richteten sich ja gerade erst ein und waren viel unterwegs. Monika dachte an das Auto, von dem der Kommissar erzählt hatte, als er am Tag nach dem Motorradvorfall noch einmal zurückgekehrt war. Offenbar hatte jemand die Bremsen beschädigt, und Hagen wäre deswegen fast verunglückt.

Während sie eine Hacke holte, um die Spuren von Montis Motorrad im Blumenbeet zu beseitigen, dachte sie noch einmal über seine Fragen nach. Hatten Sie jemanden beobachtet, der sich seltsam verhielt? Gottfried hatte natürlich sofort zum Haus der Schreppers geblickt, und … na ja, vielleicht lag er sogar richtig. Monika traute der Sippe alles zu. Ob Verschlagenheit erblich war? Vielleicht gab es ein Gen, über das diese Eigenschaft ähnlich wie Musikalität weitergegeben wurde.

Andererseits sah es aber doch so aus, als würden Hagen und Dietmar ihre alte Freundschaft wieder auffrischen. Monika hatte die beiden öfter gemeinsam zum Parkplatz schlendern oder auf Tanners Terrasse sitzen sehen. Das war schon bizarr. Zwei so unterschiedliche Menschen. Aber man hörte ja öfter von Jugendfreundschaften, die jahrzehntelange Abwesenheiten und unterschiedliche Lebensläufe überstanden. Nein, es war abwegig zu glauben, dass Dietmar oder Monti ihren Freund in Gefahr brächten.

Monika schlug die Hacke in die Erde. Das Motorrad hatte zum Glück keinen großen Schaden angerichtet. Die Tulpen, die Ranunkeln und die anderen Frühlingsblumen waren sowieso am Verwelken gewesen. Sie würde sie aus der Erde holen. Aus diesem Beet, überlegte sie, könnte etwas ganz Neues werden. Ihr schwebte ein Pflanzenteppich aus blauen und weißen Stauden vor. Diese Farbkombination wirkte bei Hitze so frisch.

«Machst du neue Blumen in die Erde?»

Monika fuhr zusammen, als sie plötzlich von einer Kinderstimme aus ihren Gedanken gerissen wurde. Judy stand in der Lücke zwischen den Zaunelementen. Die Abwehr in Monikas Gesicht wich einem Lächeln. Sie erhob sich aus der Hocke und drehte sich zu dem Kind um. «Ja, genau. Aber erst mal muss ich mich um den Boden kümmern. Der ist im Winter ganz hart geworden. Und Blumen gedeihen nur, wenn man vorher die Erde auflockert.» Wie Kinder, dachte sie, die gedeihen auch nur bei der nötigen Pflege. Ihr krampfte sich das Herz zusammen, als sie in das stille Mädchengesicht blickte. «Willst du mir helfen?», fragte sie spontan.

Gottfried hasste es, wenn sie mit einem von den Schreppers sprach, und er würde wenig begeistert sein, wenn er die Kleine auf ihrem Grundstück erwischte, aber Judys Strahlen wischte alle Bedenken weg. Das Kind kam zu ihr, und Monika begann, ihm zu erklären, was Samen und was Zwiebeln waren und dass es Blumen gab, die man sogar essen konnte. Judy kniete nieder und wühlte mit ihren kleinen Händen in der schwarzen Erde. Sie geriet vor Freude aus dem Häuschen, als sie tatsächlich unter einer der welken Tulpen eine Zwiebel fand. Monika hatte sich immer ein Kind gewünscht, und ihr Herz schmerzte nicht nur vor Glück, sondern auch vor Kummer, als sie auf das schwarzbraune, seidige Kinderhaar blickte.

Sie ertappte sich bei dem Gedanken, wie viel einfacher ihr Leben ohne Gottfried wäre. Es frustrierte sie, wie eingefahren seine Wege waren. Gottfrieds Gedanken kamen ihr vor wie in seinem Kopf einbetoniert, und es wurde mit jedem Jahr schlimmer. Früher, vor seiner Pensionierung, hatte er gelegentlich Verständnis zumindest für die Schrepper-Mädchen geäußert. Er hatte auch den einen oder anderen Scherz über ihre unmöglichen Nachbarn gemacht. Aber mittlerweile war er von ihnen wie besessen. Seine Wuttiraden füllten ihre Tage. Die Schreppers haben Unrat über den Zaun geworfen ... Dietmar hat an unsere Hauswand gepinkelt ... Judy hat Blumen ausgerupft ... Er war wie ein Plattenspieler, auf dem ständig dasselbe Lied gedudelt wurde.

«Bist du eine Oma?», riss Judy sie aus den Gedanken.

«Nein», sagte Monika. Sie zog die Gummihandschuhe aus, bückte sich zu dem Mädchen und strich ihm die Haare aus der Stirn. «Ich habe leider keine eigenen Kinder. Man kann nur eine Oma sein, wenn man selbst Kinder hat und diese Kinder auch wieder Kinder haben.»

«Martha ist meine Oma.»

«Ich weiß.»

«Und Nadine ist meine Mutti.»

Monika nickte. «Wie geht es ihr denn?»

Judy lächelte auf eine seltsame Weise, als säße direkt hinter dem Lächeln ein Weinen. «Sie schläft.» Plötzlich nahm sie Monikas Hand und zog sie mit sich. Monika ließ es geschehen, obwohl sie merkte, dass Gottfried ans Schlafzimmerfenster getreten war und sie beobachtete. Aber das hier mit Judy war einfach herzerwärmend. Die kleine weiche Hand in ihrer eigenen. Die Zuneigung.

«Wenn du ihr Aufmerksamkeit schenkst, wird sie sich an dich kletten. So reagieren verwahrloste Kinder», meinte sie seine Stimme zu hören. Na und? Sie fühlte sich ja selbst verwahrlost, wie verdorrt unter Gottfrieds stumpfer Besserwisserei.

«Wir müssen in den Wald», wisperte Judy und lachte verschwörerisch.

«Was willst du mir denn zeigen?» Auch Monika lachte, und zwar extra laut, damit Gottfried es hörte. Judy lief mit ihr zwischen die Bäume und kniete vor einem Busch nieder. Sie winkte Monika, es ihr gleichzutun, und bewegte die Zweige auseinander. O Gott, war das süß! Unter dem Busch befand sich ein Vogelnest mit drei plustrigen Vögelchen, braun-weißen Lerchen.

«Es ist ein Geheimnis», flüsterte Judy.

«Natürlich, ich werde keinem davon erzählen.»

Judy holte aus der Hosentasche ein paar Kerne hervor, die aussahen, als wären sie aus einem Müsli gesammelt worden. «Das mögen die Vögelchen, guck.»

Sie ließ einen der Kerne vor ein Schnäbelchen fallen, der Jungvogel pickte es auf.

«Wie niedlich», sagte Monika.

Judy zögerte. «Willst du noch ein Geheimnis wissen?»

Monika nickte. Sie fühlte sich plötzlich jung, fast als wäre sie Judys Freundin.

«In unserem Garten war ein schwarzer Mann.»

«Ein schwarzer Mann?»

Judy nickte, sie sah plötzlich ängstlich aus und starrte Monika an, als erwarte sie etwas von ihr. In Monika brodelte Zorn auf. Sie erinnerte sich, wie ihre eigene Oma ihr immer mit dem schwarzen Mann gedroht hatte, wenn sie rebellisch wurde. Unglaublich, dass Kinder heute noch auf die gleiche Weise zur Räson gebracht wurden. Wahrscheinlich hatte Judy rauslaufen wollen, und die alte Schrepper hatte sie mit der Drohung im Haus halten wollen.

«Es gibt keinen schwarzen Mann», erklärte sie dem kleinen Mädchen bestimmt. «Schwarze Männer gibt es nur im Märchen, nicht in der Wirklichkeit.»

Judy nickte, als hätte sie es verstanden.

«Du brauchst wirklich keine Angst zu haben. Das mit dem schwarzen Mann ist Unsinn.»

Judy klaubte wieder einen Kern aus der Hosentasche und warf ihn ins Nest. Aber wirklich getröstet sah sie nicht aus. Dann stand sie plötzlich auf und lief davon.

SIEBEN

Sie saßen im Besprechungsraum. Tobias hatte den Freitag und das Wochenende genutzt, um den Polizeicomputer und das Internet nach den Bewohnern von Bullerbü zu durchforsten.

«Also: Das erste Mal sind die Familien aktenkundig geworden, als es bei den Tanners gebrannt hat.» Er klickte einen Bericht an, den niemand lesen konnte, weil die Schrift zu winzig war. «Soll ich das mal größer ...?»

«Wurde damals Brandstiftung diskutiert?», fragte Luka.

«Nee, die Sache war eindeutig. Lebold Tanner hatte beim Kaminfeuer geschludert, der Hund der Familie, den man später mit verbrannter Schnauze in einem der Schlafzimmer gefunden hat, hat wohl ein kokelndes Scheit herausgezogen. Das Ding hat zuerst den Teppich in Brand gesetzt und ... na ja. Lebold Tanner muss was gerochen haben. Er ist die Treppe runter und dabei gestürzt. Man hat die typischen Verletzungen gefunden. Er wurde ohnmächtig und ist an einer Rauchvergiftung gestorben.»

Tobias klickte weiter, und sie starrten auf die Fotos, die in der Pathologie vom Leichnam gemacht worden waren. Tanner war am Unterleib verkohlt, das Gesicht seltsamerweise erhalten geblieben, abgesehen von einer kleineren Brandwunde.

«Gab es Zeugen?»

«Die Nachbarn. Gottfried Probst und Martha Schrepper. Sie haben das Feuer nahezu gleichzeitig entdeckt – gegen 23:00 Uhr – und Tanner hinter den Scheiben im Wohnzimmer liegen sehen. Sie hatten noch versucht, ihn zu bergen, und erlitten dabei selbst Brandverletzungen, Probst an beiden Händen. Aber es war zu spät. Im Zimmer war es bereits zu heiß geworden, sie kamen nicht mehr ran an den Mann.»

«Was war mit Hagen Tanner?»

«Der Junge ist vom Geschrei geweckt worden und hat es ins Freie geschafft, Moment, das steht hier: über ein eisernes Rankgitter unter seinem Fenster. Die Mutter, Sofia Tanner, war im Krankenhaus gewesen, weil ... » Tobias fasste zusammen, aber es war nichts dabei, was Luka nicht gewusst hätte. Sein Kollege holte neue Seiten auf den Schirm.

Die Schrepper-Kinder waren der Polizei zum ersten Mal in der Pubertät aufgefallen. Kleine Diebstähle im Dorfladen, Einbrüche in der Schrebergartenkolonie, Prügeleien, bei denen Dietmar Schrepper angeblich einem anderen Jungen den Arm gebrochen hatte. Vor acht Jahren tauchten ihre Namen zum ersten Mal in Verbindung mit einer Diebstahlserie auf.

«Die Kollegen in Stralsund sind der Meinung, dass Dietmar und Monti mit einer Bande von auswärts zusammenarbeiten», erklärte Olaf. «Die Schreppers kundschaften erfolgversprechende Objekte aus, die Bande schlägt zu und ist danach sofort wieder verschwunden. Vielleicht machen die Brüder gelegentlich auch selbst bei den Einbrüchen mit. Man kann ihnen nur leider nichts davon nachweisen.»

Luka erinnerte sich dunkel, dass er einmal mit den Streifenkollegen über diese Einbruchserie gesprochen hatte. Bisher war keiner der Bestohlenen verletzt worden. Die Hausbesitzer hatten sich fast immer im Urlaub befunden. Er hatte die Sache wieder aus den Augen verloren. War ja nicht sein Ressort.

«Was weiß man über die Frauen der Familie?», fragte Conny.

Olaf schaute auf seine Notizen. «Nadine ist die kleine Prinzessin, wird von den Brüdern beschützt, hat aber nicht viel in der Birne. Ihre Tochter Judy ist sechs, von der gibt's noch nichts ... Interessant ist Gitte, die zweite Schwester von Dietmar und Monti. Sie hat es als Einzige aus der Familie rausgeschafft. Abi gemacht, sogar mit einer Erwähnung in der Zeitung, und dann an der *Dekra Medienakademie* in Berlin studiert. Leider hatte sie einen Unfall ...»

«Welcher Art?», fragte Luka, der an Tanners Bremsen dachte.

«Irgendwas beim Sport. Jedenfalls sitzt sie seitdem im Rollstuhl. Sie besitzt eine Wohnung in Sassnitz, fährt aber auch immer mal wieder zu ihrer Familie nach Lohme.»

«Warum?»

«Was?»

«Warum sie nach Lohme fährt.» Das hatte ihn schon vorher interessiert. Sie hatte doch deutlich gemacht, was sie von ihren Brüdern hielt.

«Alles wissen die Kollegen auch nicht. Jedenfalls hat sie angefangen, als Drehbuchautorin zu arbeiten, und damit verdient sie ihre Brötchen.»

«Hat es mal Ärger innerhalb der Familie gegeben?»

«Die halten zusammen wie Pech und Schwefel.»

«Was ist mit Martha Schrepper?»

«Ihr Mann ist ein echter Rügener gewesen. Angeblich haben er und Martha vor der Wende ein paar Jahre im Knast gesessen, staatsfeindliche Hetze oder so. Als sie zurückkehrten, war Georg Schrepper zu einem ganz Ruhigen geworden. Die Mutter erst auch, aber nach und nach mutierte sie zur Furie. Wenn jemand etwas gegen ihre Brut unternahm, verteidigte sie sie mit Zähnen und Klauen. Gegen die Dörfler, gegen die Nachbarn und natürlich auch gegen die Polizei. Mehrere Male hat sie Dietmar und

Monti erstunkene Alibis gegeben und wohl auch mal Hehlerware über die Klippe ins Meer gekippt, während die Kollegen ihr Haus durchsuchten.»

«Gibt es etwas Interessantes über das Ehepaar Probst?»

Olaf grinste. «Die Kollegen könnten mit Gottfrieds Anzeigen das komplette Kommissariat tapezieren. Rat mal, was die von ihm halten.»

Und damit waren sie am Ende.

Luka rief in Stralsund an. Der Leiter des Fachkommissariats Einbruch, Robert Schnieder, lachte beim Name Schrepper auf. «Die sind glitschig wie Fische, die bringen mich noch ins Grab, Mann. Die Sache läuft so: Der Chef dieses Einbrechertrupps, ein Schwede, dirigiert alles aus dem Hintergrund, kommt aber selbst nur selten nach Rügen. Die Leute, die in die Häuser einsteigen, rekrutiert er in Tschechien, es sind fast nie dieselben. Sie schlagen zu und verschwinden wieder aus unserem Radar. Dietmar, Monti, Nadine und Simone Kerber erkunden bei Spritztouren über die Insel, wo sich ein Bruch lohnen könnte. Die Beute teilen sie sich.»

«Woher wissen Sie das alles?»

«Jahrelanges Puzzlen, Kollege.»

«Keine Chance, die Schreppers festzunageln? Es heißt, sie machen gelegentlich auch selbst beim Einbruch mit.»

Der Mann zögerte. «Der letzte Bruch war in Rambin, da hätten wir die Einbrecher fast erwischt. Die Hausbesitzerin, eine Sabine Loose, die eigentlich im Urlaub war, ist nach einem Zoff mit ihrem Ehemann frühzeitig heimgekehrt. Sie hat mitgekriegt, wie jemand in ihre Wohnung eingestiegen ist, sich auf den Balkon verkrochen und die Polizei gerufen. Leider waren die Kollegen nicht schnell genug vor Ort. Die Dreckskerle haben sie gefunden und niedergeschlagen. Ob sie überlebt, steht noch in den Sternen. Die Streife hat die Einbrecher verfolgen können, und sie glauben, dass Dietmar Schrepper mit im Wagen saß, aber sie konnten sie leider nicht stoppen.»

«Was ist mit der Beute?»

«Verschwunden. Wir nehmen an, dass die Schreppers das Zeug versteckt haben und es verkloppen wollen, wenn es nicht mehr so heiß ist.»

«Und es ist wirklich unmöglich, ihnen etwas nachzuweisen? Hausdurchsuchung?»

«Haben wir nicht die richterliche Erlaubnis für bekommen. Hätte aber wohl auch nichts gebracht. Die sind ja nicht blöd.»

«Und sonst?»

«Besorgen Sie mir fünfzig Leute, dass ich die Brüder ein paar Monate dauerüberwachen kann, dann kriegen wir sie vielleicht.»

Erstaunlicherweise trudelte bereits am Nachmittag der Bericht der Kriminaltechnik zu den manipulierten Bremsen ein. Der Inhalt war leider enttäuschend. Es gab an Tanners Wagen keine Fingerprints, die ihnen weitergeholfen hätten, auch keine verwertbare DNA, nur Fasern eines Handschuhs – und die Bestätigung, dass tatsächlich mit einem Messer am Bremsschlauch hantiert worden war. Sollte er in Bullerbü nach Handschuhen fahnden, deren Fasern mit denen am Auto übereinstimmten? Würde nichts bringen. Ein Täter, der daran gedacht hatte, sich welche überzuziehen, würde sie nach der Tat garantiert entsorgt haben.

Luka sah Tage vor sich, an denen sie in Lohme Klinken putzen müssten, um nach weiteren Zeugen oder Verdächtigen zu fahnden – wahrscheinlich erfolglos. Die Tanners waren ja gerade erst eingezogen. Sollte er bei den Hamburger Kollegen

Druck machen, weil die Chancen, dort fündig zu werden, höher standen? O Gott, er konnte sich schon vorstellen, wie sie reagieren würden. Unter Langeweile litten die ja auch nicht. Nein, er musste noch mal bei Tanner bohren und vor allem endlich mit dessen Frau reden, die er auch am Freitag nicht erwischt hatte.

Seine Laune hob sich erst, als kurz vor Feierabend Tilda anrief. Seine kleine Tochter hatte ihre Einschulungsuntersuchung gehabt und berichtete von phänomenalen Erfolgserlebnissen. Sie hatte ein Bild gemalt, «ein Mädchen, das ein Schiff fährt» –, sie hatte gerechnet – «die haben nur Babykram gefragt, bis 10, ich kann aber bis Tausendmillion zählen!» –, und dann hatten die Leute wissen wollen, wer mit ihr eingeschult würde. Tilda hatte ihre Freundinnen und Freunde aus dem Kindergarten aufgezählt. Nur bei Marie hatte sie geschwankt. Marie hatte Tilda offenbar verpetzt, als sie – aus Versehen, echt, Papa! – den Ball auf den Tisch mit den Schokoküssen geworfen hatte. «Ich hab gesagt: Marie ist nicht mehr meine Freundin.»

«Das ist aber schade. Ihr habt gern zusammen gespielt, oder?»

«Petze, Petze geht in 'n Laden – will für 'n Sechser Käse haben – Sechser Käse gibt es nicht – Petze, Petze ärgert sich», tönte die helle Kinderstimme.

Saubere Argumentation. «Vielleicht redest du mit ihr und erklärst ihr, warum du sauer bist?» Luka hörte Teresa im Hintergrund lachen, sie sprach offenbar mit jemandem. Vor einem Jahr hatte es in ihrer Beziehung mächtig geholpert. Da hatte Teresa ihn einfach außen vor gelassen, als sie in Schwierigkeiten geriet. In Todesgefahr. Gott, war er wütend gewesen. Es hatte Monate gedauert, bis sie sich endlich aussprechen konnten. Aber nun waren sie auf demselben Level. Die Basis ihrer Beziehung war Vertrauen – keine Geheimnisse mehr. Anders würde es nicht funktionieren. Er hörte, wie Teresa nach Tilda rief, und verabschiedete sich von seiner Kleinen mit dem Versprechen, am Wochenende noch eine Runde Rad mit ihr zu fahren.

In diesem Moment klopfte es an seine Tür. Kerstin Sonntag trat ein.

Er war so überrumpelt, dass er seiner Kollegin nicht mal einen Platz anbot. Sie ignorierte es und setzte sich ihm gegenüber. Luka warf einen Blick auf die Uhr, die hinter Kerstin an der Wand hing. Es war nach fünf, die meisten seiner Kollegen hatten sich bereits in den Feierabend verabschiedet. Ihr spätes Aufkreuzen war bestimmt kein Zufall. Nach einem Hallo, auf das sie verkrampft antwortete, suchte er nach Worten. Sie kam ihm zuvor. «Mein Vater ist gestorben.»

«Das tut mir leid.» Und nun? Was erwartete sie von ihm? Mitgefühl? Hatte sie keine Freunde, dass sie sich in einem Moment wie diesem an einen Mann wandte, gegen den sie jahrelang einen Kleinkrieg geführt hatte? «Gibt es etwas, das ich für dich tun kann?», fragte er steif.

Kerstin starrte auf das Gutachten des Kriminaltechnischen Instituts und die Stifte, die daneben auf der Schreibtischplatte lagen. «Es ist ganz komisch. Die Ärzte hatten gesagt, dass er es nicht mehr lange ... also, dass es bald zu Ende gehen würde. Aber ich hatte das anders empfunden. Er wirkte so entspannt hinter der Atemmaske. Als ob er lächeln und sagen würde, dass alles nur halb so schlimm ist. Er hat nach Pfefferminz gefragt. Also ... meine Katze ... Pfefferminz ist meine Katze. Die heißt so.» Kerstin zupfte ein Taschentuch aus ihrer Jeans, sie schnäuzte sich so nachlässig, dass es schmierig wirkte, und zum ersten Mal hatte er das Gefühl, dass sie nicht aus Berechnung zu ihm gekommen war, sondern aus echtem Kummer. Ihr Gesicht wirkte eingefallen, die Augen waren dunkel umrandet, sie hatte sich nicht geschminkt, auch das war ungewöhnlich. Aber es machte sie trotzdem nicht zu Freunden.

«In zehn Tagen wird das Urteil wegen dieser Nadine gesprochen. Ich hab heute einen Brief bekommen. Bis jetzt bin ich nur suspendiert, aber dann verliere ich vielleicht alles.»

«Du weißt, dass ich in dieser Sache keinen Einfluss habe.»

«Natürlich. Und die Ermittlungen von Kutscher sind ja abgeschlossen. Du, der wollte mir echt helfen, nur ... Wahrscheinlich fragst du dich, warum ich gekommen bin. Aber wir waren doch mal Kollegen, und ich hab gedacht ... Ich will, dass du mir zuhörst. Dass mir irgendjemand zuhört.» Kerstin schluckte und hatte plötzlich Tränen in den Augen. «Luka, die haben da gesessen, die Schreppers, und ich wollte ihre Namen notieren, alles ganz korrekt. Dann kam jemand mit einem Salat aus der Küche, und plötzlich sehe ich, wie Nadine Schrepper mit einem Messer auf mich zustürzt. Ich hab das *gesehen*. Es *gab* das Messer. Und da musste ich doch schießen, es hieß: sie oder ich. Es war ein eindeutiger Fall von Notwehr.» Sie starrte ihn an, blanke Not in den nassen Augen, jemand, der kurz vor dem Durchdrehen stand.

Aber spielte das eine Rolle? Lukas Freundin leitete die Außenstelle einer Firma für Windkraftanlagen, Kerstin hatte sie gezwungen, in der Pathologie den abgeschnittenen Kopf ihres Bauleiters zu identifizieren, als dort ein Mord geschehen war. Teresa fuhr heute noch gelegentlich schreiend aus Albträumen hoch ... Scheiße, er wollte das nicht! «Kerstin, es ist gleich, ob ich dir glaube oder nicht. Ich war nicht dabei, also kann ich auch nicht beurteilen ...»

«Schon gut.» Sie stand so brüsk auf, dass ihr Stuhl zu Boden polterte. «Ich hatte gedacht, ein Vorgesetzter könnte sich dafür interessieren, wenn einer seiner Leute unfair in die Scheiße geritten wird. Das war naiv von mir. Du konntest mich ja von Anfang an nicht ... Ach, ist doch egal!» Sie stolzierte hinaus. Ihre Absätze klapperten auf der Treppe, dann war sie fort.

Conny, wohl die Letzte, die noch gearbeitet hatte, klopfte gegen die offene Tür. «Was wollte sie?»

«Sich verteidigen. Sie hat noch mal die Sache mit dem Messer wiederholt.»

«Hat Kutscher eigentlich mal die Kleine befragt – diese Judy?»

«Warum?»

«Kinder sagen oft die Wahrheit.»

«Außer, man trichtert ihnen etwas anderes ein. Und das ist garantiert passiert. Die Schreppers werden ihr eingehämmert haben, was sie sagen soll, und da man sie nicht ohne Erziehungsberechtigte befragen kann ...» Er schüttelte den Kopf. Die Sache war aussichtslos. Es hatte auch keinen Sinn, sich weiter mit Kerstin zu befassen. Sie waren an anderer Stelle gefragt. «Wir haben noch nicht mit Julia Tanner wegen des Bremsschlauchs geredet. Kommst du mit?»

Conny blickte provokant zur Uhr, begann aber gleichzeitig zu lächeln. «Mach ich, und auf dem Rückweg lade ich dich zu einer Pizza ein. Ich hab nämlich Neuigkeiten, die ich loswerden muss, weil sie einfach großartig sind.»

Sie waren so großartig, dass sie gleich im Wagen damit herausplatzte. «Nina hat ein Plus gemacht! Stell dir das vor: Meine Kleine hat im letzten Monat mehr eingenommen als ausgegeben. Fünfhundert Kröten sind in ihre eigene Tasche gehüpft. Das ist ...» Sie schlug auf die Hupe, Vögel flogen erschrocken aus den Alleebäumen auf. «So ist das! Genial!»

Luka lachte.

«Da denk ich die ganze Zeit, Nina hat nur die Klamotten

aufgehängt und bequasselt ihre Freundinnen, damit sie ihr was abnehmen. Aber nee: Sie macht ein richtiges Marketing. Sie schaltet Anzeigen, sie verteilt Flyer und wirbt im Internet. Landingpage: Hast du davon schon mal was gehört? Ich auch nicht. Offenbar lotst sie Leute auf ihre Website, und dann bekommt sie die Adressen von ihnen und schickt ihnen Werbung zu. Ist alles kompliziert, auch rechtlich. Sie muss darauf achten, dass jeder seine Zustimmung gibt, damit sie die Adresse verwerten darf. Jedenfalls wird der Kreis immer größer und ... boa. Die kommen tatsächlich zu ihr in den Laden. So wie's aussieht, kriegt Nina das mit der Boutique hin. Ich könnte heulen vor Glück.»

«Deine Mädchen, was?»

Conny rammte noch einmal die Hupe. Ihre Euphorie hielt bis zum Lohmer Ortsschild an, von da an wurde sie stiller. «Merkst du das, Luka? Die Leute starren uns nach. Mann, die kennen unseren Dienstwagen.»

«Kann doch nur gut sein. Vielleicht gibt uns einer von ihnen den entscheidenden Tipp.»

Sie bogen zum Parkplatz ab.

An diesem frühen Abend hatten sie Glück. Julia Tanner stand auf der Terrasse, um einige frisch gepflanzte Sträucher zu gießen. Eine elegante Frau in teuren Jeans und einem Shirt, das lässig wirkte und gleichzeitig so edel, als hätte sie ein paar Hunderter dafür hingelegt. Die blonden Haare hatte sie zu einem Knoten geschlungen, die Nägel waren blau lackiert. Ihr Wonneproppen stand in einer Karre neben der Terrassentür und vergnügte sich damit, eine Illustrierte zu zerfleddern.

Luka stellte sich und seine Kollegin vor, dann warf er einen Blick zu dem gelben Nachbargebäude, aus dem gereizte Stimmen drangen. «Ich schlage vor, wir gehen ins Haus?»

Julia Tanner stellte die Gießkanne ab, ohne zu widersprechen. Im Wohnzimmer war es hell und kühl. Nichts erinnerte mehr an den Brand, der hier vor dreiundzwanzig Jahren gewütet hatte. Der Kamin war bei der Renovierung entfernt worden.

«Ich habe gehört, Ihre Schwiegermutter will ebenfalls hierherziehen?»

«Sie hat sich noch nicht entschlossen.» Julia ließ sich nicht anmerken, ob sie das Zaudern bedauerte. Sie setzte Emily auf einer Spieldecke ab, bat die Besucher, Platz zu nehmen, und brachte ihnen Mineralwasser, stilgerecht in einer Karaffe mit Zitronenspalten.

«Ich sehe, Sie lassen eine Mauer zu den anderen Grundstücken hochziehen», sagte Luka, dem ein betonierter Streifen am Rand des Tanner'schen Gartens aufgefallen war.

«Ein bisschen Privatsphäre braucht man ja.»

«Mögen Sie Dietmar Schrepper?»

«Nein.» Julia Tanner machte keine Anstalten, sich zu erklären.

«Gibt es dafür einen Grund?»

«Sie haben ihn doch kennengelernt.» Die junge Frau lächelte angespannt. «Aber ich mische mich nicht ein. Natürlich kann Hagen sich seine Freunde selbst aussuchen. Alles andere wäre ja grässlich. Und er mag ihn eben.»

«Wie sieht es eigentlich drüben bei den Probsts aus? Ist zwischen dem Ehepaar beziehungsmäßig alles in Butter?», fragte Conny.

«Also, ich glaube wirklich nicht ...»

«Unsere Neugierde ist rein professionell. Dient alles der Wahrheitsfindung, und was nicht relevant ist, wird vergessen. Boah, Emily ist fix im Köpfchen, was?»

Das Mädchen hatte es geschafft, ein dreieckiges Klötzchen

in ein Kistchen zu befördern – und zwar pragmatisch, indem es den Deckel mit den Aussparungen abnahm. Zum ersten Mal, seit sie angekommen waren, lächelte Julia Tanner. Sie beugte sich vor, wischte Emilys Nase ab und drückte ihr einen Kuss aufs Köpfchen. «Frau Probst scheint nett zu sein, ihr Mann geht mir allerdings auf die Nerven. Der ist komplett auf die Schreppers fixiert, etwas anderes nimmt er gar nicht wahr. Wie die beiden zueinander stehen, weiß ich nicht. Er ist sehr ... be- beherrschend. Ich dachte allerdings, Sie kommen wegen Hagens Auto.»

«Wir machen uns Sorgen, stimmt», sagte Luka.

«Wir uns auch, das können Sie mir glauben. Kaum vorzustellen, dass jemand unter ein Auto kriecht, um ... Es war ein Mordversuch. Da hilft doch keine Wortkosmetik. Jemand wollte Hagen umbringen.»

Luka nickte.

«Und? Haben Sie etwas herausbekommen? Die Sache ist vier Tage her. Man müsste doch ...»

Luka unterbrach sie und erklärte, was das Gutachten ergeben hatte. Er erwähnte die Handschuhe.

«Hilft Ihnen das weiter?»

«Nein. Und deshalb sitzen wir jetzt hier. Wir vermuten, dass der Täter Ihren Mann kennt.»

Julia Tanner nickte. «Ich habe mir schon den Kopf zermartert. Hagen auch. Er hatte unzufriedene Kunden, wie jeder, der ein Büro für Steuerberatung betreibt, aber da wurde niemand übergriffig. Hin und wieder gab es Meinungsverschiedenheiten, besonders wenn das Finanzamt mäkelte. Manchmal sogar Streit. Aber nichts ... Auffälliges. Er hat ja auch nie jemandem absichtlich geschadet.»

«Und privat?»

«Was denken Sie denn? Wir sind normale Leute. Genau wie unsere Freunde und unsere Familie. Alle völlig normal.»

«Wer würde aus dem Tod Ihres Mannes einen finanziellen Nutzen ziehen?»

«Ich», sagte Julia und blickte ihm offen ins Gesicht. Er stellte fest, dass er sie mochte.

«Gut, dann anders gedacht. Kennen Sie Leute, die womöglich *Ihnen* schaden wollen?»

«Einer Zahnärztin? Man hasst uns, bis die Schmerzen vorbei sind. Danach sind wir die Besten. Außerdem wäre das mit dem Auto dann wohl in Hamburg passiert – nicht hier draußen, wo mich keiner kennt.»

Emily begann zu weinen, und ihre Mutter stand auf und nahm sie auf den Arm. «Kann ich Ihnen sonst noch irgendwie helfen?»

Nein, konnte sie nicht.

Die Pizza, zu der Conny Luka eingeladen hatte, gönnten sie sich bei einem Italiener in Sagard. Und eine Stunde später fuhr er vor seinem Reihenhaus in Bergen vor.

Als er die Tür öffnete, hörte er Teresa in der Küche klappern. Sie stand vor der Arbeitsplatte neben dem Herd und fabrizierte aus Birnen, Schokoguss und Mandeln kleine Igel, die in einer Vanillesoße lagen, einander mit Smartiesaugen anstarrten und aus schiefen Schokomündern lächelten. Er küsste seine Freundin in den Nacken.

«Harten Tag gehabt?», fragte sie nach einem kurzen Blick in sein Gesicht.

«Ich hab eine Tochter, die bis Tausendmillion zählen kann. Was schert mich mein Job? Den Rest meines Lebens verbringe ich in Anbetung ihres Genies.»

Teresa lachte. Sie drehte sich zu ihm um und zeichnete mit

dem Schokoladenfinger ein Herz auf seine Wange. «Sie ist noch großartiger, als du glaubst. Sie kann auf einem Bein hüpfen.»

«Dann schlag ich vor, wir lassen sie Gold bei Olympia holen, bevor wir sie bei Stephen Hawking anmelden. Wo steckt sie überhaupt?»

«Im Garten.»

Luka nutzte die Gelegenheit und fuhr mit den Händen unter Teresas T-Shirt. Ihm kamen schlagartig tausend Ideen, wie dieser Tag doch noch Glanz bekäme. Leider erforderten die Igel eine Menge Konzentration, und Teresa machte sich lachend frei und warf ihn hinaus. Er wischte im Bad das Schokoladenherz fort, dann ging er über die Terrasse in den Garten.

Wann erkannte er, dass etwas nicht stimmte? War es die Stille – kein Begrüßungsgeheul von seiner Kleinen? Die Schaukel, die bewegungslos vom Holzgerüst hing? Spätestens als er das Törchen offen stehen sah, durch das man hinaus in ein kleines Wäldchen gehen konnte, das ihre Reihenhaussiedlung mit einem Neubaugebiet verband, schrillten die Alarmglocken.

Luka lief über den Rasen. Adrenalin schoss durch seinen Körper. Tilda wusste, dass sie das Gartentörchen, das mit einem Riegel versehen war, nicht öffnen durfte. Er hatte sich für paranoid gehalten, als er ihr das einschärfte und sauer wurde, als sie das Verbot einmal übertrat. «Mach dich nicht lächerlich», hatte Teresa damals gesagt, und genau so hatte er sich gefühlt: ein bisschen lächerlich. Trotzdem hatte er auf seinem Willen beharrt, und Tilda hatte auch keinen weiteren Ausreißversuch unternommen. Nun stand das Tor sperrangelweit offen.

Nach drei oder vier Schritten begann Luka zu rennen. Was nun? Die Kollegen von der Streife alarmieren? Wegen eines geöffneten Törchens? Quatsch! Tilda hatte ihren Einschulungstest bestanden und das mit einem Akt der Rebellion gefeiert.

Er durchquerte den Wald zur Hälfte, nach einer Biegung war der Rest des Weges bis zur Siedlung einsehbar. Keine Spur von seinem Mädchen. Er bog auf einen der wenigen Seitenpfade ins Gestrüpp ab. Wenig später entdeckte er einen Strohhut, der zwischen den Zweigen schimmerte. Sein Mund wurde trocken. Der Hut, ein schlaffes, beiges Geflecht mit einem schmuddligen roten Schmuckband, bewegte sich, und nachdem Luka sich durch Holundersträucher geschlagen hatte, stand er vor Martha Schrepper.

Die Frau hielt ein Messer in der Hand. In der anderen hing ein Eimer. Sie hatte Holunderblüten aus einem Busch geschnitten. Ein friedliches, völlig normales Bild – wenn neben ihr nicht Tilda gestanden hätte.

Als die Kleine Luka erblickte, begann sie zu strahlen. «Papa!» Sie wollte zu ihm laufen, ein Mädchen mit staksigen Beinen und blondem Haar, dem die Erleichterung über sein Erscheinen anzusehen war. Luka breitete die Arme aus, aber Martha ließ den Eimer fallen, erwischte Tilda am T-Shirt und hielt sie fest. «Stehen bleiben», sagte sie und wog das Messer in der Hand. Luka starrte sie wie vor den Kopf geschlagen an. Er hatte mit einer subtilen Warnung gerechnet, mit spielerischem Drohgehabe, aber nicht mit einem Akt blanker Gewalt.

Mühsam rang er sich ein Lächeln ab. «Immer mit der Ruhe.» Was hatte Martha im Sinn? Nichts Gutes, so viel stand fest. Unauffällig tastete er zur Jacke – aber seine P6 lag eingeschlossen im Kommissariat. Er schätzte den Abstand. Wenn die Frau ihr Messer benutzen wollte, würde er nicht schnell genug sein, um sie daran zu hindern. «Frau Schrepper, was ist denn ...?»

«Ich will nach Hause», unterbrach ihn Tilda kläglich. Sie war nicht blöd, sie hatte Angst vor dem Messer und wagte keine Bewegung.

Martha Schrepper schaute auf ihr Köpfchen. «Süßes Mädchen, Kommissar. Niedlich. An so was hängt man, was? Kroczek? Komischer Name, den Sie haben, kann man sich schlecht merken. Ich hab's aber geschafft. Und ich sag dir was, Kroczek: Die Liebe zu den Kindern hat einen verfluchten Haken – sie macht verwundbar. Bei Kindern fängt es an, weh zu tun, nicht wahr? Da werden wir weich.» Die schwarzen Zahnstummel wurden sichtbar, als sie lächelte. «Weißt du, was, Kroczek? Ich liebe Kinder. Fremde nicht so sehr, aber meine eigenen. Eigentlich nur meine eigenen.»

«Tilda, diese Frau und ich, wir wollen uns unterhalten. Geh schon mal zu Mama.» Luka hatte gehofft, dass Martha Schrepper die Kleine loslassen würde, aber sie packte das T-Shirt nur fester. Der Kragen schnürte sich um Tildas Hals. Tränen füllten die Augen des Mädchens. «Was wollen Sie?», flüsterte Luka so beherrscht wie möglich.

«Gemüse – sagt dir das was?»

Er kapierte nicht.

«Ich war vorhin im Krankenhaus. Mein kleines Mädchen, meine Nadine, liegt dort in einem Bett, um sie herum Schläuche und piepsende Apparate. Niemand war in ihrem Zimmer, als ich kam. Muss auch nicht, sie liegt ja einfach nur da, meine Nadine. Stört nicht mehr. Seit sie auf der Welt ist, hat sie alle aufgeregt, nun hat das ein Ende. Sie hält endlich die Klappe. Ich hab unter ihre Decke geschaut. Nadine hat jetzt eine Windel an, weil sie nicht mehr richtig scheißen kann. Quillt alles nur noch raus. Ich hab die Windel aufgemacht. Darunter war rohes Fleisch. Es hat gestunken. Macht aber nichts, weil sie ja nicht jammert. Wer nicht stört, wird vergessen. Ich geh also zum Ärztezimmer. Will ordentlich Radau machen. Dafür sorgen, dass man sich wieder kümmert. Da höre ich das Wort: Gemüse. Sie reden über meine Nadine. Die lebt gar nicht mehr, sagen sie. Die ist nur noch

Gemüse. Muss ein Fachausdruck sein. Jedenfalls hat keine von den Schwestern nachgefragt. Eine hat gelacht. Eine wollte eine Kopfschmerztablette. Atmendes Gemüse.»

Tilda weinte lauter. Martha Schrepper strich ihr mit dem Messer wie mit einem Kamm über das Haar. Luka saßen Hass und Angst wie ein Kloß im Hals. Er hatte Mühe zu sprechen.

«Frau Schrepper ...»

«Schnauze. Ich bin vom Krankenhaus direkt zur Polizei. Ganz die anständige Bürgerin. Lob mich, Kroczek. Ich wollte zu dir. Mich beschweren. Und was seh ich?»

«Lassen Sie uns doch bitte ...»

«Schnauze! Ich sehe die Polizistin, die Schlampe, die meine Tochter auf dem Gewissen hat und die der Grund ist, warum mein Mann sich verbrannt hat. Sie kommt aus dem Kommissariat. Sie ist da einfach rausmarschiert, als wäre sie auf Besuch bei Freunden gewesen. Was wollte sie? Ein bisschen Trost? Was hast du zu ihr gesagt? Mach jetzt einfach ein paar Monate Urlaub, und wenn Gras über alles gewachsen ist, bist du wieder da?»

Die Stimme der Frau war mit jedem Wort schriller geworden. Sie zog die Schultern nach vorn und zwang sich, ihre Lautstärke wieder zu senken. Die Klinge des Messers saß jetzt an Tildas Ohr.

«Polizisten kommen nicht vor den Richter, und wenn doch, dann lässt man sie mit 'ner Geldbuße und 'ner Bewährungsstrafe laufen, wie eure Schlampe. Das hat mir der Anwalt erklärt. Und deshalb haltet ihr euch für sicher, hat er gesagt. Ihr gottverdammten Bullen glaubt, ihr habt die Macht und könnt deshalb tun, was ihr wollt. Halt die Klappe!», brüllte sie die leise wimmernde Tilda an.

Das Mädchen erstarrte. Luka zitterte. Was tun? Losstürzen, um dem Grauen ein Ende zu machen? Und wenn Martha Schrepper ihr Messer wirklich benutzte? Die war doch völlig von Sinnen.

«Wir haben Krieg, Kroczek», flüsterte die Alte mit einem bösartigen Lachen. «*Darum* bin ich gekommen. *Darum* hab ich dein Mädchen mitgenommen. Damit wir hier stehen können und ich dir das sagen kann. Du sollst kapieren, dass wir Krieg haben und dass ihr, du und deine Leute, nicht mehr sicher seid.» Sie beugte sich zu Tilda. «Kein Grund zu heulen, Schätzchen. Dein Papa wird heute Abend lange mit dir spielen.»

Unvermittelt schubste sie sie von sich. Dann war sie fort, ab ins Gebüsch, mit einer Geschwindigkeit, die Luka ihr niemals zugetraut hätte. Seine Muskeln zuckten, alles drängte ihn, ihr zu folgen, aber Tilda flog in seine Arme, und sie war das Einzige, was jetzt zählte. Er hielt sie fest und küsste ihr Haar. Scheiße, dachte er, Scheiße …

Sein Mädchen saß auf Teresas Schoß und drückte das Gesicht gegen ihre Brust. Ihr Weinen war verstummt, aber sie klammerte sich an ihre Mutter, als wäre sie ihr Halt in schwerer See. Teresa wurde in schwierigen Situationen ruhig, das war eine ihrer Stärken. Sie summte ein Lied. Sogar Luka spürte, wie seine Anspannung nachließ. «Kann ich euch einen Moment allein lassen? Zum Telefonieren?»

«Klar.» Teresas Blick ging zur Terrassentür, die jetzt verschlossen war.

Luka rief bei der Bergener Wache an. Er erklärte die Situation. «Fahrt bitte nach Lohme. Wenn das Weib nicht zu Hause ist, dann wartet ihr, bis sie auftaucht. Ihr nehmt sie fest und bringt sie nach Bergen. Ich komme dazu, wenn ihr sie habt.» Anschließend holte er seinen Vorgesetzten ans Handy. Martin Berger hatte wohl gerade vor dem Fernseher ein Nickerchen gemacht. Noch einmal eine Schilderung, was passiert war.

Er grunzte erschrocken. «Wie geht es der Kleinen?»

Na wie schon? Sie hatte teuflische Angst. Ihr Vertrauen, dass die Menschen es gut mit ihr meinten, war erschüttert worden, zum ersten Mal in ihrem Leben, und dann gleich auf so brutale Weise. «Ich glaube nicht, dass sie gut schlafen wird.»

«Bist du sicher, dass du dir die Frau nicht erst morgen aufs Kommissariat holen willst, wenn sich alles ein bisschen beruhigt hat?»

Er meinte natürlich: wenn *du* dich beruhigt hast. «Und sie so lange im Glauben lassen, dass sie mit der Schweinerei durchkommt? Nee, Martin. Die Siedlung in Lohme ist ein anarchischer Raum. So etwas hast du noch nicht erlebt. Die Schreppers denken, sie stehen über dem Gesetz. Darüber kann man doch nicht wegsehen.»

«Du bist selbst betroffen und in Rage, Luka. Es wäre mir ehrlich gesagt lieber, wenn jemand anderes ...»

«Willst du mich abziehen? Vergiss es!»

«Das meine ich mit *in Rage*.» Martin seufzte. «Also gut, aber ich will dabei sein, wenn du die Frau verhörst.»

«Du, der Polizeipräsident und die Königin von England. Ich dreh nicht durch, keine Sorge. Ich will der Schrepper nur verklickern, welche Grenzen in unserem Staat gezogen sind.»

«Du rufst mich an, sobald die Streife die Frau eingesackt hat.»

Und das geschah kurz nach Mitternacht. Da kam sie mit Dietmar nach Hause und lief den Polizisten, die vor ihrem Haus warteten, direkt in die Arme. Luka schaute ins Schlafzimmer, bevor er losfuhr. Teresa hatte Tilda mit ins Bett genommen. Die Kleine hatte sich an sie geschmiegt, aber beide waren wach. Luka kniete an der Bettkante nieder. «Alles wieder gut?»

Tilda lächelte ihn an und kniff dabei die Augen zusammen.

«Ich fahre jetzt zu der Frau, die dich vorhin so erschreckt hat. Die Polizei hat sie gefunden und mitgenommen. Ich werde mit ihr reden, damit sie nie wieder hierherkommt.»

«Und wenn sie das doch tut?»

«Das wird nicht passieren.» Er redete Blech, aber was sollte er sagen? Tilda rückte noch tiefer in die Kuhle, die der Bauch ihrer Mutter bildete. Teresa warf Luka einen Luftkuss zu.

Er ging zu Fuß zum Kommissariat. Ein schneller Marsch zum Runterkommen konnte nicht schaden.

Berger traf gleichzeitig mit ihm ein. Sein bulliger Körper steckte in einem korrekten Anzug, nur die Krawatte war schief gebunden. Sie stiegen die Treppe hinauf, ihre Schritte hallten im fast leeren Polizeigebäude. «Ich hab im Krankenhaus angerufen», murmelte er. «Das mit Nadine stimmt. Sie wird nicht mehr. Man rechnet mit einem langen Koma, das mit dem Tod endet. Der Arzt hat sich für die Bemerkung über das Gemüse entschuldigt – war ihm höllisch peinlich. Aber so ist es wohl, wenn die Tragödien zum Tagesgeschäft werden. Irgendwann geht die Empathie verloren. Noch mal, damit es klar ist: Du reißt dich zusammen!»

Luka zuckte mit den Schultern und öffnete die Tür zum Vernehmungsraum.

Martha Schrepper hob den Stinkefinger, als sie ihn erblickte. Dietmar saß neben ihr, auf der anderen Seite ein müder, rundlicher Mann, sicher der Anwalt. Die Polizisten, die sie hergebracht hatten, bewachten die Tür. Der Anwalt erhob sich und reichte erst Berger und dann Luka die Hand. Seine Müdigkeit war nur gespielt. Die listigen kleinen Äuglein glitten über ihre Gesichter, um sie einzuschätzen.

«Manfred Franke», stellte er sich vor. «Ist ja nicht zu fassen.

Schon wieder ein Angriff auf die Polizei.» Er lächelte. «Ich rekapituliere das mal: Vor sechs Wochen ging Nadine Schrepper, eine junge Mutter, grundlos auf eine bewaffnete Polizistin los. Und heute hat ihre Oma angeblich deren Vorgesetzten attackiert – einen durchtrainierten Kriminalbeamten, der sich ihrer aber kaum zu erwehren wusste. Wie bedauerlich, dass auch der zweite angebliche Angriff nicht von unabhängiger Seite bestätigt werden kann.»

«Genau, die haben uns auf dem Kieker», geiferte Martha. «Ich war überhaupt nicht bei dem Bullen. Mein Sohn kann das bestätigen. Wir sind spazieren gefahren und dann auf ein Bier in eine Kneipe in Stralsund.» Sie gab einen Sermon von sich, zählte die Orte auf, an denen sie angeblich ihre Zeit verbracht hatte, und die Leute, die das bezeugen würden, und grinste ihn dabei triumphierend an.

«Ist alles wahr, ich war die ganze Zeit mit meiner Mutter zusammen.» Auch Dietmar versuchte seine Häme nicht zu verbergen.

«Sicher?», fragte Luka.

«Ich sag es doch.»

Luka und Martin Berger nahmen den Schreppers gegenüber Platz, Luka faltete die Hände auf der Tischplatte. «Dieser Herr hier ist mein Vorgesetzter, Kriminalhauptkommissar Berger von der Polizeiinspektion Stralsund. Ich habe ihm von Ihrem Ärger über die hässliche Bezeichnung *Gemüse* erzählt, die das Personal in der Klinik benutzt hat, und er hat vorhin mit dem entsprechenden Arzt telefoniert. Der hat zugegeben, dass das Wort gefallen ist, und sich dafür entschuldigt.»

«Ach!», schnauzte Martha. «Und das soll jetzt alles wiedergutmachen, ja? Eine dreckige Entschuldigung von einem Scheißkerl, der keinen Ärger will …» Ihr Anwalt wollte sie aufhalten, aber sie ließ es nicht zu. «... und einem anderen Scheißkerl, der sich einbildet, dass er mit ein paar schleimigen Worten ...»

«Der Punkt, auf den ich hinauswill, Frau Schrepper, ist das Wort *Gemüse*. Ich war bei dem Gespräch im Krankenhaus nicht anwesend. Also kann ich diesen Ausdruck nur von Ihnen gehört haben. Ist Ihnen klar, was das bedeutet? Es heißt, dass Sie bei mir gewesen sein müssen, nachdem Sie im Krankenhaus gewesen sind. Also lügen Sie und Ihr Sohn.»

Martha Schrepper warf ihm einen hasserfüllten Blick zu. «Na und? Ich wollte mit Ihnen reden. Ich wollte klarstellen, dass ihr das Leben meiner Tochter und das von meinem Mann auf dem Gewissen habt. Das kann ich mir doch wohl rausnehmen, nach allem, was passiert ist. Dass mir mal jemand zuhört.»

Seltsam, dass sie eine ähnliche Formulierung wie Kerstin Sonntag benutzte.

«Frau Schrepper», mischte sich Martin Berger ein, «dieses furchtbare Geschehen wurde von einem Gericht beurteilt, und die entsprechende Beamtin ...»

«Eine Bewährungsstrafe! Mehr kriegt sie nicht. Ihr steckt doch alle unter einer Decke! Die Polizei und die Gerichte.»

Franke hüstelte. «Tja, da hat meine Mandantin leider recht. Die Statistiken sagen aus, dass Polizisten bei einer Körperverletzung im Amt ...»

«Hurenböcke!» Martha Schrepper fegte mit dem Arm eine Tasse Kaffee, die ihr einer der Streifenbeamten hingestellt hatte, vom Tisch. «Aber ich sorg dafür, dass diese Schlampe bluten muss. Auch wenn sie nicht in den Knast geht – die kriegt eine Zivilklage und wird zahlen, bis sie keine Luft mehr kriegt ... bis sie verreckt!»

Der Kaffee war über den hellen Boden gespritzt. Einen Moment starrten sie alle zur Pfütze. Dann sagte Luka leise: «Treiben Sie es nicht zu weit.»

Martha wollte ihn angiften, aber ihr Anwalt hielt sie zurück. Er flüsterte ihr etwas zu.

«Sie wollen auf Schmerzensgeld klagen?», fragte Martin Berger interessiert.

«Selbstverständlich», antwortete Franke anstelle seiner Mandantin. «Alles andere wäre fahrlässig, denn die arme junge Frau wird ja ihr Leben lang versorgt werden müssen.»

Neben dem Familienfuror gab es also noch einen weiteren handfesten Grund dafür, warum die Familie Schrepper darauf beharrte, dass Kerstin Sonntag anlasslos auf Nadine geschossen hatte. Gut, hätte man sich denken können, aber darum ging's jetzt nicht.

Luka beugte sich zu der Alten mit dem Strohhut vor. «Frau Schrepper, nur noch einmal für das Protokoll: Sie sind zu mir gekommen, um Ihrem Unmut über die Behandlung Ihrer Tochter Luft zu verschaffen, und Sie und Ihr Sohn haben gelogen, als Sie diesen Besuch leugneten. Sie bestreiten auch jetzt noch, dass Sie während dieses Besuchs meine Tochter aus dem Garten gelockt haben und dass Sie ihr, als ich dazugekommen bin, ein Messer an den Hals gehalten und sie zu Tode erschreckt haben. Ich kann Ihnen das Gegenteil leider nicht beweisen.»

«Herr Kroczek, ich dulde nicht ...», versuchte Franke, ihn zu unterbrechen.

«Aber ich rate Ihnen in Ihrem eigenen Interesse: Tun Sie so etwas nicht noch einmal. Verstehen Sie mich? Halten Sie sich von den Privatwohnungen der Polizeibeamten fern. Wir sind jetzt vorbereitet. Ein zweites Mal würden Sie mit Ihren Lügen nicht durchkommen. Ich würde dafür sorgen, dass Sie vor Gericht landen.»

Martha Schrepper bleckte die verrotteten Zähne. «Drohen Sie mir?»

«Ganz sicher nicht.» Er legte eine kurze Pause ein, bevor er fortfuhr: «Wer hat eigentlich Hagen Tanners Bremsen manipuliert?»

Zum ersten Mal merkte man Dietmar Schrepper, der der Vernehmung bisher seltsam teilnahmslos gefolgt war, eine Regung an. «Wollen Sie uns das auch in die Schuhe schieben?»

«Ich frage nur. Offenbar wissen Sie von dem Vorfall?»

«Weil Hagen mir davon erzählt hat, Scheiße.» Dietmar stand auf, langsam, er bewegte sich immer langsam. «Aber wissen Sie was, Herr Kroczek? Da liegen Sie gründlich falsch. Wenn ich wüsste, wer Hagen Tanner auf den Todestrip schicken wollte, würde ich dem Dreckskerl eigenhändig das Gehirn aus dem Kopf prügeln. Nehmen Sie das bitte als Basis für Ihre Ermittlungen.»

ACHT

Conny erwachte. Sie öffnete die Augen, blinzelte gegen das Morgenlicht – und fühlte blankes Glück im Herzen. Ihre Wohnung mit den verblichenen Tapeten und den zerkratzten Möbeln strahlte in einem milchigen Morgenlicht. Wonnemonat Mai.

Aber das war es nicht, was ihr ein Lächeln aufs Gesicht und ins Herz zauberte. Ihre beiden Töchter lagen bei ihr im Ehebett. Katja mit dem glatten, schwarzblauen Haar, das sie von ihrem vietnamesischen Vater geerbt hatte, auf der linken Seite, Nina mit der irren Kurzhaarfrisur und den langen, braunen Beinen auf der rechten. Sie selbst hatte natürlich die Besucherritze erwischt, doch wen scherte das in so einem Moment. Die Kinder hatten seit Jahren nicht mehr das Bedürfnis gehabt, sich ins Ehebett zu kuscheln. Aber gestern Abend waren sie ins Schwatzen gekommen, und da hatten sie sich einfach zu ihrer müden Mutter gelegt und miteinander rumgealbert. Katjas Praktikum in Amerika, Ninas Boutique, Muttis cooler Job ... Das hatten sie tatsächlich gesagt: «Mutti, ist doch cool, was du machst. Da geben wir immer mit an.» Na, das war ja mal eine Überraschung ...

Ein Vibrieren lenkte Conny ab. Das verfluchte Diensthandy auf ihrem Nachttisch. Ein Blick auf den Wecker daneben zeigte, dass es erst halb sieben war. Wenn man bedachte, dass sie sich gestern mit ihrem Besuch bei Julia Tanner den Feierabend um die Ohren geschlagen hatte, war noch ein halbes Stündchen Familienglück drin, fand sie. Mal ganz abgesehen von den normalen Dienstzeiten, die es ja auch noch gab. Sie ließ sich wieder aufs Kissen sinken und bewunderte die hellgrünen Baumspitzen, die es bis hoch zu ihrer Wohnetage geschafft hatten.

Auf dem Stuhl unterm Fenster lag der blaue Sommerrock, den Nina sich spendiert hatte. Hoffentlich ist das kein Hinweis auf ihren Umgang mit Finanzen, dachte Conny. Noch war Ninas Laden ja vor allem ein Geldfresser. Aber sie beschloss, zunächst mal jede Bemerkung in diese Richtung runterzuschlucken. Ihr ging das Geschick ab, mit ihren Kindern Gespräche über brenzlige Themen zu führen. Da knallte es. Immer.

Luka hatte das besser drauf, der war geradeheraus, fand aber den richtigen Ton. Scheiß drauf, dachte Conny und wickelte eine von Katjas Haarsträhnen um ihren Finger. In ihrer Familie wurde es manchmal laut, aber am Ende hatten sie sich immer wieder zusammengerauft. Einfach gegen den Stress anlieben, dachte sie. Ist auch ein Weg, und vielleicht gar kein so blöder.

Das Handy vibrierte erneut. Mistding. Wenn sie danach greifen würde, würde sie Nina wecken, und das kam nicht in Frage.

«Mutti?» Zu spät, ihre Große reagierte auf die Signale aus dem digitalen Nervensägenreich wie ein Bewegungsmelder auf einen streunenden Hund. Schlaftrunken reichte sie ihr das Handy. Conny starrte auf die Nummer, kannte sie aber nicht. Verflucht. Sie ließ den Störenfried unter die Decke gleiten, doch die Morgenstimmung war verflogen. Also krabbelte sie so vorsichtig wie möglich aus dem Bett und ging auf Zehenspitzen in den Flur.

Die Mädels hatten am Abend noch die Küche aufgeräumt. Nur zwei leere Pizzakartons lagen auf dem Kühlschrank, die Conny in den Papiermüll unter der Spüle entsorgte. Sie ging duschen, dann deckte sie den Tisch. Nina und Katja waren aufgewacht und rangelten darum, wer als nächstes ins Badezimmer durfte, aber der scharfe Ton, der Conny früher so oft die Laune verdorben hatte, blieb aus. Die Gören wurden erwachsen. Das war's wohl. Wahrscheinlich müsste man diese Entwicklung als tröstlichen Tipp an gestresste Eltern weitergeben: Leute, eure Kinder werden irgendwann erwachsen, dann hat der Ärger ein Ende.

Als sie am Küchentisch saßen – Nina in ihrem blauen Rock, der wirklich klasse aussah, Katja über ein Buch gebeugt, das wahrscheinlich mit dem Abi zu tun hatte –, sagte Conny feierlich: «Hört mir mal zu, ihr beiden.» Die Mädchen hoben die Köpfe, Nina mit einem Blick auf ihre Sandalen, die wahrscheinlich passend zum Rock einfach in die Einkaufstüte gefallen waren. Conny räusperte sich. «Ich liebe euch. Das wollte ich nur mal laut aussprechen. Dass ich euch liebe.»

Ihre Töchter lachten sie an, und im nächsten Augenblick, so kam es ihr vor, waren sie auch schon raus ins Treppenhaus. Aber für einen Moment war etwas in der Küche gewesen, auf das Conny seit Jahren hingeträumt hatte. Die gehören zu mir, dachte sie, die finden es gut bei mir. Kroczek, der Hund, hatte recht.

Sie begann zu pfeifen, während sie Schlüssel und Handy in ihre zerkratzte Ledertasche warf.

Auf dem Weg zum Kommissariat nervte das Handy zum dritten Mal. Und nun fiel Conny auch ein, wem sie ihre Nummer gegeben hatte: dieser Monika Probst. Die hatte sie – der Teufel mochte wissen, warum – darum gebeten. Wahrscheinlich hatte sie sich vom direkten Draht zu einer weiblichen Gesetzeshüterin irgendeinen Gendervorteil versprochen. Na gut, ich hätte die Bitte ablehnen sollen, dachte Conny, selbst schuld.

Ihr Weg war kurz, sie brauchte knapp zehn Minuten bis zur Arbeit. Das Handy blinkte sie vorwurfsvoll an, als sie ausstieg und es aus der Tasche zog. Sie drückte die Mailbox. Die erste Nachricht kam wirklich von Monika Probst. Sie entschuldigte sich stotternd für den frühen Anruf und wiederholte die Worte noch einmal korrekt: «Es tut mir leid, wenn ich Sie gestört haben sollte.» Danach hatte sie abgebrochen. Kein Hinweis, was sie so Dringendes gewollt hatte.

Conny schloss ihren Wagen ab. Bei der alten Karre geschah das noch umständlich mit Schlüssel rein ins Schloss und umgedreht. Die Ledertasche baumelte an ihrem linken Handgelenk, während sie den nächsten Anruf abhörte. «Ich bin das noch mal, weil ... Da schleicht jemand um unser Haus. Ich weiß, dass ich mir keine Sorgen machen muss, aber nachdem drüben der Wagen von Tanners beschädigt wurde ... So etwas passiert doch sicher, wenn diese Leute sich ungestört glauben.»

Conny ließ den Autoschlüssel in die Tasche gleiten und schritt über den Parkplatz. Der dritte Anruf war der, der sie im Wagen erwischt hatte. Nuschel, nuschel ... «... hören Sie mich? Er folgt mir. Ich ...» Wieder brach das Gespräch ab, aber dieses Mal hatte Monika Probst nicht aufgelegt. Kurz drauf sagte sie: «Also, jetzt ...» Erst danach wurde das Telefonat beendet.

Noch während Conny das Treppenhaus der Polizeistation betrat, vibrierte ihr Handy zum vierten Mal. «Herrgott, Frau Probst, was ist denn los?», knurrte sie nicht besonders liebenswürdig.

Die Antwort war ein Wispern. Ein nervtötendes Geräusch, das sie an irgendeine idiotische Kinderserie erinnerte, in der die vorlauten kleinen Helden sich hinten im Gangsterauto unter einer Decke versteckt hatten und die Polizei anriefen, während die Bösewichte sich vorn zum gelungenen Coup gratulierten. Keine Ahnung, warum ihr gerade das jetzt kam.

«Was ist? Könnten Sie mal lauter sprechen?»

Nee, ging offenbar nicht. Conny blieb auf der Treppe stehen, presste das Handy gegens Ohr und steckte einen Finger ins andere Ohr, um das Gelächter zweier Kollegen auszublenden. «Ich verstehe Sie nicht.»

Wieder Gemurmel. Das, was da aus dem Hörer tönte, war wirklich eine Kinderstimme. Sie verebbte. Conny blieb auf dem obersten Treppenabsatz stehen. «Bist du noch da? Hallo? Wer ist denn dran?»

Keine Reaktion.

Ihre gute Laune war wie weggeblasen. Gefühle sind für die Tonne, sagte Luka gern. Stimmte ja auch. Aber sie hatte trotzdem plötzlich ein richtig mieses Gefühl. Olaf kam durch die Eingangstür. Sie lief zu ihm, erklärte kurz, was los war, und drängte ihn wieder nach draußen.

«Ich verstehe nicht ganz. Was …?»

«Ich hab Mist gebaut!» Sie hätte sofort mit Monika Probst sprechen müssen, gleich beim ersten Anruf, das war ihr jetzt klar. Die war doch keine, die ohne Not jemanden aus dem Bett holte. Conny drückte aufs Gas, sobald sie vom Parkplatz waren. Olaf rief den Chef an. Dann versuchte er es auf Connys Bitte auch beim Festnetzanschluss von Gottfried Probst. Dort ging niemand ran.

«Ruf bei der Wache durch. Die sollen einen Krankenwagen nach Lohme schicken.»

«Ist das nicht übertrieben?»

«Ich nehm's auf meine Kappe», schnauzte sie ihn an.

Er kam ihnen entgegen, Gottfried Probst. Ein Mann im Schlafanzug, der seine reglose Frau unter den Armen gepackt hatte und sie über den Weg zum Parkplatz schleifte. *The Walking Dead* auf Rügen, so kam es Conny einen bizarren Moment lang vor. Monikas Gesicht, nein, ihr ganzer Körper war mit geschwollenen

Fladen bedeckt, die Augen kaum noch zu erkennen, die Haut rot gepunktet, als wäre sie auf ein Nagelbrett gefallen. Probst ließ seine Frau erschöpft zu Boden gleiten, als er die Polizisten erblickte. Er rang nach Luft.

Conny rannte auf ihn zu. «Was ist mit ihr?»

Er versuchte, es zu erklären. Olaf griff zum Handy und gab das, was Probst sagte, an einen Notarzt weiter. Conny blickte auf die bewusstlose Frau. Mistdreck! Sie hatte gelernt, wie man Herzmassagen und Mund-zu-Mund-Beatmung machte und wie man einen Notverband anlegte, aber neben diesem aufgeblasenen Bündel Mensch fühlte sie sich hilflos. Ihr wurde schwach vor Erleichterung, als kurz drauf der Krankenwagen auf den Parkplatz einbog.

Was danach kam, war wie ein Déjà-vu. Das Kreiseln der Blaulichter ... die aufgeregten Stimmen der Schaulustigen ... die scharfen Anweisungen des Arztes ... Die Worte «Kortikoide» und «Adrenalin» fielen. «Sie hat Hunderte Stiche abgekriegt, sieht aus, als wäre ein ganzer Schwarm über sie hergefallen», bellte der Arzt durch ein Handy, das ihm ein Sanitäter reichte. «Bereiten Sie alles vor!»

Conny riss sich zusammen. Sie hatte Mist gebaut, aber sie konnte Monika Probst nicht helfen. Sie musste sich um ihren eigentlichen Job kümmern, und das bedeutete: Sicherungsangriff. Der Tatort durfte nicht zertrampelt werden. «Natürlich haben wir einen Tatort!», fuhr sie Olaf an. «Hast du Probst nicht zugehört? Was er von dem Riegel gesagt hat?»

Monika lag in unserem Bienenhaus, und es war von außen ein Riegel vorgeschoben, sodass sie nicht rauskonnte – das war der ungeheuerliche Satz, den er gekeucht hatte.

Conny scheuchte die Lohmer, die vom Dorf rübergekommen waren, zur Straße zurück, die Bullerbü-Bewohner, die von den Sirenen aus den Häusern gelockt worden waren, trieb sie auf Tanners Terrasse zusammen. Erster Punkt erledigt: Tatort gesichert. Und nun? Sie fasste die Leute, die sich auf den Korbstühlen niedergelassen hatten, ins Auge. Gab es irgendwelche Hinweise? Die Schreppers waren unrasiert, mit verwuschelten Frisuren, als hätte man sie aus den Betten gezerrt. Ein Indiz, das sie entlastete? Konnte man nicht beurteilen. Hagen und Julia Tanner bildeten den Gegenentwurf mit ihren edlen Feinstrickpullovern. Julia trug zu ihrem Pulli einen Seidenschal, der in der Farbe zur Jeans passte, als hätte sie stundenlang vor dem Spiegel gestanden. War aber auch kein Indiz für irgendwas. Manche Leute retteten sich perfekt gestylt aus einem brennenden Haus. Vielleicht war sie auch Frühaufsteherin.

Conny fotografierte die Nachbarn, jeden einzelnen, was Dietmar Schrepper zu einer ironischen Bemerkung veranlasste, die sie ignorierte. Aber Hagen lachte darüber. Irre, er und Dietmar schienen sich echt zu mögen, sie hatten ihre Stühle direkt nebeneinandergerückt und tuschelten miteinander.

Das Rabenaas trug wie immer den Hut, als nähme sie ihn mit ins Bett, registrierte Conny. Emily brüllte, Judy hatte sich still an den Rand der Terrasse zurückgezogen.

Conny dachte an das kindliche Gewisper auf ihrer Mailbox. Sie winkte einen der Polizeibeamten heran und bat ihn, dafür zu sorgen, dass niemand mit Judy sprach, bevor sie offiziell befragt worden war. Das war vielleicht das Wichtigste. O Gott, ging ihr das Babygeheul auf die Nerven.

Sie wandte sich zum Krankenwagen. Monika Probst, die drinnen auf eine Liege gebettet worden war, übergab sich in eine Nierenschale. Sie bewegte sich wie unter Krämpfen. Aber wenigstens war sie wieder bei Bewusstsein. «Wie schlimm ist es?», fragte Conny den Sanitäter, der neben dem Wagen wartete.

«Keine Ahnung, erst geht's mal ab in die Klinik.»

Probst, der sich ebenfalls im Krankenwagen befand, drängelte ins Freie zurück. Er trug immer noch seinen Schlafanzug, blauweiß gestreift. Opateil. «Besten Dank auch dafür, wie Sie uns schützen!», fiel er über sie her.

«Wollen Sie mit ins Krankenhaus?», fragte ihn der Sanitäter. «Dann müssen Sie jetzt einsteigen.»

«Sehen Sie nicht, dass ich mich erst umziehen muss? Ich komme nach.»

Er lief zu seinem Haus, Conny folgte ihm. In der Diele blieb er stehen und fuhr herum? «Und? Wollen Sie mich nicht befragen?»

«Natürlich, aber ...»

«Ich bestehe auf einer Aussage! Sonst verdrehen Sie doch wieder alles. Oder interessieren sich gar nicht dafür.» Er wies mit Nachdruck zum Wohnzimmer und redete ohne Pause weiter. Eilig stellte Conny die Diktierfunktion ihres Smartphones ein. «... hab ich sie schreien hören. Ich lag noch im Bett und habe eine Reportage im Radio gehört, und da hat sie plötzlich ... O Gott ...» Probst durchquerte das Wohnzimmer, blieb bei der Terrassentür stehen und deutete zum hinteren Rand seines Grundstücks, wo sich ein kleines, grün gestrichenes Gartenhäuschen mit seltsamen bunten Dingern dran befand, die aussahen wie eine Batterie bemalter Briefkästen.

«Mein Bienenhaus. Da drin hab ich sie gefunden. Es war abgesperrt. Verstehen Sie? Von außen verriegelt! Aber Monika war drin und hat um Hilfe geschrien. Ich musste natürlich erst zurück und meinen Schutzanzug überziehen, sonst hätte ich ihr ja gar nicht helfen können. Und dann ... Die Kisten waren zerschlagen. Ist Ihnen klar, was das bedeutet? Bienen sind harmlose Tiere, die einen Menschen nicht ohne Grund angreifen. Jemand hat ihre Beuten zerstört, um sie aggressiv zu machen. Und dann meine Frau dort reingezwungen.»

Er öffnete die Terrassentür und wollte auf das Häuschen zulaufen, aber Conny hielt ihn auf. Tatort sichern.

«Ich muss die Tür zusperren, damit die Tiere sich beruhigen.» Probst versuchte sich zu befreien, gab aber rasch nach. «Da drinnen ist alles kaputt ... Das muss ich jetzt neu kaufen ... Wissen Sie, was das kostet? Wenn meine Frau überhaupt zulässt, dass ich die Zucht weiterführe. Sie ist ja regelrecht traumatisiert!»

Conny konnte das aggressive Summen der Insekten hören, und als sie den Hals drehte, bekam sie prompt einen Stich von einer der Bienen ab, die es ins Freie geschafft hatte.

«Da sehen Sie's!», klagte Probst.

Sie unterdrückte einen Fluch und schickte ihn hinauf ins Schlafzimmer, sich ankleiden. Was war das für eine unsympathische Kanaille! Dass der überhaupt erwog, weiter Bienen zu züchten, nach dem, was seiner Frau passiert war. Sie war von Herzen erleichtert, als sie Lukas Stimme hörte.

NEUN

Frau Gott war von den Bienen gestochen worden. Vielleicht war sie sogar krepiert. Krepiert war ein neues Wort, das Judy von Onkel Monti gelernt hatte. Es bedeutete dasselbe wie tot, aber es hörte sich nicht ganz so traurig an, fand sie. Deshalb benutzte sie es in ihren Gedanken. Frau Gott war krepiert. Und vielleicht wäre das nicht passiert, wenn Judy mutiger gewesen wäre.

Sie saß bei den Tanners in der Küche auf einem Schemel. Es war das erste Mal, dass sie das Haus betreten durfte. Alles hier sah schön aus. Die weißen Schränke mit den blauen Kanten, der Wasserhahn, der blitzte und ohne allen Dreck war, die Teefläschchen mit den Teddybären drauf. Sie traute sich kaum, Luft zu holen, so eingeschüchtert war sie von dem Glanz. Einen Moment überkam sie Neid auf das Baby. Emily hatte wirklich Glück gehabt.

«Willst du was trinken?»

Der junge Bulle, der mit ihr in die Küche gekommen war, holte aus einem der Küchenschränke ein Glas. Hoffentlich kriegten sie jetzt keinen Ärger, weil sie einfach an die fremden Sachen gingen. Aber Oma Martha hatte ja gesagt, dass Bullen alles dürfen, und so war es vielleicht in Ordnung. Vorsichtshalber trank Judy aber doch nichts, als der Mann das Glas vor ihr auf dem Tisch abstellte. Er lächelte sie an. Seine Haut war dunkel wie bei dem Mohr in dem ganz alten Jesusbuch, das Judy in einer Kiste auf dem Speicher entdeckt hatte.

«Ist Frau Gott krepiert?», traute Judy sich zu fragen. Sie hoffte so sehr, dass ihr nicht wirklich was passiert war.

«Bitte?»

Judy schwieg und wandte das Gesicht ab.

Dann kam der Bulle rein, dem sie alle gehorchten, der Oberbulle. Die Bullin war auch bei ihm, die mit den unordentlichen Haaren. Vor der hatte Judy Angst, weil sie so laut lachte und Onkel Dietmar anschnauzte, sodass er das böse Glitzern in die Augen kriegte. Der andere Bulle, der mit der schwarzen Haut, verließ die Küche, und Judys Herz begann zu wummern. Sie spürte, jetzt wurde es ernst. Wenn dich die Bullen krallen, kriegste keinen Fuß mehr auf die Erde, sagte Oma Martha immer. Die piesacken dich, bis du nicht mehr weißt, wo hinten und vorn ist. Sie hatte dabei ihre Bluse hochgezogen und Judy eine Narbe gezeigt, die quer über ihren braun gesprenkelten Rücken ging. «So siehst du aus, wenn die Bullen dich gepiesackt haben», hatte sie gesagt. «Merk's dir und lass dich von denen nicht packen.»

Aber jetzt war es doch passiert. Die Bullin kam zu Judy, hob sie hoch und setzte sie auf den Küchentisch. Judy wurde steif vor Angst.

«Hey, Süße, keine Bange, ich fress dich nicht.» Sie lachte ihr lautes Lachen, und Judy krallte beide Hände um die Tischkante.

«Wir haben heute Morgen miteinander telefoniert, Judy. Erinnerst du dich? Mit dem Handy von Monika Probst. Zuerst hat Frau Probst mit mir telefoniert, und dann bist du rangegangen. Stimmt, nicht wahr?»

Judy beschloss, sich zu verschließen. Sie machte die Augen zu und holte den Gesang von Frau Gott in ihren Kopf. *Wochenend und Sonnenschein und nur wir zwei im Wald allein ...* Es war so schön gewesen, als sie zusammen die Vogelkinder angeschaut hatten ...

Die Bullin packte ihre Arme. «Nee, Kleene, jetzt reden wir miteinander. Träumen kannst du später. Erinnerst du dich? Das Handy von Frau Probst. Wir würden gern wissen, was passiert ist, als du mich angerufen hast.»

Judy hatte das Handy nicht geklaut, sie hatte es einfach aufgehoben, dort, wo Frau Gott es hatte fallen lassen. Aber das würde ihr die Bullin nicht abnehmen, weil Judy ja eine von den Schreppers war. «Uns Schreppers glauben sie nie», sagte Dietmar immer. Und auf Oma Marthas Rücken gab es die Narbe, die aussah, als hätte man ihr sehr weh getan.

«O Mann, alle Kinder quasseln. Hat dir der liebe Gott keinen Mund gegeben? Konzentrier dich doch mal.»

Judy versuchte wieder, den Gesang von Frau Gott in den Kopf zu holen, doch plötzlich hörte sie dort nur noch ihre Schreie, die spitz wie die Dornen beim Vogelnest waren. Sie kniff die Augen fester zu, in der Hoffnung, dass dann auch die Schreie aufhören würden, aber das funktionierte nicht. Frau Gott schrie und schrie ...

«Lass gut sein, Conny.» Plötzlich war der Bulle, dem alle gehorchten, bei Judy. Er beugte sich zu ihr. «Dir geht's ganz schön dreckig, was?»

Wenn man dreckig war, kriegte man in der Schule Ärger. Judy rührte sich nicht.

«Du brauchst keine Angst vor uns zu haben, wirklich nicht», sagte er und nahm sie auf seine Arme. Er war stark und roch gut und sprach leise und freundlich. Judy begann zu weinen. Er trug sie hin und her und murmelte: «Alles gut, Mädchen, es ist alles gut.» Sie krallte sich an ihm fest. Die Schreie von Frau Gott ebbten ab und hörten schließlich ganz auf. «Krepiert Frau

Gott?», fragte sie leise und versteckte dabei ihr Gesicht in der Jacke von dem Bullen.

«Bitte? Oh ... Hoffentlich nicht.» Noch ein paar Schritte. «Magst du sie leiden?»

Judy nickte. In der Jacke fühlte sie sich geborgen.

«Du könntest ihr sehr helfen, wenn du uns erzählst, was du gesehen hast.» Wieder Schritte. «Das ist alles sehr schlimm für dich, was?»

Judys Herz klopfte so sehr, dass es weh tat.

«Was hast du denn dort draußen im Garten gemacht, heute Morgen?»

Judy hatte zu den Vogelbabys gehen wollen. Aber das behielt sie lieber für sich. Erwachsene verstanden so etwas nicht. Monti hatte sich totgelacht, als sie ihm von dem Nest erzählte, und Simone hatte Judy süß genannt, auf eine Art, die sich anhörte, als hätte sie Heulsuse gesagt. Nur Frau Gott hatte sich über die Vögel gefreut.

«Ein bisschen gespielt?»

«Ja», flüsterte sie.

«Was spielst du denn gern?»

Tiere beobachten. Und Menschen auch, hätte sie jetzt zugeben müssen, aber das behielt sie ebenfalls für sich. Sie dachte an den schwarzen Mann.

«Du hast also gespielt, und dann hast du Frau Probst gesehen?»

«Ja», wisperte sie.

«Und dann ist noch jemand anderes gekommen?»

...

«War das ein Mann?»

...

«Kanntest du ihn?» Der Bulle setzte sie wieder auf den Tisch.

Er beugte sich zu ihr und lächelte. «Du brauchst keine Angst zu haben, es uns zu sagen. Der Polizei darf man alles erzählen. Das ist völlig in Ordnung. Kanntest du den Mann?»

«Nein», log Judy.

«Und was hat er getan?»

Judy floh in ihre Erinnerungen zurück. Frau Gott stand in der Küche und sang *Wochenend und Sonnenschein* ...

ZEHN

Sie fanden sich im Besprechungsraum ein und trugen zusammen, was ihnen aufgefallen war und irgendwie von Bedeutung sein könnte. Tobias tippte. Die Fotos, die Conny geschossen hatte, würde er später einpflegen.

Schließlich blickte Luka auf die Uhr. Er hatte mit Teresa telefoniert. Sie meinte, mit Tilda sei alles Ordnung. Aber sie würde ein paar Tage von zu Hause arbeiten, hatte sie erklärt, Tilda wolle im Moment nicht in den Kindergarten. Dass er erst spät heimkommen würde, hatte sie gelassen zur Kenntnis genommen. Die Arbeit war wichtig, besonders wenn man einen Mordversuch auf dem Tisch hatte. Nein, zwei, dachte Luka. Und was mit Georg Schrepper geschehen war …

Er fühlte sich mies. Er und Teresa hatten sich nach dem Desaster im vergangenen Jahr doch vorgenommen, völlig offen miteinander zu sein. Er hatte sie bei dem Telefonat ja auch nicht angelogen, aber er hatte ihr etwas verschwiegen – nämlich dass er nach der Arbeit noch eine Sache erledigen wollte, die ihr vermutlich nicht gefallen würde.

«War's das, Chef?»

Seine Kollegen schauten ihn an, bis auf Tobias alle mit müden Gesichtern. Er nickte. «Ab nach Hause und morgen mit klarem Kopf weiter.»

Auf dem Weg in sein Zimmer klingelte das Handy. Die Nummer des Staatsanwalts. Klar, das musste ja noch kommen. Luka hatte mit Hagen Meyer, der die Ermittlungen im Fall Tanner leitete, bereits telefoniert, um ihn über die Attacke auf Monika Probst zu informieren, aber natürlich wollte der Mann Details. «Sie wissen doch, wie entscheidend die ersten Stunden und Tage nach einer Tat sind. Bitte kommen Sie rüber, heute noch, jetzt gleich.»

Luka blickte auf die Uhr: 18:30. Also los, in Gottes Namen.

Als er auf den Parkplatz der Staatsanwaltschaft fuhr, entdeckte er den VW von Martin Berger. Seine Stimmung besserte sich. Sein Vorgesetzter hatte sich als netter Kerl entpuppt, clever, integer, vielleicht waren sie inzwischen sogar Freunde, keine Ahnung. So etwas wurde ja selten ausgesprochen. Er stieg ins Obergeschoss hinauf, wo Meyer am Ende eines Flurs sein Büro hatte.

Martin saß schon beim Schreibtisch. Der Staatsanwalt begrüßte den Neuankömmling. «Also wieder diese Schreppers. Mensch, die verfolgen mich langsam im Schlaf.» Er wollte eine Zusammenfassung der wichtigsten Fakten, und Luka begann mit seinem Bericht.

Monika Probst war in einem umgebauten Geräteschuppen eingesperrt worden, in dem ihr Ehemann seine Bienen untergebracht hatte. Monika konnte sich nicht selbst darin eingeschlossen haben. Der Riegel, der ihre Flucht verhinderte, ließ sich nur von außen öffnen. Das Häuschen besaß keine Fenster. Er reichte sein Smartphone über den Tisch, auf dem er entsprechende Fotos abgespeichert hatte.

«Was hat die Frau ausgesagt?»

«Sie ist erst morgen vernehmungsfähig.»

Meyer grunzte unzufrieden. «Steht jemand im Krankenhaus vor ihrer Tür?»

Luka nickte.

«Und sonst?»

«Gottfried Probst hat seine Frau nach der Attacke ins Freie

getragen, und ihm ist dabei ein intensiver Nelkengeruch aufgefallen. Die Leute von der Spurensicherung haben's ebenfalls gerochen. Nelkenöl macht die Biester offenbar aggressiv.»

«Wurde Probst auch gestochen?»

«Er hatte Imkerkleidung übergezogen, bevor er die Tür öffnete.»

«Ich würde sagen, wir können ihn als Verdächtigen ausschließen.»

Luka kaute auf der Lippe. «Ich finde es seltsam, dass er ins Haus zurückgelaufen ist, bevor er die Tür des Bienenhauses geöffnet und seiner Frau geholfen hat. Für mich klingt das ziemlich kühl abgewogen. Außerdem hat er behauptet, dass er gerade eine Reportage über die Flüchtlingskrise im Mittelmeer angehört hatte, als seine Frau zu schreien begann. In seinem Schlafzimmer steht ein Internetradio. Ich hab's angestellt. Da lief ein Dudelsender.»

«Bitte was?»

«Panmusik. Sie spielen ohne Ende Panflöte. Keine Reportagen oder sonstige Sprachbeiträge.»

«Haben Sie den Mann damit konfrontiert?»

«Er besteht auf der Reportage.»

«Wahrscheinlich war er durcheinander. Kroczek, der Mann stand unter Schock. So etwas müssen Sie berücksichtigen. Ich glaube nicht, dass er was mit der Sache zu tun hat. Er hätte ja auch behaupten können, dass er ihre Schreie nicht gehört hat. Was war das mit diesem mysteriösen Telefongespräch?»

Luka berichtete von Monika Probsts Anruf und dem Flüstern von Judy und von seinem Gespräch mit der Kleinen.

«Sie hat also nichts gesehen?»

«Ist noch nicht ganz klar. Im Moment behauptet sie es.»

«Und Sie glauben, dass sie lügt?»

«Weiß ich noch nicht.»

«Weiß ich nicht ... weiß ich nicht ... Haben Sie sie nicht unter Druck gesetzt?»

«Sie ist sechs Jahre alt.»

«Gerade dann. Mensch, Kroczek, wir sind hier nicht im Kindergarten. Seelenstreicheln ist Sache der Eltern. Diese Ganovensippe hat Kerstin Sonntag reingeritten. Der Apfel fällt nicht weit vom Stamm. Natürlich lügt sie. Bieten Sie dem Mädchen Bonbons an und machen Sie ihr klar, was ihr droht, wenn sie Sie weiter zum Narren hält.»

«Genau genommen droht ihr gar nichts», warf Berger ein.

Luka unterdrückte ein Lächeln.

«Aber das weiß sie nicht. Ich will Ihnen sagen, wie es aussieht: Die Schreppers waren sauer, weil Probst damals die Polizei gerufen hat. Sie machen ihn für den Zustand von Nadine verantwortlich. Und nun haben sie es ihm über seine Frau heimgezahlt. Wie du mir, so ich dir. Und die Kleine, die zugeschaut hat, als ihre Sippschaft Monika Probst zu den Bienen gesperrt hat, will es aus Loyalität nicht zugeben. Nageln Sie sie fest.»

«Was ist mit dem angeschnittenen Bremsschlauch?»

«Was weiß ich? Verhören Sie die Schreppers, wenn's sein muss, täglich. Druck, Druck ... Oder wem sonst würden Sie die ganzen Ferkeleien zutrauen?»

Luka dachte an den schmierigen Dietmar und an Monti, bei dem das Testosteron die Stelle von Intelligenz und Empathie eingenommen hatte. Er traute ihnen tatsächlich alles zu. Und Martha? Das Bild, wie sie ihr Messer an den Hals der kleinen Tilda gehalten hatte, löste bei ihm immer noch Magenflattern aus. Wie verlockend die Tür war, die Meyer ihm öffnete. Mach sie fertig!

Aber gerade weil Meyers Strategie ihm so entgegenkam, gefiel sie ihm nicht. «Ich brauche mehr Leute.»

Seine Forderung ging in Richtung Martin Berger, doch es war Meyer, der sie kommentierte. «Ich kann Ihnen gar nicht sagen, wie oft ich diesen Satz schon gehört habe, wenn die Polizei mit ihren Ermittlungen festhängt», erklärte er giftig. «Benutzen Sie Ihren Kopf, seien Sie kreativ!»

«Ich habe schon mehrmals beim Polizeidirektor gedrängelt», versuchte Berger, Luka zu besänftigen, als sie zu den Autos zurückkehrten. «Zwei Attentate, zwei Leute in Lebensgefahr – das schreit ja nach einer sauberen Ermittlung mit ausreichend Personal. Sie bieten euch Kutscher an.»

«O Gott!»

«Noch ist keiner tot, Luka, und ...»

«Doch. Georg Schrepper.»

«Zweifelst du an der Selbstmordhypothese?»

Luka zuckte mit den Schultern. Es gab keine sicheren Beweise, weder in die eine noch in die andere Richtung. Aber er fand es mehr als sonderbar, dass in so kurzer Zeit in einer so winzigen Siedlung vier Menschen zu Schaden gekommen waren. Das stank doch zum Himmel.

«Gibt es Anzeichen, dass Leute aus dem Dorf oder jemand von auswärts seine schmutzigen Finger im Spiel haben könnte?»

«Wenn ich was wüsste, würde ich allein klarkommen.»

«Ich tu mein Bestes.» Martin schlug ihm mit der Pranke auf die Schulter.

Und dann kam der Teil des Abends, der Luka am schwersten im Magen lag. Als er wieder im Wagen saß, suchte er die Privatadresse von Kerstin Sonntag raus. Er fuhr los und stellte fest, dass seine Kollegin in einer noblen Gegend residierte. Man hätte ihr Haus zwar nicht als Villa bezeichnen können, aber es war deutlich teuer als alles, was man sich von einem Polizistengehalt leisten konnte. Hatte sie mit ihrem Vater zusammengewohnt? Oder hatte er ihr das Haus spendiert? Sie hatte einmal angedeutet, dass er nicht ganz arm war. Ihre Hobbys, Segelfliegen und so, waren ebenfalls kostspielig gewesen.

An der Haustür fiel ihm als Erstes ein zusätzliches Schloss in Brusthöhe auf. Schutz gegen Einbrecher? Oder hatte sie es wegen ihres dementen Vaters anbringen lassen? Nicht gut, dass er es nicht wusste.

Er klingelte und überlegte, was er sagen sollte. *Ich halte es für möglich, dass dir, was Nadine angeht, unrecht getan wurde. Ich weiß es nicht, aber wenn sich während der neuen Ermittlungen etwas andeuten sollte, werde ich drauf achten.* So etwa. Eine kleine Ermutigung, ohne sich zu verbiegen.

Im Haus rührte sich nichts, er klingelte erneut. Auch jetzt: keine Reaktion. Er wäre wohl wieder gegangen, erleichtert, dass ihm das Gespräch erspart blieb, wenn er nicht plötzlich meinte, Musik zu hören. Was sollte das? Hatte Kerstin durch ein Fenster geschaut und beschlossen, dass sie von ihm die Schnauze voll hatte? Er schwankte – und entschied sich, sicherheitshalber einmal ums Gebäude zu gehen. Er überstieg eine kleine Buchsbaumhecke und folgte einem Pfad aus unregelmäßigen Steinplatten. Als er die Terrasse erreichte, entdeckte er seine Kollegin. Sie lag zwischen dem gläsernen Wohnzimmertisch und einem schicken braunen Ledersofa.

Luka packte einen gusseisernen Grill und schlug die Scheibe der Terrassentür ein.

«Mist, dasss wird teuer», murmelte Kerstin und verzog das Gesicht. Teuflische Kopfschmerzen wahrscheinlich. Auf jeden Fall war sie bis zum Kragen abgefüllt. Zwischen Sofa und Sessel lagen mehrere leere Wodkaflaschen herum. Ziemlich peinlich. Er ging und stellte das Radio aus.

«Warum bisss du gekommen?» Kerstin erhob sich mühsam vom Boden.

Luka gab die Sätze, die er sich überlegt hatte, von sich, während Kerstin nach der Rückenlehne des Sofas tastete und sich in die Polster sinken ließ. Sie verschränkte ihre verdammt hübschen Beine. «Finde ich komisch. Du kannsss mich doch gar nicht leiden. Warum kommmss du dann?»

Aus Pflichtbewusstsein? Weil er bis auf weiteres immer noch ihr Chef war und fand, dass er sich um seine Leute kümmern müsse, auch um die, die er nicht leiden konnte? Ihm fiel keine Antwort ein, die nicht kränkend gewesen wäre.

«Weißt du, wasss ... das Unheimliche dran is?», nuschelte sie. «Die denken sich nix dabei. Da hört einer auf zu atmen, und dann schieben sie 'n einfach weg, in 'n extra Zimmer, ganz klein. Und dann fülln sie 'n Scheißformular aus, aber die denken sich nix dabei.» Sie wandte ihm das Gesicht zu. «Weißt du, dass mein Vater Zeuch über die Abridschines gesammelt hat? Das sin die Ur ... ureinwohner von Australien. Irgendwie hat ihn das interessiert. Die sin nie Kannibalen gewesen, sagt er, die warn hoch kultiviert. Die ham die Traumzeit ... das ist wie 'ne Religion ...»

Luka ließ sich auf einem der Sessel nieder.

«Die ham die Regenbogenschlange auf die Felsen gemalt. Das is nix anderes wie unsere eigene Religion, sagt Papa. Man malt die Götter ...» Sie warf eine Flasche Wodka Gorbatschow um, als sie nach ihr griff. Die nächsten Worte waren nicht zu verstehen. Luka holte ein Handtuch aus der Küche und wischte die Pfütze auf.

«Warum kannsss du mich eigntlich nich leiden, Luka?», fragte Kerstin, als er den Lappen in die Küche zurücktragen wollte.

Er drehte sich um. Jedes Wort war verschwendet. Sie würde

ihn nicht verstehen. Er sagte es trotzdem. «Wegen solcher Sachen wie der mit meiner Freundin. Der Kopf von ihrem Bauleiter, den sie sich in der Pathologie anschauen musste, weil du sie dazu gezwungen hast ... Das war grausam.»

Sie starrte ihn an. «Quatsch, Luka, die verscheißert dich. Die is 'ne Inscheneurin, die is hart im Nehmen. Das hat ihr gar nix ausgemacht. Die hat nich mal gezuckt.» Sie begann zu lachen. Auf dem Tisch lagen schwarz umrandete Briefumschläge. Sie nahm sie auf. «Scheißbeerdigung.»

«Schick mir die Rechnung vom Glaser.» Er drehte sich um und ging.

Am nächsten Morgen stand als Erstes Monika Probst auf Lukas Liste.

Die Frau bot einen Anblick zum Fürchten. Ihr Körper war immer noch angeschwollen, aber das war es nicht allein. Sie lag im Klinikbett, die Hände um die Decke gekrallt, völlig verspannt, in ihren Augen eine flackernde Panik. Sie wirkte wie ein Tier, bei dem gewaltsam der Fluchtreflex unterdrückt wird.

«Und? Haben Sie das Schwein gekriegt?», fragte Gottfried Probst, der neben ihr saß und in einer Zeitung blätterte.

Luka ignorierte ihn. «Wie geht es Ihnen denn, Frau Probst?»

«Das sehen Sie doch! Meine Frau ...»

Luka fehlte die Geduld. «Wenn Sie bitte während der Befragung draußen warten würden?»

Conny, die Luka begleitete, öffnete die Tür und deutete mit Nachdruck in den Flur. Einen Moment sah es aus, als wollte Gottfried Probst explodieren, aber dann verließ er wortlos das Zimmer.

Conny trat zum Bett. «Tut mir leid, dass ich so spät auf Ihre Anrufe reagiert habe.»

Monika Probst lächelte blass. «Sie konnten ja nicht wissen ...»

«Nee, tut mir echt leid. Sie haben Hilfe gebraucht, und ich hab's nicht kapiert. Das hätte nicht passieren dürfen.»

Luka schob zwei Stühle heran. «Warum ausgerechnet Sie?»

«Bitte?»

«Warum hatte der Täter es ausgerechnet auf Sie abgesehen?»

Monika lächelte unsicher. «Ja, das ist sonderbar, nicht wahr? Eigentlich ... ich fühle mich immer ein bisschen wie unsichtbar. Vielleicht, weil Gottfried so viel Raum einnimmt. Ich habe mich daran gewöhnt. Im Grunde steh ich auch nicht gern im Rampenlicht. Und nun will mich einer umbringen.» Sie sah ihn an, als könnte sie für diese unglaubliche Entwicklung in seinem Gesicht eine Erklärung finden.

«Was sagt denn der Arzt?»

«Dass ich Glück gehabt habe. Ich hab eine latente Allergie, das wusste ich gar nicht. Und dann gleich dreiundachtzig Stiche. Aber nicht im Mund. Ich habe die Lippen zusammengepresst und die Arme vor die Ohren geschlagen und die Nase zwischen die Knie gedrückt.» Ihre Stimme zitterte.

«Dann war's nicht nur Glück. Sie haben genau richtig reagiert.»

«Wenn solche Schwärme über einen herfallen ...» Monika brach in Tränen aus. Luka faltete die Hände auf seinen Oberschenkeln und gab ihr Zeit, sich zu beruhigen.

«An was können Sie sich denn erinnern?»

«Ich weiß nicht.»

«Sie haben gegen halb sieben bei mir angerufen», versuchte Conny, ihr auf die Sprünge zu helfen.

«Ja, weil ich mir eingebildet habe, dass jemand im Garten ist. Ich hab was gehört. Also, Geräusch ist übertrieben. Wahrscheinlich war ich nervös, weil gerade das mit dem Wagen von Hagen passiert war.»

«Und dann sind Sie rausgegangen? Mutig», sagte Luka.

«Nein, gar nicht. Eigentlich war ich mir sicher, dass ich mich geirrt hatte. Dann hab ich allerdings gesehen, dass unser Gartentor offen stand. Gottfried besteht darauf, dass es immer geschlossen wird, und ich habe mich daran gewöhnt.»

«Und dann?»

«Hab ich mich umgeschaut, aber da war niemand. Also habe ich das Törchen geschlossen und bin wieder ins Haus zurück und hab mich angezogen. Ich wollte im Dorfladen ein paar Brötchen kaufen. Gottfried ist das so wichtig, die Gemütlichkeit. Ich wollte den Weg abkürzen, jetzt ist ja die Lücke im Zaun, und da habe ich gesehen, dass auch die Tür zum Bienenhaus aufstand.»

«Warum eigentlich ein Haus? Ich hatte immer gedacht, dass Bienen ihre Körbe ...»

«Beuten. Die Kästen, in denen die Bienen leben, heißen Beuten. 'tschuldigung ...» Monika lachte unsicher. «Man wird wohl so, wenn man mit einem Lehrer verheiratet ist. So besserwisserisch. Gottfried hat die Beuten in das Häuschen gestellt, weil ... Ich glaube, er fühlt sich nur wohl, wenn er die Dinge kontrollieren kann. Das ist ein Spleen von ihm. Und Bienen sind ja von Natur aus wild. Die fliegen einfach rum.» Sie begann erneut zu weinen, dieses Mal leiser.

«Sie haben auf der Mailbox erklärt, dass jemand hinter Ihnen herschleicht», erinnerte Conny, nachdem Monika sich ein wenig beruhigt hatte.

«Was?»

«Ich hab das auf dem Anrufbeantworter. *Hören Sie mich? Der Mann folgt mir* ... Wer war das denn, den Sie gesehen haben?»

«Nein, nein, nein ... Da war niemand. Das hatte ich mir wohl nur eingebildet. Ich bin aus dem Haus gegangen und rüber zu der Lücke im Zaun und ...» Verwirrt brach sie ab.

Bitte, keine Amnesie, dachte Luka.

Monikas Augen weiteten sich, ihre Finger wurden weiß, weil sie sie so fest zusammenkrampfte. Luka hob die Hand, um Conny davon abzuhalten weiterzufragen. Zeit lassen, dachte er. Monikas Blick ging wieder zur Tür. Es war nur ein kurzer Moment, aber Luka bildete sich ein, einen unsicheren Ausdruck in ihrem Gesicht zu bemerken. «Wahrscheinlich habe ich das Mädchen gemeint, die Kleine von den Schreppers. Ich glaube, sie war auf unser Grundstück gekommen. Ein seltsames Kind. Und dann ... Ich kann mich nicht erinnern ...»

«Sie wurden im Bienenhaus eingeschlossen, Ihr Mann hat sie vor den Beuten gefunden. Sie sagen, Sie hätten die Arme um den Kopf gelegt, erinnern Sie sich? Damit die Bienen ...»

«Ja, ich weiß.» Dieses Mal brach Monika nicht in Tränen aus. Aber einer der Apparate, an denen sie angeschlossen war, begann wie verrückt zu piepen. «Wie bin ich da denn reingekommen? Ich meine ... Wieso bin ich denn ...»

Eine Schwester stürzte ins Zimmer. Ihr Blick flog über die Bildschirme.

«Wer war das?» Monika Probst hob die Stimme. Sie begann zu kreischen. «Wer war das? Wer war das ... Wer hat mich ...»

Die Schwester drückte einen Knopf und scheuchte Luka und Conny raus. Gottfried, der an ihnen vorbei ins Zimmer drängelte, wurde ebenfalls wieder rauskomplimentiert. «Wer war das?», hallte ihnen die panische Stimme von Monika Probst nach.

Probst schloss die Tür. «Da haben Sie's!» Empört stieß er Luka den Zeigefinger gegen die Brust.

«Was bitte?»

135

«Ich hab das kommen sehen. Ein Verhör in ihrem Zustand! Aber man kann wohl nicht erwarten, dass die Polizei auf das seelische Befinden eines Opfers ...»

«Wer hat Ihre Frau eingesperrt?»

«Was?»

«Das werden Sie sie doch sicher als Erstes gefragt haben: Wer hat dir diese schrecklich Sache angetan?»

«Nein ... Nein, ich habe natürlich *nicht* gefragt. Und zu Recht! Sie sehen ja, wie sie reagiert, wenn man sie an das furchtbare Geschehen ... *Natürlich* habe ich nicht gefragt ... Barbaren!»

«Glaubst du ihm?», fragte Conny, als sie wieder auf der Straße standen.

«Was wäre die Alternative? Dass er nicht fragen musste, weil er sie selbst eingesperrt hat? Kannst du dir das vorstellen?» Luka schloss den Wagen auf, die Lichter blinkten. «Das KTI muss versuchen, Judys Gemurmel auf dem Handy verständlich zu machen. Und wir müssen das Mädchen selbst noch einmal vernehmen.»

«Wenn jemand aus meiner Familie mit aggressiven Bienen eingesperrt wäre, würde *ich* jedenfalls garantiert nicht erst nach einem Schutzanzug kramen», meinte Conny, während sie einstieg.

Luka brachte ihr Diensthandy selbst zum KTI nach Rampe. Knapp zwei Stunden Fahrt, um die Gedanken zu ordnen – das konnte er brauchen. Gottfried Probst wollte ihm nicht aus dem Kopf. Wie konnte er Zeitung lesen, nachdem seine Frau kurz zuvor ein dermaßen traumatisierendes Erlebnis gehabt hatte? Wieso redeten sie nicht darüber? Es ging ja nicht ums Bedrängen, aber würde man nicht das Gespräch suchen? *Mein Mann fühlt sich nur wohl, wenn er kontrollieren kann* ... War Probst ein Psychopath, der sein Glück daraus zog, andere zu beherrschen? Vielleicht auch, indem er ihnen Angst machte? Hatte er deshalb auch Tanners Bremsschlauch angeschnitten? Und Georg Schrepper angezündet, zur Strafe, weil die Familie sich seinen Kontrollversuchen entzog?

Luka seufzte. Die Schreppers ... Er rüffelte sich, weil er sie nur als Gruppe wahrnahm. Also exakter: Hatte Martha Schrepper Hagen Tanner und Monika Probst attackiert, weil sie sie als Feinde betrachtete? Und wollte Judy nicht reden, weil sie ihre Oma bei der Attacke auf Monika beobachtet hatte? Oder standen Dietmar oder Monti ihrem angeblichen Freund aus irgendeinem Grund feindselig gegenüber? Dass sie das Ehepaar Probst nicht ausstehen konnten, war ja gesichert.

Warum ließ er eigentlich Gitte außen vor? Und Montis Freundin Simone, die so blass im Hintergrund blieb? Oder die Tanners? Nur keine Vorurteile, auch keine positiven. Aber Hagen Tanner hätte wohl kaum sein eigenes Auto demoliert. Außerdem hatte er die Bullerbü-Bewohner praktisch erst nach dem Einzug wieder kennengelernt. Und die Freundschaft zwischen ihm und Dietmar schien echt zu sein.

Die KTI-Kollegen in Rampe schauten reserviert, als er persönlich in ihrem Institut auftauchte. Sein Argument war Judy. Das Mädchen hatte den Täter gesehen und befand sich möglicherweise in Gefahr. «Wenn ihr's einfach vorziehen könntet?»

Ein Kind in Not – die Leute wurden weich. Einer von ihnen bat Luka in einen mit Technik vollgestopften Raum. Schon nach wenigen Minuten konnte er Monikas unsicheres Gestotter hörbar machen. Dann folgte eine zweite Stimme. Sie war verzerrt, aber deutlich als die eines Kindes zu erkennen. «... *hält ihr den Mund zu ... er tut ihr weh ...*»

«Sieht so aus, als handelt es sich bei eurem Täter um einen Mann», meinte der Techniker.

Und Judy hatte ihn tatsächlich gesehen. Luka rief noch vom Parkplatz aus in Rügen an. Judy sollte ins Kommissariat gebracht und keinen Augenblick mehr aus den Augen gelassen werden. Diese Anweisung hätte er schon viel früher geben müssen. «Beeilt euch. Und bittet eine Polizeipsychologin zu uns rüber.» Er blickte auf die Uhr. «So gegen 17:00 Uhr.»

Die Stimmen waren schon auf dem Parkplatz zu hören. Connys helle, zornige, und die giftige von Martha Schrepper. Luka eilte hinauf zu den Büros. Martha Schrepper, die in der Tür des Verhörzimmers stand, sprang ihn förmlich an. «Sie haben kein Recht dazu, uns festzuhalten», brüllte sie. «Schon gar nicht ohne unseren Anwalt. Ich alarmiere die Presse. Ich werde mich ...»

«Haben Sie verstanden, warum wir Judy hierhergeholt haben?»

«Um uns unter Druck zu setzen! Ich werde Sie anzeigen, fertigmachen werde ich Sie, da können ...»

«Ich muss mal eben an die frische Luft», zischte Conny, die kurz vor dem Platzen war. Luka nickte Olaf zu, der drängte Martha in den Raum zurück und stellte sich breitbeinig in die Tür, um sie an der Flucht zu hindern. Keine glückliche Situation – Luka dachte an Marthas Gefängniszeit. Aber momentan auch nicht zu ändern. Er folgte Conny.

«Weißt du, was die gesagt hat?», schimpfte sie unten im Treppenhaus in leiserer Tonlage. «Stasi! Das lass ich mir nicht bieten. Diese blöde Kuh ... Wir beschützen ihre Enkeltochter, wir ermitteln gegen einen sadistischen Täter, der in ihrer Nachbarschaft wütet ... Zu mir hat noch niemand Stasi gesagt. Und schon gar keine beschissene ...» Sie hob die Hände. «Schon gut, ich reg mich nicht mehr auf. Ich krieg mich wieder ein. Schon passiert ... Ich bin ganz ruhig ... Stasi, Luka! Warte, ich komm wieder mit hoch.»

Sie warteten auf die Psychologin. Luka instruierte die junge Frau, als sie eintraf, und brachte sie zum Verhandlungsraum, in dem Martha ihnen funkelnd entgegensah. «Nein, Sie können *nicht* mit im Raum bleiben», sagte er zu Martha, als sie sich weigerte, ihn in den Flur zu begleiten.

«Das bestimme ich selbst.»

«Irrtum, in diesem Fall bestimmt es die Polizei.»

«Sie Scheißkerl, ich werde dafür sorgen ...» Olaf nahm die pöbelnde Frau am Arm und führte sie in die untere Etage. Judy sah aus, als wollte sie weinen.

Luka beugte sich zu ihr. «Deine Oma holt dich bald wieder ab. Und die Frau Lindemann ist eine ganz Nette.» Es schien sie nicht zu beruhigen. Ängstlich schaute sie zur Tür, hinter der immer noch das Keifen ihrer Großmutter zu hören war.

Tobias hatte im Vernehmungsraum eine Kamera aufgestellt. So konnten sie das Gespräch auf einem Laptop verfolgen. Die erste Viertelstunde war dem Gewinnen von Vertrauen gewidmet, was nach dem Streit nicht ganz einfach war. Es funktionierte schließlich über zwei Plastikpferdchen, die die Psychologin mitgebracht hatte. Sie spielten miteinander, auf Judys Gesicht schlich sich ein verträumtes Lächeln. Dann kam der wichtige Teil. Judys Pferd und das von der Lindemann grasten am Rand des Tisches, der zwischen ihnen stand. «Du hast etwas ganz Schlimmes erlebt, im Garten von der Frau Probst?», fragte die Psychologin.

Judy begann zu summen. Luka bildete sich ein, die Melodie bei den *Comedian Harmonists* gehört zu haben. Die Therapeutin summte mit, Judy lächelte – und hörte wieder damit auf. Lindemann holte eine Schachtel mit Figuren aus ihrer voluminösen Tasche. Die Figuren wurden auf den Tisch gelegt. Neutrale kleine Gestalten aus gebranntem Ton. «Schau mal, wer davon bist du denn, Judy?»

Das Mädchen nahm eine Kinderfigur und schob die anderen weit von sich. Sie begann, mit ihrer Minipuppe zu spielen. Das Tonmädchen durfte auf dem Pferd reiten, die anderen Puppen ignorierte sie. Man brauchte kein Diplom, um ihr Verhalten zu analysieren. Die Fragen der Psychologin nach Monika Probst und dem fremden Mann verhallten ohne Reaktion.

«Das Kind ist traumatisiert», sagte Lindemann, als sie eine halbe Stunde später Judy zu ihrer Großmutter gebracht hatte und zu Luka ins Büro kam. «Sie braucht Hilfe, unbedingt. Ob sie jemals über ihre Beobachtungen sprechen kann, scheint für mich fraglich. Und auch, ob man solche Aussagen gerichtswirksam verwenden könnte, da sie offenbar unter Beeinflussung steht.»

Aus dem Treppenhaus hallte die böse Frage von Martha Schrepper, ob Judy die Klappe gehalten habe.

«Genau das meine ich», kommentierte die Psychologin.

«Glauben Sie, dass Judy den Täter kennt?»

«Wenn es ein Fremder gewesen wäre, hätte sie von ihm erzählt, würde ich schätzen.»

«Sollte man sie aus der Familie nehmen?»

Die Psychologin lächelte und sah gleichzeitig deprimiert aus. «Das kriegen Sie nicht durch. Sie haben fast nichts gegen die Schreppers in der Hand, wenn ich es richtig verstanden habe. Der Richter wird sagen, dass Judy gerade jetzt, wo sie nach dem Verlust ihrer Mutter und dem schrecklichen Tod ihres Großvaters erneut etwas Traumatisches erlebt hat, das vertraute Umfeld ihrer Familie braucht, und dem würde ich sogar zustimmen. Dass die alte Frau unangenehm ist, bedeutet nicht, dass sie für Judy keine Stütze sein kann. Und es handelt sich um eine Großfamilie, es gibt also noch andere Menschen, die sich um Judy kümmern würden.»

Sie ging, und Conny fügte resigniert hinzu: «Außerdem würde der Anwalt des Clans die alte Leier vorbringen: Hauptkommissar Kroczek führt eine private Fehde mit den Schreppers, weil ihm nicht gefällt, dass sie gegen jemanden aus seinem Team eine Klage angestrengt haben.»

«Und wenn Judy was passiert? Monika Probst hat gerade eben so überlebt. Was, wenn der Täter Judy aus dem Weg räumen will, bevor sie plaudert?»

Er rief beim Ermittlungsrichter an und schilderte seine Befürchtungen. Langes Schweigen. «Der Anwalt der Schreppers wird Sie und mich und die Staatsanwaltschaft wegen Befangenheit durch die Mangel drehen, wenn wir andeuten, dass einer von seinen Mandanten Monika Probst zu den Bienen gesperrt hat. Und das mit Recht, weil es dafür keine Beweise gibt. Trauen Sie eigentlich Gottfried Probst oder einem der Tanners die Tat zu?»

Luka schwieg, er hatte ja selbst schon in diese Richtung gedacht.

«Wenn einer der Schreppers der Täter war, ist die Kleine sicher, würde ich sagen. Die werden doch nicht dem eigenen Kind was antun, oder?»

Conny, die mitgehört hatte, seufzte.

Glücklicherweise blieb der Anruf, dem Luka in den nächsten Tagen entgegenbangte, aus. Er versuchte in dieser Zeit mehrere

Male, Gitte Schrepper zu erreichen. Vielleicht würde sie ihm nach dem tückischen Anschlag auf Monika Probst ja doch etwas über ihre Mutter, ihre Brüder oder auch die Nachbarn verraten. Leider ging sie nicht ans Handy, und die beiden Male, als er abends bei ihr vorbeifuhr, traf er sie nicht an. Von David war auch nichts zu erfahren – er befand sich auf einer Kurztournee und gab sich genervt und unwissend.

Bei den morgendlichen Besprechungen vertieften sie sich in jedes Indiz und in jede Zeugenaussage. Die Tanners hatten von dem Vorfall im Bienenhaus erst etwas mitbekommen, als sie die Sirene des Polizeiwagens hörten, als also alles schon geschehen war. Schreie? Wenn, dann nur gedämpft. Und da es in der Nachbarschaft öfter mal laut wurde … Nein, sie waren nicht besorgt gewesen. Gottfried Probst machte, wenig erstaunlich, die Schreppers für die Attacke auf seine Frau verantwortlich.

Und die wiederum behaupteten unisono, geschlafen zu haben, wobei Dietmar mehrmals aufs Klo gegangen war und dabei durch die offenstehenden Türen seine Leute hatte schlummern sehen. Seine Mutter war angeblich beim Fernsehen in ihrem Sessel im Wohnzimmer eingenickt und hatte dort die Nacht verbracht. Die hatte er natürlich auch gesehen. Er selbst bekam ein Alibi von Judy, die bis wenige Minuten vor dem Anschlag in seinem Zimmer eine DVD geguckt hatte. Als sie rausgelaufen war, war Onkel Dietmar gerade wieder in seinem Bett eingeschlafen.

«Wie lange dauern denn ein paar Minuten?», hatte Luka das Mädchen gefragt.

Judy verstummte und bekam nasse Augen.

Endlich, ein paar Tage später, kam der Bericht von der Spurensicherung und damit konkrete Fakten. Das Nelkenöl, das die Beamten ja schon beim Betreten des Bienenhauses gerochen hatten, war offenbar durch eines der Einfluglöcher in der Hauswand gesprüht worden. Und direkt unterhalb dieses Lochs war eine Zigarettenkippe gesichert worden, Marke Goldfield, mit einer DNA, die sich im Polizeicomputer wiederfand. Mit der von Monti Schrepper. In der Nacht vor dem Anschlag hatte es geregnet. Die Kippe war trocken gewesen.

«Tataaaa!», jubelte Conny. Luka, der den Bericht bereits gelesen und mit dem Staatsanwalt besprochen hatte, dämpfte ihre Euphorie. Montis und Dietmars Kippen lagen überall auf den Grundstücken verstreut.

«Na und? Die hinter dem Bienenhaus war trocken. Monti hat sie am Morgen geraucht. Ist doch klar.»

«Oder die Zigarette war am Vorabend geraucht worden, und ein verwehtes Blatt hat die Kippe trocken gehalten, oder jemand wollte, dass wir sie da finden. Die Fußabdrücke, die bei der Kippe gefunden wurden, konnten nicht zugeordnet werden. Wir haben ein Indiz, wir nehmen uns Monti vor, aber für eine Anklage reicht es nicht.»

«... sagt der Staatsanwalt», knurrte Conny entnervt.

«Sagt der Staatsanwalt, und ich sag's auch.»

«Und warum du, bitte?»

«Weil der Mann, der Monika im Bienenhaus eingesperrt hat, zielstrebig und brutal vorgegangen ist. Brutal traue ich Monti zu, jemanden zusammenschlagen und so, aber Zielstrebigkeit nicht. Wenn Monika Probst ihn vor der Attacke gereizt hätte – dann vielleicht. Aber in aller Herrgottsfrühe losziehen, mit dem Vorsatz, eine Frau sadistisch zu quälen, das kann ich mir nicht vorstellen.»

«Was, wenn Dietmar ihn losgeschickt hat?», fragte Tobias.

«Schwer zu beweisen.» Luka blätterte in den Akten, obwohl er die Aussagen auswendig kannte. Dietmar hatte spöttisch vorgeschlagen, Gottfried Probst in die Zange zu nehmen. War's am Ende nicht immer der Ehemann? Monti, Simone und Martha Schrepper hatten, o Wunder, Dietmars Meinung geteilt.

«Monika Probst ist nichts mehr eingefallen, oder?», fragte Conny ohne Hoffnung.

Luka schüttelte den Kopf. Sie war aus dem Krankenhaus entlassen worden und verließ ihr Haus nicht mehr, aus Angst vermutlich. Bei einem Telefongespräch, das er kurz nach ihrer Heimkehr mit ihr geführt hatte, hatte sie immer noch fahrig und verstört gewirkt. Ihre Erinnerung war nicht zurückgekehrt.

Auch im Dorf, wo die Kollegen von der Streife Klinken putzen waren, hatte man ihnen nicht weiterhelfen können. Als die Schrepper-Brüder jünger gewesen waren, hatte es gelegentlich Prügeleien mit der Dorfjugend gegeben, aber jetzt fuhren Dietmar und Monti in die umliegenden Städte, wenn sie sich vergnügen wollten. Man sah sie kaum noch. Im Dorfladen hatten die Schreppers Hausverbot, weil sie regelmäßig lange Finger gemacht hatten.

«Die Familie Probst ist übrigens auch nicht integriert, die orientieren sich nach Sassnitz hin, wo Probst in der Schule gearbeitet hat und seine Frau bei der Stadtverwaltung war», erklärte Tobias.

«Also gut, ich bestelle Monti zum Verhör», beendete Luka die Sitzung.

Der jüngere Schrepper-Bruder kam und bestritt erwartungsgemäß, jemals auf Probsts Grundstück geraucht zu haben. «Vielleicht hat 'n Vogel die Kippe rüber zum Bienenhaus getragen.»

Luka konnte nicht ausmachen, ob der Mann ihn veralbern wollte oder es ernst meinte. Er entließ ihn nach einem stupiden Frage- und Antwortmarathon und versuchte noch einmal, Gitte

Schrepper zu erreichen. Sie ging wieder nicht ran. Also Feierabend machen? War noch ein bisschen früh. Da er das Smartphone schon in der Hand hielt, rief er bei Teresa durch. Sie klang bedrückt.

«Was ist denn los?»

«Ich hab gerade Tilda abgeholt. Ihr ist im Kindergarten ein kleines Malheur passiert.» Er brauchte einen Moment, bis er kapierte, wovon sie sprach. Teresa redete schon weiter. «Sprich sie am besten gar nicht drauf an. Es ist ihr tierisch peinlich, weil die anderen Kinder es natürlich mitgekriegt haben. Ich glaube, sie hat Angst, dass sie nun nicht in die Schule gehen darf. Aber sie tut, als würde sie nichts hören, wenn ich sie frage.»

«Kann ich mir vorstellen.» Luka dachte an Judy, die sich ähnlich verhielt. «Ich versuch's nachher auch noch mal mit ein bisschen Aufmunterung.»

«Nein, lass mal, wir beide machen einen Mädelsabend, hab ich Tilda versprochen. Limo, Kekse, viele Umarmungen … Wenn du Überstunden machen willst, wäre heute ein guter Tag.» Sie lächelte durchs Telefon.

«Da schau her. Wann geht die Zugbrücke denn wieder runter?»

«So gegen acht. Und dann blasen die Trompeten zum Empfang des heimkehrenden Ritters.»

«Ich liebe dich», sagte Luka. «Und in die Hose pinkeln ist keine Tragödie.»

«Ich weiß.»

Er legte auf und starrte auf das Handy. Martha Schrepper – ihn packte eine Wut, die ihm die Tränen in die Augen trieb.

Auch ein weiterer Anrufversuch bei Gitte Schrepper blieb vergeblich. Inzwischen jagte das seinen Blutdruck in die Höhe. Die

Frau war berufstätig. Musste man als Drehbuchautorin nicht erreichbar sein? Er war sicher, dass sie seine Nummer kannte und absichtlich nicht abnahm. Es brodelte in ihm, als er die B96 hinauf nach Vitt zu David Grosser fuhr. Was war das für eine beschissene Art, mit anderen Leuten umzugehen? Sich für die eigene Familie einsetzen – schön und gut. Aber nicht mehr, wenn Leute zu Schaden kamen wie Monika Probst oder ... ja, wie Tilda!

Was hatte er vor? Dampf ablassen? Seinem Freund David sagen, was er von seiner Drummer-Freundin hielt? Genau das!

Vitt selbst war für den Autoverkehr gesperrt, aber am Rand des Ortes gab es einen Parkplatz. Luka stellte seinen Wagen ab. Es war noch hell, jetzt im Mai. Die blau-weiße Kap-Arkona-Bahn, die zwischen Putgarten und Kap Arkona verkehrte, drehte einen Kreis um ein Blumenrondell und ließ Touristen aus- und zusteigen. Mehrere Familien hatten es sich auf einem Wiesenstreifen zu einem späten Picknick gemütlich gemacht. Luka schlug einen Bogen um Kinderkarren und um einen Rollator und wich einigen Rucksackträgern aus. Jenseits der Saison war Vitt ein verschlafenes Örtchen, aber wenn die Touristen anreisten, hatte man das Gefühl, sich in einem menschlichen Ameisenhaufen zu bewegen.

Er war schon auf dem Weg zu den Gässchen, als er seitlich von einer langen Garagenreihe einen roten VW entdeckte. Er ging hinüber – und hatte recht, das Auto war behindertengerecht umgerüstet worden, es handelte sich um den Wagen von Gitte Probst. Na klasse!

Auf den letzten Kilometern hatte er sich ein wenig beruhigt. Jetzt kam ihm wieder die Galle hoch. Rasch durcheilte er die Gässchen und stieg die breite Steintreppe zu dem Häuschen hinauf, das David an einer Klippe bewohnte. Auch hier oben schlenderten Touristen, der Weg führte zu den Leuchttürmen. Er öffnete das Törchen zwischen den Rosenbüschen, die Davids Grundstück wie eine grüne Mauer umgaben, dort wurde es schlagartiger leiser.

Als er die Hand zum Klingelknopf hob, meinte er, Stimmen aus dem Garten zu hören. Mit langen Schritten folgte er dem Pfad, der sich um die Hausecke wand. Auf der rückwertigen Seite befand sich ein verwilderter Flecken Erde – ein Rasen, der nur selten gemäht wurde, alte Bäume, ein Holzschuppen aus grauen Brettern mit einem winzigen Giebel über der Eingangstür, und vor allem die Dornröschenhecke, an der sich die ersten Blüten zeigten. David brütete an einem vom Wetter angefressenen Terrassentisch über einer Notenkladde, Gitte hatte es sich auf seiner Gartenliege bequem gemacht. Die Abendsonne ließ Wein in grünen Gläsern schimmern, die David von seinem Großvater geerbt hatte, aus dem Wohnzimmer tönte leise ein Flötenkonzert. Vivaldi. Mehr Idylle ging wohl nicht.

«Ah, Luka ... » David hob den Kopf. Lächelnd deutete er auf die Weinflasche. «Willst du auch?» Er erhob sich, um ein weiteres Glas zu holen.

«Nee, lass sein, muss nicht.» Luka wandte sich direkt an Gitte. «Haben Sie schon gehört, wie sich die Lage in Lohme entwickelt hat?»

«O Gott», murmelte David.

«Lohme?», fragte Gitte.

«Ich hol doch ein Glas.»

David verschwand im Haus, und Luka zog sich einen Stuhl heran. «Die Sache mit Frau Probst? Die Bienen und das Nelkenöl?»

«Ich war nicht mehr da, seit Monti mit der Harley über die Wiese ist. Bienen und Nelkenöl? Hört sich romantisch an.»

Luka fasste in schroffen Sätzen zusammen, was Monika passiert war. Er beobachtete die Frau auf der Liege. War sie überrascht? Besorgt? Wütend? Gleichgültig? Ihr hübsches Gesicht war zum Pokerface mutiert, nichts herauszulesen. «Monika Probst», murmelte sie.

David kehrte zurück, goss Wein in das Glas und trug es zu Luka.

«Nein danke.»

«Weil du im Dienst bist?»

Luka zuckte mit den Schultern. «Haben Sie eine Idee dazu?», fragte er Gitte.

«Was wollen Sie? Soll ich jetzt über meine Brüder herziehen, obwohl ich keinen Schimmer habe, was da abgelaufen ist?»

«Ihre Leute setzen Judy unter Druck. Sie haben sich gegenseitig ein Alibi gegeben und nötigen die Kleine, ebenfalls für sie zu lügen.»

«Gibt es denn – wie nennt ihr das – belastbare Beweise, dass Gittes Familie etwas mit der Sache zu tun hat?», fragte David, der sich wieder gesetzt hatte.

Genau das war das Problem.

«Ist nicht schön, wenn man solche Dinge einfach behauptet», meinte David bedächtig.

«Ist aber auch nicht schön, wenn man vergackeiert wird, wie dein Freund von meiner Familie», ergriff Gitte überraschend für Luka Partei. «Natürlich lügen sie. Wenn ein Schrepper die Wahl zwischen Wahrheit und Lüge hat, dann greift er schon aus Reflex zur Lüge.»

«Wir haben eine Kippe gefunden, die zur Zeit der Attacke gegen Monika Probst neben dem Bienenhaus weggeworfen wurde. Montis DNA ist dran.»

«Das glaub ich nicht.»

«Auf meinem Schreibtisch liegt der Bericht der kriminaltechnischen Untersuchung.»

«Ist trotzdem ein Scheiß. Monti prügelt sich, aber er vergreift sich nicht an älteren Frauen.»

«Weil er im Herzen ein anständiger Mensch ist?»

«Fick dich», sagte Gitte gelassen.

«Ihre Mutter war bei mir zu Hause. Sie hat meine Tochter aus dem Garten gelockt, gewartet, bis ich sie vermisse, und ihr, als ich die beiden in einem Wäldchen gefunden habe, ein Messer an den Hals gesetzt.»

Auch Gitte Schrepper konnte nicht sämtliche Emotionen unterdrücken. In ihren Augen blitzte etwas auf. «Scheiße.»

«Ja, so hab ich das auch empfunden.»

«Hilf mir mal», bat sie David.

Er hob die junge Frau von der Liege und trug sie zu ihrem Rollstuhl, der auf der Terrasse stand. Ihre Beine hingen schlaff herab, sie zitterte vor Ungeduld. Ihre Hände begannen wie von selbst, die Räder zu drehen. Die Terrasse war uneben, nicht geeignet für einen Rolli, aber sie fuhr mehrere Male mit abrupten Drehungen hin und her, als könnte sie damit Stress abbauen. Dann blieb sie stehen. «Monti ist zu einer geplanten Grausamkeit nicht fähig. Außerdem ... die Bienen wurden mit irgendwas aggressiv gemacht? Das wollten Sie doch mit dem Nelkenöl ausdrücken. Aber Monti kennt sich mit so etwas nicht aus und ist nicht raffiniert genug, um sich zu informieren. Konzentrieren Sie sich auf Dietmar und das Rabenaas.»

Luka hob die Augenbrauen.

«Nicht kontrolliert, ob meine Mutter einen Führerschein besitzt? Ermittlungsfehler, Bulle. Sie kann überhaupt nicht fahren. Also hat jemand sie zur Klinik und dann zu dir gebracht. Und zwar Dietmar. Warum ich das weiß? Weil die beiden das Alpha-

Team in unserer Familie sind – die Entscheider, die Bestimmer. Monti und Nadine laufen mit. Simone sowieso. Mein Vater hat nie gezählt. Ich glaube, ich hab ihn in meinem ganzen Leben nicht mehr als zehn Sätze sagen hören. Der ist im Knast verstummt, und Dietmar hat seine Stelle eingenommen. Kapierst du? Mein Vater hockte vor dem Fernseher, wir Jüngeren wurden ins Bett geschickt, und Dietmar musste die Stelle meines Vaters einnehmen und Marthas Gift aufsaugen. Aber nur kein Mitleid. Es hat ihm gefallen. Er steht auf so was. Die beiden begehen seelischen Inzest. Sie hecken gemeinsam ihre Pläne aus, und es ist ihnen egal, ob jemand dabei zu Schaden kommt. Nur die Familie, die wird geschützt. Die ist heilig. Da beißen sie jeden weg.»

«Und trotzdem haben sie Nadine nicht in die Klinik begleitet.»

«Sie kapieren das nicht.» Gittes Stimme wurde heller vor Zorn. «Es geht auch innerhalb der Familie nicht um Menschen. Es geht ums Haben. Um Besitz. Nadine gehört Martha, Georg gehört Martha ... Und wer kaputt macht, was Martha gehört, der zahlt dafür. So einfach ist das! Meine Mutter befindet sich auf einem Rachefeldzug.» Sie schlug mit der Faust gegen die Hauswand. Es musste ordentlich weh tun, aber sie ließ keinen Schmerz erkennen.

«Warum haben Sie den Kontakt zu Ihrer Familie nicht abgebrochen, wenn Sie sie hassen? Warum haben Sie auf Prora versucht, mich zu beeinflussen?»

Gitte warf den Kopf in den Nacken und lachte. «Wie wird man Bulle mit so wenig Gehirn! Es geht um Judy. Ich will meine Nichte dort rausholen.»

Luka schwieg verblüfft.

«Aber ich krieg sie nicht. Das verdammte Rabenaas sorgt dafür. Sie will das Sorgerecht für Nadines Mädchen. Weil auch sie ihr gehört. Weil sie nie etwas aus den Krallen gibt.» Noch einmal wendete Gitte den Rollstuhl. Sie schaffte es über eine Rampe ins Haus. Bevor sie verschwand, drehte sie den Kopf. «Wenn meine Mutter dir droht, dann nimm das ernst, Bulle. Die redet nicht einfach daher. Achte auf deine Tochter.»

ELF

Es war schon der dritte Anruf. «Soll ich sie abwimmeln?», bot die Kollegin von der Wache an.

Conny unterdrückte einen Seufzer. «Nee, stell durch.» Sie blickte durch ihr Fenster auf den Parkplatz mit der Betonmauer und den verrosteten Eisentüren, dem auch der schönste Maientag keinen Glanz verleihen konnte. «Ja, bitte?»

Eine Frau aus Lohme hing an der Strippe. Sie hatte dasselbe Anliegen wie ihre Mitbürger, die zuvor angerufen hatten: Gottfried Probst tapezierte das Dorf mit Miniplakaten. *Widerstand – Lohme duldet keine Mörder.* «Er hat das Ding einfach an den Baum vor unserer Garage genagelt. Das geht doch nicht. Erst mal halt ich sowieso nichts von Hetze. Und falls an der Sache was dran ist, sollte sich die Polizei darum kümmern. Dafür haben wir doch einen Staat. Außerdem – Bäume sind Lebewesen, im Ernst. Man kann das messen. Es gibt eine Studie …»

Conny malte Kringel auf einen Block mit Post-its, während sie sich wünschte, ihr Dienst würde endlich zu Ende gehen. Luka war übelster Laune. Seine Kleine tat sich mit dem Erlebnis im Wald schwer. Kein Wunder. Und das, was Gitte über ihre Familie gesagt hatte, trug auch nicht zur Beruhigung bei. Fiel da gerade der Name Judy? Conny horchte auf.

«… finde ich beunruhigend. So ein kleines Mädchen! Also, ich bin keine, die aus Mücken Elefanten macht, ich weiß, dass Kinder …»

«Bitte, was war das noch mal?»

Verdutzte Stille.

«Was ist mit Judy?»

«Ich sagte, sie geht allein durchs Dorf. Dagegen ist ja nichts einzuwenden, Kinder sollten nicht am Gängelband gehalten werden, und in einem Dorf wie unserem passt noch einer auf den anderen auf. Aber Sie hätten die Kleine mal weinen sehen müssen: Es hat einem förmlich das Herz zerrissen.»

Conny versprach, dass sie mit Judys Großmutter und, klar, auch mit Gottfried Probst ein Wörtchen reden würde, und legte auf.

Sie hörte Luka telefonieren. Er sprach leise und gepresst, als wäre er kurz vor dem Explodieren. Wenn sie ihm jetzt mit einer illegalen Plakatierungsaktion oder einem traurigen Kind käme, würde das Gewitter über ihrem Haupt niedergehen. Olaf murrte am anderen Ende des Flurs, weil der Kaffeeautomat Mätzchen machte. Scheiß drauf, dachte sie und beschloss, allein in Lohme nach dem Rechten zu sehen. Heute gingen ihr echt alle auf den Wecker.

Sie fuhr durchs Dorf: die Arkonastraße lang, in einer scharfen Kurve runter zum Hafen, dann die Steilküste rauf, beim dorfeigenen Campingplatz wieder raus … Von Judy keine Spur. Die war bestimmt schon wieder zu Hause. Hierherzukommen war eine idiotische Idee am Ende eines idiotischen Tages gewesen.

Conny stieg beim Dorfplatz aus und ging zum Anschlagbrett der Gemeinde, um eines der Corpora Delicti in Augenschein zu nehmen, über das sich die Anwohnerin beschwert hatte. Der Zettel hing zwischen einem Plakat, auf dem für die Erhaltung der Rügener Sendetürme und gegen ein Medical-Wellness-Center auf dessen Gelände geworben wurde, und einer Ankündigung des Lohmer Hafenfestes.

Widerstand – Lohme duldet keine Mörder
Unterschrift: Empörte Einwohner

Die Schrift platzte knallig rot heraus, als Hintergrundbild diente ein Bienenschwarm, wohl damit die Dörfler kapierten, worauf sich die Aktion bezog, nämlich auf den Angriff auf Monika Probst. Conny riss den Wisch runter. Würde sie erst Probst unter die Nase halten, mit einer Kurzinfo in Sachen Verleumdungsklage, und dann abheften. Sie fuhr weiter zum Bullerbü-Parkplatz. Das Gatter stand offen, wie praktisch. Aber dann beschloss sie doch, auf dem Asphalt zu parken. Noch ein paar Schritte durchatmen, bevor sie sich Probst und seine Bürgerbewegung antat, die hoffentlich nur aus ihm allein bestand.

Und dann entdeckte sie Judy doch noch. Sie hätte das Mädchen wahrscheinlich gar nicht bemerkt, wenn es nicht versucht hätte, sich vor ihr zu verstecken. Judy bewegte sich auf gefährlichem Grund: Sie krabbelte zwischen Bäumen und Büschen auf einem schmalen Weg, der steil bergab bis zum Rand einer Klippe führte, von wo aus es dann, rums, bestimmt zwanzig Meter tief direkt auf den Steinstrand ging. «Hallo, Judy.»

Die Kleine verkroch sich erschrocken. O Gott, nachher schlitterte sie noch aus lauter Angst über die Klippe. Conny tat, als ginge sie weiter. Hinter einer Biegung stand ein dicker Baum. Sie versteckte sich hinter dem Stamm und kam sich ein bisschen dämlich vor. Wie beim Indianerspiel in ihrer Kindheit. Aber half ja nichts. Sie konnte von ihrem Versteck aus sehen, wie Judy sich langsam hinter einem Busch hervorarbeitete und denselben Weg wie sie selbst einschlug.

Als sie in Reichweite war, schnappte Conny zu. Judy heulte entsetzt auf. Jede Farbe wich aus ihrem dreieckigen Gesicht mit den riesigen Augen. Mist, das hatte Conny nicht beabsichtigt.

Sie ging in die Knie, so wie der Chef es gemacht hätte. «Keine Angst, ich tu dir nichts», säuselte sie.

Judy sah nicht aus, als würde sie es glauben.

«Ich bin von der Polizei, verstehst du?» Was redete sie da nur? Die Kleine fürchtete sich doch gerade deshalb vor ihr. Polizisten, das waren die Leute, die auf ihre Mutti geschossen hatten. Loslassen mochte Conny sie trotzdem nicht. Nicht auszudenken, wohin sie in ihrer Panik rennen würde. «Nanu, was hast du denn da hinter deinem Rücken?»

Judy wurde womöglich noch bleicher.

«Eine Puppe? Zeig mal her.»

Das Spielzeug kam zögernd zum Vorschein. Es war eine von diesen Barbiepuppen mit den ätzenden Brüsten und den Glitzerkleidern, nagelneu, kein Fleckchen drauf. «Ist die von Tante Gitte?» Conny konnte sich nicht vorstellen, dass das Rabenaas oder einer ihrer Söhne die Kleine mit Spielzeug versorgte.

Judy schüttelte den Kopf.

Na, war ja auch nicht wichtig. «Kommt Gitte eigentlich oft bei euch vorbei?», bohrte Conny. Das wäre schon interessanter.

Wieder ein Kopfschütteln.

«Warum denn nicht?»

«Gitte mag uns nicht.»

Hurra, ein erster verständlicher Satz. Vielleicht fasste das Mädchen Vertrauen. «Sie mag die Oma nicht, meinst du?»

«Gitte mag keine Heulsusen.»

«Was?»

Judy senkte den Blick.

«Wer ist denn die Heulsuse?»

«Ich.»

Conny war baff. Da hatte dieses Weib Luka die Ohren vollgetönt, wie brennend sie das Sorgerecht für ihre Nichte begehrte, und dann kloppte sie einfach ... Aber halt. «Wer sagt denn, dass Gitte keine Heulsusen mag?»

«Oma.»

«Und woher weiß die das?»

Judys Stimme wurde leise vor Trostlosigkeit. «Tante Gitte hat angerufen und ihr das gesagt. Und dass sie deshalb nicht mehr kommt.»

Conny blieb die Spucke weg. Das Rabenaas – der Name passte wie die Axt in die Kerbe – versuchte offenbar, einen Keil zwischen ihre Enkelin und die einzige Person zu treiben, der an Judy wirklich etwas lag. Sie schluckte ihre Wut herunter. «Und du? Magst du die Gitte?»

Judy nickte heftig.

«Dann hör mal zu, Süße. Zufällig weiß ich, dass Gitte dich richtig gernhat. Das hat sie nämlich meinem Chef erzählt, und der hat's mir weitergesagt. Und außerdem glaub ich ...» Nee, das, was sie über Martha Schrepper dachte, schluckte sie besser runter. Judy musste ja mit ihr auskommen. Und die Alte war die reinste Psychopathin. Conny lenkte ab. «Was denkst du denn selbst? Glaubst du auch, dass du eine Heulsuse bist?»

Judy nickte.

«Dann stell mal jetzt die Lauscher auf. Du bist *keine* Heulsuse, Judy. Ich hab einen Blick dafür, verstehst du? Ich sehe so was. Du bist vorsichtig, aber du bist keine Heulsuse.» Sie nahm Judys Hand und strebte mit ihr dem gelben Haus zu. Die Puppe war wahrscheinlich geklaut, aber sie würde den Teufel tun und das jetzt ansprechen. Stattdessen würde sie dem Rabenaas mal ordentlich die Meinung ... nee, konnte sie ja nicht. Wie gesagt, die Kleine musste mit ihren Leuten auskommen. Schweren Herzens ließ Conny Judy vor dem gelben Haus von der Hand. Armes Teufelchen.

Die Sache mit Probst verlief genauso, wie sie es sich vorgestellt hatte. Er empörte sich, dass sie sein Plakat widerrechtlich entfernt hatte, und ihr Hinweis, was die Verleumdungsklage anging, die die Schreppers womöglich gegen ihn anstrengen würden, ließ ihn explodieren. Das waren Mörder, verstand sie das denn nicht? Mörder! Monika Probst zuckte während seiner Schimpftiraden mehrmals zusammen und verließ schließlich mit versteinertem Gesicht das Zimmer. Plötzlich hatte Conny nur noch den Wunsch, sich in ihre spanplattenmöblierte, aber erstklassig stille Wohnung zu verkriechen.

Ganz so schnell kam sie aber doch nicht fort. Martha Schrepper trat ihr auf dem Durchlass zwischen ihrem Grundstück und dem Weg zum Parkplatz entgegen. «Die Stasi-Tante, hab ich also richtig gesehen.» Die Krempe ihres Strohhuts wurde vom Wind hochgeblasen. Ein goldener Zahn blitzte inmitten seiner schwarzen und gelben Brüder. Conny holte Luft. Nicht provozieren lassen.

«Ihr habt Monti den Scheiß mit den Bienen also nicht anhängen können. Traurig?»

«Traurig bin ich, wenn's regnet. Einen schönen Tag noch.»

«Meine Enkeltochter sagt, Sie haben sich an sie rangemacht und sie ausgequetscht. Die hatte ein total verheultes Gesicht, als sie ins Haus gekommen ist.»

«Dann kümmern Sie sich mal um sie. Versuchen Sie ein einziges Mal, Ihre eigenen beschissenen Bedürfnisse nicht vor die Ihrer Kinder zu stellen!»

Conny kochte, als sie weitereilte.

ZWÖLF

Judy hatte sich auf den Dachboden verkrochen und saß ganz still. Über ihr lag eine alte Decke, für den Fall, dass jemand hochkommen und sie suchen würde, obwohl das unwahrscheinlich war. Nicht, dass man sie suchte, sondern dass man dafür auf den Boden kletterte. Ihre Oma hatte Angst vor den Ratten, die hier oben lebten, obwohl die ja gar nichts taten, und Monti und Dietmar und Simone waren zu faul. Nur Mutti hatte sie früher manchmal zwischen den alten Kartons besucht und mit ihr Süßigkeiten geteilt und gekichert, aber die lag ja jetzt im Krankenhaus.

Für Opa war der Boden nicht erreichbar gewesen, wegen seinem schlimmen Bein. Der Opa war wie ein Küchenstuhl oder ein Kissen gewesen. Man ging um ihn rum, und abends hatte die Oma ihn ins Bett gepackt. Nur zum Essen hatte er sich von selbst bewegt. Opa hatte gern gegessen. Und manchmal war er mit seinem Rollator ein Stück spazieren gegangen. So wie an dem schlimmen Abend, als er den schwarzen Mann getroffen hatte. Die beiden waren ein Stück gelaufen. Und dann musste Opa krepieren.

Judy saß lange Zeit da, ohne sich zu rühren. Sie hörte, wie Oma mit der Bullin schimpfte, die sie zum Haus gebracht hatte, und hoffte, dass die Bullin keine Widerworte gab. Oma konnte sehr böse werden. Aber das Gespräch dauerte nur kurz. Danach war es still, bis auf das Scharren der Ratten. Eine der Ratten hatte Junge gekriegt, die machten fiepende Geräusche.

Nach einer Weile lugte Judy unter der Decke hervor. Sie sah die flauschige, schwarze Mutter der Ratten. «Ratten sind widerlich», sagte Oma immer. «Die machen alles kaputt, und an dem Biss von den Scheißviechern kannste sterben.» Aber die Rattenmutter nagte nur friedlich an einem alten Lampenschirm. Vielleicht wollte sie mit dem Stoff das Nest für ihre Rattenkinder auspolstern.

Judy dachte wieder an die Bullin. Hätte sie ihr sagen sollen, dass ein schwarzer Mann im Garten gewesen war, als Opa krepierte? Aber wahrscheinlich hätte sie ihr gar nicht richtig zugehört, so wie Frau Gott. Oder sie hätte mit ihr geschimpft, weil Judy nicht hinuntergelaufen war, um Opa zu helfen. Alle würden mit ihr schimpfen, wenn das rauskam. Opa war krepiert, weil Judy eine blöde Heulsuse war. Und dann hätte auch Gitte sie nicht mehr gern. Wenn die Bullin das mit Gitte nicht sowieso erfunden hatte.

Judy verlor sich in ihren Gedanken. Ihr Magen begann zu knurren, sie hatte Hunger. Als sie sich unter der Decke hervorwagte, drückte ihr Knie gegen etwas Hartes. Und da fiel ihr wieder ein, warum sie sich auf dem Boden verkrochen hatte. Ihr wurde eisig ums Herz.

Sie nahm die Puppe auf. Es war die Barbie aus dem Dorfladen. Sie trug hohe rosa Schuhe und ein Kleid mit ganz vielen Spitzen. Zur Barbie gab es im Dorfladen auch noch ein Barbiepferd und einen Barbiecampingbus. Die Barbie war Judys Sehnsuchtstraum gewesen, seit sie sie zum ersten Mal in dem Metallregal mit dem Spielzeug gesehen hatte. Judy hatte oft daran gedacht, sie einfach unter ihrem T-Shirt verschwinden zu lassen und wegzulaufen, sich das aber nie getraut.

Und nun war es, als würde die Puppe in ihrer Hand brennen. Judy fing an zu zittern. In der Ecke fiepten die Rattenkinder.

Sie trug die Puppe mit spitzen Fingern hinüber zum Nest. Die Rattenkinder waren noch nackig. Sie sahen aus wie winzige rosa Schweinchen mit dünnen Füßchen und langen Schwänzen. Judy schob sie ein bisschen auseinander, dann legte sie die Barbie zwischen sie. Die kleinen Rattenkinder würden an ihr nagen, und wenn nicht, dann würde die Rattenmutter sie kaputt beißen. Bald würde man die Barbie gar nicht mehr erkennen.

Und dann könnte auch Judy sie vergessen.

DREIZEHN

Vielleicht lagen sie falsch, konnte gut sein, dass ihr Vorhaben zum Flop würde, aber endlich ging es einmal voran. Das KTI hatte Luka einen weiteren Hinweis geschickt – sie hatten einige winzige blaue Wollfasern auf der grünen Jacke gefunden, die Monika Probst an ihrem verhängnisvollen Morgen getragen hatte. Vielleicht war das Glück ihnen ja endlich hold.

Luka informierte den Staatsanwalt und bat ihn, einen Durchsuchungsbeschluss zu beantragen, und zwar für alle drei Häuser von Bullerbü. Meyer war angetan. Es ging ihm ebenfalls gegen den Strich, dass sie nicht vorankamen, klar. «Ich höre, Sie bekommen zwei neue Mitarbeiter zugewiesen? Dann sollten Ihre Ermittlungen ja wohl ein bisschen Fahrt aufnehmen.»

Arroganter Schnösel, aber es war trotzdem ein guter Tag. Das mit den Mitarbeitern stimmte übrigens.

Luka lernte die beiden am frühen Morgen des nächsten Tages kennen, als er sich mit den Kollegen im Kommissariat einfand, um die Details der Durchsuchungen zu besprechen. Er begrüßte sie, bemüht, ein bisschen Begeisterung anklingen zu lassen.

«Da weiß ich ja gar nicht, wie ich dir danken soll», zischte er Martin Berger an, nachdem die beiden sein Büro wieder verlassen hatten.

«Wir leben nicht in Wünsch-dir-was.» Martin grinste. Einer der beiden war Kutscher, natürlich. «Den haben sie mir mit

Handkuss überstellt.» Die zweite eine Kriminalbeamtin, die jünger als Tobias war und um den Hals Kopfhörer hängen hatte, als sie sich ihrem neuen Chef vorstellte. Als Luka die Augenbrauen hochzog, hatte sie die Dinger in der Hosentasche verschwinden lassen, aber ganz entspannt, alles easy, Leute. Wurde er alt, dass er die Welt nicht mehr kapierte, oder kriegte die Jugend nicht mehr den Deckel auf die Dose?

«Gib ihnen punktgenau Order, was du von ihnen erwartest, und setze sie ein, wo sie nichts falsch machen können», riet Martin. «Irgendwas Langweiliges muss doch immer erledigt werden. Vielleicht schreibt Kutscher hinreißende Protokolle.»

Draußen wurde es laut, die Männer und Frauen von der Streife, die sie bei ihrem Einsatz unterstützen sollten, trudelten ein. Kurz darauf auch Meyer selbst. Der Staatsanwalt erklärte den Beamten die Lage. Die blauen Wollfasern gehörten wahrscheinlich zu einem Pullover. Die Fasern waren über der Brust, auf der Rückseite und an den Ärmeln von Monika Probsts Jacke gefunden worden, so als hätte man sie von hinten umarmt – oder eben festgehalten, um sie ins Bienenhaus zu schleppen. Dass sich mehrere Fasern in den Jackenstoff gerieben hatten, untermauerte die Annahme von Gegenwehr.

Meyer ließ ein vergrößertes Foto auf dem Bildschirm im Besprechungsraum erscheinen, damit der Trupp, der an der Durchsuchung beteiligt war, wusste, worauf er zu achten hatte. Sie bekamen das Bild auf die Handys geschickt. «Sollten Sie den Pullover finden, ist er zu sichern. Falls das im Haus der Familie Probst geschieht, dann halten Sie den Ball flach. Der Mann kann seine Frau ja auch als Zeichen der Zuneigung umarmt haben. Natürlich ist der Pullover dann trotzdem zu sichern. Von Belang wäre auch der Fund von Nelkenöl oder einem Behälter, in dem es aufbewahrt gewesen sein könnte. Ich denke an kleine Fläschchen oder an eine Sprühflasche, in die der Täter es vielleicht umgefüllt hat.»

Er wandte er sich an Luka. «Herr Kroczek, ich will keine Pannen, durch die Beweisverwertungsverbote entstehen könnten. Sie belehren also sämtliche Hausbewohner zu Beginn über ihren Status als Verdächtige. Sollte im Haus der Familie Tanner oder der Familie Schrepper Beweismaterial gefunden werden, wird der entsprechende Verdächtige belehrt, dass er von diesem Moment an als Beschuldigter angesehen wird.»

«Ja, kann mich erinnern, dass man es so macht.»

«Bitte?»

Luka hob beschwichtigend die Hände und hielt die Klappe.

«Den Durchsuchungsbericht erwarte ich noch heute.» Meyer rauschte hinaus.

Bullerbü lag im Morgenlicht. Es war Viertel vor sieben. Ein Streifenbeamter in Zivil hatte die Häuser in der zweiten Nachthälfte im Auge behalten. «Von hier ist niemand weg», meldete er.

«Keine unnötige Ruppigkeit», warnte Luka seine Kollegen, «in den Familien leben Kinder.» Dann legten sie los. Er hatte ausreichend Leute angefordert, um sämtliche Häuser zeitgleich durchsuchen zu können – alles andere hätte ja keinen Sinn ergeben. Martin leitete den Tanner-Trupp, Conny ging mit zu den Probsts, er selbst zum gelben Haus. Die kriminelle Karriere der Schreppers gemahnte zur Vorsicht. Die Frau aus Rambin, die sie vermutlich ausgeraubt hatten, war vor wenigen Tagen ihren Verletzungen erlegen. Der Einsatztrupp trug also Waffen und war hellwach.

Judy Schrepper öffnete ihnen die Tür. Das Mädchen lächelte ihn an, er zog sie zur Seite, damit seine Männer ins Haus konnten, und übergab sie an die neue Kollegin, an Merle Schneider, die wortlos mit ihr Richtung Parkplatz abschob. Judy trug einen Schlafanzug, und es war noch kalt. Hoffentlich kam Merle drauf, sie in den Streifenwagen zu setzen und in eine Decke zu hüllen. Luka drückte noch einmal die Klingel. Und dann begann das Chaos.

Die Hausbewohner durften sich unter den Blicken der Beamten – Martha Schrepper und Simone Kerber bekamen Frauen zugeteilt – anziehen, dann wurden sie in die Stube verfrachtet, wo man sie bewachte.

Das Haus der Schreppers war ein Albtraum. Niemand schien für Sauberkeit zuständig zu sein. Nur in Judys Zimmer herrschte eine unbeholfene Ordnung. Sie besaß mehrere abgeschabte Schränke, in denen sie ihren Besitz einsortiert hatte, und zwar nach Farben. Eine blaue Puppe neben einem blauen Spiderman und einem verschrumpelten blauen Luftballon ... ein rosa Samtschweinchen neben einer rosafarbenen Blumenserviette ... ein grüner Spardosenfrosch neben grünen Profilsocken ... Ein kleiner Schreibtisch stach hervor. Judy schien gern zu lernen. Dicke Buntstifte standen in einem Metallbecher, auf einer Schreibtischunterlage voller Schmetterlinge lag ein aufgeschlagenes Schulheft. Schulranzen und Federmappe wirkten liebevoll ausgesucht. War das Gittes Wirken? Luka konnte die Frau nicht einschätzen, er kriegte da einfach keine klare Spur.

In Montis Schlafzimmer fanden sie mehrere Hamster, die in einer Schublade hausten und deren Stroh grauslig stank, im Keller Dutzende Kartons Margarine, Marmeladen, Fleisch- und Gemüsekonserven, alle mit einer Staubschicht überzogen. Jemand hatte hier Angst vor Hunger gehabt, notierte Luka in Gedanken. Georg und Martha? Die Zeit im Knast musste sie geprägt haben.

Der Mann, der die Durchsuchung leitete, kam die Treppe hinab und flüsterte: «Wir haben in einem der Zimmer Unterlagen gefunden, neuere Korrespondenz, ordentlich abgeheftet, sieht interessant aus. Mitnehmen?»

«Klar. Kein blauer Pullover?»

«Nichts, was passen würde. Weder in den Schränken noch in der Waschküche oder unter den Betten – das ist hier ein beliebter Aufbewahrungsort für dreckige Wäsche. Der Dachboden ist ein Schweinestall voller Ratten. Die Kleine muss dort ab und zu rumsitzen, wir haben Spuren von Kinderfüßen im Staub gefunden. Aber sonst gibt's nichts von Interesse. Uns bleibt nur noch der Garten, da steht ein Schuppen. Sollen wir loslegen?»

Luka nickte, obwohl kaum anzunehmen war, dass jemand den Pullover dort versteckt hatte. Wenn dem Täter klar gewesen wäre, dass das Kleidungsstück eine Gefahr bedeutete, dann hätte er es ja einfach wegwerfen können. Seine Stimmung sank. Auch auf das Nelkenöl hoffte er nicht mehr, aus demselben Grund.

Der Schuppen war ein halb verfallenes Gebäude am hinteren Rand des Grundstücks, wo ein niedergetretener Maschendrahtzaun ein trostloses Dasein zwischen zerrissenen Mülltüten und Abfall frönte. Luka sah Monika Probst, die von ihrer Terrasse zu ihnen hinüberstarrte, und ging zu ihr. «Erlauben Sie mir eine Frage?»

«Was denn?»

«Nehmen Sie es Ihrem Mann eigentlich übel, dass er ins Haus zurückgelaufen ist, um seinen Schutzanzug zu holen, statt Ihnen sofort die Schuppentür zu öffnen?», fragte er leise.

Sie warf Gottfried, der im Wohnzimmer mit verbissenem Gesichtsausdruck etwas in ein Notizbuch eintrug, einen Blick zu. «Ja», sagte sie zu seiner Überraschung.

Er wagte die zweite Frage. «Glauben Sie, dass er es gewesen

sein könnte, der Sie eingesperrt hat? Das behaupten nämlich die Schreppers.»

«Und warum sollte er so etwas tun?»

Sie protestierte nicht stürmisch, sie feuerte nicht gegen die Schreppers, sie sagte auch nicht schlicht *nein*, sondern antwortete mit einer Gegenfrage. Nachdenklich betrachtete er sie.

«Ist Ihnen etwas eingefallen? Vielleicht eine Erinnerung an das grässliche Erlebnis?»

Sie schüttelte den Kopf.

«Sind Sie und Ihr Mann eigentlich glücklich mitein...?»

«Ich bin glücklich mit meinem Garten und mein Mann mit seinen Büchern. So sieht das bei uns aus», erklärte sie schroff und kehrte in ihr Haus zurück.

Sie fanden den Pullover tatsächlich. Er lag in einer Ecke des Schuppens hinter einem Stapel angeschimmelter Möbel. Jemand hatte ihn in eine Plastiktüte gestopft, zusammen mit einer Plastikflasche zum Versprühen von Insektiziden.

Luka rief Martin Berger herbei. Sein Kollege riss überrascht die Augen auf und rieb sich dann die Hände. «Bingo! Schlachtschiff versenkt.»

«Warum wurden die Sachen versteckt, Martin? Warum hat der Täter sie nicht einfach entsorgt?»

«Dich glücklich zu machen, ist ein Kunststück, was? Vielleicht war er zu geizig. Nach Abschluss der Ermittlungen hätte er den Pulli ja wieder benutzen können. Ich tippe auf Martha Schrepper. Die hat nie im Wohlstand gelebt. So was prägt. Auf jeden Fall werden wir DNA finden.»

Luka griff erneut zum Handy, er brauchte Judy. Merle Schneider kehrte mit ihr zum Haus zurück. Im rechten Ohr der Kollegin steckte ein Ohrstöpsel, Judy hatte sie den linken ins Ohr gesteckt. Damit das Kabel reichte, musste die Kommissarin das Mädchen tragen. Es war ein surreales Bild. Irre neue Welt. Zumindest sah Judy nicht verfroren aus.

Luka zeigte ihr den formlosen, überdimensionierten, alten Pulli und fragte, wem er wohl gehören mochte. Sie schwieg. Also nannte er die einzelnen Namen. Der Oma? Dem Onkel Dietmar … Als er bei Monti angekommen war, nickte sie.

«Dietmar hat die Sache geplant, Monti hat sie durchgezogen und Martha verhindert, dass das Zeug entsorgt wurde – so stelle ich es mir vor», meinte Martin.

«Und Simone?»

«Vielleicht passt es nicht in dein Frauenbild, aber es gibt tatsächlich noch Mädels, die sich als dekoratives Anhängsel ihrer Männer verstehen. Der fehlt die Energie, sich ohne Aufforderung vom Sofa zu erheben, nach meiner Einschätzung.»

Sie wollten gerade ins Haus zurück, als der Leiter des Durchsuchungstrupps erneut zu ihnen stieß. Seine Leute hatten hinter dem Schuppen, von Grassoden bedeckt, eine gemauerte Grube gefunden. Inhalt: eine Geldkassette voller Scheine. «Ungefähr 20 000 Euro.»

«Und noch einmal: getroffen, versenkt», grinste Martin.

«Warum lag der Pullover nicht auch im Versteck?»

«Weil jemand zu faul war, die Schollen anzuheben? Weil nur Dietmar das Geldversteck kennt, aber Monti den Pulli entsorgen sollte? Du weißt doch, wie das Leben spielt. Lauter dämliche Zufälle. Wenn du den Pulli, die Flasche und die Zigarettenkippe nimmst, die ihr von Monti gefunden habt – dann reicht's für Untersuchungshaft! Was ist?»

Luka zögerte. «Ich find's dünn.»

«Was willst du?», fragte Martin überrascht. «Ein Tagebuch, in dem die Schreppers dem lieben Herrgott ihre Sünden beichten? Informiere Meyer.» Noch während er redete, zog er selbst das Handy und rief den Staatsanwalt an.

Luka ging zu den Schreppers und belehrte sie über ihren neuen Status als Verdächtige. Er nahm Martha, Dietmar, Monti und Simone fest und sorgte dafür, dass sie zu unterschiedlichen Wagen gebracht wurden.

«Niemand fasst das Kind an!», tobte Martha Schrepper, während sie abgeführt wurde. Sie krallte ihre dürren Hände trotz der Handschellen, die man ihr hatte anlegen müssen, in Judys Shirt und sah aus, als stünde sie kurz vor einem Schlaganfall. «Keine Angst, Judy, keine Angst!» Die Kleine begann, jämmerlich zu weinen. «Ihr steckt sie nicht ins Heim! Ich mach euch fertig, wenn ihr sie ins Heim steckt. Ich bring euch um, ich ...»

«Sie kommt zunächst einmal zu Ihrer Tochter», versuchte Luka, sich Gehör zu verschaffen.

«Zu Gitte? Das erlaub ich schon gar nicht. Die ist ein Krüppel, die kann doch gar nicht für sie sorgen. Lass Gitte da raus. Hörst du mir zu, Bulle? Ich will nicht ...»

Luka ging ein Stück beiseite und wählte Gitte Schreppers Nummer. Dieses Mal nahm sie zum Glück ab.

Die Verhöre fanden im Stralsunder Kommissariat statt, wo es einen Verhörraum mit einem venezianischen Spiegel gab. Die Gespräche zogen sich über den ganzen Tag. Monti gab schließlich zu, dass ihm der Pulli gehörte – aber er hatte ihn nicht in die Plastiktüte getan und versteckt. «Warum sollte ich einen Pulli verstecken?»

Die Bestätigung vom KTI, dass auf der Flasche mit dem Insektizid seine Fingerabdrücke waren, kam gegen Mittag. Da hatte er bereits zugegeben, dass er mit dem Plastikding ein Wespennest ausgeräuchert hatte. Das Nelkenöl, das sich im Innern der Flasche befand und sich mit den Resten des Insektizids vermengt hatte, stamme aber nicht von ihm. «Wieso Öl? Ich kapier das nicht.»

Von der Zigarettenkippe neben dem Bienenhaus wollte er immer noch nichts wissen. «Ich hab da nie geraucht. Mann, da will mir wer was anhängen, kapiern Sie das nicht?» Er wirkte verzweifelt.

«Natürlich ist er verzweifelt. Er sieht Jahre Knast auf sich zukommen», meinte Meyer, der das Verhör vom Beobachtungsraum aus verfolgt hatte, in einer der Verhörpausen. «Kroczek, Sie müssen in einer Situation wie dieser mehr Druck ausüben. Der ist doch fast weich geklopft.»

Neben Monti saß sein Anwalt, der vermutlich genau auf diesen Druck lauerte, um ihn der Polizei bei der Gerichtsverhandlung vorzuwerfen.

Luka nahm sich Dietmar vor, der zu Protokoll gab, dass er von nichts wisse, außer von dem Geld, das in dem Loch lagerte, weil er und seine Familie nichts mit Banken zu tun haben wollten. «Da sitzen doch die echten Kriminellen. Schon gehört? Die Investment-Bonzen? Ackermann und Co? Die stehen doch reihenweise vor Gericht. Und nun auch noch der Negativzins. Die Banken bescheißen uns nach Strich und Faden. Mit solchen Typen lass ich mich nicht ein. Mit meinem Bruder liegen Sie übrigens falsch. Der wäre nicht clever genug, den Pulli zu verstecken. Und meine Mutter hätte ihn einfach gewaschen.»

Ja, auf diesen Gedanken war Luka auch schon gekommen. Dietmar grinste. «Wissen Sie, worauf ich tippe? Das darf ich doch sagen, Herr Franke, oder? Meine Meinung?» Er wartete den Rat seines Anwalts gar nicht erst ab. «Ich glaube, ihr habt das Zeug selbst bei uns versteckt. Weil ihr einen Fahndungserfolg braucht und wir die Richtigen sind, um uns was anzuhängen. Die Pistolenschlampe liegt euch immer noch im Magen, stimmt's?»

Martha Schrepper, die Luka als Dritte vernahm, brüllte ihn in unflätiger Weise an und weigerte sich, überhaupt auf Fragen zu antworten – genau das, was Franke ihr geraten hatte. «Meine Mandantin steht nach den Aufregungen dieses Tages und aus Sorge um ihre Enkeltochter unter Schock», erklärte der Anwalt beflissen. «Bedenken Sie, welche Erfahrungen die arme Frau mit der Polizei machen musste. Nadine geht es schlecht. Frau Schrepper muss stündlich mit der Nachricht ihres Ablebens rechnen. Ich bestehe darauf, einen Arzt hinzuzuziehen, wenn Sie sie weiter vernehmen wollen.»

Simone weinte und wusste natürlich ebenfalls nichts.

«Und nun?», fragte Luka, als sie sich wieder in dem Raum hinter dem venezianischen Spiegel versammelten.

«Sie sind nicht hartnäckig genug», brauste Meyer auf. «Mann, das sind ausgekochte Verbrecher, die sind es gewohnt, sich durchzuschwindeln. Denen muss man mit Härte kommen!» Er ging in den Vernehmungsraum, um zu demonstrieren, wie er sich ein effektives Verhör vorstellte. Die nächste halbe Stunde konnten sie ihn brüllen hören. Merle Schneider, die mit ihm im Raum war, zuckte fortwährend zusammen, die Schreppers feixten sich eins, Martha brachte ihn mit ihrem Gefluche auf die Palme.

Als er wieder bei ihnen war, zückte er sein Handy, um einen Untersuchungshaftbefehl für Monti Schrepper zu beantragen. Der Richter war nicht im Büro.

«Was ist – nur mal als Gedanke –, wenn die Schreppers die Wahrheit sagen: wenn die Beweise wirklich manipuliert wurden?», meinte Luka.

«Und bitte schön von wem?»

Luka zuckte mit den Schultern. «Von Gottfried Probst, der ihnen eins reinwürgen und sich gleichzeitig selbst aus der Schusslinie bringen will?»

«Glauben Sie im Ernst, dieser pensionierte Lehrer würde seine Frau mit aggressiven Bienen zusammensperren? Sie haben sie doch nicht mehr alle.»

Luka suchte Martins Blick, dann den von Conny. Beide blickten ratlos. «Die Ehe von Gottfried und Monika Probst ist nicht glücklich.»

«Woher wollen Sie das wissen?», schnappte Meyer.

«Monika hat es angedeutet.»

«Ach was, schnippeln Sie sich die Sachlage nicht künstlich zurecht. Wir haben ein Motiv: Rache am Ehepaar Probst, das mit seinem Anruf bei der Polizei die unglückselige Attacke auf Nadine ausgelöst hat. Die Gelegenheit ist offensichtlich. Alibis, die was taugen, existieren nicht. Außerdem haben wir handfeste Indizien ... Mann, manchmal hab ich das Gefühl, es geht Ihnen nur ums Quertreiben!»

Endlich bekam er den Richter an die Leitung. Das Gespräch dauerte. Offensichtlich hatte der Jurist jede Menge Fragen. Der Name *Franke* fiel. Schließlich legte Meyer wutentbrannt auf. «Lassen Sie die Leute gehen», schnauzte er Luka an.

Die Schreppers durften also wieder nach Hause. Franke erbot sich, sie heimzufahren. Vorher gab es allerdings noch ein kleines Finale im Treppenhaus. Martha Schrepper stürzte sich auf Luka und brüllte ihn an: «Bring meine Enkeltochter nach Lohme, und zwar sofort, auf der Stelle, sonst verklag ich dich.» In ihren Augen schimmerten Tränen, das war neu, es berührte Luka, auch wenn er sich dagegen sträubte. Jahre im DDR-Knast, er hatte mal eine Reportage darüber gesehen. Klar hatten auch

Menschen wie die Schreppers ihre Geschichte. «Ich geb dir so auf die Fresse ...», keifte sie, und die weiche Anwandlung verflog.

Dietmar zog seine Mutter beiseite. Er besaß die Autorität, sie mit einem Kopfnicken verstummen zu lassen, das war etwas, was man sich merken musste. Als er sich an Luka vorbeidrängte, murmelte er so leise, dass selbst Luka ihn kaum verstand: «Sie haben eine hübsche Freundin. Passen Sie auf sie auf.»

Luka wollte ihn am Arm packen, aber er entwischte ihm und folgte seinem Anwalt.

VIERZEHN

Endlich! Endlich hörte sie auf zu schreien. Julia Tanner wischte sich Tränen aus den Augenwinkeln. Emily hatte zwei Stunden durchgebrüllt, bevor sie vor Erschöpfung eingeschlafen war.

Julia saß auf dem Boden vor dem Gitterbettchen, nun lehnte sie sich gegen die Kinderzimmerwand. Gott, war sie fertig. Einen Moment hatte sie sogar Verständnis für Eltern, die ihre Kinder schüttelten, obwohl das doch grauenhaft war. Warum war Emily nur so empfindsam? Es kam Julia vor, als hätte ihre Tochter einen Sensor, der auf jede zwischenmenschliche Spannung ansprang. Sie blickte auf das kleine Persönchen in dem Schlafsack mit den Teddybären. Emilys Händchen lagen neben ihrem Gesicht. Ihr Mundwinkel zuckte. Sie war so niedlich. Sie war so anstrengend.

Die Tür öffnete sich, Hagen steckte den Kopf ins Zimmer, und Julia legte hastig den Finger auf den Mund. Sie sah sein Gesicht weich werden, als er seine kleine Tochter betrachtete. Sie hatten mehrere Jahre warten müssen, ehe Julia schwanger wurde, und wahrscheinlich würde Emily ihr einziges Kind bleiben, hatte der Arzt gemeint. Probleme mit den Hormonen. Aber die Kleine hatte sie zu Eltern gemacht, und somit war alles gut. Oder es wäre gut gewesen, wenn sie nicht umgezogen wären.

Hagen ging zum Fenster und kontrollierte die Fliegengitter, die er vor einigen Tage eingebaut hatte. Die Bienen von Probst, die ständig auf den Grundstücken schwirrten, waren ihr Albtraum. Ob ein Kind allergisch war, wusste man ja erst, nachdem es gestochen worden war. Und auch sonst: Was, wenn Emily mit dem Schnuller eines der Insekten in den Mund schob? Hagen wäre am liebsten zu dem pensionierten Lehrer rübergegangen und hätte ihm die Meinung geblasen. Aber das würde keinen Zweck haben, sie wussten ja inzwischen, wie Probst gestrickt war. Julia würde den Kinderarzt auf eine Desensibilisierung ansprechen müssen.

«Julia?», wisperte Hagen. Er deutete mit hochgezogenen Augenbrauen Richtung Tür, und sie folgte ihm hinaus und in die Küche. Es war wichtig, dass sie gemeinsame Zeiten hatten, gerade in diesen stressigen Wochen. Sie bereiteten ihr Abendbrot zu. Spiegeleier, Salat, ein paar Krabben ... Das Schnippeln auf dem Glasbrett, durch das das edle Holz der Küchentheke schimmerte, beruhigte Julia. Es war warm genug, um draußen zu essen. Sie merkte, wie sie sich entspannte. Aber das Gefühl hielt nicht lange an. «Ich habe Angst», sagte sie, als sie ihren Teller auf die Terrasse trug und die Häuser ihrer Nachbarn erblickte. Sie ließ sich auf den Rattanstuhl sinken. Trotz ihres Hungers mochte sie nicht zur Gabel greifen.

Hagen, der sich ebenfalls gesetzt hatte, folgte ihrem Blick und seufzte. «Ich weiß, es ist schwierig, ja.» Kurz sah es aus, als wollte er das Thema wechseln, doch dann fragte er: «Tut es dir leid, dass wir hierhergezogen sind?»

Julia nickte. «Ich kann Dietmar Schrepper nicht ausstehen», platzte es aus ihr heraus.

«Was ist denn mit ihm?»

«Sag mal, merkst du gar nicht, wie schmierig er immer um mich rumschleicht?»

«Dietmar?»

«Herrgott noch mal, ja, Dietmar! Der ist ... so widerlich, so unsauber. Er raucht. In der Gegenwart von Emily!»

«Hast du ihm gesagt, dass es dich stört?»

Sie zuckte mit den Achseln. Sie hatte es getan, und er hatte die Zigarette ausgedrückt und sich sogar entschuldigt. Aber das änderte nichts.

«Dietmar hat's nicht so mit Kindern. Ich werde ihm erklären ...»

«Schon gut», unterbrach sie ihren Mann. «Er weiß es bereits.»

«Aber ...»

«Ich hasse es einfach, wenn er Emily auf den Arm nimmt. Es ist, als ... würde Ungeziefer auf sie überspringen.»

«Bist du jetzt nicht ungerecht?»

Ungerecht? Sie war *ungerecht*? Julia sprang auf und stürmte ins Wohnzimmer. Hagen folgte ihr, aber sie wehrte seine Annäherungsversuche wütend ab. «Das sind Asoziale. Egal, wie schön ihr früher gespielt habt, es sind ... Kleinkriminelle, hier steht regelmäßig die Polizei vor dem Haus. Und Probsts ... Der Mann ist gaga, ein Narzisst, der gar nicht mehr merkt, wie er seine Umgebung tyrannisiert. Und seine Frau ...»

«Monika ist doch in Ordnung.»

«Aber so betulich. Sie hat mir Blumenzwiebeln gebracht und wollte über Nacktschnecken reden und dass man Kaffeesatz um die Salate ...» Julia brach in Tränen aus. «Entschuldige, aber ich kann sie einfach nicht leiden.»

Hagen legte den Arm um sie und zog sie zum Sofa. Eine Weile saßen sie stumm nebeneinander. Er reichte ihr ein Taschentuch und drückte sanft ihre Hand. «Ich wusste nicht, dass es so schlimm für dich ist. Mensch, Julia, hätte ich geahnt ...»

Stimmen schnitten ihm das Wort ab, ein leiser Wortwechsel, der rasch lauter wurde. Monika Probst eilte mit einem Koffer, den sie hinter sich herzog, den Weg hinauf, vorbei am gelben

Haus der Schreppers. Gottfried folgte ihr mit seinem seltsam steifen Gang. «Das kannst du nicht machen!», ereiferte er sich. «Ich ... ich verbiete dir das.»

«Du hast mir gar nichts zu verbieten.» Monikas Stimme klang schrill und unsympathisch.

«Wo willst du denn hin?»

Sie verschwand mit hochrotem Kopf um eine Hecke.

«Aber ich liebe dich doch!»

Monika kehrte noch einmal zurück, den Koffer hatte sie stehen lassen. «Sag das nicht noch einmal!» Ihre Stimme schnappte über. «Ich will nicht, dass du so etwas noch einmal zu mir sagst, hörst du? Nie wieder!» Damit war sie verschwunden.

«O Gott», flüsterte Hagen schockiert.

Probst kehrte mit eingezogenen Schultern – endlich einmal nicht überheblich, dieser Kotzbrocken – zu seinem Haus zurück. Auf dem Weg richtete er eine blau bemalte Gans aus Holz auf, die Monika mit ihrem Koffer niedergemäht hatte. Als er sich noch einmal umdrehte, war sein Gesicht zu einer Grimasse verzogen, die Julia schaudern ließ. Hass? Der Moment war zu kurz, um zu beurteilen, ob es etwas derart Intensives war. Außerdem spiegelte sich die Sonne in einem Teil des Glases.

«Er ist echt sauer auf sie.»

Julia nickte. «Die Leute hier sind ... die sind nicht normal.»

Hagen schloss sie in die Arme. «Ich würde dir jetzt gern sagen, dass ich dich liebe. Aber nach dem Auftritt von Probst klingt das einfach nur noch beschissen», meinte er kläglich.

Julia musste lachen, ihr Körper wurde weicher, sie kuschelte sich an ihn. Und plötzlich war sie wieder da, die Liebe, die Gewissheit, dass sie mit Hagen Tanner vor acht Jahren den großen Fang gemacht hatte.

«Du hast recht», murmelte er in ihr Haar. «Wir verkaufen

das Haus und kehren nach Hamburg zurück. Wir hätten niemals hierherkommen sollen.»

Julias Herz klopfte. «Und deine Mutter? Sie hat doch schon halb die Koffer gepackt.»

«Ich hatte gehofft, dass es ihr hilft, wenn sie in das Haus zurückkehrt, in dem sie einmal glücklich gewesen ist. Aber man kann die Vergangenheit wohl nicht zurückholen. Herrgott, war ich blöd.» Hagen zögerte. «Weißt du, der Dietmar ...»

Sie hörte zu, sie ahnte, dass jetzt etwas kam, das ihm wichtig war.

«Die Schreppers waren schon damals nicht das gewesen, was man seinen Kindern als Umgang empfohlen hätte. Dietmar und ich sind in dieselbe Klasse gegangen. Der wurde von unserer Lehrerin an meinem ersten Schultag verdroschen, das weiß ich noch. Weil er was geklaut hatte. Buntstifte. Ich fand's toll, dass er dabei nicht geheult hat, aber ich hatte auch Schiss vor ihm. Dann bin ich selbst verdroschen worden, von unserem Klassenrüpel, der wohnte drüben bei den Sendemasten von Radio Rügen. Dietmar hat mir geholfen. Meine erste Klopperei, aus der ich als Sieger hervorgegangen bin. Wir sind danach zusammen nach Hause gegangen, und auf dem Weg ... Na ja, Dietmar hat vorgeschlagen, dass wir die Klippen hinter dem Waisenhaus runterklettern. Das war wahnsinnig gefährlich und verboten, aber ich hab's natürlich gemacht. Ich glaube, für Dietmar war es eine Art Test.»

Natürlich, dachte Julia ärgerlich und zärtlich zugleich.

«Seitdem waren wir Freunde. Wir sind zusammen durch dick und dünn gegangen. Dietmar hat mich wohl davor bewahrt, ein verzogenes Jüngelchen zu werden.»

«Und was ist heute?»

«Er hat sich nicht verändert, nach meiner Meinung.»

«Er wurde von der Polizei abgeführt. Gibt dir das nicht zu denken?»

«Ich kann mir vorstellen, dass er sein Geld nicht immer auf redliche Weise verdient, aber so eine Schweinerei wie die mit Monika Probst ... Nee, Julia, daran glaub ich nicht. Dietmar hat eine Art Ehre. Wenn Gottfried zu den Bienen gesperrt worden wäre, würde ich meine Hand nicht ins Feuer legen. Aber eine ältere Frau ...»

«Und wer sollte es dann getan haben?»

Hagen schwieg, aber nicht, weil er nichts mehr zu sagen hatte, das spürte sie. «Weißt du, was ich glaube, wer von den Schreppers wirklich das Sagen hat?»

«Die Alte?»

«So sieht es aus, weil sie immerzu rumbrüllt. Aber überleg mal, wer die wirklich Starke in der Familie ist.»

Julia brauchte einen Moment, um zu verstehen, was er meinte. «Die Frau im Rollstuhl?»

«Aus Gitte ist etwas geworden, im Gegensatz zu jedem anderen in der Familie – und zwar trotz ihrer Behinderung. Das sagt doch was über sie aus.»

«Aber sie sitzt im Rollstuhl, die kann Monika Probst nichts angetan haben.»

«Nicht sie selbst, das weiß ich auch. Außerdem war sie an dem Morgen, als es passierte, gar nicht hier. Ich hab sie jedenfalls nicht gesehen. Aber ich weiß, dass sie ganz dicke mit Monti ist. Das war schon früher so gewesen. Größerer Bruder, kleine Schwester. Nur dass sie ihn unter ihrer Fuchtel hatte, weil sie ihm geistig überlegen war.»

«Aber was sollte sie gegen Monika Probst haben? Sie wohnt doch gar nicht mehr hier.»

«Sie will das Sorgerecht für die kleine Judy, hat Dietmar gesagt. Davon ist sie wie besessen, vielleicht, weil sie selbst keine Kinder bekommen kann. Oder es ist ein Machtkampf mit ihrer Mutter, keine Ahnung. Aber so wie es aussieht, erhält sie dieses Sorgerecht nun. Also? *Cui bono – wem nutzt es?*, fragt die Polizei doch immer.»

«Jemand hat deine Bremsen kaputt gemacht», erinnerte Julia ihn.

«Ich weiß, aber … Was haben meine Bremsen und diese Bienenattacke …»

«Vielleicht haben wir es mit einem Psychopathen zu tun. Mit jemandem, der einfach Spaß daran hat, anderen Leid zuzufügen.» Das, was Hagen ihr gerade von Dietmars Mutprobe erzählt hatte, passte doch zu einem psychisch kranken Typen.

Hagen suchte mit den Lippen ihren Nacken und küsste sie. «Ist alles egal. Wir mieten uns wieder eine Wohnung in Hamburg. Sobald wir was gefunden haben, lassen wir diesen ganzen Ärger hinter uns. Versprochen, Julia. Ich liebe dich mehr, als ich sagen kann. Du bist mir wichtiger als alles andere. Ihr beide, du und Emily.»

Sie begann zu weinen. Erst jetzt wurde ihr klar, wie schlimm die letzten Wochen für sie gewesen waren.

FÜNFZEHN

«Und nun?», fragte Luka. Sie waren wieder nach Bergen zurückgekehrt, die Kollegen hatten Feierabend gemacht, nur Conny stand noch mit ihm in der Kaffeeküche. An der Decke flackerte die Glühbirne. Gegenüber auf dem Sportplatz wurde bei Flutlicht der Ball übers Feld geschossen. Die EM stand an und begeisterte die Jungs, die sich die Lunge aus dem Hals rannten.

Conny schlürfte ihren Kaffee, sie gähnte und fasste zusammen: «Keiner hat gehört, was Dietmar über Teresa gesagt hast. Du kannst es nicht beweisen. Und was Beweise angeht, sind die Schreppers so gewieft, als hätten sie das komplette Strafgesetzbuch in ihre Köpfe gescannt. Aber ich glaube nicht, dass sie ihr wirklich etwas ...»

«Martha hat Tilda aus dem Garten geholt.»

«Das war Show, Luka. Die wollte dir einen Schrecken einjagen.»

«Hat geklappt.»

Conny schüttete den Rest ihres Kaffees in den Ausguss. «Warne Teresa.»

«Damit sie überhaupt keine Ruhe mehr findet?»

«Ich würde es tun. Vorsichtshalber. Kann immer eine Situation geben, in der sie blitzschnell etwas entscheiden muss – und da wäre es wichtig, dass sie die Fakten kennt.»

Als sie durch das Treppenhaus nach draußen gingen, überlegte Luka, ob er trotz der fortgeschrittenen Zeit noch bei

Gitte vorbeifahren sollte, um Judy abzuholen und nach Lohme zu bringen. Sofort fing es wieder in ihm an zu brodeln. Genau das tun, zu dem Dietmar ihn hatte nötigen wollen? Nee, hatte er keinen Bock drauf. Aber als er im Auto saß, versuchte er, sie zumindest anzurufen und ins Bild zu setzen. Sie nahm nicht ab. Wahrscheinlich hatte sie vorausgesehen, wie das ganze Theater enden würde, weil sie ihre Familie schon zigmal in ähnlichen Situationen erlebt hatte. War sie mit Judy untergetaucht? In die Ferien gefahren, oder wie man so etwas später nennen könnte? Gott, hatte er die Sippschaft satt. Er sprach auf ihren Anrufbeantworter und erklärte knapp, dass Judy zurück zur Großmutter müsse. Dann fuhr er heim.

Er schreckte aus einem Albtraum auf, mitten in der Nacht. In seinem Kopf hallten stakkatohafte Schreie ... er hörte Frauenstimmen ... das Geräusch splitternden Glases ... Irgendwas war auch mit Feuer. Sein Shirt war durchgeschwitzt. Mit wummerndem Herzen starrte er in sein Schlafzimmer, dessen Möbel vom Mond in knochenbleiches Licht getaucht waren. Was, verflucht, war das gerade gewesen? Die Bilder des Traums flossen bereits in den Abgrund des Vergessens, aber das Gefühl von Panik, das wohl an einer anderen Stelle im Gehirn verortet war, blieb. Er wischte sich das verschwitzte Haar aus der Stirn und drehte sich auf die Seite. Teresa schlief tief und fest. Tilda, die zwischen ihnen lag, hielt mit der einen Hand Bob den Baumeister, mit der anderen Teresas Handgelenk. Luka starrte in das Kindergesicht – und war mit dem nächsten Herzschlag hellwach.

Er hatte Mist gebaut. Übermüdung ... zu viele Blitze rechts und links des Weges, um sich klar auf die Mitte zu konzentrieren ... Gott im Himmel ... Taumelnd stand er auf und ging ins Bad. Sein Gesicht mit den Bartstoppeln, den scharfen Falten und den dunklen Ringen um den Augen starrte ihm aus dem Spiegel entgegen.

Gitte. Er hätte sich um Gitte kümmern müssen.

Martha war außer sich vor Zorn gewesen, weil er Judy zu ihr gebracht hatte. Dietmar hatte ihm deswegen gedroht. Würden die beiden nach so einem Tag einfach schlafen gehen? Konnte er sich nicht vorstellen. Die standen doch viel zu sehr unter Strom, um eine Entwicklung in Ruhe abzuwarten. Oder dramatisierte er jetzt? Zoomte er ein paar kleine Gauner zu Albtraumgestalten? Er dachte an Monika und die Bienen. An Tanners Bremsen. Und an Georg. Er hatte nicht nachweisen können, dass der Mann ermordet worden war, aber ein Verbrechen ausschließen konnte er auch nicht. Was wusste er schon, womit der alte Mann den Rest seiner Familie gegen sich aufgebracht haben könnte?

Luka stellte sich vors Klo und pinkelte, vor allem, um sich zu beruhigen.

Was, wenn Gitte mit Judy zu David gefahren war? Lag das nicht nahe? Dass zwischen den beiden etwas lief, war ja inzwischen klar. Wusste Dietmar von der Beziehung? Luka dachte an Gittes Rollstuhl in Prora, den Dietmar umgeworfen hatte, um sie zu demütigen. Er schnüffelte ihr offenbar nach. War es dann übertrieben anzunehmen, dass der Drecksskerl über David informiert war und nach Vitt fahren würde, um Judy in das verfluchte gelbe Haus zurückzuholen? Logisch gedacht? Oder saß ihm nur der Albtraum noch in den Knochen?

Luka verzog sich mit dem Smartphone ins Wohnzimmer. Er schloss die Tür, um Teresa nicht zu wecken, und rief bei David durch. Sein Freund ging nicht ran, was allerdings kein Wunder war. Er war der Typ, der ständig das Handy rumliegen ließ. Luka versuchte es noch einmal bei Gitte. Nichts.

Kurz zögerte er, dann kritzelte er eine Nachricht für Teresa und legte sie auf den Glastisch. Er holte seine Pistole aus dem kleinen Tresor, den er im Flur in einer diskreten Ecke angebracht hatte, und lief zum Auto.

Während er fuhr, versuchte er ein weiteres Mal, David zu erreichen – keine Reaktion. Wahrscheinlich bimmelte das Handy neben den Kochtöpfen in seiner Küche. War es das, was Dietmar beabsichtigte? Sie alle kirre zu machen, bis sie durchdrehten?

Auf den Straßen war keine Seele, Luka erreichte den Parkplatz von Vitt in der Rekordzeit von fünfunddreißig Minuten. Irgendetwas Auffälliges? Nein. Alle Wagen, die nicht in der Dorfgarage untergebracht waren, parkten ordentlich, das Auto der Schreppers war nicht darunter. Gittes Wagen konnte er ebenfalls nicht entdecken.

Luka eilte durch das Dorf. Der Weg lag gottverlassen, links von ihm erhob sich ein mit Gras und Stauden bepflanzter Erdwall, der in der Nacht wie eine schwarze Mauer wirkte. Er rutschte auf einer nassen Plastiktüte aus. Erste Häuser tauchten auf. Vitt besaß keine Straßenbeleuchtung, zumindest nicht um diese Zeit. Das einzige Licht kam von solargespeisten Lampen, die in einigen Vorgärten brannten. Er lief die Treppe mit den unebenen Stufen hinauf … Unter ihm schäumte das Meer, der Wind war von Feuchtigkeit durchtränkt, eine Brise riss an seiner Jacke. Nervös tastete er nach seiner Pistole – und nahm die Hand wieder fort. Einen Moment hatte er das Bedürfnis, sich selbst zu zwicken, um sich zu überzeugen, dass er nicht immer noch schlief.

Endlich erreichte er Davids Haus. Früher hatte sein Freund einen Hund besessen, aber nachdem ein Irrer dem armen Vieh den Schädel eingeschlagen hatte, hatte David auf tierische Gesellschaft verzichtet.

Und nun? Klingeln und sich dann entschuldigen, weil vermutlich alles in Butter war? Luka schlich um das Haus in den Garten. Er rollte mit den Augen, als er oben im Schlafzimmer Licht brennen sah. Das wäre der Höhepunkt dieser Nacht gewesen: in eine süße Turnerei zu platzen. Es hatte zu regnen begonnen, er wischte fahrig mit dem Handrücken über die Augen. Seine Anspannung ließ nach. Er hatte sich wie ein Idiot verhalten, genau wie Dietmar es wünschte. Also ab nach Hause und die Sache vergessen.

Das Weinen hörte er zunächst gar nicht. Es hatte dieselbe Tonhöhe und eine ähnliche Färbung wie das Pfeifen des Windes. Wahrscheinlich registrierte er es nur, weil seine Ohren auf Kinderstimmen geeicht waren. Er näherte sich dem Gartenhäuschen, aus dessen Innerem das klägliche Geräusch drang. Die Tür unter dem Giebel stand einen Spalt weit offen. Luka zog sie auf. «Judy?»

Das Jammern brach ab wie mit dem Messer zerschnitten. Er konnte kaum etwas sehen, aber da das einzig brauchbare Versteck aus einer alten Plastiktonne bestand, war nicht schwer zu erraten, wo sie steckte. Langsam trat er näher. «Ich bin's, der Polizist, du musst keine Angst haben.» Er kniete sich neben die Tonne und tastete nach Judys Händen. Als er sie erwischte, hielt er sie fest. «Was ist passiert? Warum hast du dich denn hier verkrochen?»

Keine Antwort.

«Wo ist Gitte?»

Sie begann erneut zu weinen. Luka zog seine Jacke aus und legte sie um das verstörte Kind. Seine Augen hatten sich an die Dunkelheit gewöhnt. Als er sich vorbeugte, konnte er die Umrisse ihres Gesichts erkennen. «Kannst du mir sagen, was passiert ist?»

Sie schniefte – und begann erneut zu weinen. Scheiße. Das erleuchtete Fenster hätte ihn nicht beruhigen, sondern beunruhigen sollen. «Du bleibst hier, Judy, in Ordnung? Ich gehe ins Haus und seh nach, ob mit Gitte alles in Ordnung ist. Und du rührst dich nicht von der Stelle!»

Er ließ sie zurück. Mit der Pistole in der Hand näherte er sich der Terrassentür. Sie stand offen. Weil Judy dort hinausgeschlüpft war? Oder jemand anderes eingedrungen? Er fuhr mit der Hand über den Rahmen und suchte nach den typischen Kerben, die von Einbruchswerkzeugen in weichem Holz hinterlassen werden. Nichts. Aber was hatte das schon zu sagen? Davids Schlösser waren eine Lachnummer.

Das Wohnzimmer war leer, der Lack des Flügels schimmerte in dem Licht, das der Router und einige erleuchtete Schalter spendeten. Luka zog die Schuhe aus und ging auf Socken weiter. Dass Davids Treppenstufen knarrten, wusste er. Ließ sich aber leider nicht vermeiden. Die Waffe in seiner Hand wog schwer und beruhigte ihn. Er ging sämtliche Zimmer ab, keine Seele. Davids Schlafzimmer war der letzte Raum im oberen Geschoss. Durch die Ritze unter der Tür drang ein schwacher Lichtschein. Stimmen hörte er keine. Er senkte den Kopf und konzentrierte sich, dann trat er die Tür auf.

David ging in die Küche hinunter, um etwas zu trinken zu holen. Gitte hatte sich von ihrem Lachanfall erholt und lauschte Judys stotterndem Bericht. Die Kleine war aufgewacht, sie hatte ihre Tante nicht gefunden und Angst gehabt, dass sie ohne sie wieder fortgefahren war und dass sie nicht wieder nach Hause finden würde.

Gittes Gesicht war ernst, als sie sagte: «Judy, so etwas würde ich *nie* machen, hörst du? Ich will, dass wir beieinander sind, und zwar für immer. Du kannst dich drauf verlassen.»

Judy lächelte verzagt und schmiegte sich an sie – ein mageres Kind zwischen riesigen blau-weiß gestreiften Kissen. Luka hatte sie aus dem Schuppen geholt, nachdem klargeworden war, dass Gitte und David über ihren Kalendern brüteten, um einen Termin für ein gemeinsames Konzert zu finden. Kein Überfall, keine Spur von Dietmar.

«Ich hatte Angst, als der Mann gekommen ist», flüsterte sie.

«Welcher Mann?», fragte Luka. Judy klammerte sich an die Pyjamajacke ihrer Tante und starrte ihn an. Klar, blöde Frage. Sie hatte ihn selbst gemeint.

David kehrte mit Sanddornlikör und einem Glas Saft ins Schlafzimmer zurück. Er hatte sich Jeans und Pulli übergezogen. «Was hat uns denn nun deinen Überraschungsbesuch beschert?»

Luka warf einen Blick auf Judy, aber er ahnte, dass es für sie schlimmer wäre, nicht zu wissen, was besprochen wurde, als zu hören, dass es zwischen Onkel und Tante Differenzen gab – was ihr sowieso klar war. Mit kargen Worten erklärte er, welche Sorge ihn nach Vitt getrieben hatte. Gittes Blick wurde weicher.

«Würdest du für mich beim Familiengericht aussagen, dass Judy bei mir gut aufgehoben wäre?»

«Müsste ich überlegen.»

«Dietmar weiß nichts von David. Er glaubt, dass ich mit einem Typen vom Film zusammen bin. In meiner Familie lernt man schnell, worüber man besser die Klappe hält.»

Lukas Blick ging zum Fenster. «Also kein Grund zur Sorge, was die Sicherheit angeht?»

«Nicht im Moment.»

David begleitete Luka zu seinem Auto. Ein Gewitter hatte eingesetzt. Über dem Meer zuckten Blitze, Donnerhall mischte sich ins Schäumen der Gischt. Die Stufen waren glitschig geworden, sodass sie sich langsam vortasten mussten. «David, ich drehe durch.»

«Ist auch mein Eindruck.»

Luka trat eine Dose beiseite, die ihm vor die Füße kam, eine der Hinterlassenschaften der Touristen, über die sich die Vitter schwarzärgerten. «Die Lohme-Siedlung ist wie ein Ameisennest. Sobald du stocherst, krabbelt alles auseinander. Du kannst niemanden festnageln. Aber eine dieser Ameisen ist ein Killer. Oder zumindest ein skrupelloser Sadist.»

«Halte dich an Dietmar. Martha ist fies und vulgär, sagt Gitte, aber der wirklich Gefährliche ist ihr Bruder. Denk an Prora – an den umgestürzten Rollstuhl.»

«Warum zeigt sie ihn nicht an?»

«Angst.»

«Und warum geht sie dann nicht weg aus Rügen? Sie ist in ihrem Beruf doch frei, nehm ich an.»

«Wegen Judy.»

«Sagt sie.»

«Sagt sie, und es stimmt auch. Sie ist in Ordnung. Es gibt keinen Grund, ihr gegenüber misstrauisch zu sein.»

«Sie ...»

«Reg mich nicht auf.»

Luka lachte. Vor ihnen tauchte der Parkplatz auf. Ein Tier, vielleicht ein Fuchs, streunte zwischen den Fahrzeugen und suchte das Weite, als es sie bemerkte. «Nadine liegt erst seit zwei Monaten im Koma», beharrte Luka. «Vorher war das Sorgerecht gar kein Thema. Warum hat sie also eine Wohnung hier auf Rügen bezogen?»

«Weil sie Angst hatte, dass Judy verwahrlost. Ist ihr doch ähnlich gegangen. Sie wollte die Kleine so oft wie möglich sehen. Deshalb ist sie in der Nähe geblieben.»

Luka öffnete seine Wagentür und schob sich hinters Steuer. Er ließ das Fenster herunter, als David dagegenklopfte. «Dietmar muss eine Schwachstelle besitzen», meinte sein Freund. «Jeder macht Fehler. Krieg ihn dran.»

Luka lächelte ironisch. «Er hat mir was voraus, David: Für ihn gibt's keine Regeln.»

SECHZEHN

Samstagmorgen bedeutete gemütlich frühstücken, mit Kaffee, Radio und Pfirsichmarmelade auf Erdnussbutter. Das war übrigens die eine Sache, die die Amerikaner echt klasse hinbekommen hatten – Erdnussbutter. Was Süßes aufs Brot, und der Tag startete mit Fanfarenklängen. Conny setzte bestens gelaunt Kaffeewasser auf und packte die Tiefkühl-Brötchen in den Backofen, die vom Vortag übrig geblieben waren. Ihr Blick fiel auf die vergilbte Tapete über dem Küchentisch. Eigentlich gar nicht so viel Aufwand, mal drüberzustreichen. Müsste sie sich nur für aufrappeln. Komisch, dass da immer ihre Energie versagte. Und wenn sie nachher einfach losfuhr und Farbe und Pinsel besorgte? Unten im Keller stand eine Aluleiter, funkelnagelneu, genau für Tage wie diese angeschafft.

Oder sie rief Kutscher an. Conny grinste schwach. Der Mann hatte sie vor ein paar Tagen mal gefragt, wie sie ihre Wochenenden verbrachte. War das eine Anmache gewesen? Conny hatte, seit sie ihren vietnamesischen Ehemann damals im Keller mit der Nachbarin erwischte, keinen Wert mehr auf Männerbekanntschaften gelegt. Job und Kinder – das reichte. Aber als Kutscher gefühlt alle zehn Minuten in ihr Büro platzte, um sie was zu fragen … ein bisschen schmeichelte ihr das schon. Da sie an äußeren Reizen wenig zu bieten hatte, musste ihm ja wohl ihr Innenleben gefallen.

«Mutti?» Nina stürmte mit tropfnassen Haaren und einem

Badetuch um den schlanken Körper in die Küche und umarmte sie. Conny vergaß Kutscher. «Hab ich Geburtstag?»

«Nee, die Sache ist: Ich habe eine Überraschung vorbereitet. Du musst dich also ein bisschen beeilen.» Nina strahlte sie an, und Conny wurde schwach vor Liebe.

«Aber frühstücken darf ich schon noch?», markierte sie die Quengelige.

«Klar, Mutti, nur musst du dich beeilen!» Und schon wirbelte sie wieder in den Flur hinaus.

Eine Stunde später gingen sie die Marktstraße hinauf. Bergen war klein, ein bisschen langweilig, aber vor allem vertraut. Die Fachwerkhäuser, die St. Marienkirche, das City-Center – irgendwie gehört mir alles ein bisschen mit, dachte Conny. Wahrscheinlich war es das, was man Heimat nannte. War sie also heimatverbunden? O Gott, hörte sich das spießig an. War ihr aber heute alles egal.

Ihre Töchter hatten sie in die Mitte genommen. Die beiden planten etwas. Sie hatte keine Ahnung, was, aber der Tag war jetzt schon ein Erfolg. Ihr wurde ein bisschen enger um die Brust, als sie merkte, dass Nina sie zu ihrer Boutique lotste. Conny verstand nichts vom Verkaufen, und das Einzige, was ihr die seltenen Besuche im Geschäft bescherten, waren diese diffusen Ängste, dass ihre Große einen Bauchklatscher machen könnte, der ihr für den Rest des Lebens den Boden unter den Füßen wegzog. Sie verdrängte das Gefühl. «Nun erzählt schon, was ist los?»

Nina grinste und schloss die Tür zu ihrem Laden auf. Und Conny hielt die Luft an. Es war, als wäre das Geschäft von diesen Zuhause-im-Glück-Leuten besucht worden. Der Raum sah plötzlich piekfein aus: Spiegel mit Goldumrandung an den

Wänden, die alles größer machten, Platz zwischen den Regalen, überall Bilder – es wirkte fremd und irgendwie komisch, aber trotzdem besaß das Ganze Klasse.

«Puh», sagte sie, weil Nina auf eine Reaktion wartete. Sie begann, zwischen den Ständern umherzuwandern, um Zeit zu gewinnen. «Wann hast du das denn alles gemacht?»

«Ich hatte für zwei Tage geschlossen. Es macht ja keinen Sinn, sich irgendwie auf kleinem Niveau durchzuwursteln. Wenn aus der Sache was werden soll, dann muss ich es professioneller angehen, hab ich mir gedacht.»

Hörte sich vernünftig an. Vielleicht hatte Nina sich aber auch für den Rest ihres Lebens verschuldet. Conny versuchte zu überschlagen, wie viel die neue Einrichtung gekostet haben mochte. Völlig sinnlos – wann hätte sie selbst je goldene Spiegel gekauft, auch wenn das Gold nur aus aufgemalter Farbe bestand? Als sie sich umdrehte, sah sie hinter Ninas Lächeln die Angst. Ihre Große hatte allein was auf die Beine gestellt. Was richtig Tolles, was richtig Teures. Sie hatte sich den Kopf zerbrochen und geschuftet. Und nun klopfte ihr das Herz bis zum Hals, und sie wollte Bestätigung, dass sie's nicht verbockt hatte. *Warum hast du nicht gefragt, bevor du Geld ausgibst? Warum hast du nicht mit mir darüber gesprochen?*

Conny biss sich auf die Zunge. Es gab doch diese Sache mit der Insolvenz. Sieben Jahre? Sechs Jahre? Und danach war man seine Schulden wieder los. Und wenn man es zu was bringen wollte, musste man sich dann nicht auch was trauen? So hatten die Wessis es doch zu Reichtum gebracht.

«Toll!» Katja stand vor den Spiegeln und drehte sich um sich selbst. Sie fuhr mit der Hand über die Kleiderständer und bewunderte eines der Bilder. «Nee, das ist mehr als toll, Nina. Das ist so was von abgefahren, das ist … sensationell! Komm, lass dich drücken, Schwester. Einfach irre! Ich glaub, du hast ein superkrasses Konzept gefunden!» Die Mädchen umarmten einander. Conny stand daneben.

Katja war die Intelligente in ihrer Familie. Was sie sagte, besaß Gewicht. Die Zensuren sprachen dafür und ihre ganze Lebensplanung und so. Aber was die Eröffnung von Läden anging – da hatte sie auch keine Ahnung.

«Und, Mutti?»

«Wartet!» Conny lief auf die Straße raus. Gegenüber gab es einen Blumenladen. Auch so was Schickes. Nicht nur Sträuße in großen Plastikvasen, sondern zurechtgemachte Dinger mit Schleifen und Engeln aus Ton. Sie ließ sich einen Frühlingsstrauß geben, rotes, gelbes und blaues Zeug, kostete über dreißig Euro, sah aber aus, als hätte man's exakt für den Laden gebunden. Sie lief zurück und drückte ihrer Großen die Blumen in die Hände. «Ich bin kolossal beeindruckt, Süße, echt!»

Nina brach in Tränen aus und umarmte sie, Conny klopfte ihr auf den Rücken. Wenn alles schiefgehen würde ... Sieben Jahre konnte sie ihr Mädchen auf jeden Fall mit durchfüttern.

SIEBZEHN

Luka saß an seinem Schreibtisch. Neben der Tastatur lag ein bekritzelter Zettel:

Verletzung von Nadine Schrepper / Tod von Georg Schrepper –
Angriffe gegen die Schreppers.
Kaputte Bremsen – Angriff gegen die Tanners.
Bienenhaus und Rakete – Angriff gegen Familie Probst.

Wenn sich keiner an Tanners Bremsen zu schaffen gemacht hätte, wäre Logik in die Geschichte gekommen: Die Schreppers hatten Motiv und Gelegenheit, das Ehepaar Probst zu schädigen, dem sie einiges an Unglück verdankten. Aber warum sollten sie sich an Tanners Bremsen zu schaffen machen? Oder gab es die angebliche Freundschaft zwischen Hagen Tanner und Dietmar Schrepper gar nicht? Machte Dietmar Hagen etwas vor?

Er kritzelte, er grübelte. Gerade wollte er sich zur morgendlichen Besprechung erheben, als Tobias hereinplatzte. Mit leuchtenden Augen erklärte er, dass einer der Jungs, die zum Missbrauchsfall im Sportverein befragt worden waren, ins Kommissariat gekommen war.

«Was will er?»

«Na ja ...» Tobias hatte den Jungen am vergangenen Samstag zufällig beim Volleyball getroffen und eine Weile mit ihm trainiert. «Vielleicht hat's mit dem Vertrauen aufbauen ja geklappt.»

Luka begann zu lächeln. «Sehr gut. Hören wir mal, was er zu sagen hat.»

Sie gingen in das Büro, das Tobias mit Olaf Drommel teilte. Der Schlaks mit den modisch durchlöcherten Jeans, der auf der Kante des Besucherstuhls Platz genommen hatte, begann ohne Aufforderung zu reden – und hatte sofort ihre konzentrierte Aufmerksamkeit. Es ging um seinen Kumpel Patrick. Patrick hatte einen Rochus auf eines der Mädchen aus der Damenfußballmannschaft gehabt, auf seine Ex, auf Lisa, die ihn im Internet wie einen Trottel aussehen ließ. Erst hatte er sie ebenfalls übers Netz beschimpft, dann hatte die Sache Kreise gezogen, und schließlich hatte Patrick Tobias und zwei andere Jungs überredet, Lisa und ihren Freundinnen aufzulauern.

«Nichts Schlimmes. Wir wollten die Weiber nur ein bisschen erschrecken. Mehr war auch nicht, aber das Ganze hat Spaß gemacht, und deshalb haben wir's wiederholt, und beim dritten oder vierten Mal ist Patrick durchgedreht. Lisas Freundin – wir hatten sie allein gestellt – hat uns beschimpft ...»

Er quälte sich, als er beschrieb, wie Patrick darauf reagierte und wie alles eskalierte und wie er sich nicht traute einzugreifen und schon gar nicht, jemandem etwas davon zu erzählen, «weil Patrick, das war so ein Typ ...».

Als der Junge geendet hatte, stellte Luka das Aufnahmegerät ab und schärfte ihm ein, mit keinem Menschen über die Vernehmung zu reden. Danach entließ er ihn und holte seine eigenen Leute zusammen. Patrick und zwei weitere Jungs und außerdem einige Zeugen mussten in die Mangel genommen werden. Natürlich zeitgleich, jetzt kam es auf Geschwindigkeit an. Sie machten sich auf den Weg und merkten erst beim Parkplatz, dass sie Merle Schneider vergessen hatten. Sie war wahrscheinlich auf dem Klo gewesen. Bezeichnend, dass ihnen ihr Fehlen erst jetzt auffiel.

Luka kehrte um und fand sie im Vernehmungsbüro, vor sich auf dem Tisch einen Ordner. «Ich sollte doch das hier durchschauen, Chef. Und vielleicht hab ich was gefunden. Aber ich weiß nicht, ob es wichtig ist.»

Er hob den Ordner an und schaute auf die Beschriftung. Es waren die Dokumente der Schreppers, die sie bei der Hausdurchsuchung konfisziert hatten. Dunkel erinnerte sich Luka, dass er ihr den Kram übergeben hatte. Er blätterte kurz. Martha oder Dietmar oder wer immer sich um den Papierkram kümmerte, hatte systemlos zusammengeheftet, was wichtig gewesen war.

«Ich meine das hier», sagte Merle und zeigte ihm den Brief einer Immobilienfirma. *Ihr Domizil auf Rügen – Immobilien Hagedorn.* Luka überflog den Schrieb. Offenbar hatte man Martha Schrepper ein Angebot für ihr Haus gemacht. Die Summe war nicht überwältigend, hundertzehntausend Euro, aber wenn man bedachte, um was für eine Bruchbude es sich handelte ...

Dietmar schien sich mit den Leuten in Verbindung gesetzt zu haben, denn in einem weiteren Schreiben wurde darauf hingewiesen, dass das Grundstück der Schreppers nur dann einen Wert besäße, wenn auch die Familie Probst und die Familie Tanner zum Verkauf bereit wären. Aber von dort habe man leider bisher nur negative Signale bekommen. Die Investition in das Grundstück der Schreppers wäre also unsicher und vor allem auf die Zukunft ausgerichtet.

«Was, wenn Dietmar Schrepper die Probsts so gemein behandelt hat, damit sie ihr Haus verkaufen? Und wenn er deshalb auch die Bremsen von Tanners Auto beschädigt hat?»

Genau. Luka reichte seiner Kollegin die Hand. «Von nun an auf *du*?»

Merle Schneider schlug ein und strahlte. «Was passiert denn jetzt?»

Sie befragten die Jungs. Nun, da sie sich auf konkretes Wissen stützen konnten, war es leicht, aus den Burschen die Wahrheit herauszukitzeln. Am Ende saß Patrick in Tränen vor ihnen. Sein Vater besorgte einen Anwalt.

Luka kam erst am späten Nachmittag dazu, sich wieder der Sache mit den Immobilien anzunehmen. Der Mann, der die beiden Schreiben aufgesetzt hatte, war leider schon aus dem Haus. Aber seine Sekretärin gab bereitwillig Auskunft: Rügen war angesagt, eine tolle Insel, da ließ sich praktisch alles verkaufen. Von Prora habe er doch sicher schon gehört? Eine Goldgrube.

«... Lohme?» Sie verstummte, wahrscheinlich klickte sie sich durch den Computer. «Auf dem Gelände bei den Sendemasten ist ein 600-Betten-Projekt geplant, da haben wir aber nichts mit zu tun. Die Einwohner sind massiv dagegen, es lohnt die Scherereien nicht. Wir sind auf drei abgelegenere Häuser aufmerksam geworden, deren Lage nicht so exponiert ist. Dort könnte man etwas hinsetzen ... Bitte?»

Ja, sie hatten allen Besitzern eine Kaufanfrage zugesandt. Herr Schrepper hatte Interesse gezeigt. Herr Probst wirkte nicht sonderlich begeistert, hatte aber auch noch nicht abgesagt. Und Herr Tanner ... da konnte sie nichts finden. Warum war das alles wichtig?

«Routine», sagte Luka und legte auf.

Er fuhr mit Merle nach Lohme. «Nett, dass Sie ... dass du mich mitnimmst.»

Nein, das war nicht nett. Es gehörte zu ihrem Job. «Zu jemandem wie den Schreppers gehst du nie allein», schärfte er ihr ein.

«Weil sie gefährlich sind?»

«Nee, damit sie dir nichts anhängen.»

Merle schwieg beeindruckt.

Sie klingelten zuerst bei Gottfried Probst, das würde schnell gehen, hoffte Luka. Der Pensionär öffnete ihnen. Er bat sie in sein Wohnzimmer, sein Schritt war schlurfend. «Wie geht es Ihrer Frau?», fragte Luka.

«Sie macht gerade einen Spaziergang.»

Aha. Er erklärte sein Anliegen.

«Von einer Immobilienfirma … Ja, da habe ich tatsächlich einen Brief bekommen.» Probst ging zu einem Schrank. Wo bei Schreppers eine Kladde reichte, hatte der pensionierte Lehrer mehrere Regale gefüllt. Er trug einen der Ordner heran und zeigte Luka das Schreiben. Dahinter hatte er eine Kopie seines Antwortschreibens abgeheftet, in dem er auf den dörflichen Charakter von Lohme einging, der nicht weiter zerstört werden solle. Alles richtig, der Oberlehrerton trotzdem ätzend.

«Sie hatten also nicht vor zu verkaufen?»

«Dieses Haus hier?» Gottfried neigte den Kopf wie ein Geschlagener. «Damals nicht, aber inzwischen … Ich weiß nicht.» Er trug den Aktenordner zurück und zog ein Buch aus einem verglasten Teil des Schranks. Einen alten Schinken. «*Neue Reitschule. J. E. Ridinger. Augsburg, mit 18 Kupfertafeln*», las er vor. «Ich weiß nicht, ob Sie von antiquarischen Büchern etwas verstehen. Dies hier ist eine Rarität. Normalerweise gibt es so etwas nur in Bibliotheken, und zwar nicht im Freihand-Bestand. Schätzen Sie mal den Wert.»

«Wir sind ein bisschen knapp mit der Zeit, Herr Probst. Hat jemand versucht, Sie wegen des Hausverkaufs unter Druck zu setzen?»

«Ungefähr achtundzwanzigtausend Euro», erklärte Probst geistesabwesend. «Und das hier …» Er legte das Buch ab und trug ein anderes heran. «Dritter und letzter Teil der *Loggien von Raffael im Vatikan 1777* … Kostbarkeiten, lauter Kostbarkeiten …» Er fuhr mit der Hand über den Buchrücken, aber sein Gesicht zeigte einen depressiven Ausdruck, und er ließ es wieder sinken. «Sie haben ja recht», murmelte er. «Im Grunde ist das alles nur altes Papier. So hat Moni es immer genannt: ein Haufen altes Papier. Kann ich Ihnen ein Glas Wein anbieten?»

«Es hat also niemand versucht, sie zu überreden, Ihr Haus zu verkaufen?»

«Hat das etwas mit dem Angriff auf meine Frau zu tun?»

«Das versuchen wir herauszufinden.»

«Monika ist weggegangen.»

«Bitte?»

«Sie macht gar keinen Spaziergang. Das war ... nicht korrekt. Sie ist fort. Natürlich wird sie wiederkommen.»

«Wo ist sie denn hin?»

«Im Moment hält sie es hier aber nicht aus», murmelte er. «Diese ständigen Anfeindungen ... Die Schreppers brauchen gar nichts zu tun. Allein, dass sie ihre Stimmen hört, dass sie das Essen aus ihrer Küche riecht ... Sie traut sich nicht mehr allein vom Grundstück, wissen Sie das? Aus Angst, dass sie einem von denen begegnet. Die Sache mit den Bienen hat sie verändert. Sogar mir gegenüber wurde sie ... komisch. Und dann hat sie einfach den Koffer gepackt.»

«Das tut mir leid.» Wieder fiel Luka die gebückte Haltung des Mannes auf. Nichts mehr von dem stolzierenden Gehabe.

«Man muss doch etwas machen können, gegen Leute wie die Schreppers.»

«Wir sind dran. Wo können wir Ihre Frau denn erreichen, wenn wir sie sprechen wollen?»

«Sie ist bei ihrer Mutter.» Probst nannte eine Adresse.

«Hat jemand Sie unter Druck gesetzt, dass Sie Ihr Haus verkaufen sollen?»

Er schüttelte den Kopf.

Hagen Tanner saugte gerade den Innenraum des roten Boxster. «Ob ich das Haus verkaufen will?» Er lächelte trübe. «Komisch, dass Sie es ansprechen. Ich bin tatsächlich am Überlegen.»

«Weil jemand Sie dazu drängt?», fragte Luka und blickte zum gelben Haus. Als Tanner nicht antwortete, fuhr er fort: «Offenbar interessiert sich eine Immobilienfirma für die drei Grundstücke hier. Liegen ein bisschen abseits, alles schön ruhig, dazu der Blick aufs Meer, zumindest von den oberen Geschossen ... Man könnte hier sicher ein Hotel oder etwas Ähnliches errichten.»

Tanner stand auf dem Schlauch. Er brauchte, bis er kapierte, worauf Luka hinauswollte. Dann brauste er auf. «Was soll *das* denn schon wieder! Dieses Rumkloppen auf den Schreppers wird bei Ihnen ja allmählich zur fixen Idee. Dietmar hat mich *nicht* angesprochen, und außerdem würden die Schreppers auch ihr eigenes Haus niemals verkaufen. Und zwar, weil Martha hier Ruhe gefunden hat. Für sie ist das ihre Burg. Dietmar würde ihr das auf keinen Fall wegnehmen!»

«Wenn doch, gäbe es eine Erklärung für die Sache mit Ihren Bremsen.»

In Tanners Augen blitzte die Wut. «Sie kapieren nicht, was Freundschaft ist. Gott, wie eng Sie die Welt sehen!» Er kehrte ihnen den Rücken und bückte sich wieder ins Wageninnere. Ende des Gesprächs mit einer verbalen Ohrfeige.

«Dann war das wohl nichts, was?», fragte Merle, als sie außer Hörweite waren.

«Tja.» Sollte er auch bei Dietmar Schrepper nachfragen, ob er an einen Verkauf des Hauses dachte, und sehen, wie er reagierte? Dann hätte er zwar nichts Gerichtsfestes, aber zumindest einen Hinweis aufs Motiv, falls Dietmar sich etwas anmerken ließ. Und man konnte ja auch nicht ausschließen, dass Probst oder Tanner gelogen hatten.

Luka wurde die Entscheidung abgenommen. Noch während er überlegte, rief Karl Kummerling aus der Bergener Wache an. Jemand zerlege gerade das Kommissariat. «Die Alte. Das Rabenaas. Hier ist der Teufel los, Luka. Sieh zu, dass du rüberkommst.»

Martha Schrepper hatte ordentlich zugelangt. Lukas Drucker lag am Boden, die Plastikhülle geborsten. Die Stühle hatte es ebenfalls erwischt. In einer der Fensterscheiben prangte ein Spinnenriss, und dem Mülleimer aus dünnem Blech hatte sie eine Delle verpasst. Sie hatte Papier über dem Boden verteilt, darauf lag Tonerstaub, eine richtige Sauerei. Nur der Computer – Gott sei Dank – war wie durch ein Wunder verschont geblieben.

«Wo habt ihr sie hingebracht?»

«In eine der Zellen im Keller. Sie war einfach nicht zu bändigen.» Karl, der Luka und Merle hinaufbegleitet hatte, wischte sich mit dem Handrücken über die Stirn. «Kutscher ist bei ihr. Der versucht nun sein Glück. Conny verarztet sich beim Sanitätskasten. Das Weib ist ihr mit den Fingernägeln durchs Gesicht. Die ist echt … die ist krank, Luka, wenn du mich fragst. Kaputt im Kopf. Gut, man muss natürlich das mit ihrer Tochter berücksichtigen. Wenn jemand durch Polizeigewalt stirbt … »

Luka, der bereits auf dem Weg zur Treppe war, hielt inne. «Wer ist tot?»

«Ihre Tochter, diese Nadine.»

«Woher weißt du's?»

«Die Schrepper hat's gesagt. Sie hat ja die ganze Zeit rumgebrüllt, während sie in deinem Büro … »

«Und Kutscher ist bei ihr? Scheiße! Merle, ruf bei der Klinik an und finde raus, ob das mit Nadine stimmt.» Luka eilte die Stufen hinab. Das Bergener Polizeirevier besaß nur wenige Zellen, die in der Regel durch betrunkene Randalierer belegt wurden.

Mit dem Öffnen der feuerfesten Tür zum Kellergang schallte ihm Marthas Geifern entgegen – ein Geräusch, das er hassen gelernt hatte. Die Zellentür stand offen. Als sein Blick ins Innere fiel, blieb er schockiert stehen. Martha schrie nicht nur aus Wut, sondern auch vor Schmerzen. Kutscher hatte ihr den Arm auf den Rücken gedreht – korrekter Griff, wenn ein Polizist körperlich bedroht wurde –, aber ihn dabei so hoch gerissen, dass sie starke Schmerzen haben musste. Ihr Gesicht war tränenüberströmt.

«Lassen Sie sie los!»

«Die hat's verdient!», keuchte Kutscher. «Dieses widerliche Stück Scheiße ...»

Martha Schrepper wimmerte.

«Loslassen hab ich gesagt», brüllte Luka. «Und dann raus hier! Auf der Stelle!»

Kutscher gab Martha einen Stoß, sie taumelte gegen die Wand. «Ja, hätschele sie», giftete er. «Genau darauf spekuliert dieses Pack. Unsere Scheißvorschriften! Hast du Connys Gesicht gesehen?» Er trat gegen die Tür, bevor er verschwand. Seine Schritte klangen wie bei einem wütenden Kind, das extra laut mit den Füßen stampft.

Luka holte mehrere Male Luft, bevor er sprach. «Sind Sie in Ordnung, Frau Schrepper?»

Sie fuhr ihn an wie die Hexe im Märchen. «Mach nicht auf guter Bulle. Du und deine Scheißmörderbande. Sie ist tot. Hast du das mitgekriegt? Dass meine Nadine tot ist? Ihr habt's geschafft. Am Ende habt ihr's hingekriegt. Das Gemüse ist verfault und kommt auf den Mist.» Ihr Gesicht war zur Fratze geworden, Spucke lief aus den Mundwinkeln in die Falten, eine Warze neben dem Augenwinkel tanzte, weil sie sich das Weinen verkneifen wollte. Sie ging auf ihn los. Er packte sie bei den Handgelenken. Sie wehrte sich und kreischte.

«Ruf ihren Sohn an, Dietmar Schrepper, die Nummer ist im System», brüllte Luka Karl Kummerling zu, der betroffen im Flur stand. «Und außerdem einen Arzt. Und ihren Anwalt. Sie sollen sich beeilen.»

Karl trabte los. An seiner statt tauchte Merle auf. Sie nickte. Nadine war also wirklich gestorben.

«… bring ich euch vor ein Gericht. Ich werde dafür sorgen, dass ihr keinen Fuß mehr auf die Erde …»

«Kommen Sie bitte mit.» Luka nötigte Martha Schrepper aus der Zelle und zur Treppe.

«Ich will meinen Anwalt.»

«Er wird gerade informiert.» Luka schwitzte, als er die Frau endlich im Vernehmungszimmer des Streifendienstes hatte. Sie sackte auf einem Stuhl in sich zusammen und griff an ihr Herz. Ihr bösartiges Grinsen ließ ihn hoffen, dass sie nur Theater aufführte. «Frau Schrepper …»

«Wie ist die Adresse von Kerstin Sonntag?» Die Frage kam kalt. Martha hatte sich wieder gefangen.

«Ich bin nicht befugt, sie herauszugeben, und ich würde es auch nicht tun, wenn ich es dürfte.»

«Ich will wissen, wo die Schlampe wohnt.»

«Es tut mir leid, dass Ihre Tochter …»

«Schnauze!» Sie brüllte nicht mehr, sie flüsterte. «Ich krieg's auch so raus. Da kannste einen drauf lassen.»

Luka setzte sich auf die andere Seite des Tisches. Marthas Gegenwart verursachte ihm körperliche Übelkeit. Am liebsten hätte er sich die Hände gewaschen. Merle nahm den Platz neben ihm ein, fasziniert, erschrocken und vielleicht zum ersten Mal von ihrem Beruf nicht angeödet. Karl, der inzwischen zurückgekehrt war, baute sich mit ausdruckslosem Gesicht vor der Tür auf. Die Minuten verstrichen. Es hatte keinen Sinn, Martha zu irgendetwas zu befragen, solange ihr Anwalt nicht da war. Aus ihrem Mund strömten unflätige Ausdrücke, als liefe an der Wand ein Teleprompter mit einem entsprechenden Lexikon.

Luka starrte ins Leere. Würde Kutschers Verhalten sie in Schwierigkeiten bringen? Martha würde Franke bearbeiten, dass er sie wegen Körperverletzung im Dienst anzeigen solle. Sicher hatten Kutschers Hände blaue Flecken auf ihren Armen hinterlassen. Luka hätte den Mann erwürgen mögen.

Eine Ewigkeit verstrich. Endlich öffnete sich die Tür – und Gitte Schrepper rollte herein. Ihre braunen Wildlederstiefel waren auf dem Trittbrett abgestellt, die dünnen Beine hingen einen Tick zur Seite, das Gesicht wirkte verdrossen. Warum Gitte? Der Polizist, der ihr den Weg gewiesen hatte, warf Luka einen fragenden Blick zu und verschwand wieder, als der nickte.

Gitte machte keine Anstalten, sich ihrer Mutter zu nähern. «Was, bitte schön, ist los?» Ihre Lippen waren zwei blasse, nadeldünne Streifen.

«Ich wurde zusammengeschlagen», klagte Martha.

«Ach ja?»

«Scheißbullen. Red mit denen. Kannste deine Mutter nicht mal verteidigen?»

Gitte schaute Luka an. Er fasste in dürren Worten zusammen, was sich ereignet hatte, und ließ nichts aus. Nur nicht den Verdacht aufkommen lassen, es solle etwas vertuscht werden.

«Und was soll *ich* nun hier?», fragte Gitte ihre Mutter.

«Händchen halten? Warum hast du nicht Dietmar angerufen? Der kann das doch viel besser.»

«Ist es dir zu viel, dich auch mal selbst um deine Mutter zu kümmern? Ich habe dich zur Welt gebracht. Ich habe mein halbes Leben geopfert ...»

«O Gott!» Gitte wendete ihren Rollstuhl. «Richten Sie Ihrem Kollegen, der mit ihr aneinandergeraten ist, mein Beileid aus. Viel Spaß noch.»

«Deine Schwester ist tot.»

Die Räder stoppten, der Kopf, von dem Luka nur noch die rückwertige Seite sah, senkte sich, das seidige Haar gab einen zarten, wohlgeformten Hals frei. Als die junge Frau sich wieder umdrehte, wirkte die Bewegung unbeholfen. «Ist das wahr, oder lügst du mir wieder was vor?»

«So redet man nicht mit seiner ...»

«Ist es wahr?», fragte Gitte Luka.

«Es tut mir sehr leid.»

Gittes Gesicht versteinerte. Ihre Finger, die die Ränder umklammerten, waren weiß von der Anstrengung, jede Regung zu unterdrücken. Wurde man so, wenn man mit einer Mutter wie Martha aufwuchs? Schloss man dann jedes Gefühl in sich ein?

«Sag mir, wann die Beerdigung ist. Und versuche nicht ...» Sie stockte. Im Flur wurde das Weinen eines Kindes hörbar. Gitte blickte zu ihrer Mutter. Auf Marthas Gesicht erschien ein Grinsen – eine Grimasse leuchtenden Triumphs. Sie musterte die Anwesenden, als hätte sie sie gerade mit einem Zauberkunststück verblüfft und wollte nun sehen, ob sie sie ausreichend beeindruckt hatte.

Die Schritte hielten inne, die Tür öffnete sich. Dietmar trat ein. Auch ihm saß Genugtuung im Gesicht. Er zog die schluchzende Judy hinter sich her. Als sie zu Gitte wollte, ließ er es nicht zu. Stattdessen schleppte er sie zu seiner Mutter. «Wir haben das Herzchen zurück. Gitte hat sie echt im Auto sitzen gelassen. Blöd von dir, Schwester.» Er drehte sich zum Rollstuhl um. «Du bist so berechenbar, weißt du? Klar kommst du, wenn Mutter dich anruft. Klar schleppst du Judy mit dir. Besten Dank, dass du es uns so leicht ... Hör auf zu heulen, Judy!»

«Dürfte ich erfahren, was dieser Auftritt soll?», fragte Luka mit belegter Stimme.

Dietmar hob den Stinkefinger. «Wir verzichten auf eine Anklage wegen Kindsentzug, Gitte. Dieses Mal noch. Beim nächsten Mal bist du dran. Keine Ahnung, ob sie für Krüppel Behindertenzellen haben. Wäre interessant zu erfahren.» Nackter Hass sprach aus den Gesichtern der Geschwister. Judy war verstummt.

«Man hat mich misshandelt», beklagte Martha sich ins Schweigen hinein. «Das war brutale Polizeigewalt. Hier, sieh mal.»

Dietmar betrachtete die Handgelenke seiner Mutter und ihre Oberarme, als sie die Ärmel krempelte. Überall rote Flecken, die sich in Kürze bläulich verfärben würden. «Ich bringe meine Mutter zum Arzt, um das dokumentieren zu lassen. Wenn Sie mich davon abhalten wollen ... »

«Ihre Mutter hat oben in den Büros randaliert und einen beträchtlichen Schaden angerichtet. Sie können sicher sein, dass dieser Tag in vielerlei Hinsicht ein Nachspiel haben wird.»

«Das können Sie mit unserem Anwalt aushandeln.»

Luka biss die Zähne aufeinander, als Judy von ihrem Onkel und ihrer Großmutter hinausgebracht wurde. In das schmale Gesichtchen war etwas Fatalistisches getreten, das ihm das Herz zusammendrückte. In der Tür drehte Martha sich noch einmal um. «Kerstin Sonntag ist eine Mörderin. Und ihr seid Mörder, weil ihr sie deckt. Ihr habt genauso viel Schuld wie die Schlampe. Wir sind noch lange nicht miteinander fertig.» Sie schloss die Tür so leise, dass es stärker dröhnte, als wenn sie sie geknallt hätte.

Gitte wartete, bis die Schritte verklungen waren. «Nadine ist also tot», sagte sie nüchtern. «Ich werde jetzt für das Sorgerecht kämpfen. Kann ich Sie als Zeugen vor dem Familiengericht benennen?»

Dieses Mal nickte Luka.

Das Gespräch mit Kutscher war kurz. «In meinem Kommissariat gibt es keine Brutalität.»

«Ich hab die Frau kaum angefasst!»

«Sie vergessen, dass ich dabei war, Mann.»

«Das ist doch unfassbar – da setzt man sich ein, tut alles für die Kollegen, und wenn man mal gezwungen ist ...»

«Verschwinden Sie. Ordnen Sie Akten, schreiben Sie Berichte oder bummeln Sie Überstunden ab. Ist mir egal. Nur kommen Sie mir nicht mehr unter die Augen.»

Noch einmal wütende Schritte. Dieses Mal wurde die Tür geknallt. Draußen auf dem Gehweg kläffte ein Hund, als wäre er Teil des Streits. Als es wieder still war, kam Conny herein. Er wollte sie anblaffen, schluckte die Worte aber runter, als er ihr Gesicht sah. Ein Kratzer lief von der Stirn quer über die Nase zum linken Mundwinkel. Sie konnte von Glück sagen, dass ihr Auge nicht verletzt worden war.

Sie machte es sich auf einem der Stühle gemütlich. Eine Weile schwiegen sie. Dann sagte sie: «Vergiss das Weib, Luka. Drück's weg. An so was kann man kaputtgehen.» Abschätzend schaute sie ihn an. Als er schwieg, fuhr sie fort: «Willst du wissen, was beim Abgleich der Aussagen der Jungs vom Sportverein rausgekommen ist?»

Er lauschte, schaffte es aber nicht, sich zu konzentrieren. Judys Gesicht tanzte vor seinen Augen. «Hört sich gut an, so als hätten wir die Sache im Kasten», raffte er sich schließlich auf zu sagen. «Schreib einen Bericht. Dann will ich's noch mal auf dem Schreibtisch haben.»

«Du meinst gar nicht Kutscher. Du meinst dich selbst.»

«Bitte?»

«Martha regt uns alle auf. Die hat was an sich, dass es einen juckt, ihr die Hände um den hässlichen Hals zu legen. Und das merkst du, und deshalb bist du sauer, dass Kutscher grob geworden ist. Weil du ihr am liebsten selbst ... »

«Danke, aber Therapiestunden werden von Vater Staat nicht bezahlt.»

Conny wusste, wann sie besser die Klappe hielt.

«Sonst noch was?»

«Nina hat ihren Laden neu eingerichtet. Sie schmeißt am Samstagabend eine Party und würde sich freuen, wenn du kommst, also du und Teresa.»

Luka nickte.

«Da ist jetzt alles auf schick gemacht. Erkennste nicht wieder.»

«Conny ... »

«Bilder an der Wand von diesem Dings ... Hundertwasser. Weißt schon, dieses bunte ... »

«Martha ist zwei Köpfe kleiner als Kutscher. Niemand muss jemandem wie ihr den Arm umdrehen. Und niemand muss für seine Kollegen Aussagen fälschen und vor Gericht lügen, Conny. Ich will den Kerl loswerden. Ich werde mit Berger reden.»

«Kannst du machen. Ja, halte ich sogar für eine gute Idee. Der Mensch muss sich beherrschen können, wenn er bei der Polizei anheuert.»

«Es hat nichts mit persönlichen Animositäten zu tun. Ich will einfach, dass es hier korrekt zugeht.»

«Klar.»

Er zog die Brauen hoch.

«Du hasst das Weib und nimmst dir übel, dass du ihr die

Schmerzen gegönnt hast. Da bleib ich bei. Und ich finde es gefährlich. Pass auf dich auf.»

Luka musterte das hagere Gesicht mit den klaren Augen. Schließlich rang er sich ein Lächeln ab. «Sag Nina, dass ich gern komme. Ich freu mich drauf.»

Teresa freute sich ebenfalls. «Nina wird uns noch alle überraschen, pass mal auf. Sich was trauen – damit kommt man weit.» Sie stand im Wohnzimmer und bügelte. War eigentlich seine Sache. Kam er im Moment nur nicht zu. Ein schlechtes Gewissen hatte er natürlich trotzdem. «Tilda hat übrigens wieder Läuse aus dem Kindergarten mitgebracht.»

«O Gott!»

«Besser Läuse als die Grippe.» Teresa lachte, als sie sah, wie er mit den Händen durch die Haare fuhr. Er nahm ihr das Bügeleisen aus der Hand, und sie ließ sich mit einem Seufzer auf das Sofa fallen. Er fand, dass sie weicher geworden war, im letzten Jahr. Aus Ostfriesland, wo der Hauptsitz ihrer Firma lag, kamen Signale, dass man sich auf sie verließ. Das bedeutete ihr viel. Die Frage, ob sie gut genug war, beschäftigte sie seit ihrer Kindheit, in der ihre Mutter sie immer mal wieder zur Strafe in einen Schrank gesperrt hatte. «Liebst du mich?»

Sie lachte. «Die Sache geht andersrum. Du musst sagen: *Ich liebe dich*. Und anschließend verrate ich dir ...»

«Wenn du wüsstest, wie sehr ich die liebe, würdest du Platzangst kriegen und Fenster und Türen öffnen.»

Sie kam zu ihm zurück und umarmte ihn von hinten. Ihr Kuss auf seinen Nacken war wie eine Verheißung für den Abend. «Alles schwierig im Moment?»

Er zögerte. «Ich habe eine Scheißangst.»

«O Luka ...»

«Tut mir leid, ich hasse es, wenn jemand dir oder Tilda ...»

«Weiß ich doch.» Sie fuhr mit dem Finger an seiner Wirbelsäule entlang. «Hör zu, Lieber, ich habe mit deiner Mutter telefoniert. Sie kommt zu Besuch. Ich hab ein Ferienhaus gemietet, und wir werden dort eine Zeitlang wohnen.»

«Oh!» Er stellte das Bügeleisen auf das Gitter und drehte sich zu ihr um.

«Besuch von dir ist natürlich ausdrücklich willkommen. Und Besuch von anderer Seite wäre dort nicht zu erwarten.»

«Ja, verstehe.»

«Die alte Frau ist gruselig, Luka. Das, was sie mit Tilda gemacht hat ... als wäre sie geisteskrank.»

«Ihre Tochter ist heute gestorben.»

«Tatsächlich?» Teresa zögerte. «Tut mir leid, ich kann kein Mitgefühl empfinden.»

«Womöglich dreht sie jetzt endgültig durch.»

«Dann ist das Ferienhaus doch genau richtig. Ich freue mich auch darauf, deine Mutter ein bisschen besser kennenzulernen. Wir haben ja kaum Zeit miteinander verbracht.» Sie bückte sich und zog den Stecker aus der Dose. «Hör auf, dir Sorgen zu machen, Lieber. Es ist unwahrscheinlich, dass diese Schrepper wirklich etwas gegen uns unternehmen würde. Sicher droht sie nur. Ich will bloß ...» Sie hielt inne. «Kannst du nicht auch bei uns schlafen?»

«Lass uns sehen, wie sich alles entwickelt», murmelte Luka.

ACHTZEHN

Mutti war tot. Das hatte Judy verstanden. Sie war in dem Krankenhaus gestorben und würde nie zurückkommen. Man würde sie in einen Sarg legen und den runter in ein Loch legen und Erde darauf werfen, so wie bei Opa.

Sie spürte einen Kloß im Hals. Judy war traurig, weil Mutti ihr leidtat, so einsam in der dunklen Kiste. Aber vor allem hatte sie Angst. Sie würde nie wieder nachts zu ihr ins Bett krabbeln können. Mutti war für immer fort aus ihrem Leben. Und Frau Gott war auch weggegangen. Und zu Gitte durfte sie nicht mehr hin, weil Gitte sie entführt hatte. Alle Leute, die Judy mochte, verschwanden. So war es, und man konnte nichts dagegen tun. Weinen durfte man schon gar nicht. Oma Martha hatte ihr eine geknallt, als sie im Auto geweint hatte. Heulsuse. Oma Martha hasste Heulsusen. Selbst schuld.

Judy setzte sich neben die Pappkartons. Das Fenster des Dachbodens war rot und golden. Es sah aus, als würde irgendwo was brennen, aber Judy wusste, dass die Farbe von der Abendsonne kam. Sie begann zu summen. Gitte hatte Musik auf ihrem Smartphone gehabt. *Peter und der Wolf*, das war ein Märchen, eine Geschichte. Vor dem Wolf hatte Judy Angst gehabt, aber wo die Musik fröhlich klang, fand sie sie wunderschön.

Sie würde Gitte also nicht wiedersehen. Höchstens noch vor Gericht. Judy hatte keine Ahnung, was ein Gericht war, aber es klang bedrohlich. Sie hatte so sehr gehofft, dass sie bei Gitte bleiben könnte, aber im Grunde hatte sie gleich gewusst, dass das nicht passieren würde. Dietmar war stark, und Gitte konnte nicht mal allein laufen.

Judy summte lauter. Es klang nicht besonders schön. Nichts, was Judy machte, war schön. Sie war eine Heulsuse, und wahrscheinlich war Gitte insgeheim doch froh, sie los zu sein. Sonst hätte sie doch was gemacht, als Dietmar sie mitgenommen hatte.

Die Rattenbabys waren verschwunden. Die konnten einfach weglaufen. Judy konnte nicht weglaufen. Sie hätte gar nicht gewusst, wo sie was zu essen finden würde und wo sie schlafen sollte. Außerdem musste sie in die Schule gehen, sonst würde Frau Mahler schimpfen.

Simone rief nach ihr, vielleicht gab es Abendbrot. Judy hatte Hunger, aber sie tat trotzdem, als hörte sie nicht. Langsam stand sie auf und ging zu dem Fenster, hinter dem allmählich die Farbe verblasste. Kurz bevor sie es erreichte, fiel ihr Blick unter die Schräge des Dachbodens. Dort lag etwas. Ihre Augen füllten sich erst mit Unglauben, dann mit Furcht, schließlich mit schierem Entsetzen.

Zwischen dem Müll stand, noch im Pappkarton verpackt, ein Barbiepferd. Das nagelneue Barbiepferd aus dem Dorfladen.

NEUNZEHN

Sie konnten die Akte *Sportverein* an die Staatsanwaltschaft übergeben. Die Geständnisse der Jungen passten zueinander und zu den Fakten. Auch Patrick war eingeknickt. Endlich etwas, hinter das sie einen Haken setzen konnten.

Die Beschwerde von Dietmars Anwalt kam am Donnerstag. Luka wurde nach Stralsund zitiert. Der Leiter der PI, Lothar Strauss, erwartete ihn, außerdem war Martin Berger anwesend. Der Beschwerdebrief mit dem Emblem der Franke-Kanzlei lag auf dem Schreibtisch.

Das anschließende hitzige Gespräch bot keinerlei Überraschung. Die Staatsanwaltschaft hatte mit Franke einen Deal gemacht: Man sah von einer Rechnung für den Schaden, den Martha verursacht hatte, ab, wenn im Gegenzug die Klage wegen unbegründeter Polizeigewalt fallen gelassen würde. «Und damit kommen wir angesichts des ärztlichen Gutachtens noch billig davon», schnauzte Strauss. «Die Frau wurde gerade mit dem Tod ihrer Tochter konfrontiert. Ein hartes Zupacken war also auf keinen Fall angesagt. Was glauben Sie, was solche Vorkommnisse für eine Außenwirkung haben? Franke hat angedeutet, dass es ihm ein Vergnügen wäre, den Vorfall an die Presse weiterzugeben. Ich sehe schon die Schlagzeile: Trauernde Mutter wird in Polizeizelle ...»

«Mir hat's auch nicht gefallen. Schaffen Sie mir Kutscher vom Hals – dann müssen Sie sich wegen solcher Vorkommnisse keine Gedanken mehr machen.»

«Der Mann ist wegen ähnlicher Grenzüberschreitungen schon mehrfach versetzt worden», sprang Martin Luka bei. «Er hat sich einfach nicht unter ...»

Strauss unterbrach ihn. «Das mag ja sein, aber ... Herrgott, Kroczek. Die Schreppers sind dafür berüchtigt, der Staatsgewalt das Leben schwer zu machen. Warum haben Sie nicht selbst mit der Frau gesprochen? Ich muss um ein bisschen mehr Einfühlungsvermögen bitten, besonders dann, wenn Sie wissen, dass einer Ihrer Untergebenen zu Überreaktionen neigt. Genau wegen dieser Kompetenz, nämlich eine Situation richtig einzuschätzen, werden Beamte an leitende Stellen befördert!»

«Kutscher wurde mir zugeteilt, damit er meine Abteilung entlastet. Und jetzt soll ich das Kindermädchen für ihn spielen?»

«Ich würde es anders formulieren, aber: ja.»

Die Verabschiedung war eisig.

«Reg dich nicht auf, bringt doch nichts. Komm, wo du gerade hier bist ...» Martin nötigte Luka noch zu den Kollegen des Fachkommissariats Einbruch, die zwei Etagen tiefer ihrer Arbeit nachgingen. Robert Schnieder, ein blasser, dicklicher Mann, der aussah, als käme er nicht genügend an die frische Luft, zeigte ihm auf einer Übersichtskarte, die die halbe Bürowand einnahm, wo die Bande, die mutmaßlich von den Schreppers bedient wurde, zugeschlagen hatte. Luka nickte. Ganz Rügen war betroffen, dazu ein Teil der Küste bis nach Greifswald runter. So erklärte sich also das Geld, das sie bei den Schreppers entdeckt hatten. Denn vom Harz IV, mit dem der Clan offiziell seinen Lebensunterhalt bestritt, hatten sie das garantiert nicht zusammengespart.

«Wahrscheinlich lagern sie ihr Geld auf dem Grundstück zwischen, bis sie es waschen können. Insgesamt müsste schon viel mehr zusammengekommen sein», meinte Schnieder.

Beweisen ließ sich mit dem Fund des Geldes allerdings nichts.

«Die Arbeitsteilung – wir spähen aus, ihr macht den Bruch – macht es so schwierig. Rufen Sie an, wenn Sie etwas herausfinden, das uns helfen könnte», bat Schnieder.

«Reg dich nicht auf», empfahl Berger Luka noch einmal beim Abschied.

Luka fuhr direkt weiter nach Trent. Teresas Ferienwohnung lag der Dorfkirche gegenüber und wirkte wie aus einem Prospekt für einen Skandinavienurlaub hinausgeschnitten: ein dunkelblau bemaltes Holzhaus mit viel Garten. Sie hatte Lukas Mutter bereits abgeholt, und Luka freute sich, sie zu sehen. Ingeborg war eine Frau, die trotz ihres fortgeschrittenen Alters jugendlich wirkte, was vermutlich daran lag, dass sie schlank war, die Sonne hasste und gern lachte. Luka umarmte sie. Sie aßen gemeinsam in dem Garten, der von hohen Mauern umgeben war. Waren die Mauern der Grund, dass Teresa gerade dieses Haus gewählt hatte?, überlegte er. Wie groß mochte ihre Angst sein? Am besten gar nicht drüber nachdenken. Würde ihn nur noch verrückter machen.

Tilda hatte offenbar mit ihrer Oma schon Freundschaft geschlossen. Die beiden spielten Memory, und Lukas Mutter freute sich, als die Kleine von ihr zu Bett gebracht werden wollte. «Alles gut?», fragte er Teresa, als sie allein unter den hohen Bäumen saßen.

«Ist schon ein bisschen lächerlich, was?»

«Nadine wird am kommenden Montag beerdigt – vielleicht gibt Martha Schrepper danach Ruhe.»

«Glaubst du dran?»

Luka lächelte. Er war so nervös, so verflucht nervös. Der brennende Georg im selbst geschaufelten Grab ... Monika inmitten der aggressiven Bienen ... die weinende Judy ... Die Bilder reihten sich in seinem Kopf aneinander wie Teile eines Horrorfilms, der in einem furchtbaren Finale enden würde. Und über allem klang Marthas Drohung: *Wir sind noch lange nicht miteinander fertig.*

Die Besprechung am Freitag brachte nicht viel. Ein möglicherweise geplanter Immobilienverkauf als Motiv für die Schreppers, Monika Probst und Hagen Tanner zu attackieren – das war im Moment der vielversprechendste Ansatz. Beweise für ihre Täterschaft zu finden, würde aber schwierig sein.

Luka schickte Kutscher nach Rostock zu dem Immobilienhändler, vor allem, um ihn loszuwerden. Anschließend telefonierte er mit der Technik. Auf Dietmar Schreppers Laptop waren Anfragen hinsichtlich der Immobilienpreise auf Rügen gefunden worden. Das war ein Indiz, auch wenn es vor Gericht nicht viel gelten würde. Im Gegenteil – dass Dietmar nicht versucht hatte, die entsprechenden Daten zu löschen, sprach ja eher für ihn. Zumindest würde ein Verteidiger es so darstellen.

Er ging über den Flur zu Conny.

«Ich muss heute auch noch mal nach Rostock», begrüßte ihn seine Kollegin, die versuchte, an ihrem Bürofenster ein Fliegennetz zu befestigen. «Als Nina sich die neue Einrichtung für ihre Boutique gekauft hat, hat sie in einem der Läden einen goldenen Waschbären gesehen. Willst du mal sehen?» Sie stieg vom Stuhl und zeigte ihm auf ihrem Smartphone eine fußballgroße vergoldete Figur. «Nina wollte ihn nicht mitnehmen, hatte ja auch schon die halbe Stadt leer gekauft. Aber ich weiß, dass ihr Herz dran hängt. Ich schenk ihr das Vieh, basta. Hundertachtzig Euro ... Wolltest du was sagen?»

«Lass mich mal ran.» Luka brauchte keinen Stuhl, um das

Netz an die Fensterränder zu kleben. «Ich würde gern wissen, wo sich Monika Probst aufhält. Mir gefällt es nicht, wenn eines meiner Opfer plötzlich spurlos verschwindet. Angeblich ist sie bei ihrer Mutter. Klemmst du dich hinter?»

Conny nickte.

«Einfach nur absichern, dass Probst die Wahrheit gesagt hat. Danach kannst du meinetwegen verschwinden.»

«Du bist der Beste.» Conny schloss das Fenster und stellte es auf Kipp. «Und weißt du, was? Ich kauf mir für morgen auch noch ein Kleid. Echt. So 'n richtig schicken Fummel. Mit Glitzer dran und Pipapo ... »

Als Luka abends nach Trent fuhr, blickte er Dutzende Male in den Rückspiegel. Niemand folgte ihm. Oder konkret: Der Wagen der Schreppers folgte ihm nicht. Würden sie einen Mietwagen benutzten, um herauszufinden, wo sich seine Familie aufhielt? Ich werde paranoid, dachte er. Aber Nadine war tot, Martha hatte ihm gedroht, und sie hatte bereits bewiesen, dass sie Drohungen ohne die Skrupel, die normale Menschen am Überschnappen hinderten, wahr machte. Das Messer über Tildas Kopf war in seinen Kopf wie eingebrannt.

Doch die Straße war leer, und als er auf einen der zahlreichen Parkplätze einbog, die die Allee säumten, um zu beobachten, ob jemand mit Verspätung auftauchte, konnte er sich beruhigen. Die Schreppers hatten ihn zumindest an diesem Abend nicht im Visier. Er rief bei David an und fragte nach Gitte. Sie war offenbar auf dem Festland, eine Besprechung wegen des Prora-Drehbuchs, erklärte sein Freund.

«Meine Mutter ist zu Besuch. Was dagegen, wenn wir heute Abend gemeinsam ins Tüffelhus gehen?»

«Immer gern. Ich würde mich nur freuen, wenn du nicht

vorher auszutesten versuchst, ob ich Gitte mitbringen könnte. Blödmann.»

«Sobald ich die Akte ihrer Familie schließen kann, wird sie zu meiner Freundin mit Sternchen im Telefonbuch und Herzchen im Kalender. Ich hab nichts gegen sie.»

«Das will ich dir auch geraten haben. 20:00 Uhr?»

Der Abend begann nett. Die Vorspeisen schmeckten, Lukas Mutter bekam von Teresa den nostalgischen Reiz von DDR-Brause erklärt, und Luka ließ eine Geschichte aus seiner Kindheit über sich ergehen. Tilda war schon bald auf seinem Schoß und schloss die Augen. «Früher mussten Kinder um sieben im Bett sein», sagte Teresa.

«Mir gefällt, dass ihr heute lockerer seid», meinte Lukas Mutter. Er war zu müde, um ein Ohr für Zwischentöne zu haben, aber es kam ihm vor, als würden die beiden sich zueinander tasten, und das war gut. Vielleicht konnte man öfter mal nach Düsseldorf fahren, wenn sie sich miteinander anfreundeten. Luka stellte überrascht ein leichtes Heimweh bei sich fest. Er wollte es gerade aussprechen, als sein Blick zur Tür glitt, wo es laut wurde. Zwei Männer und eine Frau traten ein. Unwillkürlich hielt er die Luft an. Die Schreppers. Dietmar, Monti und Simone. Sein Puls begann zu stolpern. Himmelherrgott noch mal, was sollte das jetzt?

Dietmar rief lauthals nach der Kellnerin. «Ein Tisch für mich und meine Begleitung.» Monti grinste Luka an, Simone schaute unsicher zu Boden.

Teresa war natürlich ebenfalls auf die lautstarke Gesellschaft aufmerksam geworden, und Luka sah ihren Ärger. Sie hatte die drei nie gesehen, erkannte sie also nicht, aber sie hasste es, wenn sich jemand schlecht benahm, und Dietmar legte es drauf an, die

Kellnerin mit Sonderwünschen in Verlegenheit zu bringen. Er wollte den Tisch am Fenster – den, der direkt neben dem von Luka stand. Die Frau bedauerte, er sei bereits reserviert. Ob es ein anderer sein könne?

«Sprech ich Singalesisch? Nein, diesen hier!»

Luka überlegte, ob er reagieren sollte. Aber was dann sagen? Sie saßen in einem öffentlichen Restaurant. Wenn jemand die Störenfriede rauswerfen wollte, musste es das Restaurantpersonal sein. Teresa begann wieder, mit Lukas Mutter zu reden, während am Nebentisch das Reserviert-Schild abgeräumt wurde und Dietmar, Monti und Simone lärmend ihre Plätze einnahmen.

Dass die Schreppers zufällig ins Tüffelhus gestoßen waren, hielt Luka für ausgeschlossen. Das Restaurant war nicht ihre Kragenweite. Wollte Dietmar Macht demonstrieren? Ihm Angst einjagen? Wie, zur Hölle, hatte er überhaupt herausgefunden, wo er war? Ein Peilsender am Wagen, schoss es Luka durch den Kopf. Er hätte sich ohrfeigen können. Dietmar kannte seinen Wagen und konnte sich denken, dass er auf dem Parkplatz des Kommissariats stehen würde. Luka bestellte eine weitere Flasche Wein und bemühte sich, den Ärger über die eigene Naivität zu verbergen. Ihm hätte klar sein müssen, dass Dietmar sich solche technischen Spielereien besorgen konnte.

Teresa beugte sich zu ihm. «Was ist?»

Plötzlich standen ihm Bilder vor Augen, wie Dietmar ihr im Supermarkt oder bei der Arbeit auflauerte. Was konnte er denn noch ausschließen? Er erklärte ihr also leise, wer die Leute am Nebentisch waren. «Wir können nichts tun», schob er hinterher.

«Lass uns gehen.»

«Aber wir haben noch nicht gegessen.»

«Stellst du dich jetzt gerade auf stur?»

Als wäre es ein Stichwort gewesen, trug ein Kellner die gefüllten Champignons, die sie bestellt hatten, zum Tisch. Teresa gab sich geschlagen und lächelte ihn an. Sie aßen, während die Schreppers sich über den Wein beschwerten und Dietmar die Sauberkeit des Bestecks monierte.

«Was für unangenehme Menschen», murmelte Lukas Mutter. David aß schweigend. Hatte er Gittes Brüder bereits kennengelernt, oder kombinierte er einfach? Das Hauptgericht kam, alles sehr lecker, aber an Luka verschwendet. Er sehnte den Moment herbei, an dem er seinen Wagen nach dem verdammten Sender absuchen konnte.

Teresa hatte Tilda zu sich geholt und versuchte, sie für das Essen zu begeistern. Sie schlief auf ihrem Arm wieder ein.

«Soll ich sie dir abnehmen?»

«Geht schon.» Teresa führte die Gabel an dem kleinen blonden Schopf vorbei zum Mund. Dass Dietmar über ihr erzwungenes Ungeschick eine Bemerkung machte, die niemand in ihrem Teil des Restaurants überhören konnte, machte Luka wahnsinnig. Wollte der Dreckskerl, dass der verhasste Kommissar ausrastete? Ein weiterer Übergriff der Polizei gegen seine Familie, über die er sich beschweren könnte? War möglich. Luka hielt den Mund und würgte das Essen herunter. Auch die anderen beeilten sich. Gerade als er dem Kellner wegen der Rechnung winken wollte, klingelte sein Handy.

Conny. Das hatte ihm gerade noch gefehlt.

Er nahm das Telefonat an, um sie auf später zu vertrösten, aber sie ließ ihn gar nicht zu Wort kommen. Fassungslos lauschte er ihrem Ausbruch. «… aber sie geht nicht ran! Hörst du mir zu? Nina geht einfach nicht ran!», brüllte sie in sein Ohr.

Er versuchte zu verstehen. Ihre Tochter hatte vor wenigen Minuten mit ihr telefoniert. Sie war in ihrer Boutique gewesen, um alles für die Feier vorzubereiten, und hatte verängstigt geklungen. «Da war irgendwas», wiederholte Conny, «und auf einmal sagt sie: Warte mal ... und ist weg. Luka, das Handy ist ausgestellt. Ich kann sie nicht mehr erreichen. Das ist doch nicht normal. Sie hat gesagt, dass ich warten soll!»

«Bist du auf dem Weg zu ihr?»

«Ich stecke im Stau kurz hinter Rostock fest.» Ihre Stimme zitterte.

«Hast du die Streife ...?»

«Kummerling meint, dass bestimmt nur Ninas Akku leer ist. Das ist scheiße. Luka, fahr rüber.»

«Mach ich.»

«Sofort.»

«Ich bin schon weg.» Connys Panik war auf ihn übergesprungen. Sein Blick glitt wieder zum Nachbartisch. Dietmar hatte sich zurückgelehnt. Er hatte ihn während des gesamten Telefonats beobachtet, sein Grinsen wurde breit. Er wusste, was lief, Luka war überzeugt davon. «Das dort drüben sind die Schreppers», flüsterte er David zu. «Ihr bleibt hier, bis ich zurückkomme, und wenn es Stunden dauert!»

Er lief zur Tür.

Vor der Boutique stand bereits ein Streifenwagen. Kummerling hatte also doch reagiert. Die Kollegen begrüßten Luka erleichtert. «Ist nicht ganz klar, was hier los sein soll», meinte Kaymaz, der jüngere der beiden, ein türkischstämmiger Kollege, der vor allem durch stoische Ruhe auffiel. «Der Laden ist dunkel, man hört nichts, man sieht nichts. Ich tippe echt auf einen leeren Akku. So was passiert doch ständig, und die jungen Leute denken nicht drüber nach, ob sich jemand Sorgen macht. Sicher ist sie nach Hause ...»

«Gib mal deine Waffe.»

Kaymaz gehorchte überrascht. Luka entsicherte die P6, trat zurück und öffnete mit einem Tritt neben das Schloss die Tür. Nina hatte keine Alarmanlage installiert. Die Tür knallte gegen den Rahmen, aber ansonsten blieb es ruhig. Als Luka sich in den Raum vortastete, stieß er mit der Schuhspitze gegen Klamotten, die überall auf dem Boden zerstreut zu sein schienen, dann gegen das Gestänge eines Kleiderständers. Die Hoffnung auf einen Fehlalarm zerstob. Gedämpft rief er den Kollegen einen Warnruf zu.

Er hatte zwar schon einmal den Verkaufsraum der Boutique besucht, aber er hatte keine Ahnung, was sich in den hinteren Räumen befand. Endlich entdeckte er einen Lichtschalter, drückte ihn und duckte sich. Nichts rührte sich. Im Schein der Deckenlampen konnte man das ganze Ausmaß der Zerstörung erkennen. Kleiderständer waren umgestoßen worden, die Vorhänge von den Kabinen gerissen, der Verkaufstresen gegen die Wand gekippt. Keine Spur von Nina. Es führte nur eine einzige Tür aus dem Raum hinaus. Luka öffnete sie vorsichtig.

Er war inzwischen sicher, dass Dietmar hinter diesem Überfall steckte. Der Drecksskerl hatte seine dubiosen Geschäftspartner für den Überfall angeheuert und sich selbst und Monti mit dem Restaurantbesuch ein Alibi mit Stinkefinger gegeben. Scheiße, was war mit Nina passiert? Die Pistole im Anschlag, schlich er die Treppe hinab. Er erreichte einen Kellergang, dessen Ende sich im Dunkeln verlor. Alles war duster – bis auf einen Lichtspalt unter einer der Türen.

Als er näher kam, hörte er Stimmen. *Eine* Stimme, männlich. Wörter konnte er nicht unterscheiden, aber es klang osteuropäisch. Einer von Dietmars Freunden fürs Grobe?

Luka entsicherte die Pistole und drückte leise die Klinke herab. Das Schicksal war gütig und grausam zugleich: Der Tscheche war wehrlos, weil er sich gerade die Hose herabgezogen hatte, die ihm nun um die Waden schlackerte. Aber vorher hatte er Nina bereits gezwungen, sich von der Taille an abwärts auszuziehen. Ihr Blick war nacktes Entsetzen, sie hatte sich vor Furcht und Scham zusammengekrümmt, und als sie Luka erblickte, drang ein dünner Schrei aus ihrem Mund. Der Tscheche reckte sich ungeschickt zu einem wackligen Holztisch, auf dem er eine Waffe abgelegt hatte.

«Hol sie dir, ist mir recht», sagte Luka mit einer Stimme, die ihm fremd vorkam, weil sie vor Hass in eine tiefere Tonlage gerutscht war. Der Mann wurde plötzlich sehr vorsichtig und hob die Hände. Als ihm aufging, dass er immer noch mit nackten Genitalien über seinem Opfer stand, stolperte er ungeschickt einen Schritt beiseite. «Mach kein Scheiß», flüsterte er.

Lukas Finger schmerzten. Seine Hand war zur Kralle geworden, gefroren im Zwiespalt: schießen oder nicht. Nina starrte ihn an. Ihr Schrei war erstickt, sie glühte, sichtlich unter Schock. Es war, als hätte ein göttlicher Finger den Keller berührt und sie alle dazu verdammt, bewegungslos in einem Albtraum zu verharren.

Und dann war Kaymaz da. Er drängte durch die Tür. Wahrscheinlich spürte er, was los war, denn er nahm Luka die Pistole ab und befahl dem Fremden, an die Wand zu treten. Professionelle Sachlichkeit, gut so. Der Tscheche griff nach seinem Reißverschluss. Er warf Nina, die sich hingekauert und die Beine angezogen hatte, ein bedauerndes Grinsen zu, als er ihn hochzog. Einen Moment spürte Luka seinen Herzschlag wie eine Ramme. Er schob sich an Kaymaz vorbei und schlug dem Tschechen die Faust ins Gesicht, er tat es tatsächlich. Es gab ein Geräusch, als bräche die Nase. Der Mann fiel mit einem Jaulen gegen die unverputzte Mauer.

«Scheiße, hören Sie auf!» Kaymaz zog Luka zurück. Und

endlich begann Lukas Verstand wieder zu arbeiten. Er zog die Jacke aus und hielt sie so, dass Nina sich anziehen konnte, ohne von den anderen Männern gesehen zu werden. Er blickte dabei über seine Schulter, sodass sie sich auch von ihm nicht beobachtet fühlen musste, und murmelte dabei beruhigende Dinge wie: «Mensch, Nina ...» Was man so sagte.

Als ihm ein Blick aus den Augenwinkeln verriet, dass sie sich wieder bedeckt hatte, setzte er sich neben sie. Viele Frauen konnten nach solchen Erlebnissen keinen Mann in der Nähe ertragen. Nina rückte zu ihm und presste ihr Gesicht gegen seine Schulter, er legte also die Arme um sie und hoffte, dass sie so ein bisschen Geborgenheit fand.

Kaymaz brachte den Tschechen hinaus. Draußen fuhr eine weitere Streife vor, sie hörten die Sirene. «Brauchen wir einen Krankenwagen?», fragte der Polizist, der mit Kaymaz gekommen. Luka schüttelte den Kopf.

«Der hat oben alles kaputt gemacht», flüsterte Nina, als sie allein waren. Ihr heißer Atem blies gegen sein Ohr.

«Hat er gesagt, wer ihn geschickt hat?»

Sie schüttelte den Kopf

«Bist du verletzt?»

Sie reagierte nicht mehr. Männerstimmen klangen gedämpft von oben herab. Eine erklärte dem Verhafteten seine Rechte. Lukas Name fiel. Jemand fluchte und gab Anweisungen. Tatort absperren ... die Maschinerie lief an.

«Ich krieg das aber wieder hin.»

«Was?», flüsterte Luka.

«Die Boutique. Ich räume auf. Ich lass mir das nicht kaputt machen. Auch von so einem Idioten nicht.»

«Nina ...»

Sie hob den Kopf und schaute ihn an.

«Du hast was von deiner Mutter.» Er lächelte.

Sie erwiderte das Lächeln, aber nur kurz. «Der andere hat auf die Kleider gepinkelt, die er von den Stangen gerissen hat.»

Es gab also noch einen weiteren Täter. Luka griff zum Handy und sagte den Männern im Laden Bescheid.

«Ich geh zur Bank, der Banker da war letztes Mal supernett. Wenn ich ihm erkläre, was hier passiert ist und warum ich noch mal Geld brauche ...»

«Nee, das machst du nicht. Du wirst das Geld von mir bekommen, darauf bestehe ich.»

«Ich könnte das aber nicht so schnell zurückzahlen.»

«Sollst du auch nicht. Was heut Abend war, geht auf mein Konto, Nina. Ich hab nicht aufgepasst. Ich hätte daran denken müssen, dass sie auch jemanden aus deiner Familie ...»

Sie hob den Kopf und blickte ihn an. «Ich hab gewusst, dass du kommst. Mutti hat kapiert, was los ist, hab ich gedacht. Also wird sie dich anrufen. Und dann kommst du. Ich hab das die ganze Zeit gewusst, dass du kommst. Deshalb ist alles halb so schlimm.» Nun begann sie doch zu weinen.

Luka zitterte. Er sah Dietmar vor sich, wie er ins Lokal platzte. Dreckskerl ... gottverdammter Dreckskerl ...

Der Tscheche nannte sich Adam Horák und verlangte einen Anwalt. In der Nacht war natürlich keiner zu erreichen. Kaymaz rief einen Arzt, und der Mann wollte nicht ausschließen, dass die Nase gebrochen war. Er riet zum Krankenhaus. Kaymaz und seine Kollegen machten sich mit ihm auf den Weg. Endlich traf auch die Tatortsicherung ein.

Nina wartete in eine Decke gewickelt in seinem Wagen und telefonierte mit ihrer Mutter. Luka streckte die Hand nach dem Hörer aus. «Lässt du mich mal?»

«Ist sie wirklich in Ordnung?», fragte Conny gepresst.

«Ich glaube schon. Ich nehme sie mit ins Büro. Sie sollte jetzt nicht allein sein.»

«Mach ihr einen Kaffee. Ich bin fast da.»

Luka gab den Hörer zurück, zog Plastikhandschuhe an und begann, seinen Wagen nach dem Peilsender abzusuchen. Er fand ihn auf der Innenseite der Stoßstange und tütete ihn als Beweismittel ein, obwohl er ahnte, dass sich daran keine verwertbaren Hinweise finden lassen würden.

Die folgende Stunde kam ihm vor wie ein Film, in dem er gleichzeitig mitspielte und Zuschauer war. Er fuhr mit Nina zum Kommissariat und traf dort fast zeitgleich mit Conny ein. Sie umarmte ihre Tochter und erklärte, dass sie ihre Mädchen in der Datscha einer ehemaligen Kollegin einquartieren würde. Katja hatte sie schon per Telefon dorthin beordert. Fort war sie wieder.

Luka kehrte zum Restaurant zurück und leuchtete mit einer Taschenlampe unter Davids Wagen, aber der war clean – kein Sender. Anschließend brachte er seine verängstigte Familie nach Trent. Sie packten die Koffer, und er kutschierte sie weiter nach Binz in eines der großen Strandhotels. Tilda würde am nächsten Morgen mit der Oma nach Düsseldorf fahren, beschlossen sie, und dort noch einmal ausgiebig Urlaub machen. Teresa war auf ihrer Dienststelle leider unabkömmlich, versprach ihm aber, die Arbeit und auch ihre Freizeit nur noch im Kreis anderer Leute zu verbringen.

Schließlich fuhr er heim. Das kleine Reihenhaus kam ihm vor wie eine vom Feind überrannte und von den Bewohnern verlassene Burg.

Der erste Anruf am nächsten Morgen galt Martin Berger. Luka erzählte von Ninas Boutique und dem Restaurantbesuch der Schreppers. Er beichtete den Faustschlag in Adam Horáks Gesicht.

Martin schwieg.

«Hätte nicht passieren dürfen, ist mir klar.»

Luka hörte seinen Chef durchs Telefon seufzen. «Diese Einsicht sollte eigentlich erst kommen, nachdem ich dir meine Standpauke gehalten habe. Conny Böhmes Tochter? Mann, Mann ... Also gut, fürs Protokoll: Du hast mir den Vorfall gemeldet. Der Schlag war ein bedauerlicher Aussetzer angesichts des schrecklichen Zustandes, in dem du die Tochter deiner Kollegin aufgefunden hast. Blackout – so steht es nachher im Bericht, wenn ich bitten dürfte. Wir halten uns aber bedeckt, bis klar ist, ob dieser Horák überhaupt Anzeige gegen dich erstattet. Wer von den Polizisten war Zeuge?»

«Kaymaz. Red mit ihm, ist mir egal. Ich hab's getan, ich steh dazu.»

«Schön, alles klar. Und wie nun weiter? Was machen die Ermittlungen in Sachen Tanner und Probst?»

«Geh mir nicht auf die Nerven. Ich ruf dich an.»

Der Anwalt, den Adam Horák sich leistete, war nicht ganz so engagiert wie Franke. Die Verteidigung des Tschechen ging so: Er war abends durch Bergen spaziert. Er hatte eine hübsche junge Frau gesehen, die ihren Laden dekorierte. Sie hatte ihm zugewinkt und gelächelt. Es hatte für ihn so ausgesehen, als wäre sie auf einen One-Night-Stand aus ...

«Und der zweite Mann?», fragte Kaymaz, der ihn verhörte.

«Ich nix verstehen. Wieso zweite Mann? Ich allein.»

«Das Opfer sagt etwas anderes.»

Der Anwalt wollte wissen, ob es für den mysteriösen zweiten Mann einen Beleg gebe, eine verlässliche Zeugenaussage neben der der jungen Frau, die offenbar seinen Mandanten missverstanden und dann hysterisch reagiert hatte.

«Warum haben Sie den Laden demoliert?», fragte Luka, obwohl er sich eigentlich vorgenommen hatte, den aktiven Teil des Verhörs Kaymaz zu überlassen.

«Ich nix kaputt machen. Muss jemand gekommen sein.»

«Und Ihre Fingerabdrücke und Ihre DNA haben sich auf magische Weise von selbst im Raum verteilt?»

Der Anwalt besprach sich mit Horák und erklärte, man sei bereit, die Sachbeschädigung einzuräumen.

«Und die Geschädigte ...», Luka brachte es nicht über sich, Ninas Namen auszusprechen, «... war so begeistert von dieser Aktion, dass sie anschließend wild auf Sex war? Die Situation, in der wir sie gefunden haben, war eindeutig, Herr Horák, und es gibt drei Polizeibeamte, die das bezeugen können.»

«Sie war hübsch, ich war hingerissen ... Ich bin Mann, ich habe Schwächen von Mann. Warum ...»

Der Anwalt unterbrach seinen Mandaten und flüsterte auf ihn ein.

«Möglicherweise war ich bisschen stürmisch», gab Horák mürrisch zu.

Luka blickte zur Tür. Er überlegte rauszugehen. Das Blut in seiner Halsschlagader pochte.

«Sie waren nicht stürmisch – Sie haben versucht, Ihr Opfer zu vergewaltigen», sagte Kaymaz.

Der Anwalt räusperte sich. «Mein Mandant würde den Missbrauch einräumen, wenn sich dieses Geständnis günstig auf die Höhe ...»

«Günstig würde sich auswirken, wenn er erklären würde,

wer ihm den Auftrag gegeben hat, das Opfer zu überfallen», fiel Luka ihm ins Wort.

Horáks Augenaufreißen war Schmierenkomödie aus der untersten Schublade. Das Verhör dauerte über Stunden, der Anwalt forderte eine Pause, anschließend ging es weiter ... Kurz vor Feierabend wurde der Tscheche in Untersuchungshaft genommen. Er bestritt bis zum Schluss, jemals den Namen Schrepper gehört zu haben. Alles andere gab er zu, aber Dietmar Schrepper ... In seinen Augen flackerte echte Angst, wenn er den Namen aussprach.

Conny hatte während des Verhörs den Polizeicomputer nach Hinweisen über den Mann durchsucht. Irgendwie musste er doch mit Dietmar zusammengekommen sein.

«Lass das Tobias machen», sagte Luka, als er sie am Abend immer noch vor dem Computer sitzen sah.

«Nina ist meine Tochter!»

«Eben.»

Conny machte keine Anstalten, ihren Platz zu räumen. «Horák hat zweieinhalb Jahre in Bützow verbracht. Aber Dietmar hat noch nie gesessen. Ist also nichts mit Knastbekanntschaft.»

«Wie geht es Nina?»

«Na, wie schon!», bellte sie ihn an.

Also gut. Sollte sie weitersuchen.

«Du, er wird davonkommen, stimmt's?» Zwei Stunden später fanden sie sich in der verwaisten Kommissariatsküche ein. Draußen war es dunkel geworden. Im Spülbecken stapelten sich schmutzige Tassen, daneben lagen die Reste eines Mikrowellengerichts, das Luka sich heiß gemacht hatte.

Luka schüttete Kaffeepulver in die Maschine und stellte sie an. «Wir haben doch gerade erst angefangen zu ermitteln.»

«Ich meine nicht den Tschechen, sondern Dietmar.»
«Wenn der Richter kein Idiot ist ...»
«Hör auf damit. Man hat Dietmar schon so oft packen wollen. Schwere Körperverletzung, Raub, Erpressung ... Aber der ist wie mit Seife eingeschmiert. Den kriegst du nicht zu fassen. Und Horák ... Wenn er die Klappe hält, wird er mit ein paar Monaten davonkommen. Ist ja zum Glück nichts passiert, wird das Gericht sagen. Du, ich fange an zu kapieren, wie Probst zumute sein muss. Allmählich versteh ich das.»

Sie warteten in deprimiertem Schweigen auf das Signal des Kaffeeautomaten. Als er piepte, goss Conny das Gebräu in zwei Becher mit abgeschabten Sprüchen und schüttete in ihren eigenen Zucker, ohne zu bemerken, wie der Pegel an den Tassenrand stieg. «Ich hab so einen Hass in mir. Das kenne ich nicht, Luka. Ich steh hier und bin mir fremd.»

Der Kaffee floss über, sie schüttete ihn zum schmutzigen Geschirr und wischte mit dem Schuh über die kleine Pfütze, die entstanden war. «Dietmar hat auch seinen Vater umgebracht, glaub mir. Mit den Bienen wollte er Probst vertreiben und mit den kaputten Bremsen die Tanners. Der kennt keine Grenzen oder Gefühle. Es geht ihm um die Immobilien. Und wir sind zu blöd, um ihm das nachzuweisen.»

«Braucht Nina psychologische Hilfe?»

«Weiß ich nicht. Muss man abwarten. Noch tut sie munter, aber der Katzenjammer kommt ja oft erst später.» Sie starrten auf das Rinnsal, das auf die Ritze zwischen Kühlschrank und Fliesenspiegel zudümpelte.

Am Wochenende arbeiteten sie durch. Sie verhörten Horák und wälzten Akten. Conny saß verbissen vor ihrem Computer, auf der Suche nach irgendeinem Indiz, das Dietmar belasten könnte.

Sie blaffte Tobias an, der ihr mit einem Tipp weiterhelfen wollte, und jeden, der sonst den Kopf bei ihr reinsteckte. Luka hörte sie mehrmals gegen den Schreibtisch treten. Merle, die mit ihr das Büro teilte – normalerweise gern –, suchte schließlich Asyl bei Tobias, der ihr kommentarlos eine Ecke an seinem Schreibtisch freiräumte. Sie schufteten alle, trotzdem kamen sie keinen Schritt voran.

Bis zum Montagnachmittag. Luka glich gerade ein weiteres Mal einige Fakten ab, als der Anruf kam, der alles änderte. Hagen Tanner war am Telefon. Er klang schockiert und aufgewühlt. «Könnten Sie bei mir vorbeischauen? ... Nein, es ist nichts passiert, aber ... Ich bin völlig durch den Wind, tut mir leid. Würden Sie bitte kommen? Es ist wichtig. Wirklich.» Er legte auf.

Lukas erster Impuls war, ihn schmoren zu lassen. Die Kripo war schließlich kein Pizzaservice. Aber dafür hatte Tanner zu aufgeregt geklungen. Er beschloss rüberzufahren. Wen sollte er mitnehmen? Tobias? Merle, Olaf? Vielleicht sogar Kutscher, aber auf keinen Fall Conny. Doch als hätte sie ein Gespür entwickelt, lief sie ihm im Flur über den Weg und hielt ihn an. Sie forschte in seinem Gesicht. «Was ist los?»

«Keine Ahnung. Hagen Tanner wünscht sich Besuch von uns.»

«Fährst du hin?» Sie blickte auf den Autoschlüssel in seiner Hand. «Ich komme mit.»

«Auf keinen Fall.»

«Was befürchtest du? Dass ich zu Dietmar renne und Amok laufe? Glaubst du, ich bin bescheuert?»

«Conny ...»

«Warum darfst du raus zu der Bagage, ich aber nicht? Dir haben sie doch auch zugesetzt. Dafür will ich 'ne Erklärung, Chef.

Bist du der liebe Gott und ich, aufgrund meines Geschlechts oder charakterlich bedingter Blödheit ...»

«Schaffst du es, dich zu beherrschen?»

«Ich ...»

«Du kommst mit, Conny, du hörst zu, du beobachtest, das wäre wichtig. Aber wenn wir einem von den Schreppers begegnen sollten ...»

«Ich halt die Klappe.» Sie antwortete zu rasch.

«Deine Waffe bleibt hier.»

«Weil in Bullerbü nur brave Kinder wohnen?» Sie ging trotzdem und schloss ihre Pistole im Tresor ein.

Hagen Tanner stand vor der Schranke des Parkplatzes. Er war außer sich. Die Haare zerrauft, das Hemd schief, als hätte er es aufgerissen und zu hektisch wieder zugeknöpft. Er wartete, bis sie ausgestiegen waren, dann eilte er an ihnen vorbei in Richtung Straße.

«Herr Tanner, Moment ...»

«Ich muss weg von hier, wenigstens ... tut mir leid, ich bin ... völlig fertig. Können wir ein Stück gehen?» Er wartete auf sie. «Einmal durchs Dorf? Ich muss laufen, ich kann jetzt nicht still sitzen.»

Conny zog ihr Smartphone aus der Tasche und stellte im Gehen die Diktierfunktion ein.

Tanner nickte. «Ja, nehmen Sie das auf.» Er ging weiter, ohne sie aus dem Auge zu lassen. «Also, es ist so: Ich habe vorhin mit Dietmar gesprochen. Er kam mit einer Flasche Wein zu mir rüber, war in Feierstimmung ... keine Ahnung, warum, egal. Jedenfalls sind wir auf früher zu sprechen gekommen, auf unsere Kindheit. Und er hat erzählt ... O Scheiße ...» Es arbeitete in ihm, seine Kaumuskeln bewegten sich.

Conny wollte nachhaken, schluckte die Worte aber runter, als Luka ihr einen warnenden Blick zuwarf. Schweigend liefen sie die Straße entlang. Vor ihnen tauchte der Dorfladen auf. Obst und Gemüse glänzten in Kisten unter einer gelb gestreiften Markise, neben dem Fenster hing die DHL-Paketshop-Fahne.

«Ich war gar nicht in unserem Haus, als es brannte – das ist es, was Dietmar erzählt hat. Sie erinnern sich doch? Dass bei uns vor Jahren ein Feuer ausgebrochen war? Ich hab immer gedacht, ich hätte damals oben in meinem Bett gelegen, aber das stimmt nicht. In Wirklichkeit war ich mit Dietmar unterwegs. Wir hatten am Wasser gespielt, das war in der Dunkelheit ja doppelt spannend, das Ufer und die Ostsee und so. Danach sind wir hoch zum Waisenhaus, und erst anschließend sind wir heimgegangen. Und da haben wir gesehen, dass es bei mir im Wohnzimmer brennt, sagt Dietmar. Ich hab erst gar nicht kapiert, wovon er redet. Schließlich hab ich jahrelang fest geglaubt, dass ich im Bett lag, als der Brand ausbrach. Ich hab mir sogar eingebildet, unseren Hund jaulen zu hören, ich hab gedacht ... aber egal ... Dietmar hat recht. Während er geredet hat, sind plötzlich bei mir die Bilder zurückgekommen. Ich verstehe nicht, wie das möglich ist, wie nach so langer Zeit ...»

«Was hatten Sie gedacht?», fragte Luka.

«Bitte?»

«Sie hatten sich eingebildet, den Hund jaulen zu hören. Und was noch?»

Tanners Lippe zitterte. Zu den nächsten Worten musste er sich überwinden. «Dass mein Vater nach mir gerufen hätte. Dass ich ihn hätte retten können, wenn ich nur ...» Er schluckte. «Mich hat das die ganze Kindheit über verfolgt: ob ich ihn hätte retten können, wenn ich damals runtergegangen wäre. Aber wie es aussieht, war das alles nur Einbildung.»

Er bog vor dem Dorfladen ab und führte sie an einem kleinen Campingplatz vorbei. Ein Mann wusch Wäsche in einem Eimer, ein Hund mit einer amerikanischen Flagge als Halstuch streunte zwischen den Campingwagen. «Hier entlang.»

Vor ihnen tauchten zwischen hohen, schattigen Bäumen und wucherndem Gebüsch einige heruntergekommene, graue Gebäude auf, die sich auf ein ausladendes Gelände verteilten. Hinter abgeplatzter Farbe lugte Mauerwerk hervor, die Fensterscheiben waren blind und etliche zerbrochen. Nur die Kunststoffrahmen an den vorderen Häusern wirkten neu. Es sah aus, als wäre hier eine Sanierung gescheitert. Ein rot gemauerter Turm mit einer Eisenleiter an der Außenseite ragte über die anderen Gebäude hinaus. Der Boden war von Gras und Unkraut überwuchert.

«Das hier ist das Waisenhaus. Vielleicht war's auch ein Kinderheim gewesen, keine Ahnung. Als ich hier wohnte, stand es schon leer, und Dietmar und ich hatten das Gelände zu unserem Abenteuerspielplatz gemacht. Pirat gespielt und so. Und hier sind wir auch in der Nacht gewesen, als mein Vater starb.»

Tanner schritt ihnen voran um einige Hausecken herum. Auf der Rückseite des Geländes verlief, durch einen rostigen Maschendrahtzaun abgetrennt, ein Klippenweg mit Aussicht auf die Ostsee. Eine weiße Tafel warnte vor den Gefahren der Steilküste, eine andere wies auf das Nationalpark-Zentrum Königstuhl hin. Noch eine Häuserecke, und sie standen vor einem mit Wasser gefüllten Betonbassin. Es war vielleicht zwanzig mal zehn Meter groß und von grünen Algen wie mit einer Decke bedeckt. Aus dem Algenteppich ragten Äste hervor, ein Feuerlöscher, Flaschen und anderer Müll.

«Am Abend, als der Brand war, haben wir hier gesessen und mit Flaschen geworfen und rumgeblödelt», erklärte Tanner. «Ich bin mir sicher. Es ist, als wäre in meinem Kopf ein Licht angeschaltet worden, als Dietmar mir das erzählt hat. Damals gab es die Algen noch nicht. Das Wasser war schmutzig, aber man konnte durchwaten. Ist nur knietief, sehen Sie?» Er steckte einen Stock in die Brühe, als müsste er es beweisen. «Wir haben also hier gesessen und die Flaschen geworfen und wieder rausgefischt. Danach sind wir nach Hause gegangen. Das Nächste, an das ich mich erinnere, ist, wie ich durch die verglasten Terrassentüren auf das Feuer im Wohnzimmer gestarrt habe.»

Tanner setzte sich auf den Boden und kreuzte die Beine, ein seltsames Verhalten, als wäre er plötzlich wieder Kind geworden. «Dietmar sagt, dass er das Feuer auch gesehen hat, keine Ahnung, an ihn kann ich mich nicht mehr erinnern. Ich sehe nur Probst. Der ist damals natürlich jünger gewesen, aber ich hab das Bild vor Augen. Probst, wie er auf unserer Terrasse steht. Mein Vater liegt unten an der Treppe, das Feuer frisst sich ins Sofa, überall flackert es – und Probst steht da und rührt sich nicht.»

«Warum?», fragte Conny.

«Ich weiß es nicht.»

«Und Ihr Vater ...»

«Der hat einfach da gelegen, ohne sich zu bewegen. Ich war wie festgenagelt. Ich hab rübergestiert und gedacht, dass der Probst meinen Vater da rausziehen muss. Er war erwachsen. Ein Lehrer. Lehrer machen immer alles richtig. Das bringen sie uns doch die ganze Zeit bei: dass sie wissen ...» Er stockte und drehte sich zu Luka um. «Oder bilde ich mir das jetzt auch nur ein? Aber Dietmar sagt, er hat es ebenfalls gesehen. Und ... es können doch nicht plötzlich so konkrete Erinnerungen zurückkommen, wenn es sie nie gegeben hat. So etwas ist doch nicht möglich. Ich sehe es wie einen Film vor mir.»

«Was hat Dietmar sonst noch gesagt?» Luka musste die Frage wiederholen, bevor Tanner reagierte.

Auf den Lippen des Mannes erschien ein verstörtes Lächeln. «Er meint, dass Gottfried Probst meinen Vater auf dem Gewissen hat. Und dass der Mann ein Psychopath ist und die Bremsleitung an meinem Wagen angeschnitten hat, weil er Angst hatte, dass ich mich wieder an die Brandnacht erinnern und ihn verraten könnte.»

«Wen rufst du an?», fragte Conny leise, als sie nach Bullerbü zurückkehrten. Tanner ging vor ihnen – die Schultern eingezogen, die eleganten Schuhe schmutzig vom Algendreck beim Bassin.

«Ich will, dass die Kollegen kommen. Wir müssen alle Personen vernehmen, die damals bei dem Brand anwesend gewesen sein könnten.»

«Glaubst du diesen Stuss wirklich? Dass Probst an Tanners Bremsen rumgemacht hat? Das ist doch … völlig wirr. Dietmar will von sich ablenken. Er hat Tanner angelogen. Das ganze Gequatsche vom Brand ist reine Phantasie.»

«Nee, Conny, so einfach kannst du Menschen nicht manipulieren. Tanner ist doch nicht blöd. Die Verhöre werden uns … Ja, ich bin's. Luka.» Er hatte Tobias ans Telefon bekommen. Sie waren alle noch im Kommissariat. Luka erklärte, was anlag.

Julia war mit ihrer Tochter nach Hamburg gefahren. «Wir wollen in die alte Heimat zurück», erklärte Tanner, der sie in sein Haus gebeten hatte.

«Warum?»

«Sie hat sich hier nicht wohl gefühlt. Die Sache mit den Bremsen … und auch sonst … diese ganze Aggression …»

Gut. Ihre Anwesenheit würde im Moment sowieso nicht

weiterhelfen. Tanner ging, Gläser aus der Küche zu holen, und Conny beugte sich zu Luka. «Mist», flüsterte sie. «Ich habe die Sache mit Monika Probst aus den Augen verloren. Ich hab Donnerstag bei ihrer Mutter angerufen, aber da war niemand zu Hause, und sie selbst geht nicht an ihr Handy. Später habe ich nicht mehr dran gedacht. Aber es wird ihr doch sicher nichts passiert sein ... » Sie schlug entnervt mit der Faust auf die Sessellehne.

«Klemm dich hinter. Geh rüber zum Wagen und versuch, sie zu erwischen.»

Sie teilten sich auf. Conny und Kutscher gingen zu Probst und setzten sich zu ihm ins Wohnzimmer, Olaf und einer von der Streifenpolizei hielten Dietmar in seinem Schlafzimmer fest, Merle und der unerschütterliche Kaymaz nahmen in einem anderen Raum des gelben Hauses das Rabenaas in Obhut. Monti, Simone und die kleine Judy verkrümelten sich nach draußen, wo Monti mit Steinchen auf ein verrostetes Schild zielte. Tanner hatte sich mit Migräne in sein Schlafzimmer zurückgezogen – kein Problem, da war er wenigstens nicht im Weg.

Gemeinsam mit Tobias holte Luka in Tanners Wohnzimmer das Obduktionsprotokoll von Lebold Tanner auf den Schirm. Eindeutig Rauchvergiftung als Todesursache, aber der Mann hatte sich auch einen Halswirbel gebrochen. Ein paar weitere, weniger schwerwiegende Sturzverletzungen waren ebenfalls dokumentiert. Luka erklärte Tobias, was Hagen über den Tod seines Vaters gesagt hatte. «Wenn es stimmt, wenn Probst dem Mann nicht geholfen hat, dann handelt es sich um Totschlag durch Unterlassung, wenn nicht um Mord.» Er schickte ihn los, den pensionierten Lehrer zu holen.

Probst war still und in sich gekehrt.

«Es geht um den Brand im Dezember 93.»

Erschrak der Mann? War nicht zu beurteilen. Luka bat ihn, Platz zu nehmen.

«Und?», fragte er mit gepresster Stimme.

«Erzählen Sie mal.»

«Was denn?»

«Alles. Was ist damals passiert?»

«Das haben Sie doch sicher in Ihren Akten. Lebold Tanner hatte sein Kaminfeuer nicht richtig gesichert, und sein Hund ... »

«Ich meine Ihren Anteil an der Geschichte.»

«Da war nichts.»

«In den Akten steht, dass Sie damals die Polizei gerufen haben.»

«Ist doch selbstverständlich.»

«Wann haben Sie das Feuer entdeckt?»

«Ich weiß nicht mehr. Ich hatte im Bett gelesen. Wahrscheinlich hab ich zunächst den Rauch gerochen, und dann ... Der Feuerschein war auf der Hauswand von Schreppers zu sehen gewesen.»

«Was haben Sie unternommen?»

«Es war kein Reinkommen mehr ins Wohnzimmer. Ich konnte Lebold auf dem Boden liegen sehen. Wir haben gegen die Glastüren gerufen und geklopft ... »

«Wer ist wir?»

«Martha Schrepper und ich. Sie ist ungefähr zur gleichen Zeit rausgekommen. Wir sind auf der Terrasse zusammengetroffen.»

«Sie haben Lebold Tanner also auf dem Boden liegen sehen?»

«Ja, er befand sich vor der Treppe, rührte sich aber nicht. Sicher war er da schon tot. Ich bin in meine Wohnung gerannt und habe die Feuerwehr alarmiert.»

«Kein Versuch, ins Haus zu gehen?»

«Ich sage doch: Es war nicht mehr möglich. Das Feuer hatte sich schon ausgebreitet, und alles war voller Rauch. Ich habe noch versucht, hinten am Haus eine Leiter anzulegen, um zu sehen, ob man über das Badezimmer reinkommt. Da war ja noch der Junge. Aber sie war nicht hoch genug. Glücklicherweise hatte Hagen es schon von selbst ins Freie geschafft.»

Luka nahm sich Zeit. Er hakte nach, er formulierte die Fragen anders. Probst war nervös, aber das wäre jeder in seiner Situation gewesen. Seine Antworten blieben stets gleich. Oft benutzte er identische Formulierungen, doch auch das war verständlich. Die meisten Leute spielten solche tragischen Ereignisse im Kopf immer wieder von neuem durch, sodass die Worte, die sie dabei dachten, im Langzeitgedächtnis abgespeichert wurden.

Er rief Monti rein. Der hatte geschlafen, als das Feuer ausgebrochen war. Er war damals neun Jahre alt gewesen und erinnerte sich nur noch an die Feuerwehr und wie aufregend das mit dem brennenden Haus gewesen war.

Dietmar Schrepper bildete eine Herausforderung. Luka merkte, wie ihm Widerwillen und Abneigung die Kehle zuschnürten, als der Mann von Olaf ins Zimmer gebracht wurde. Es gab Dutzende Möglichkeiten, Menschen zu verunsichern, die man verhören wollte. Eine der effektivsten war, sie wortlos anzustarren. Er tat es. Dietmar starrte zurück, mit jenem schmalen Lächeln, das signalisieren sollte: Wir wissen beide Bescheid. Ich habe dir und deiner Kollegin durch die Kleine einen Denkzettel verpasst. Aber du wirst mir das nie beweisen können. Und wenn du nicht parierst, kannst du dir denken, was als Nächstes geschieht.

«Dezember 1993. Ihnen ist dazu etwas eingefallen, hat Hagen Tanner gesagt.»

«Ich hab die Sache überhaupt nicht vergessen. War ja eindrucksvoll genug, *Flammendes Inferno* live und aus der ersten Reihe.»

«Wenn Sie es noch einmal schildern würden ...»

Dietmar sträubte sich erstaunlicherweise nicht, sondern wiederholte, was er bereits Tanner erzählt hatte. Die beiden Jungs seien an der Küste und dann oben beim Waisenhaus gewesen. Bei der Rückkehr entdeckten sie das Feuer – und Gottfried Probst, wie er auf der Terrasse stand und keine Anstalten machte, dem Mann im Wohnzimmer zu helfen.

«Warum haben Sie das damals niemandem erzählt?»

«Weil ich keinen Ärger wollte. Meine Mutter sollte nicht wissen, dass ich nachts unterwegs gewesen war. Ich bin ins Haus gerannt, als sie rausgekommen ist.»

Luka merkte, dass ihm jedes Gefühl dafür abging, ob dieser Mann log oder die Wahrheit sagte. Seine Aversion war so überwältigend, dass sie alle anderen Empfindungen blockierte. Er senkte den Blick und versuchte, sich zu konzentrieren. Einzelheiten, darauf kam es an, auch wenn inzwischen dreiundzwanzig Jahre vergangen waren.

Dietmar wusste nicht mehr viel. Aber bei dem wenigen, das er von sich gab, verhaspelte er sich nicht. Wahrscheinlich galt bei ihm das Gleiche wie bei Probst: Aufregende Erinnerungen werden im Kopf wieder und wieder abgespult. Oder er hatte sich die Geschichte so frisch ausgedacht, dass ihm sämtliche Details noch im Gedächtnis waren. Warum bestand er heute eigentlich nicht auf seinem Anwalt? Weil klar ist, dass er an dem Brand keine Schuld trägt, dachte Luka. «War Ihre Mutter ebenfalls draußen, als Sie Probst ...?»

«Wie geht es denn Ihrer Freundin, dem Mädchen mit der Boutique?», fiel ihm der Mann grinsend ins Wort.

«Wen meinen Sie?»

«Ein Bekannter von mir ist letzte Woche nachts zufällig durch die *Neue Straße* gelaufen und hat sie dort in einem Wagen sitzen sehen. Die Tür zu ihrem Laden war eingetreten und überall Polizei.»

«Und wie kam er drauf, dass ich die junge Frau …»

«Mann, Sie standen bei ihr und haben so belämmert geguckt … Der sagt, es war klar, dass die Kleine Ihnen am Herzen lag.»

Luka lehnte sich zurück. Konnte er sich auf seine Stimme verlassen? Er zwang sich, die Hände, die sich zu Fäusten ballen wollten, zu lockern. «Täuschen Sie sich nicht, Schrepper. Leute wie Sie erwischen wir immer. Sie sind zu selbstverliebt, und das wird Sie zu dem Fehler verleiten, den wir brauchen, um Sie in den Knast zu schicken.»

Dietmar hob die Hände. «Da will man schon mal höflich sein …» Er lachte provokant. «Fakt ist: Probst hat damals Sachen rausgetragen, und was mit Tanner passierte, war ihm scheiß …»

«Was für Sachen?»

«Weiß ich doch nicht. Der hat geklaut.»

«Natürlich.»

«Er hat den alten Tanner jedenfalls auf dem Gewissen. Und deswegen hat er auch an Hagens Bremsen rumgemacht. Er hatte Angst, dass Hagen ihn verpfeift. Wetten, dass Probst es auch war, der seine Alte zu den Bienen gesperrt hat? Die ist nämlich bei dem Brand auch rausgekommen und …»

«Das heißt, Ihre Mutter, Hagen Tanner und Herr und Frau Probst haben sich zur gleichen Zeit vor dem Haus befunden?»

«Scheiße, nein. Ich sag nur, dass die Alte mit Sicherheit gesehen hat, wie ihr Gott klaute. Und jetzt, wo Hagen zurückgekehrt ist, hat sie das schlechte Gewissen gepackt. Du bist so blind,

Bulle! Frag sie doch mal! Frag sie, warum sie ihren Göttergatten verlassen hat.»

Das ging leider nicht. Monika Probst war verschwunden. Zumindest war sie nicht zu ihrer Mutter gefahren. Das hatte Conny Luka zwischendurch zugeflüstert.

Luka ließ Dietmar hinausbringen und holte ein weiteres Mal Probst herein, um ihn nach Monikas Aufenthaltsort zu befragen. Der nannte erneut die Mutter und zuckte mit den Achseln, als Luka ihm erklärte, dass sie dort nie gewesen sei.

Luka konfrontierte ihn mit Dietmars Aussage.

Jetzt ging Probst in die Luft. «Ich soll gestohlen haben? Das ist doch ... Das saugt der Kerl sich aus den Fingern. Der denkt, alle handeln so, wie er selbst handeln würde!»

Luka musterte den Mann mit dem hochroten Gesicht über dem Strickpullunder. Bestahl jemand wie Probst einen Toten? Kroch einer wie er unter ein fremdes Auto, um einen Bremsschlauch anzuschneiden? *Er muss alles beherrschen und kontrollieren.* Wer hatte das gesagt? Monika. Was tat ein Mann, dessen Kontrollsucht man sich entzog oder für den man gar eine Gefahr darstellte?

«Sie können wieder rüber in Ihr Haus gehen, aber verlassen Sie es bitte nicht, bevor ich Bescheid gebe.»

Luka griff zum Handy. «Bring Martha Schrepper rein.» Er blickte zu Conny, die mit Probst ins Zimmer gekommen war und keine Anstalten machte, es wieder zu verlassen. «Nö, Chef», sagte sie. «Mit der lass ich dich so wenig allein im Zimmer wie du mich mit Dietmar.»

Er gab nach und bat auch Merle und die Streifenpolizistin um ihre Anwesenheit. Fünf Leute, um eine alte Frau in Schach zu halten. Hätte er sich vor zwei Monaten noch nicht vorstellen können.

«Was können Sie uns zu dem Brand sagen, der 1993 hier gewütet hat?», begann er wie bei den anderen Zeugen.

Martha würde die Aussage ihres Sohnes bestätigen und versuchen, Probst reinzureiten. Das war ihm jetzt schon klar. Sie begann zu reden. «Das Feuer. Ja, das war eine verdammte Scheiße. Lebold Tanner war ein guter Mensch. Ein Pech, dass es gerade ihn erwischt hat.»

«Wann haben Sie das Feuer bemerkt?»

«Als die Flammen im Wohnzimmer hochgeschlagen sind. Ich hab den Schein durch mein Fenster gesehen.»

«Und dann?»

«Na, was schon. Ich bin raus, um zu helfen. Trauen Sie einer wie mir nicht zu, was?»

«Wer war sonst noch draußen, zu diesem Zeitpunkt?»

«Keiner.»

«Und Gottfried Probst?»

«Der kam zur selben Zeit raus wie ich. Ich hab ihn über den Gartenweg rennen sehen.»

Luka merkte auf. «Ist das sicher?»

«Verstehen Sie kein Deutsch?»

«Was haben Sie danach getan?»

«Die Scheibe kaputt geworfen, um reinzukommen und Tanner zu helfen. Aber das Feuer hatte sich schon zu sehr ausgebreitet.»

«Und dann?»

«Der beschissene Lehrer hat eine Leiter geholt. Hat aber nichts gebracht. Die Fenster hinten waren zu hoch.»

«Hat Herr Probst etwas aus dem Wohnzimmer herausgeholt?»

«Was denn?»

«War er während des Brandes im Wohnzimmer?»

«Quatsch. Ich sag doch, da kam keiner mehr rein.»

«Kann es sein, dass Herr Probst schon vorher, also bevor Sie selbst das Feuer bemerkten, im Haus gewesen war?»

«Der hatte noch seinen Schlafanzug an. Er war genauso verdattert wie ich. Ist rumgetorkelt und hat sich die Augen gerieben, um wach zu werden. Worauf wollen Sie denn raus?»

Luka sah sie an. «Ihr Sohn behauptet etwas anderes.»

«Welcher? Monti oder Dietmar?»

«Dietmar.»

Sie zögerte. Er konnte ihr ansehen, wie es in ihrem Kopf ratterte. Offenbar hatten sie und Dietmar sich doch nicht abgesprochen. Und natürlich hätte sie seine Aussage gern unterstützt. Aber dafür wusste sie zu wenig. Schließlich bellte sie: «Kinder haben eine rege Phantasie. Dietmar und Monti waren im Bett, als das Feuer ausgebrochen ist. Die können also gar nichts gesehen haben. Die sind erst wach geworden, als die Feuerwehr kam.»

«Und das ist sicher?»

«Ja, die haben gepennt!»

Er versammelte sie gemeinsam im Wohnzimmer, um sie mit ihren Aussagen zu konfrontieren: Tanner, Probst, Dietmar und Martha. Die Alte musste das, was sie gesagt hatte, wiederholen. «Warum trampelt ihr Bullen so darauf rum? Probst ist ein Scheißkerl, aber um den geht's gar nicht, es geht wieder um mich, stimmt's? Ich hab aber nichts getan!»

«Wir haben uns vor dem Haus getroffen, konnten aber nicht mehr reingehen. Es war eben so», murmelte Probst, ohne auf die Beleidigung einzugehen.

Dietmar wirkte mürrisch. «Dann muss ich mich wohl geirrt haben», brummte er und schaute zu Tanner, der in seinem Sessel zusammensackte und gequält den Blick abwandte.

ZWANZIG

Monika Probsts Mutter hatte seit mehr als fünf Wochen nichts von ihrer Tochter gehört. Sie war aufgeregt, als Conny ein weiteres Mal mit ihr telefonierte. Machte sie sich Sorgen? Hörte sich nicht so an. «Mein Schwiegersohn ist ein großartiger Mensch. Pflichtbewusst, mit Pension ... Warum geht sie weg? Warum kann sie ihr Glück nicht einfach genießen?»

«Hat sie irgendwann einmal angedeutet, dass es Schwierigkeiten in der Ehe gibt?»

«Meine Tochter meckert leider gern», kam es spitz. «Das ist die Generation, die keine Not mehr kennengelernt hat. Gottfried hat ihr ein Heim geschenkt, er hat ihr alle Wünsche von den Lippen abgelesen ...»

Conny murmelte etwas, legte auf und fuhr nach Lohme. Sie hatten eine Funkzellenabfrage gemacht. Monikas Handy war zuletzt in Lohme geortet worden. Weil sie die kleine Siedlung nie verlassen hatte? Gruseliger Gedanke. Probst, der Psychopath, mit der Leiche im Keller.

Gottfried war zu Hause. Auf ihre Frage nach dem Handy gab er eine schlichte Antwort: Monika hatte es zu Hause liegen lassen. Sie hatten sich beide vor einem Jahr eines angeschafft, aber nicht viel damit anfangen können. Alles zu kompliziert. Na gut, vielleicht hatte Monika es noch mehr benutzt als er selbst, aber jetzt lag es auf der Flurkommode. Er zeigte es ihr.

Conny versuchte, es anzuschalten, der Akku war leer. «Machen Sie sich gar keine Sorgen um Ihre Frau?»

«Ich sag doch: Monika wollte weg, weil sie die Nachbarn nicht mehr ausgehalten hat.»

«Wir haben von Hagen Tanner gehört, dass Sie miteinander gestritten haben.»

«Hier hat wohl jeder seine Ohren überall», meinte Probst säuerlich. «Hat mein sauberer Nachbar auch gesagt, dass Monika mir nicht erklären wollte, wo sie hinwill? Sie war völlig hysterisch und ist einfach weggelaufen. Die Sache mit den Bienen ...»

«Warum war sie wütend auf Sie?»

«Das hat Tanner missverstanden.»

Conny nahm das Handy an sich. Tanner hatte bestätigt, dass Monika Probst aus eigenem Antrieb gegangen war. So etwas stand jedem Bürger frei. Da konnten sie nichts machen. Sie war froh, als sie wieder im Freien stand und richtig atmen konnte. Das Haus mit den dunklen Möbeln, den schweren Büchern und der Holzvertäfelung nahm ihr die Luft zum Atmen. Im Grunde ein Wunder, dass Monika nicht schon früher geflüchtet war.

Zurück im Kommissariat, ackerte sie sich noch einmal durch die Akten, aber sie konnte sich schlecht konzentrieren. Sie dachte an die Verhöre, die sie am vergangenen Tag durchgeführt hatten. Der Brand in Tanners Haus hatte für die Gegenwart keine Bedeutung, auch wenn Hagen Tanner drunter litt, dass er nicht wusste, ob er beim Tod seines Vaters geschlafen hatte oder draußen rumgerannt war. Aber darum musste sich ein Therapeut kümmern. Probst und Martha Schrepper stimmten in ihren Aussagen überein. Punkt.

Sie klickte eine weitere Datei in ihrem Computer an und starrte auf den Bildschirm. Ihre Augen waren trocken, wahrscheinlich musste sie sich mal wieder dieses teure Zeug kaufen, diese Tropfen, die das unangenehme Gefühl beseitigten. Sie sehnte sich nach den Zeiten zurück, in denen man noch Papier durchforstete. Da konnte man die Blätter nebeneinanderlegen und alles einfach miteinander vergleichen und sie bei Bedarf ins nächste Zimmer tragen und jemandem auf den Schreibtisch knallen.

Sie stand auf und öffnete das Fenster, in der Hoffnung, dass die feuchte Luft den Augen guttäte. Ihre Töchter waren mit dem Computer aufgewachsen. Die würden sie auslachen, wenn sie denen nostalgisch mit Papier käme. Nee, dachte Conny, Nina würde nicht lachen. Die war ernst geworden seit dem Überfall. Ihr Lächeln erschien immer mit einer winzigen Verzögerung, als müsste sie sich dazu zwingen. Sie aß kaum. Und nachts hörte Conny sie stöhnen. Das Mädchen musste eine Therapie machen, für Conny war das inzwischen klar, aber Nina sperrte sich.

Und ich bin schuld an dem Schlamassel, dachte sie deprimiert, während sie auf das schwarze Fliegennetz starrte. Ich hab auf den Putz gehauen und die Schreppers provoziert, so sind sie auf mich und meine Mädchen aufmerksam geworden. Gott, war ihr elend zumute.

Sie kehrte zum Schreibtisch zurück.

Noch ein Klick.

Sie und Nina waren nicht die Einzigen, die unter den Schreppers litten. Das wurde ihr wieder klar, als sie den Bericht über die Hausdurchsuchung las. Auf dem Dachboden der Schreppers war ein Rattennest gefunden worden, in dem eine ziemlich neue, angenagte Barbiepuppe gelegen hatte. Sicher die Barbie, die Judy hinter ihrem Rücken versteckt hatte, als Conny das Mädchen am Klippenrand aufgestöbert hatte. Warum brachte Judy die Puppe auf den Dachboden, wo die Ratten sie kaputt machten, statt sie zum Spielen mit in ihr Zimmer zu nehmen? Das Kind musste völlig gestört sein.

Conny wurde von Überdruss gepackt. Überall Schmerz, überall Grausamkeit. Sie schaltete den Computer aus. Feierabend. Vielleicht würde sie für Nina auf dem Heimweg ein paar Garnelen besorgen, die aß sie so gern.

Sie verließ das Kommissariat, ohne sich von jemandem zu verabschieden.

EINUNDZWANZIG

Und schon wieder die Schreppers. Streng genommen ging die Sache das Bergener Kommissariat nichts an, aber da der Lohmer Fall solche Wellen geschlagen hatte, drang die Neuigkeit von der Wache zu ihnen hinauf. Die Schreppers waren dabei beobachtet worden, wie sie auf dem Friedhof eine Urne ausgruben. Ein alter Mann, der das Grab seiner Frau mit frischen Blumen bepflanzte, hatte seine Nachbarin angerufen, und die hatte die Polizei informiert. Eine Ordnungswidrigkeit.

Luka fuhr trotzdem hinauf auf die Jasmunder Halbinsel. «Wir haben nicht zu wenige – wir haben zu viele Informationen», sagte er zu Conny, die ihn begleitete.

«Wir werden damit förmlich zugeschaufelt», meinte sie düster. «Und vielleicht ist das kein Zufall. Die Schreppers sind irre. Denk mal an den Brand bei Tanners ... Wetten, Dietmar hat sich das nur ausgedacht, um noch mal alles kräftig aufzumischen? Die haben Spaß dran, uns zappeln zu sehen. Ich sag dir, wie es ist: Martha Schrepper hat im Knast Unrecht erlitten und glaubt nun, sie müsste jeden Bullen fertigmachen. Und ihre Kinder hat sie mit ihren bekloppten Ansichten infiziert.»

«Die Jungs.»

«Ist das sicher? Was wissen wir schon über Gitte, außer dass sie einige Dinge nicht hinbekommt, weil sie im Rollstuhl sitzt? Sie ist das Hirn, Monti ist der Körper – in diese Richtung sollten wir weiterdenken. Oder so: Monti tut, als hätte er nur Quark im Gehirn, spielt uns in Wirklichkeit aber was vor? Das ist doch schon Satire, wie er den Bekloppten gibt. Mann, die machen mich fertig, die ganze Familie. Weißt du, dass die Kleine, Judy, eine nagelneue Barbiepuppe auf dem Dachboden hat rumliegen lassen, statt sie mit in ihr Zimmer zu nehmen? Jetzt ist sie kaputt, von Ratten zerfressen. Dabei hat die kaum Spielzeug. Ich kapier einfach nicht, wie diese Leute ticken.»

Luka zuckte mit den Achseln, und sie verfielen in Schweigen.

Auf dem Bullerbü-Parkplatz parkte bereits ein Streifenwagen. Durch Bäume und Gebüsch drang heftiges Stimmengewirr. Sie beeilten sich. Der Anblick, der sich ihnen bot, wirkte wie aus einem surrealen Film. Martha stand auf einem Findling an der Grenze ihres Gartens und verstreute mit breiten Bewegungen aus einer mit einem Herzen versehenen weißen Urne Asche, die von dem kräftigen Ostwind zerblasen wurde. Ein nicht unerheblicher Teil traf ihr eigenes Gesicht. Georg Schrepper trat seine letzte Reise an.

Die beiden Streifenpolizisten standen halb betreten, halb verdutzt abseits, während Martha Abschiedsworte rief. «Ruhe ... endlich ... du ... Ruhe ...» Das waren die Fetzen, die Luka aus den Schluchzern heraushörte. Über das hässliche Gesicht strömten Tränen. Dietmar, Monti, Simone und Judy verharrten mit feierlichen Gesichtern neben dem Findling.

Gottfried Probst hatte sich auf der anderen Seite des inzwischen reparierten Zauns aufgebaut und die Arme ausgebreitet. Auch in seine Richtung wurden Ascheflöckchen getrieben. «Ich will das nicht ...», kreischte er mit hasserfülltem Gesicht. «Leichenasche! Sind Sie jetzt völlig irre? Aufhören ... sofort aufhören ...»

«Was schlagen Sie vor, Herr Kroczek? Den Toten bergen?», fragte einer der Streifenpolizisten sarkastisch.

«Nehmen Sie der Frau die Urne ab. Das Ganze läuft unter Störung der Totenruhe.»

Der Mann marschierte los und entwand Martha unter dem Protest ihrer Kinder das inzwischen leere Behältnis. Sie spuckte ihn an und keifte, dass es in den Ohren weh tat. Zum Glück war wenigstens Probst wieder im Haus verschwunden. Widerwillig machte Luka sich auf den Weg, um seinem Kollegen beizustehen. Nur keine weitere Eskalation. Darauf legte die Bande es doch an. Und tatsächlich drehte Dietmar sich zu ihm um, das Gesicht eine einzige Provokation. Luka verfluchte sich, dass er seine Waffe nicht mitgenommen hatte.

Er war fast bei der kleinen Gruppe, als Probst plötzlich auf die Terrasse zurückkehrte. Aus den Augenwinkeln sah Luka, dass er eine Pistole in der Hand hielt. Bevor er reagieren konnte, zerriss ein Knall die Luft.

Er hielt die Luft an, aber niemand schrie auf, niemand fiel zu Boden, der Schuss war offenbar fehlgegangen. In der schockierten Stille kreischte eine Katze. Luka wandte sich Probst zu. Der Mann zitterte und zwinkerte, als hätte er einen Schlag bekommen. Aber er hielt die Arme mit der Waffe weiter ausgestreckt. Seine Körperhaltung wies ihn als geübten Schützen aus. Begann jetzt ein Amoklauf? Hatte ja öfter schon so geendet, wenn jemand zu viel schlucken musste.

Luka hob beschwichtigend die Hände. «Es ist alles in Ordnung, Herr Probst. Legen Sie die Pistole weg. Das hier ist jetzt zu Ende.» Jedes seiner Worte kam ihm falsch vor. Darin bestand doch gerade Probsts Problem: dass nichts in Ordnung war und auch nichts zu Ende ging. Er lief auf den Mann zu. Als er noch zwei, drei Meter entfernt war, spannte Probst die Arme erneut. Ein weiterer Knall.

Doch dieses Mal hatte nicht der Lehrer, sondern einer der

Polizisten gefeuert. Probst starrte Luka entgeistert an, als suchte er die Waffe, die Ursache für den Knall, in seinen Händen. Die eigene Pistole entglitt ihm. Er wirkte schockiert, war aber unverletzt. Luka beeilte sich, die Sportwaffe an sich zu nehmen.

Die Schreppers klatschten Beifall, ihre Anspannung entlud sich in Gegröle. Probst sah aus als stünde er kurz vor dem Herzinfarkt. Luka holte Luft. Er erklärte Probst seine Rechte, nahm ihn fest und übergab ihn dem Polizisten, der geschossen hatte. Mit einem grimmigen Lächeln ging er anschließend zu Martha und wiederholte das Procedere. Er überließ sie unter dem Protest ihrer Söhne dem zweiten Polizisten, der sie Richtung Parkplatz nötigte.

Dietmar und Monti folgten ihrer Mutter, Dietmar mit dem Handy am Ohr, um den Anwalt zu informieren. Simone und das Mädchen standen einen Moment ratlos herum – dann trotteten sie ihnen hinterher wie Schaf und Lämmlein dem Leithammel.

Sie waren fort, die Tür des gelben Hauses stand sperrangelweit offen. «Warte hier», sagte Luka zu Conny.

«Warum? Was hast du vor?» Sie folgte ihm zur Treppe. «Mann, Luka. Das ist Einbruch. Ist dir schon klar, ja? Wir dürfen das nicht.»

«Geh zum Parkplatz und warte im Auto.»

«Blödmann», murmelte sie.

Sie stiegen zum Dachboden hinauf. Es sah dort aus wie im Rest des Hauses: verdreckt und unordentlich. Sie fanden nicht nur die Barbie, von der Conny gesprochen hatte, sondern – und das war noch alarmierender – ein dazu passendes Pferd, das noch in der Pappschachtel steckte und offenbar in aller Hast zwischen einige Kartons geschoben worden war.

«Mann, was soll das denn?», fragte Conny verblüfft.

Luka zuckte mit den Achseln und packte beides in eine Plastiktüte, die mit einer Wäscheklammer an einer Leine befestigt war.

«Glaubst du ...»

«Noch glaub ich gar nichts.»

Sie kehrten ins Freie zurück. Dietmar hatte Simone und Judy zum Haus zurückgeschickt. Na, umso besser. Er zeigte dem Mädchen, was sich in der Tüte befand. Judy lächelte blass. Sie starrte erst zum Haus, dann an ihm vorbei in die Weite, als liefe über dem Meer ein faszinierender Zeichentrickfilm.

«Woher hast du denn diese schönen Spielsachen?»

Judy schaffte es, weiterzulächeln und gleichzeitig den Mund zusammenzukneifen.

«Kannst du mir ruhig sagen.»

Sie nuschelte etwas. «Das gehört mir nicht», glaubte er zu verstehen.

«Darf ich die Sachen mitnehmen?»

Judy nickte – und flitzte davon, als hätte man einen Jagdhund von der Leine gelassen. Na gut. Er würde das Spielzeug zum KTI schicken und abwarten, wessen Fingerabdrücke sich darauf befanden. Anschließend konnte man die Kleine immer noch befragen.

Martha Schrepper und Gottfried Probst wurden noch am selben Tag auf Anweisung eines Schnellrichters laufen gelassen. Das war zu erwarten gewesen. Die Gerichtsverfahren würden irgendwann in später Zukunft stattfinden, falls man die Klagen nicht sowieso fallen ließ. Die Gerichte waren überlastet.

Auch das KTI ließ sich mit der Bearbeitung der Puppe Zeit – die Sache schien ja nicht sonderlich wichtig zu sein. Ein Puzzlestück ohne Brisanz, die liegen hier zu Dutzenden rum – so drückte der Leiter des KTI es aus, als Luka anrief. Und er hatte recht. Wenn sich beispielsweise Dietmar Schreppers Fingerabdrücke auf dem Karton fänden, was wäre dadurch bewiesen? Für Luka wäre es ein Hinweis, dass die Kleine möglicherweise mit dem Spielzeug bestochen worden war, weil Dietmar Angst hatte, dass sie sich wieder «erinnern» könnte, wer Monika Probst ins Bienenhaus gesperrt hatte. Und er nahm an, dass sie es aus diesem Grund auch nicht benutzen wollte. Schuldbewusstsein. Aber der Anwalt würde natürlich erklären, dass Onkel dazu neigten, ihre kleinen Nichten zu verwöhnen, und Kinder, bizarre Dinge zu tun. Und auch das wäre nicht von der Hand zu weisen.

Aber was, wenn die Fingerabdrücke jemand anderem gehörten? Das wäre das Indiz, nach dem Luka sich sehnte. Nur glaubte er nicht daran.

Zwei Wochen verstrichen. Von Monika Probst fand sich keine Spur, obwohl Luka sie zur Fahndung ausschreiben ließ. Dafür kam Probst zu ihm und beklagte sich bitter über eine Abmahnung der Lohmer Gemeindeverwaltung, die verlangte, dass er seine Plakatierungsaktion einstellte. Der Anwalt der Schreppers hatte sich bei dem Verwaltungschef des Dorfes im Namen seiner Klienten beschwert. Außerdem wollte er seine Waffe zurückhaben, aber die würde er nicht bekommen, dafür hatte Luka mit einem Anruf beim zuständigen Landratsamt gesorgt.

Am Abend dieses Tages rief Gitte Schrepper an, um sich zu erkundigen, ob Luka weiter bereit sei, bei der Verhandlung um Judys Schicksal vor dem Familiengericht in ihrem Sinn auszusagen. «Die Verhandlung ist morgen.»

«Ja, ich weiß», antwortete er wortkarg. Er hatte eine entsprechende Vorladung bekommen.

«Was bedeutet das genau?»

«Dass ich aussagen werde, was ich gesehen und gehört habe.»

«Gehe ich Ihnen auf die Nerven?»

«Und wie.»

Gitte lachte. «Tut mir leid. Sie sollen nicht lügen. Ich will nur, dass die Wahrheit auf den Tisch kommt, sonst nichts.»

Luka legte auf.

ZWEIUNDZWANZIG

«Es ist nicht zu fassen», regte Hagen sich zum gefühlt hundertsten Mal auf. Er lief durch das Wohnzimmer ihrer Übergangswohnung, eines Ferienappartements, in dem sie leben wollten, bis sie den Umzug nach Hamburg hinter sich hatten. Julia hatte sich geweigert, weiter in Lohme zu bleiben, nachdem sie von Probst und seinem Herumgeballere gehört hatte. Die Grenze war überschritten. Es ging nicht an, dass sie Emily in Gefahr brachten. Hagen war sofort ihrer Meinung gewesen, zum Glück.

Die kleine Wohnung war geschmackvoll mit weißen Möbeln und grauen und bunten Stoffen eingerichtet, der Blick ging auf den Stralsunder Bodden. Aber es war schon dunkel, und Hagen hätte für die Schönheit hinter den Fenstern sowieso keinen Blick gehabt. Sie hatten sich geraume Zeit nicht gesehen, und nun schien er alles loswerden zu wollen, was ihn bedrückte. Natürlich ging es dabei wieder um seinen bescheuerten Freund aus Kinderzeiten.

«Dietmar hat mir über den Brand in meinem Elternhaus die Wahrheit gesagt, davon bin ich überzeugt. Meine Erinnerungen sind so ... plastisch. Und sie kamen alle auf einmal zurück. Ich hatte sogar Bilder von Ereignissen im Kopf, die er gar nicht erwähnt hat. So etwas kann man sich doch nicht einbilden.»

Julia war nicht so überzeugt. Aber sie hatte es längst aufgegeben, eigene Ideen ins Gespräch einzubringen.

«Oder?», fragte Hagen überraschend doch nach ihrer Meinung. «Glaubst du, Julia, dass sich auf einen Anstoß hin, vielleicht aus Gedanken, die man als Kind gewälzt hat, plötzlich komplette Erinnerungen formen können, die aber nicht richtig sind?»

Sie zuckte die Achseln. Sie war Zahnärztin, keine Neurologin.

«Ich nerve dich.» Endlich schien er sie wieder wahrzunehmen. Er setzte sich zu ihr. «Tut mir leid. Ich bin ein Egoist. Für dich und Emily muss das alles furchtbar stressig sein, und ich habe Schuld. Doch, ich hätte euch nie nach Rügen bringen dürfen. Aber bald haben wir es hinter uns. Gut, dass du so schnell ein Haus gefunden hast. Und diese Ferienwohnung. Ich war so ... stur. Ich wollte einfach nicht wahrhaben, was für unsägliche Menschen in unserer Nachbarschaft wohnen. Du hattest den Blick von außen, deshalb hast du's schneller gemerkt. Geschossen ... Probst hat echt auf die Schreppers geschossen ...»

Emily begann im Nebenzimmer zu quengeln.

«Nein, bleib sitzen.» Hagen stand auf und ging sie holen. Normalerweise schlief die Kleine bereits durch, aber die vielen Umzüge machten ihr zu schaffen, und die Unruhe ihrer Eltern hatte sich wohl auch auf sie übertragen. Auf seinem Arm begann sie, sich rasch zu beruhigen. Er schaffte es sogar, ihr ein Lachen zu entlocken. Die Augen schließen wollte sie allerdings auch jetzt nicht.

Julia seufzte. Sie ging in die Küche, um eine Melatonintablette zu schlucken, die ihr nachher beim Einschlafen helfen sollte. Es war ein mildes Mittel, das nicht abhängig machte, weil es einfach das natürliche Schlafhormon kopierte. Sie war so froh, dass sie den Lohmer Albtraum bald hinter sich haben würden. Der Mann, mit dem sie sich früher eine Gemeinschaftspraxis geteilt hatte, hatte bereits eine Nachfolgerin für die frei gewordenen Behandlungsräume gefunden, aber sie würde sich einfach etwas

Neues aufbauen. Das klappte schon. Sie hatte bereits einige aufgegebene Praxen angeschaut, zwei oder drei kämen in Frage. Und zum Glück nagten sie ja dank Hagens Einkommen nicht am Hungertuch.

Plötzlich klingelte das Telefon. Emily schreckte auf und begann sofort wieder zu quengeln. Julia hörte Hagen mit jemandem reden. Als sie ins Wohnzimmer zurückkehrte, drückte er den Anrufer gerade weg. Er sah empört aus. «Stell dir vor – das war Dietmar. Er will wissen, wo ich stecke und ob ich nicht Lust hätte rüberkommen und … Du, ich glaube, der hat gar nicht kapiert, wie mich seine Geschichte über den Brand mitgenommen hat. Und vor allem, dass er sie nach der Aussage seiner Mutter widerrufen hat.»

«Und?», fragte Julia angespannt.

«Na, was denkst du!» Hagen beugte das Gesicht zu Emily. Sie war wieder weggedämmert, die arme, müde Maus. Er brachte sie zu Bett und ging hinüber in die Küche. Sie hörte das leise Knallen eines Champagnerkorkens, dann kam er mit zwei Gläsern zu ihr. «Der Kerl ist für mich gestorben», sagte er leise.

Gott sei Dank!

Sie tranken, und Julia merkte, wie sie sich allmählich entspannte. Müde nahm sie eine Stoffpuppe auf, die Emily in der Sofaecke vergessen hatte.

«Unsere Süße ist das Beste, was uns das Leben geschenkt hat», murmelte Hagen. Er war einer von den Softies, denen bei einem Kinderlächeln das Herz aufging. Auch darum hatte sie sich in ihn verliebt. Er war sensibel und schämte sich nicht, das zu zeigen.

Julia kuschelte sich an ihn. Ihr fielen die Augen zu. Aber allein schlafen gehen wollte sie auch nicht. So zog sie Hagen hinüber ins Schlafzimmer. Der anschließende Sex bildete den zärtlichen

Höhepunkt des Abends. Die Erschöpfung, die sie beide im Griff hielt, machte das Erlebnis vielleicht noch intensiver, weil sie sich völlig hingeben konnten.

Später in der Nacht hörte sie, wie er noch einmal aufstand, um nach Emily zu sehen. Als er zurückkehrte, nahm er sie wieder in die Arme. Sie hatte ein verdammtes Glück mit ihm.

Und wenn sie erst wieder in Hamburg waren …

DREIUNDZWANZIG

Er hätte den Wein nicht trinken dürfen. Es war eine Flasche mit einem hochprozentigem Sauvignon, den sein Vater ihm zu Weihnachten geschenkt und der immer noch im Wohnzimmerschrank gestanden hatte, weil ... weil er nichts mochte, was von seinem Vater kam. Ziemlich kindisch, dachte Luka.

Im Fernsehen kam ein Syrienbericht, auch nichts, was den Menschen aufheitern könnte. Ihm setzte Teresas und Tildas Abwesenheit zu, und er haderte mit seiner Unfähigkeit, den Horror von Lohme zu entwirren. Unkonzentriert zappte er durch die Sender und schüttete dabei den Wein hinunter. Gegen Mitternacht ging er ins Bett, so betrunken, dass er sich an der Wand abstützen musste, um heil ins Obergeschoss zu kommen.

Er musste eingeschlafen sein, denn als er den schrillen Ton der Alarmanlage hörte, quälte er sich mühsam aus treibsandartigen Träumen. Was zur Hölle ... Der Ton brach abrupt ab. Es dauerte eine Weile, bis ihm der Grund dämmerte: Jemand hatte sich an seiner Terrassentür zu schaffen gemacht, und ... und dieser Jemand musste ein Profi sein ... er hatte die Anlage außer Betrieb gesetzt ... die Anlage ... Nachbarn würden auf Fehlalarm tippen ... es war ... er musste ...

Luka richtete sich benommen auf. Er hatte keine Ahnung, wie lang das auf- und abschwellende Geräusch gedauert hatte. Gut möglich, dass es sich um einen Fehlalarm handelte und die Anlage sich irgendwann von selbst abgeschaltet hatte. War das nicht das Wahrscheinlichste? Sein Kopf explodierte beinahe, als er sich bewegte. Er hatte Schwierigkeiten, vernünftig zu denken. Wenn sich jemand unten an der Tür zu schaffen gemacht hatte ...

Er tastete nach der Nachttischschublade, in der er seine Dienstwaffe verstaut hatte, nachdem Tilda und Teresa fort gewesen waren, bekam die P6 zu fassen und kramte blinzelnd vor Kopfschmerz nach der Patronenbox, die daneben liegen musste. Warum hatte er die Waffe nicht bereits geladen? Er befand sich doch allein im Haus. Halt, er musste Licht machen, die Nachttischlampe anschalten. Das Mondlicht ließ keine komplizierten Handgriffe zu ...

Und da drangen sie auch schon ins Zimmer ein. Zwei Männer, die Körper in weißen Anzügen, wie sie die Tatortsicherer trugen. Der vordere rammte mit dem Knie die Schublade und klemmte Lukas Hand ein. Luka meinte zu fühlen, wie seine Knöchelchen brachen. Die Waffe wurde ihm aus der Hand gerissen. Er konnte vor Schmerz kaum atmen. Endlich gab die Schublade wieder nach. Sie rissen ihn aus dem Bett.

Unter der Maske des Mannes, der ihn hielt, steckte Dietmar, er konnte ihn riechen, er meinte den Mann mit jedem seiner Sinne zu erspüren. Sein Versuch, sich zu wehren, war unbeholfen. Zu betrunken. Dietmar drehte ihm den Arm auf den Rücken, bis er hinter ihm zu stehen kam. Luka biss die Zähne zusammen. Ein kindischer Versuch, den Stolz zu wahren – irgendwann brüllte jeder.

«Besoffen? O Gott, der arme Bulle hat sich was hinter die Binde gekippt. Der kann nicht ohne seine Schlampe, ohne ihren Fick.» Dietmar riss ihm den Arm in die Höhe. Es tat lausig weh. Luka ging in die Knie und knallte mit dem Mund gegen die Bettumrandung. Seine Unterlippe platzte auf. Er war besoffen, genau.

Dietmars heißer Atem traf sein Ohr. «Aber zuhören geht noch? Pass auf, was ich dir zu sagen habe. Deine Kleine ... und jetzt meine ich ... wie heißt sie? Tilda? ... Irgendwann muss sie wieder nach Hause zurück, stimmt's? Spätestens wenn die Schule anfängt. Du kannst natürlich wegziehen. Dich versetzen lassen. Oder sie woanders unterbringen. Aber wenn dein Leben bleiben soll, wie es ist, dann wird sie wiederkommen. Und wenn das passiert ...», er senkte die Stimme, «werde ich da sein.» Noch einmal riss er Luka hoch, er zwang ihn, gerade zu stehen. «Hau ihm eine rein, Monti!»

Monti, der harmlose Kerl mit dem dümmlichen Grinsen, der nicht bis zwei zählen konnte, gehorchte. Sein Schlag ging professionell in den Solarplexus. Einen Moment war Luka weggetreten, dann musste er sich übergeben.

Dietmar ließ ihn los und beugte sich über ihn. «Morgen ist die Gerichtsverhandlung wegen Judy. Merk dir, wie's laufen muss: Du wirst dem Richter erklären, dass unsere Familie ein bisschen unorthodox ist, aber liebevoll. An Judy hängen wir wie nix. Die Oma ersetzt ihr die Mutti. Vor Gitte hat sie Angst, weil die gern mal zuschlägt. In dem Punkt musst du nicht mal lügen, Bulle, ganz im Vertrauen: Gitte hat Samt auf der Zunge und Stacheln überall sonst.» Er richtete sich auf und trat zu, in dieselbe Stelle wie sein Bruder. Diesmal begann Luka zu schreien. Im Solarplexus liefen zahllose Nerven zusammen, den Schlag zwischen Brustkorb und Magengrube steckte man nicht weg. Er hatte Sehstörungen vor Schmerz, vor seinen Augen zuckten bunte Blitze.

«Wir waren niemals hier, Bulle. Aber das ist dir inzwischen klargeworden, ja?», dröhnte es in sein Ohr. «Jeder weiß, dass du uns hasst. Und deshalb werden sie dir nicht glauben, sagt Franke. Deshalb – und weil wir ein wasserdichtes Alibi haben. Hörst du das da unten?»

Im Wohnzimmer ging etwas in Scherben. Die Geräusche klangen gedämpft, als wollte man zerstören, dabei aber Lärm vermeiden. Was war los? Dietmar und Monti trugen Malermonturen und Handschuhe. Sie würden keine Spuren hinterlassen. Wer tobte sich unten aus? Es war ganz simpel, aber Luka bekam seine Gedanken nicht mehr miteinander verknüpft.

Auch dass Monti und Dietmar gingen, kriegte er nicht mit.

Als er wieder zu sich kam – nach fünf Minuten? Nach einer Stunde? –, schleppte Luka sich ins Bad. Er stank nach Erbrochenem. Aus dem Schlafanzug zu kommen, war eine Qual. Er stellte die Dusche an und ließ minutenlang heißes und danach eiskaltes Wasser über seinen Körper laufen. Danach zog er frische Sachen an, kippte Kaffee in sich hinein, rief ein Taxi und ließ sich ins Krankenhaus kutschieren. Stolz war eine schöne Sache, aber mit dem Leben zu teuer bezahlt.

Auf dem Weg tippte er die Nummer von Frankes Kanzlei ins Smartphone. Trotz der späten Stunde – es war kurz vor zwei – wurde abgenommen. Franke meldete sich, Luka fragte nach den Schreppers. Ja, die saßen schon den ganzen Abend bei ihm, seit kurz nach acht. Sie waren erst vor fünf Minuten gegangen. Man hatte über die Strategie im Sorgerechtsfall Judy Schrepper beraten. «Was ist denn los?»

Luka legte wieder auf. Er konzentrierte sich aufs Atmen und darauf, nicht erneut zu kotzen. Zum Glück war der Weg kurz. Er kannte den Arzt in der Notaufnahme nicht, aber der riet ihm nach den Untersuchungen, zur Polizei zu gehen und Anzeige zu erstatten. «Die Finger sind zum Glück nur gequetscht. Aber der Tritt ... das hätte böse enden können, und damit meine ich: wirklich böse. Mann, suchen Sie sich andere Freunde.»

Luka lächelte schmal.

Er musste zurück ins Bett. Beim Erbrechen hatte er einen Teil des Alkohols wieder ausgekotzt, aber das meiste tat im Körper seine Wirkung. Ausschlafen und dann weitersehen. Viel unternehmen konnte er sowieso nicht. Sein Wohnzimmer war verwüstet worden, und sicher hatten die Täter Spuren hinterlassen, aber diese Spuren würden nicht zu den Schreppers führen, sondern … vermutlich nach Tschechien oder sonst wo in den Osten. Zudem hatten Dietmar und Monti ja ein erstklassiges Alibi, vor dem jeder Richter kapitulieren würde.

Er stieg die Treppe hinauf und schaute in Tildas Zimmer, starrte auf das Minions-Mobile über ihrem Bett, auf ihren Schulranzen, auf die Muschelsammlung, die sie in einem leeren Gurkenglas untergebracht hatte, auf das Halstuch, das sie aus unerfindlichen Gründen am Bein ihres Bettes festgeknotet hatte …

Angst schnürte ihm die Luft ab.

Es schrillte. Im ersten Moment wusste Luka nicht, wo er war, dann bewegte er sich, spürte den Schmerz, sah die Minions, und schlagartig fiel ihm alles wieder ein. Dietmar …

Er hatte es nicht in sein eigenes Bett geschafft. Weniger wegen der körperlichen Beschwerden – er hatte das Schlafzimmer einfach nicht betreten können. Die Tür war ihm wie aus Panzerglas erschienen, eine Barriere, unmöglich zu knacken. Trauma. Das Wort sprang ihn an. Aber er war kein Mensch für Traumata. Er war stabil, psychisch auf der Höhe, er war … Er wusste nicht mehr, was er war. Ihm war immer noch kreuzübel.

Das Klingeln kam von der Haustür und wollte einfach nicht aufhören. Luka stieg die Treppe hinab. Licht fiel durch das Glas des Flurfensters. Draußen war es bereits hell. Er blickte auf die Uhr. 6:06 Uhr. Zum ersten Mal in seinem Leben schaute er durch den Türspion. Conny stand draußen. Er öffnete.

«Mann, du lässt dir vielleicht Zeit. Hab ich dich ...» Ihr Blick fiel auf sein Gesicht, und sie verstummte. «Was ist passiert?» Sie schaute den Flur hinab zur offenen Wohnzimmertür. Entsetzt drängelte sie an ihm vorbei, er folgte ihr und inspizierte den Raum zum ersten Mal mit klarem Blick. Dietmars Komplizen hatten weniger angerichtet als befürchtet. Ein paar Scherben ... umgeworfene Möbel, die aber nicht sonderlich viel Schaden genommen hatten, vermutlich weil die Kerle Lärm vermeiden wollten. Es sollte halt nur *aussehen* wie nach einem Einbruch.

«Was ist mit deiner Hand? Zeig her ... Scheiße! Los, ab zum Arzt.»

«War ich schon. Ist alles gut.» Die Finger waren inzwischen geschwollen. Ihm fiel ein, dass der Arzt von Kühlen gesprochen hatte. Hatte er nicht geschafft.

«Wen haben die Schreppers geschickt?», fragte Conny gepresst.

«Sie waren selbst da.»

«Dann kriegen wir sie. Irgendwelche Spuren hinterlassen die doch immer. Die Tatortsich ...»

«Lass gut sein.» Er erklärte, wie alles abgelaufen war. Die DNA würde ihnen Täter bringen, die leider längst über die Rügenbrücke weg ins Nirwana entschwunden waren. Hatte alles keinen Zweck. Er richtete einen der Sessel wieder auf. Die gequetschten Finger jaulten.

«Was machst du da?»

«Ordnung.»

Conny sackte auf das Sofa. Er richtete den zweiten Sessel auf, dann eine Standuhr, die er in Studententagen von seiner Großmutter geerbt hatte. Das Glas war zerbrochen, musste man sehen, ob sich das reparieren ließ.

«Was passiert mit uns, Luka?»

Der dunkle Eichentisch, den Teresa in einem Antiquitätengeschäft ergattert hatte, hatte an der Ecke eine Macke bekommen. Luka fuhr mit der Hand darüber. Er würde ihn entsorgen. Unmöglich, jedes Mal beim Essen die Stelle zu fühlen, an der Dietmars Männer das Holz beschädigt hatten.

«Wir müssen den Fall abgeben. Er wächst uns über den Kopf.»

Er schüttelte den Kopf. «Nein.»

«Wir haben eine neue Leiche.»

Luka, der zum Abstellraum gehen wollte, um Handfeger und Schippe für eine zerbrochene Lampe zu holen, hielt inne. Er drehte sich um und zog die Augenbrauen hoch.

«Das Rabenaas ist tot.»

Das gelbe Haus lag im Morgenlicht – es sah beinahe schön aus, mit dem warmen Sonnenschein, der auf die Mauern mit der blätternden Farbe fiel und die Bäume leuchten ließ. Der Leichenwagen und die Polizeiautos bildeten einen hässlichen Kontrast.

Luka hatte Conny angeboten, sie freizustellen, er hatte es ernst gemeint, irgendwie würden sie schon zurande kommen, auch ohne sie. Aber sie hatte abgelehnt. Stur und in sich gekehrt hatte sie den Wagen nach Lohme gesteuert.

Als sie die Siedlung erreichten, lag die Tote bereits in einem Sarg. Lothar Strauss, der Sassnitzer Kollege, der den Einsatz leitete, sprach auf Luka ein, der hörte ihm kaum zu. Er beobachtete, wie man den Sarg mit der Frau, die Tilda das Messer an den Hals gehalten hatte, zum Leichenwagen trug. Die Schaulustigen setzten pietätvolle Mienen auf. Er fragte sich, ob sein Job ihn ebenfalls zu irgendeiner Art von Feierlichkeit verpflichtete. In anderen Fällen hatten ihn diese Momente – ein Sarg verlässt den Tatort – immer berührt, heute war er einfach nur erleichtert.

«Hören Sie mir überhaupt zu?»

«'tschuldigung.» Luka wandte sich dem Kollegen zu. Er fühlte sich inzwischen wieder einigermaßen nüchtern, gegen das Kopfweh halfen Tabletten.

«Es war offenbar ein Unglücksfall. Kohlenmonoxidvergiftung, tragisch.»

«Oder Gott hatte ein Einsehen», murmelte Conny, die neben ihnen stand.

«Was ist passiert?»

«Offenbar war der Kamin verstopft. Kaymaz hat mit einem Besen gestochert. Eine Elster hatte sich im Schornstein verfangen. Wir haben den Kadaver rausgeholt.» Der Mann starrte auf Lukas Lippe, mochte aber wohl nicht fragen, woher die Blessur stammte.

«Wo sind Dietmar und Monti Schrepper?»

«Jedenfalls nicht hier.»

«Und das Mädchen? Judy?»

«Der ist nichts passiert.»

Gott sei Dank. «Rufen Sie die Tatortsicherung. Und lassen Sie das Gelände absperren. Die gesamte Siedlung. Außerdem bringen Sie bitte Gottfried Probst für eine Zeugenbefragung nach Bergen», ordnete Luka an.

«Warum?»

«Weil hier zu viele Menschen zu Schaden kommen.»

«Hm.» Strauss sah wenig begeistert aus. «Was machen wir mit der alten Frau Schrepper?»

«Bitte?»

«Sie ist hinten im Garten und will nicht mit uns reden.»

«Ich denke, sie ist tot.»

Ihre Blicke gingen zum Leichenwagen, dessen Fahrer gerade den Motor anließ. Strauss lachte nervös. «Nein, nicht Martha.

Es hat die junge Frau Schrepper erwischt. Simone Schrepper. War das falsch rübergekommen?»

«Sie heißt Simone *Kerber*.»

«Tut mir leid. Das war ein Missverständnis.»

Luka starrte in die Staubwolke, die der Wagen bei der Fahrt um die Ecke hinterließ. Warum war Simone gestorben? Verflucht, warum Simone? Die war doch so passiv wie eine Puppe, tat niemandem was, trottete einfach hinter Monti her, stiller als ein Hund. Er fasste mit der Hand an die Stirn, hinter der es wieder schmerzhaft zu pulsieren begann. Er musste nachdenken, den Kopf freikriegen.

«Du hörst doch, es war ein Unglücksfall», sagte Conny.

So wie Georg Schreppers Tod ein Selbstmord gewesen war? «Ich will, dass Dietmar und Monti Schrepper nach Bergen aufs Kommissariat gebracht werden, sobald sie hier auftauchen. Die Tanners will ich auch vor dem Tisch haben. Probst nehme ich selbst mit.»

Strauss sah ihn an, als hätte er sie nicht mehr alle.

«Und beantragen Sie Durchsuchungsbeschlüsse für die drei Häuser.»

Probst wusste von nichts. Er hatte geschlafen, die Stimmen draußen hatten ihn geweckt. Wie immer war er der Mann gewesen, der dazukam, wenn es bereits zu spät war. Seine Frau, erklärte er, sei noch nicht wieder aufgetaucht. Sie mache eben einen Spontanurlaub. Der Lehrer schwitzte, obwohl es in Lukas Büro kühl war. «Ich habe mit diesen furchtbaren Sachen nichts zu tun. Das ist ein Albtraum, aber nicht meine Angelegenheit. Ich will nicht ständig belästigt werden», sagte er und stand auf. Er wollte gehen.

Durfte er aber nicht. Die Spurensicherung hatte frische, kreisrunde Abdrücke an der Hauswand der Schreppers gefunden, offenbar von einer Leiter. Außerdem Stiefelabdrücke. Sie passten zu einem Paar Stiefeln, das sie in Probsts Hauswirtschaftsraum entdeckten. Die Leiter hatte in seinem Keller gelehnt, mit frischen Resten von Gras und Erde. Und die Elster, so viel ließ sich bereits sagen, war tot gewesen, als man sie in den Schornstein stopfte. Jemand hatte ihr den Hals umgedreht. Der Pathologe, der einen Blick auf sie geworfen hatte, hielt es für ausgeschlossen, dass sie sich die Verletzung bei einem Befreiungsversuch im Schornstein selbst zugefügt haben könnte. Luka starrte auf Probst, der sich unwillig wieder setzte. Zwischen den lichten Haarsträhnen leuchteten Schweißtropfen. Er konfrontierte ihn mit seinen Erkenntnissen.

«Man will mir was anhängen!»

Luka war geneigt, ihm recht zu geben. Außer man ging davon aus, dass Probst bei aller Spießigkeit auch noch grottendämlich war. Aber Spießer liebten Gründlichkeit. Wäre er nicht umsichtiger vorgegangen, wenn er einen Mordanschlag plante? Hätte er nicht zumindest die Erde von der Leiter gekratzt und die Stiefel entsorgt? Er hatte doch schon eine Hausdurchsuchung hinter sich gehabt. Oder war er doppelt schlau und hatte die offensichtlichen Hinweise gelegt, um so aus ihrem Fokus zu kommen?

Im Treppenhaus ertönte die Stimme von Dietmar Schrepper. Über Lukas Nacken breitete sich Gänsehaut aus. Wie er den Mann hasste! Ihm war klar, dass er eigentlich gar nicht mehr gegen ihn ermitteln dürfte. Er war so befangen, dass es jede Skala sprengte.

«Ich habe einen Termin beim Familiengericht. Denkt ihr, ich durchschaue euch nicht? Das ist doch alles Schikane! Dafür werde ich euch drankriegen. Ich will mit Franke reden ...»

Luka blickte auf die Uhr. 10:02 Uhr. Dietmar wusste offenbar noch nichts von Simones Tod. Er ging in den Flur und setzte ihn und seinen Bruder in Kenntnis. Monti überraschte ihn mit einem Heulkrampf. Dietmar starrte ihn an, als überlegte er, ob er einem stumpfen Polizisten einen Rachemord zutrauen könnte. Interessante Idee.

«Ich will Sie nach dem Gerichtstermin hier auf dem Kommissariat sehen. Betrachten Sie das als Vorladung», sagte Luka und machte kehrt.

«Geht's Ihnen nicht gut? Sie sehen ein bisschen blass aus», rief Dietmar ihm hämisch nach, bevor er mit seinem schniefenden Bruder verschwand.

Luka rief den Staatsanwalt an. Der wies ihn an, Probst vorläufig festzunehmen.

Die Verhandlung beim Familiengericht wurde von einer freundlichen, hageren Frau mit Tränensäcken unter den Augen geleitet. Gitte war allein gekommen, ohne David. Wollte sie ihn schützen? Verheimlichen, mit wem sie inzwischen zusammenlebte? Oder war die Liaison zu Ende?

Die Richterin begann mit ihren Befragungen. Sie versuchte, eine angenehme Stimmung herzustellen, es war ein bisschen zum Lachen, angesichts ihrer Klientel. Zuerst sprach sie mit Gitte, dann kam Martha Schrepper an die Reihe. Die alte Frau wirkte eingeschüchtert, misstrauisch, zornig und schleimig, alles zugleich. Ihr war anzumerken, dass sie mit Gerichten schlechte Erfahrungen gemacht hatte. Ihre Aussage war kurz: Judy ginge es gut bei ihr. Sie habe ein enges Verhältnis zu ihr, besonders der Tod der Mutter habe sie zusammengeschweißt. Judy schliefe bei ihr im Bett. «Und das ist wichtig, wegen der Sache mit der Elster.»

Die Richterin horchte auf und hakte nach.

«Der Vogel ist in unseren Schornstein geflogen. Wir haben das leider nicht bemerkt. Meine Schwiegertochter ist ums Leben gekommen. Gerade heute Morgen. Entschuldigen Sie bitte.» Martha wischte eine Träne aus dem Augenwinkel. Theater?

Gitte drehte sich zu ihr um. «Simone ist tot?», fragte sie perplex.

Martha konnte nicht verhindern, dass ihr Gesicht sich zu einer hasserfüllten Grimasse verzog. Die Richterin registrierte auch das. Sie sprach ihr Beileid aus. Dann bat sie Dietmar um seine Aussage. Er pries den Zusammenhalt in seiner Familie. Alle mochten einander, nur Gitte sei seit ihrem Unfall komisch geworden. Man habe versucht, ihr zu helfen, ihr auch eine Therapie nahegelegt, weil der Umstand, dass sie nicht mehr allein für sich sorgen konnte, natürlich große Probleme aufwarf …

Die Richterin zog die Brauen hoch. Es war ja nicht misszuverstehen, in welche Richtung Dietmar sie lenken wollte.

Anschließend wurde Luka um seine Einschätzung gebeten. Er hielt sich knapp. Nach seinem Eindruck war die Familie Schrepper bis auf Gitte nicht in der Lage, ein Kind aufzuziehen. Er gab einige wenige Beobachtungen von sich. Das schmutzige Haus, Judys verstörendes Verhalten.

Die Richterin starrte auf seine Lippe. Dann blickte sie zu Dietmar. Auch Luka drehte den Kopf. In den verhangenen Augen saß Wut, natürlich. Und ein Versprechen auf die Zukunft? Dietmars Blick glitt zu Lukas Hand, er versuchte ein Grinsen, das gleichzeitig eine für die Richterin unsichtbare Botschaft sein sollte. Dreckskerl!

Die Richterin ließ Judy aus einem Spielzimmer bringen und fragte sie, wo sie am liebsten wohnen würde. Judy schwieg, natürlich, das war ihre Überlebensstrategie. Die Richterin winkte sie zu sich an den Richtertisch. Sie sprach leise mit ihr. Das hagere Gesicht war milde geworden. Judy schaute zu Gitte, die ihr verkrampft zulächelte. Das Mädchen wickelte eine Jackenkordel um den Daumen, sodass er blau anlief.

«Willst du uns denn gar nicht sagen, was du dir wünschst?», fragte die Richterin. Und da flüsterte Judy ihr etwas zu. Die Frau nickte und schlug ihre Akte zu. Judy kam zu Gitte. Die Sache war entschieden.

«Diese Regelung gilt zunächst nur für ein halbes Jahr, danach will ich die Familie noch einmal hier vor meinem Tisch sehen», erklärte die Richterin.

Draußen im Gerichtsflur hielt Luka Gitte noch einmal auf. «Wie geht es weiter?»

«Wir ziehen weg», antwortete sie knapp.

«Da hätte ich gern eine Adresse.»

Gitte zögerte. Dietmar ging an ihnen vorbei. Einen Moment sah es aus, als wollte er auf sie losgehen, aber er beherrschte sich, warf seiner Schwester und anschließend Luka einen unheilschwangeren Blick zu und verschwand, die Mutter im Schlepptau.

«Die Adresse», erinnerte Luka.

Gitte gab sie ihm. Eine Straße in Reinkenhagen, einem Nest südlich von Stralsund. Luka schrieb sie auf. «Moment. Ich hätte noch eine Frage an Judy.» Er bückte sich. «Wer hat Monika Probst im Bienenhaus eingeschlossen?», fragte er das Mädchen.

Sie blickte ihn an, aus verträumten, in diesem Moment aber auch strahlenden Augen und führte ihren Mund so dicht an sein Ohr wie vorher an das der Richterin. «Onkel Dietmar», flüsterte sie.

«Hat er dir auch die Barbie und das Pferd geschenkt?»

Sie nickte.

«Klar war es Onkel Dietmar», meinte Conny später im Kommissariat sarkastisch. «Die Kleine ist nicht doof, die weiß doch, wem sie eins reinwürgen muss, damit sie bei Gitte bleiben kann. Vielleicht war er's wirklich, aber bauen würde ich nicht darauf.»

Sie hatten sich noch einmal zusammengefunden. Die Tafeln und Bilder, die ihre Erkenntnisse dokumentierten, hingen an der Frontwand des Besprechungsraums. Aber die hatten sie schon eine geschlagene Stunde angestarrt, jetzt hielten sie Kaffeetassen in den Händen und saßen locker um einen Tisch.

«Ich glaube nicht, dass Gottfried Probst so ein Verbrechen oder überhaupt eine Straftat begehen würde», meinte Kutscher. «Dem fehlt dazu das Format. Ich traue ihm nicht mal eine Steuerhinterziehung zu. Alles Kriminelle geht auf das Konto der Schreppers. Keine Ahnung, wie die sich ihre Alibis beschaffen.»

Luka hätte ihm dazu etwas sagen können, aber er hatte mit niemandem außer Conny über die vergangene Nacht gesprochen. Er hatte auch jetzt keinen Bock drauf. Franke hatte das Alibi für Dietmar und Monti auf dem Kommissariat bestätigt. Damit waren die Schrepper-Brüder, auch was den Überfall auf ihn selbst anging, für den Richter und den Staatsanwalt aus dem Schneider.

Es sei denn, man könnte dem Anwalt seine Falschaussage nachweisen? «Kriegen Sie raus, ob Franke lügt, was das Alibi der Schreppers für die Nacht von Simone Kerbers Tod angeht», sagte Luka zu Kutscher. «Löchern Sie sein Personal und die Nachbarschaft, alle, die etwas gesehen haben könnten.»

«Mach ich.» Endlich ein Auftrag, der dem Mann gefiel.

«Wir müssen im Auge behalten, dass der Anschlag mit der Elster in Wirklichkeit wohl Martha Schrepper galt», sagte Luka. So sah es nämlich aus. Martha hatte erklärt, dass sie das große Schlafzimmer, das früher einmal als zweite Stube genutzt worden war und das sie deshalb ebenfalls über einen Kamin an den Schornstein angeschlossen hatten, mit Georg geteilt hatte. Aber nach Georgs Tod hatte sie sich in dem Zimmer nicht mehr wohlgefühlt und den großen Schlafraum mit dem kleineren von Monti und Simone getauscht.

«Aber warum sollten Dietmar oder Monti ihre Mutter ermorden wollen?», fragte Olaf verwirrt. «Müssten wir uns nicht eher an Gitte Schrepper halten? Die wollte doch das Sorgerecht für Judy bekommen.»

«Sie kann wohl kaum auf Leitern klettern», sagte Luka.

«Sie ist ebenfalls von Martha erzogen worden», blaffte Conny ihn an. «Wetten, die hat auch noch Kontakte zu irgendwelchem Gesindel?»

«Nicht schön, so zu denken.»

«Nicht schön, was uns allen gerade passiert!»

Merle, die bisher mit reinen Augen ins Leere geschaut hatte, durchbrach die Stille, die Connys Worten folgte. «Ich habe übrigens Frau Tanner erreicht. Sie und ihr Mann haben ein Apartment in Stralsund gemietet und dort die Nacht verbracht. Ich hab ein Protokoll dazu geschrieben. Soll ich hinfahren und es unterschreiben lassen?»

Luka stützte sich mit den Ellbogen auf und rieb mit den Fingerkuppen die rechte Schläfe. Sein Kopf schmerzte wie verrückt. Aber nach einem Mord machte man nicht einfach Feierabend. Er raffte sich auf. Die Befragung der Tanners wollte er selbst durchführen. Letzte Aktion dieses Tages.

Conny begleitete ihn nach Stralsund, wenn auch murrend.

Sie erfuhren nichts Neues. Hagen Tanner hatte die Nacht, in der Simone starb, mit seiner Frau verbracht. Julia Tanner reagierte auf Lukas Insistieren mit Ungeduld. Emily hatte schlecht in den Schlaf gefunden. Sie hatten sie abwechselnd gehütet. Und zwischendurch Sex gehabt, falls das irgendwen interessierte. «Und da kann es keine Verwechslung gegeben haben», meinte sie ironisch. «Sie müssten uns schon für Bonnie und Clyde halten, wenn Sie meinem Mann etwas anhängen wollen!»

Die Sonne war bereits untergegangen, als Luka wieder nach Hause kam. Er sicherte die Türen. Und nun zu Bett gehen, Decke über die Ohren, an nichts mehr denken. Doch so einfach war es nicht. Er stand wieder vor seiner Schlafzimmertür, die Hand auf der Klinke, während durch das Flurfenster der Schein eines Autoscheinwerfers glitt. Ihm war, als müsste er gegen ein Kissen anatmen. Er hatte das Erbrochene drinnen noch nicht weggewischt – es musste bestialisch stinken. Also rein und Ordnung machen. Auch, um dem Trauma nicht die Möglichkeit zu geben, sich zu verfestigen.

Das wäre vernünftig, aber er schaffte es trotzdem nicht, die Klinke niederzudrücken. Es war, als wäre Stahl in seine Hand geflossen und dort gehärtet. Scheiße. Er ließ die Klinke fahren und presste die Stirn gegen das Holz der Tür. Er war schon früher im Job in Schwierigkeiten geraten. Einiges war übler gewesen. Hatte er aber trotzdem gepackt. Warum erwischte es ihn gerade hier und jetzt?

Er ging in den Keller und legte sich zum Schlafen auf die Liege in Teresas kleinem Heimbüro, aber auch dort kam er nicht zur Ruhe. Schließlich stieg er ins Kinderzimmer hinauf. Neben dem Fenster stand ein Regal. Tilda war eigentlich schon aus den Duplosachen rausgewachsen, aber sie besaß noch einige Spielzeugkisten, in denen sie Steine, Autos und Puppen aufbewahrte.

Er zog die Legokiste heraus, setzte sich auf den Boden und baute Bullerbü nach. Ein gelbes Haus für die Schreppers, hoch, mit einem steilen Dach. Ein weißes Haus für die Tanners, ein langes, geducktes in Braun für Probst. Anschließend kramte er Figuren hervor und setzte sie vor die Häuser. Mit vor Erschöpfung brennenden Augen starrte er auf die Siedlung und ihre Bewohner. Kerstin Sonntag durfte auch mitspielen. Sie schoss auf Nadine, Nadine starb. Damit hatte alles angefangen. Ein Zufall? Vermutlich. Trotzdem ...

Georg Schrepper bekam eine kleine, blaue Kindergestalt, so gesichtslos, wie der Mann selbst es gewesen war. Zehn Tage nach dem verhängnisvollen Schuss auf Nadine verbrannte er sich im Garten. In Klammern: Oder er wurde verbrannt? Dann aber nicht von Martha und vermutlich auch nicht von seinen Kindern, dachte Luka. Er legte einen braunen Stein für Gottfried Probst an eine separate Stelle. Und einen kleinen weißen Stein für Tanner – nur nichts ausschließen.

Jemand schoss mit einer Rakete auf Monika. Ihr war dabei nichts geschehen, handelte es sich also um ein Ablenkungsmanöver? Oder war die Aktion eine Strafe für unbotmäßiges Verhalten, das der kontrollierende Lehrer nicht durchgehen lassen wollte? Noch ein brauner Stein für Gottfried. Und ein gelber für die Schreppers. Rache für Nadine.

Hagens Bremsen wurden manipuliert. Gottfried, der sein Haus loswerden wollte und befürchtete, dass Tanner mit seinem Einzug einem Verkauf im Wege stünde? Oder Dietmar, aus demselben Grund? Luka fügte dem braunen Haufen einen weiteren Stein hinzu, ebenso dem gelben. Martha bekam einen schwarzen Stein. Sie war ein willensstarker Mensch. Er musste auch ins Auge fassen, dass sie handelte, ohne Dietmar zu informieren. Jedenfalls konnten beide, Mutter und Sohn, ein Interesse am Verkauf ihres Hauses haben.

Monika wurde zu den Bienen gesperrt. Ein weiterer brauner Stein für Probst, der ihr vielleicht erneut einen Denkzettel verpassen wollte, weil sie ihm nicht gehorchte. Dietmar bekam zwei Steine. Judy hatte ja ausgesagt, dass sie ihn bei der Tat beobachtet hatte, und Luka glaubte ihr. Das wog doppelt. Sollte er Marthas Haufen ebenfalls einen Stein hinzufügen? Nein, er konnte sich nicht vorstellen, dass sie die nötige Kraft besessen hätte, um Monika Probst in das Bienenhaus zu schleppen.

Und am Ende der Tod von Simone. Ein brauner Stein für Gottfried Probst.

Er blickte auf den kleinen, weißen Stein auf Tanners Haufen. Hagen Tanner hätte sich nicht selbst mit den Bremsen in Gefahr gebracht. Und er hatte auch nichts gegen Dietmar Schrepper, außer er log über seine Beziehung zu dem ehemaligen Spielkameraden. Aber warum sollte er das tun? Er hatte Dietmar zum letzten Mal gesehen, als sie Kinder gewesen waren. Und die Freundschaft zu ihm ... Nein, das war nicht geheuchelt gewesen. Die Nacht von Simones Tod hatte er zudem mit seiner Familie verbracht.

Luka schob die Figuren hin und her. Er starrte auf die kleine weibliche Figur, die Monika Probst darstellte. Auf das Haus, das sie hasste. Auf ihren Mann, den sie verlassen hatte. Die Familie Schrepper war simpel gestrickt und leicht einzuschätzen, aber Gottfried und Monika ... Er fegte die Steine nachdenklich auf einem Haufen zusammen.

Und wenn doch alles zusammenhing? Wenn Georg Schrepper und Simone und Monika alle drei ermordet worden waren, und zwar sämtlich aus demselben Grund?

In seinem Kopf fügten sich die Verbrechen zusammen, er grübelte, er sinnierte, und plötzlich entstand ein ganz neues Bild.

Sie arbeiteten am Samstag, natürlich, sie hatten einen frischen Mordfall. Aber sie waren nicht die Einzigen, die Überstunden machten. Lohme war ins Blickfeld der Medien geraten. Schon wieder eine Tote, und dieses Mal handelte es sich eindeutig um Mord. Die Journalisten sprangen darauf an.

Entsprechend sauer reagierte Meyer, der die hämischen Anfragen kassieren musste. Er rief bei Luka durch. Die Ermittler rafften es nicht, aber, Herrgott noch mal, die Sache musste vorankommen. Er wollte Probst vernehmen, und zwar selbst. Die Sache mit der Leiter machte doch alles klar.

«Kroczek, das ist eine Eigenart von Ihnen, dass Sie sich verzetteln. Verbrechen lösen ist kein Puzzlespiel für Möchtegern-Sherlock-Holmes. Richten Sie Ihren Blick auf die Fakten, konzentrieren Sie sich auf das Wesentliche! Und vor allem: Bringen Sie diesen Probst zu mir. Wir brauchen ein Geständnis.»

Luka saß mit im Verhörzimmer und beobachtete den pensionierten Lehrer, der empört und verängstigt auf das Mikrophon starrte. Situationen wie diese hatte er sich wahrscheinlich Hunderte Male beim *Tatort* reingezogen. Betraf einen aber niemals selbst.

Meyer hatte die Eingangsformeln hinter sich gebracht, nun knallte er die Faust auf den Tisch. «Herr Probst, die Sache ist im Kasten. Wir haben die Leiter mit Ihren Fingerabdrücken. Das ist Beweis genug. Sie sind dran.»

Er hatte unrecht. Die Leiter gehörte Probst, selbstverständlich war sie mit seinen Fingerabdrücken übersät. Entsprechend wollte der Mann protestieren, aber Meyer ließ ihn nicht zu Wort kommen. «Außerdem wurden Stiefelabdrücke neben der Leiter, mit der das Verbrechen verübt wurde, gesichert. Das entsprechende Schuhwerk wurde in Ihrem Keller gefunden. Geben Sie zu, dass Sie der Eigentümer der Stiefel sind?»

Probst brachte auch hier den Einwand vor, der sie im Kommissariat beschäftigte: «Ich hätte die Sachen doch weggebracht, wenn ich wirklich jemanden ermordet hätte.» Das Wort «ermordet» spuckte er aus wie ein giftiges Insekt.

«Sie waren aufgeregt!», donnerte Meyer. «Wollen Sie etwa auch leugnen, dass Sie gegen Ihre Nachbarn gehetzt haben? Dass Sie im Dorf Plakate aufgehängt haben, um die Bewohner aufzuwiegeln?» Er wetterte weiter, ging ins Detail, nannte die Namen der Lohmer, die sich bei der Polizei über Probst beschwert hatten, eine Sache, die ihren Verdächtigen besonders zu treffen schien. «Und was war das mit der Pistole?»

«Ich musste mich doch wehren! Die Schreppers sind Kriminelle, jeder weiß, was die machen. Nur unternimmt die Polizei nichts. Unser Rechtsstaat ist für Leute wie die ...» Seine Stimme kippte.

«Wie haben Sie Georg Schrepper ermordet?»

«Das hab ich doch gar nicht. Ich ... ich will jetzt doch einen Anwalt.»

Dagegen hatte er sich zu Beginn gesperrt. Probst war so sicher gewesen, dass er seine Lage mit ein paar vernünftigen Worten erklären könnte. Zumindest einem Staatsanwalt, mit dem er sich intellektuell und moralisch auf demselben Niveau wähnte. In seinem blassen Gesicht zeichneten sich rote Flecken ab.

«Meinen Sie einen Pflichtverteidiger?»

«Nein, ich habe einen eigenen Anwalt.» Der Mann, den er angab, war auf Steuerrecht spezialisiert. Luka blickte auf die Uhr. Meyer telefonierte. Der Steueranwalt versprach zu kommen, aber erst nach dem Wochenende. Er war mit Freunden auf Gänsejagd. Meyer beschloss, es hinzunehmen. Wenn Probst weiter in der Haft schmorte, konnte das ja nur von Vorteil sein. Und dafür wollte er sorgen: Haft wegen Flucht- und Verdunklungsgefahr. Er ließ ihn abführen.

«Moment», sagte er zu Luka, der ebenfalls gehen wollte. «Probst hat sich mit Schweiß und Mühe etwas erarbeitet. Das Haus in Lohme war der Lohn seiner Schufterei. Und das wurde ihm von den Nachbarn verleidet. Bilden Sie sich nicht ein, so etwas wäre kein Motiv. Wir haben unseren Täter, verlassen Sie sich drauf!»

«Judy Schrepper hat ausgesagt, dass Dietmar Monika Probst zu den Bienen gesperrt hat.»

«Na, da haben Sie doch noch ein zusätzliches Motiv für den Mann. Sehen Sie zu, dass Sie seine Frau finden.»

Luka rief Conny an. Sie war zu ihren Kindern in die Datscha gefahren. Er störte sie im Feierabend, sie war nicht sonderlich erbaut, sagte ihm aber, wo er sie finden könne.

Die Datscha lag hinter Thiessow im Südosten der Insel in reizvoller Einsamkeit. Nina und Katja lagen auf einem nachlässig gemähten Rasen und nutzten die letzten Sonnenstrahlen, Katja mit einem amerikanischen Schmöker, Nina schlief.

«Ich gehe joggen. Ich muss mir Frust ablaufen. Kommst du mit?»

Luka folgte Conny, die in ihrem Trainingsanzug wie ein magerer Plüschteddy aussah. Sie drehte sich beim Gartentörchen noch einmal um. «Sieh dir die beiden an, Luka. Die Mädels wirken, als wären sie fast erwachsen, aber so etwas wie in der Boutique …»

«Ich weiß, Conny.»

«Das hat Nina bis ins Mark getroffen.»

«Ich weiß.»

«Sie hat keine Lust mehr, sich mit Leandros zu treffen, mit ihrem Freund. Kapierst du, was das bedeutet?»

«Hast du mal wegen einer Therapie angeklopft?»

«Will sie nicht. Los, komm!»

Er trabte neben seiner Kollegin her und erklärte ihr die Sache mit den Legofiguren. Erst war sie genervt, dann hörte sie zu. Ihre Fitness erlaubte ihr fünf Minuten Laufen, dann blieb sie keuchend stehen, während Luka weiter seine Gedanken vor ihr ausbreitete. «Klingt das nach Hand und Fuß? Könnte es so gewesen sein, oder fange ich an zu spinnen?», fragte er, als er fertig war.

Sie brachte Einwände vor, er versuchte, sie zu entkräften. Langsam gingen sie hinunter zum Strand, dann wanderten sie am Wasser entlang, bis sie eine Pommesbude erreichten. Conny lud ihn ein, und Luka ging auf, dass er seit dem vergangenen Abend nichts mehr gegessen hatte. Sie setzten sich an einen der nicht sonderlich sauberen Tische und schauten zur Bucht, wo Kitesurfer ihre Künste ausprobierten. Die bunten Schirme zogen am Himmel entlang. Die Pommes waren lecker, mit einer selbst kreierten Soße.

«Kommt mir alles reichlich weit hergeholt vor.»

«Ist mir klar.»

«Hm. Selbst wenn du recht hättest: Wie könntest du's beweisen?»

Der Himmel, unter dem die Kiter surften, leuchtete in sämtlichen Orange- und Rotfarben, einige strebten bereits dem Ufer zu, bald würde es dunkel sein.

VIERUNDZWANZIG

Judy war glücklich. Sie spielte in Davids Garten *Gute Fee*. Das ging so: Sie hatte um das Smartphone, das Gitte ihr geschenkt hatte, eine Schleife gebunden, und so war es zu einem Zauberstab geworden, und wenn sie damit die Blumen berührte, verwandelten sie sich in Feenkinder, die sich um Judy scharten, weil Judy auf sie aufpasste. Es gab nämlich den Gnotter mit dem braunen Strubbelfell, der die Feenkinder fressen wollte, aber Judy beschützte sie alle. Dafür hatten die Feenkinder sie sehr lieb.

Judy drehte sich um sich selbst, die Feenkinder tanzten. Einen Moment war ihr, als würde sie vor Freude in Stücke bersten. Sie durfte bei Gitte bleiben. Die Richterin hatte es so bestimmt, und zwar deshalb, weil Judy ihr Gittes Namen ins Ohr geflüstert hatte.

«Das hast du richtig gemacht!», hatte Gitte nachher auf der Straße gesagt und war mit ihr zu ihrem neuen Freund gerollt, der mit seinem Auto hinter einer Ecke wartete und Judy und Gitte zum Eis einlud. David war nett. Vielleicht würde sie ja hier wohnen bleiben, und sie würden eine richtige Familie werden, mit einem Vater und einer Mutter, und sie wäre das Kind.

Plötzlich fiel Judy die Schule ein, und ihr Gesicht verdüsterte sich. Gitte hatte gesagt, dass sie am Montag wieder in die Schule gehen müsse. Nicht mehr lange, nur bis sie bei einer neuen Schule angemeldet wäre. Aber was, wenn Dietmar vor dem Schulhof auf sie wartete? Judy hatte ihre Bedenken vorsichtig angedeutet, doch Gitte hatte sie ausgelacht und gesagt, das würde er sich nicht trauen, die Sache sei vom Gericht entschieden worden, und außerdem würde sie Judy immer mit dem Auto bringen und abholen.

Nur saß Gitte im Rollstuhl, und wenn Dietmar Judy einfach mitnahm, dann könnte Gitte das gar nicht verhindern.

David kam in den Garten, und Judy machte sich klein. Viele Menschen waren zuerst nett, wurden aber später böse, wie Frau Tanner, als Judy zu dem Baby gegangen war, um ihm ein paar Erdnüsse zu schenken. Da hatte sie sie plötzlich fortgejagt.

David ging zum Holzhaus. Er holte den Rasenmäher raus, hakte einen Korb daran, drückte was, und schon ratterte der Mäher los. «Willst du auch mal?», fragte er Judy.

Sie hätte den Rasen gern gemäht, es sah aus, als würde es Spaß machen, aber wenn dabei was kaputtging und David es Gitte sagte ...

«Na komm schon», lächelte er.

Judy nickte – und rannte weg. Das Törchen zum Klippenweg stand offen. Sie lief raus und immer weiter, den schmalen Weg oben an der Steilküste entlang, bis sie keine Puste mehr hatte und ihr Hals brannte. Unschlüssig, was sie machen sollte, blieb sie stehen. Leute gingen an ihr vorbei, beachteten sie aber nicht. Neben dem Fußweg wuchsen Sträucher, und wenn sie durch die Zweige blickte, konnte sie hinter einer Klippe das Meer sehen, in dem die Wasserzombies wohnten. Es war blau und so glatt wie Simones Seidenbluse. Schön war das, wunderschön. Am liebsten würde sie reinlaufen und spritzen und richtig viel Spaß haben. Vielleicht hatte Monti ja gelogen, und es gab gar keine Wasserzombies? Andere Kinder spielten doch auch in den Wellen. Judy beschloss, dass sie nachher Gitte fragen würde, ob sie gemeinsam zum Strand runterkönnten.

Der Entschluss versetzte sie in Hochstimmung. Trotz ihrer

Angst vor dem Abgrund tat sie ein paar Schritte zwischen die Büsche, die auf der Klippe wuchsen, um das Meer genauer zu betrachten. Sie reckte den Hals. Vor ihr ging es steil bergab, unten war der Strand voller Steine. Wenn man da runterfiel, war man sicher tot. Trotzdem ließ sie sich mit einem wohligen Schauder zwischen den Büschen nieder und rutschte sogar noch ein Stückchen weiter nach vorn. Sie war nämlich gar keine Heulsuse. Das hatte die Polizistin doch auch gesagt. Vor ihr befand sich jetzt nur noch ein kleiner Vorsprung, auf dem ein Busch wuchs. Wenn Gitte sie jetzt sähe ...

Judy begann zu singen. Das Lied von Frau Gott vom *Wochenend und Sonnenschein*. Die Leute sahen sie nicht mehr, hörten sie aber. Eine Frau bog ein paar Zweige beiseite und meinte, sie solle lieber wieder raufkommen. Judy nickte, aber als sie sich nicht rührte, ging die Frau weiter.

Judy sang und sang und sang und war von Herzen fröhlich – bis sie plötzlich am Kragen gepackt wurde. Jemand hob sie an, und einen entsetzlichen Moment lang schwebte sie in der Luft. Wollte man sie runterschmeißen? Nein, aber sie wurde ein Stück tiefer auf dem schmalen Vorsprung abgesetzt, direkt an dem Rand. Entsetzt klammerte sie sich am Busch fest, zog die Knie an und schloss die Augen. Ihre Zehen spürten den Klippenrand. Einen Moment war alles ruhig, bis auf das Kreischen der Möwen.

Dann hörte sie über sich Dietmars Stimme. «Entschuldigung, haben Sie zufällig ein kleines Mädchen gesehen? Dunkle Haare, Pferdeschwanz? Ich suche meine Nichte ... Tut mir leid. Haben Sie vielleicht ein Mädchen gesehen, sechs Jahre alt? ... Sie soll hier spielen ... Ja, ich finde das auch gefährlich, aber sie wohnt bei meiner Schwester ...» Er redete und redete. Bis plötzlich eine Frau aufschrie: «Da unten, da ist sie!»

Einen Moment war es still. Dann hörte sie wieder Onkel

Dietmar. «Das ist doch ... Keine Angst, Judy, bleib ganz still sitzen. Ich hole dich rauf. Nicht bewegen ... Entschuldigung, könnten Sie mir bitte mal helfen?»

Wieder wurde Judy am Kragen gefasst, dieses Mal ging es zurück auf den Weg. Sie weinte vor Erleichterung, als sie endlich sicheren Boden unter den Füßen hatte, und klammerte sich an Onkel Dietmars Bein. Er streichelte über ihr Haar und redete mit den Menschen. «Also, das ist wirklich unglaublich ... Verzeihung, würden Sie mir vielleicht Ihre Adresse nennen? Die arme Kleine hat ihre Mutter verloren und ist zu meiner Schwester gekommen. Ich dachte, das wäre in Ordnung, aber das hier ... also ich nenne es Verletzung der Aufsichtspflicht. Es hätte ja alles Mögliche ... Entschuldigung, könnten Sie mir das hier vielleicht auch auf den Zettel schreiben?»

Schließlich gingen die Menschen weiter. Onkel Dietmar nahm Judy bei der Hand, und sie liefen an Davids Haus vorbei runter zu Dietmars Auto. Er schnallte sie auf dem Kindersitz fest, und sie fuhren los.

Ein paar Stunden später kam Tante Gitte. David rollte sie zur Treppe vor dem gelben Haus und schellte. Dietmar trat vor die Tür, kurz drauf auch Oma. Sie stritten und beschimpften einander. Judy floh auf den Dachboden. Sie machte die Tür zu, sodass sie nichts mehr hören musste, verkroch sich hinter den Pappkartons und schloss die Augen. Keiner kam, sie zu holen, obwohl Gitte wusste, dass der Dachboden ihr Spielplatz war. Aber Dietmar war eben doch stärker als Gitte, das war damit bewiesen, und eigentlich hatte sie es ja immer gewusst.

Die Haustür knallte. Gitte fuhr nun sicher nach Hause, und wahrscheinlich war sie wütend, weil Judy, ohne zu fragen, aus dem Garten gerannt war, und wollte sie gar nicht mehr haben.

Judy nuckelte an ihrer Hand. Ein paarmal biss sie sogar hinein, der Schmerz beruhigte sie. Vielleicht wäre es gut gewesen, wenn sie von der Klippe weggerutscht und runtergefallen wäre. Dann hätte es einmal richtig tüchtig weh getan und dann ... Aber nein. Sie wollte nicht in eine Kiste gelegt und mit Erde zugedeckt werden wie Mutti. Davor hatte sie mehr Angst als vor allem. Sie summte und nuckelte.

Als sie sich anders setzen wollte, kam ihre Hand an das Smartphone von Gitte. Judy zog es hervor. Wenn man es anstellte, tauchten Bilder auf, von Leuten, die man anrufen konnte, wenn man auf das Bild drückte. Eines war von Gitte, eines von David und eines von dem Oberbullen. «Manchmal braucht man die Bullen», hatte Gitte gesagt. «Und der hier ist in Ordnung.» Judy starrte auf den Kopf mit dem kurzen schwarzen Haar. Der Bulle hatte nett mit ihr geredet, aber er war auch laut und gemein zu Oma Martha gewesen.

Sie legte das Handy beiseite.

FÜNFUNDZWANZIG

Luka überwand sich und betrat das Schlafzimmer. Der Gestank warf ihn fast aus den Latschen. Er riss das Fenster auf, dann begann er, sauber zu machen. Einige Male wurde ihm dabei so übel, dass er zum Klo rennen musste, ohne sich aber übergeben zu können. Der kleine Teppich, den sie aus einem Marokko-Urlaub mitgebracht hatten, verschwand im Müll. Die Dielen scheuerte er mit einem Desinfektionsmittel, das helle Flecken hinterließ, aber zumindest den Geruch beseitigte. Er zog die Betten ab, warf die Waschmaschine an, schwitzte und versuchte, sich gegen seine Gefühle von Hass und Scham zu wehren …

Plötzlich klingelte das Handy. Teresa war dran. Sie wollte wissen, ob es ihm gut ginge. Luka schluckte. Er hätte sie bereits Donnerstagnacht anrufen müssen, oder am Freitag, und ihr erklären, was passiert war. Das hatte er nicht über sich gebracht. Spätestens jetzt war Zeit für den Klartext, den sie vor einem Jahr vereinbart hatten. Keine Geheimnisse, hatten sie einander versprochen.

«Hab ich dich geweckt? Tut mir leid. Hau dich wieder hin. Ich hab dich lieb», lächelte Teresa und legte auf. Gelegenheit verpasst.

Luka zog neues Bettzeug auf die Betten, während durch das geöffnete Fenster der Regen pladderte. Ein Blick auf die Uhr zeigte ihm, dass es kurz vor Mitternacht war. Er beschloss, die Nacht wieder im eigenen Bett zu verbringen, das musste er schaffen.

Kurz drauf lag er unter der Decke und starrte auf das Fenster. Und lauschte. Auf Schritte ... auf das Geräusch der Alarmanlage ... Er schloss die Augen, er schlug sie wieder auf. Der Staatsanwalt hatte Probst am vergangenen Nachmittag wieder entlassen müssen. Dem Richter war die Faktenlage zu dünn gewesen, um einen pensionierten Lehrer ohne Vorstrafen, mit festem Wohnsitz und gesicherten Altersbezügen im Gefängnis festzusetzen. Er konnte Meyer nicht leiden. Niemand mochte den Staatsanwalt. Luka grübelte. Über Meyer, über den Fall, über seinen Job ...

Montag, dachte er, gehe ich zu Martin Berger. Er würde ihm seine Vermutungen erklären und sich wahrscheinlich so ungläubige Blicke wie bei Conny einfangen. Warum war ihm dieses Gespräch eigentlich so wichtig? Wollte er seine Verantwortung beim Chef abladen? War sonst nie seine Art gewesen. Er stellte das Radio an, um sich abzulenken.

Da schrillte das Telefon abermals ...

Die Stimme wisperte so leise, dass er kaum etwas verstand. Und vielleicht war es gerade das, was ihn mit einem Schlag hellwach machte. Sie klang wie die auf Monika Probsts Handy. «Judy?» Er setzte sich auf. «Sprich lauter, Mädchen.»

«... ist wieder da.»

«Was? Ich verstehe dich nicht. Kannst du lauter ...»

Erneut das nervtötende Murmeln.

«Holst du bitte mal Gitte?»

Rasches Atmen, dann ein Hauchen. «... er ... Oma ... rüber ...», bildete Luka sich ein zu verstehen.

Er griff zum Diensthandy, während er gleichzeitig Beruhigendes murmelte. Davids Nummer war eingespeichert. Er wartete, während das Stimmchen weiterflüsterte, jetzt in einem weinerlichen Tonfall. «... tut Oma weh.» Hatte sie das wirklich gesagt?

«Wer tut Oma weh?»

Murmeln.

«Kannst du Gitte holen?», wiederholte er angespannt.

«Die ist doch nicht da.»

Endlich ein verständlicher Satz. «Wieso? Wo …?»

«… der Mann sie … Haus … Haus von Gott …»

«Was ist, Judy? Wer ist da? Was tut der Mann?» Er wartete, dann legte das Mädchen auf. Vielleicht war sie auch nur ungeschickt irgendwo drangekommen. Er glaubte nicht, dass sie sich mit Smartphones auskannte. Zurückrufen? Aber damit könnte er jemanden auf sie aufmerksam machen.

Endlich meldete David sich, verschlafen, natürlich, es war inzwischen 2:10 Uhr. Luka fragte ihn nach Judy.

«Sie ist bei Dietmar.» Sein Freund klang erschöpft. «Sie ist gestern raus auf den Touristentrampelpfad gegangen, und dort hat er sie abgefangen. Wir wollen morgen Anzeige erstatt …» Er verstummte. «Scheiße, ihr ist doch nichts passiert?»

«Sie sitzt in Lohme auf dem Dachboden, nehme ich an. Ich weiß nicht, was los ist.» Luka legte auf und wählte die Nummer der Sassnitzer Wache. Er beschrieb den Anruf des Mädchens, erklärte, was er aus ihren Worten zu hören gemeint hatte. «Bitte fahren Sie dorthin. Ich komm ebenfalls. Aber seien Sie vorsichtig. Und steigen Sie auf den Dachboden. Falls Sie das Mädchen dort finden, nehmen Sie es mit … Ja, Kindesentzug.»

Während er sprach, war er in seine Jeans gestiegen. Er zog ein T-Shirt und seine Jacke über und holte Conny ans Telefon. Auf dem Weg zu seinem Wagen schilderte er noch einmal die Situation.

«O Gott! Ich mach mich sofort auf den Weg, Chef.»

Luka schob sich hinters Steuer.

Die Fahrt zog sich wie Kaugummi. Links und rechts tauchten die Jasmunder Bodden auf – eine schwarze, unergründliche Pracht. Auch die Fenster in Lietzow waren schwarz. Die Insel wirkte wie zur Zeit der Wikinger oder wer auch immer sie besiedelt haben mochte. Luka erreichte das Kopfsteinpflaster von Sagard und dann die Einsamkeit der Äcker und Wiesen auf der Landstraße nach Lohme. Im Kegel seiner Scheinwerfer sah er rote Klatschmohnblüten, die zu dieser Jahreszeit die Äcker und Wegränder säumten. Er hatte sie immer gemocht – jetzt erinnerten sie ihn an Blutkleckse. Einmal musste er scharf für ein Reh bremsen. Als er das Fernlicht ausstellte, floh es in das Wäldchen zurück, aus dem es gekommen war, ein schmales, graziles, panisches Geschöpf. Ein, zwei Minuten fuhr Luka langsamer, dann trat er wieder aufs Gas.

Er bemerkte den roten Boxster vermutlich deshalb, weil er nach der Beinahe-Karambolage so aufmerksam die Straßenränder im Auge behielt. Der Wagen stand in einer Kurve – glänzendes Metall, das im Scheinwerferlicht den Bruchteil einer Sekunde aufblitzte. Vielleicht handelte es sich gar nicht um Hagen Tanners Auto, aber der einsame Platz war um diese Zeit ein merkwürdiger Ort zum Parken und das elegante Rot eine seltene Farbe. Das Ortsschild von Lohme tauchte auf, doch Luka wendete. Er hielt am Straßenrand und stellte das Warnblinklicht an.

Das rote Auto war mit den Vorderrädern in die Büsche gefahren worden, ohne Rücksicht auf mögliche Kratzer im teuren Lack. Luka schaute durch die Fenster, aber es war zu dunkel, um etwas zu erkennen. Er kehrte um und holte seine Taschenlampe. Als er den Lichtstrahl durch den Boxster gleiten ließ, entdeckte er … Er musste schlucken. Ein kleines Kind saß in einem Kindersitz auf der Rückbank, der Kopf war auf die Brust gesackt, es rührte sich nicht.

Emily.

Die teuren, neuen Wagen waren nicht mehr einfach zu knacken. In Lukas Kofferraum lag ein Radkreuz. Er zerschlug damit die Frontscheibe, fegte unter dem Kreischen der Diebstahlssicherung die Splitter beiseite und kletterte über den Beifahrersitz zu dem kleinen Mädchen. Es reagierte weder auf den Lärm noch auf seine Berührung, als er ihr Gesicht anhob. Fühlte er einen Puls? Sie war zu klein, um die Halsschlagader zu erspüren. Es war eine heikle Sache, sie aus dem Kindersitz zu befreien und durch das zerschlagene Fenster ins Freie zu bugsieren. Sie war schlaff wie eine Puppe und der Innenraum des Wagens mit winzigen Scherben übersät. Er hatte sie gerade auf die Motorhaube gehievt, als ihn der Schein seiner eigenen Taschenlampe blendete.

«Scheiße!», hörte er Connys Stimme. Sie legte die Lampe ab und half ihm, das Kind durch die Zweige zu hieven. Die Alarmanlage besaß zum Glück einen Zeitmechanismus und verstummte. Dafür krächzte ein Uhu, den der Lichtkegel der Lampe aufgescheucht hatte. Er suchte flügelklatschend das Weite.

Während Conny nach einem Krankenwagen telefonierte, zog Luka dem Mädchen Jacke und Pulli aus. Der Puls wurde bei Kleinkindern am Innenarm gesucht, das hatte er gelernt, als Teresa ihn zu einem Erste-Hilfe-Kurs für Eltern genötigt hatte. Er fühlte etwas, nur schwach, aber immerhin.

Conny beugte sich zu ihm. «Der Notarzt ist in Lohme. Ich hab Dampf gemacht. Er kommt mitsamt Krankenwagen hierher. Atmet sie?»

«Wie ein Spatz.» Er schlang seine Jacke um das Mädchen.

«Wie hast du sie gefunden?» Sie wartete auf keine Antwort, sondern kniete sich neben ihn. Das bewusstlose kleine Mädchen lag zwischen ihnen wie eine Anklage. Sie schafften es nicht, die

Leute zu schützen, die ihnen anvertraut waren, nicht einmal die Kinder. «Ich könnte heulen», sagte sie leise.

Luka war wohl selten so erleichtert gewesen wie in dem Moment, als er das Martinshorn hörte. Conny rannte zur Straße und dirigierte die Helfer auf den Parkplatz. Der Notarzt war ein bulliger, wortkarger Mann. Er nahm Luka das Kind ab, trug es auf eine Liege im Krankenwagen und ließ sich, während er es entkleidete, erzählen, was passiert war.

«Ruf Julia Tanner an», sagte Luka zu Conny und quetschte sich neben die Liege. «Gibt's Hinweise auf ein Betäubungsmittel?»

Der Arzt schaute kurz hoch. «Warum vermuten Sie das?»

«Kann es sein, dass man ihr was gegeben hat?»

«Möglich ist das schon. Und jetzt raus hier, wir müssen in die Klinik.»

Sie fuhren weiter nach Lohme. Das Kreiseln der Blaulichter hatte etwas Hämisches, die Streifenwagen zwischen den Häusern kamen Luka wie Geier vor, die einen neuen Tod feierten. Er entdeckte David und Gitte. Judy war bei ihnen, zum Glück. Sie klammerte sich an Gittes Rollstuhl, ein kleines, verstörtes Mädchen, das Luka mit den Blicken folgte, als er zum Einsatzleiter ging.

Lothar Strauss war selbst gekommen. Sein Gesicht wirkte erregt und übermüdet zugleich. Er nahm Luka beiseite. «Hat ja irgendwann so enden müssen. Am besten sehen Sie sich die Bescherung selbst an. Aber hier: mit Schutzkleidung.»

Judy hatte richtig beobachtet. *Der Mann* hatte Martha Schrepper zum Haus von Gottfried Probst gebracht. Sie lag in seinem mit Teppichen ausgelegten Keller, und er hatte ihr tatsächlich sehr weh getan. Die alte Frau hatte ihren Strohhut verloren, ihr grauschwarzes Haar war von Blut verklebt, das in einer an den

Rändern bereits gerinnenden Pfütze um Kopf und Schultern schwamm. Ihr Kinn war zur Seite gesackt, die Zähne wirkten wie ein löchriger Zaun mit Sicht auf den Gaumen. Speichel war in ihre Mundwinkel getropft, wo er als silbriger Belag hängen geblieben war. Der obere Teil des Gesichts mit Augen und Stirn bestand aus einer Masse aus Haut, Fleisch, Blut und Knochen. Man hatte ihr direkt ins Gesicht geschossen. An der Wand klebte unter einem Bild, das wohl den Betriebsausflug eines Lehrerkollegiums zeigte, Gehirnmasse.

«Da drüben ist der andere», sagte Strauss und deutete zu einer Ecke hinter einem Brennholzverschlag. Luka hielt sich an die Wand, um möglichst keine Spuren zu verwischen. Der weiße Schutzanzug rubbelte an dem in Rankenmustern aufgetragenen Putz.

Bei Gottfried Probst war der Schuss in die Schläfe gegangen. Neben seinem Kopf lag eine Pistole, als wäre sie ihm aus der Hand gerollt. Er trug einen altmodischen Schlafanzug und eine ausgebeulte Strickjacke.

«Mord mit anschließendem Suizid?», schlug Strauss vor. «Das würde Sinn ergeben. Der Mann ist ja seit Wochen kurz vor dem Durchdrehen. Jetzt hat er reinen Tisch gemacht. Vielleicht hätte man ihn vom Gefängnis aus direkt in die Psychiatrie einweisen sollen.»

Luka knipste einige Fotos, dann kehrten sie ins Freie zurück. «Wo stecken die Schrepper-Brüder?»

«Jedenfalls nicht im Haus. Da haben wir nur die Kleine gefunden. Aber aus der lässt sich nichts rauslocken, nicht mal von der Tante.»

Luka blickte zu Gitte. David hatte sich neben ihr auf die Reste eines Mäuerchens gesetzt. Judy stand noch immer vor dem Rollstuhl. Er selbst hätte sie auf den Schoß genommen oder sie irgendwie angefasst, ihr den Kopf gestreichelt, was man so tat. Gitte starrte verkrampft vor sich hin und schien das Kind kaum zu bemerken. Wurde man so, wenn man in der Kindheit nicht lernte, welche Gesten trösteten und wie man Mitgefühl zum Ausdruck brachte? Würde Judy später ähnlich agieren? Luka ging durch die mit blauen Schatten durchsetzte Nacht zu ihnen.

«Endlich ein Fall, der sich von selbst abarbeitet», witzelte einer der Streifenpolizisten, an dem er vorbeiging.

«Halt die Klappe», fauchte er ihn an.

Die Nacht schien von Emotionen geschwängert. Aber er selbst fühlte nichts mehr. Keine Erleichterung angesichts von Marthas Tod, keine Frustration, dass der Mörder wieder zugeschlagen hatte, keine Anspannung, kein Entsetzen. Sein Verstand hatte die Region, in der die Emotionen saßen, abgeschaltet. Kühl glich er die neuen Ereignisse mit dem ab, was er bereits wusste, und mit dem, was er vermutete. Szenen geisterten dabei durch seinen Kopf: Dietmar und Hagen, wie sie einmütig beieinandersaßen … die Beschwörung ihrer Freundschaft … Martha, die diese Freundschaft duldete … Lebold Tanner … Georgs verbrannte Leiche in der Pathologie … die Bienen … die Elster im Schornstein … und Monika natürlich.

Monika hatte Gottfried verlassen, und wie hatte er reagiert, als sie ihn darauf ansprachen? Er zeigte ihnen bescheuerte Bücher.

Alte Bücher … Wertvolle, alte Bücher …

Doch, dachte Luka, wenn man alles zusammennimmt, wenn man auch noch an die arme Emily denkt und an Hagens Alibi für die Zeit, während Simone ermordet worden war …

Er hatte Judy erreicht, ging vor ihr in die Hocke und packte ihre Hände. «Wir haben vorhin telefoniert. Du hast mich angerufen.»

Sie nickte.

«Das war gut. Das hast du genau richtig gemacht. Du hast zu mir gesagt: Da ist er wieder. Weißt du noch? Wer war das? Wer hat die Oma mit sich genommen und ihr weh getan?»

Dieses Mal flüsterte sie nicht. Sie nannte klar und deutlich den Namen ihres Onkels.

Luka nickte und richtete sich wieder auf. «Wo ist Conny Böhme?», fragte er Strauss, der die Absperrung der Grundstücke überwachte.

«Eben war sie noch hier.» Der Mann leuchtete zerstreut zwischen die Häuser.

David hob den Kopf. «Sie ist zum Parkplatz gegangen. Ich wollte ihr gerade hallo sagen, da rannte sie plötzlich los. Mit dem Teufel im Auge, wenn ich das so sagen darf, ließ sich nicht aufhalten.»

Bestürzt starrte Luka ihn an. «Hast du ihre Handynummer? Versuch, sie anzurufen. Sie soll zurückkommen. Mach ihr das klar. Sag ihr, sie soll keinen Scheiß bauen! Wie lange ist sie weg?»

«Vielleicht fünf Minuten.»

Er rannte los. Ihm war klar, wohin Conny sich gewandt haben musste. Genau wie er selbst hatte sie Hagen zum Waisenhaus begleitet. Das war der Platz, an dem der Mann sich mit Dietmar als Kind getroffen hatte. Ihr Versteck, ihre gemeinsame Geschichte. Dort würden sie auch heute Nacht hingehen. Oder drehte er langsam durch? Aber wie sonst sollte man den roten Boxster mit dem bewusstlosen Kind im Kindersitz erklären?

Bei seinem Sprint durch das Dorf sah Luka einige Menschen an den Fenstern, die mitgekriegt hatten, dass in Bullerbü wieder mal der Teufel los war. Sie starrten ihm nach, als er über den Campingplatz zu dem rot gemauerten Turm rannte, der wie eine Fahne den Bereich des verlassenen Waisenhauses markierte.

Das heruntergekommene Gelände, das sich vom Campingplatz bis zum Wanderweg an der Klippe und östlich zu Äckern und Wiesen erstreckte, war ihm bei seinem Besuch mit Hagen Tanner unübersichtlich vorgekommen – jetzt, mitten in der Nacht, wirkte es wie tiefster Dschungel, wie die Kulisse in einem Indiana-Jones-Film. Wucherndes Grün, dazwischen düstere Ruinen. Er lief durch Unkraut, blieb an Zweigen hängen, spürte unter den Füßen geborstene Betonplatten und traf immer wieder auf Mauern mit blinden, teilweise vergitterten Fenstern. Die Dächer reflektierten das Mondlicht, es war, als gäbe es über ihm Licht und Vernunft. Aber nicht hier unten.

Vor ihm tauchte eine weitere Hauswand auf. Luka stolperte um eine Ecke und fand sich auf besonders dunklem Gelände wieder. Irgendwo fiepte ein Tier, wohl eine Ratte. Er ertastete geborstene Fensterbänke und vernagelte Türen. Eine davon war eingetreten worden. Mühsam zwängte er sich in den Raum, der dahinter lag. Hatte Conny seine Taschenlampe mitgenommen? Wenn ja, dann hatte sie sie ausgeschaltet. Er mochte nicht nach ihr rufen – womöglich brächte er sie damit in Gefahr. Er duckte sich, als etwas über seinen Kopf hinwegflatterte. Eine Fledermaus verschwand durch ein kaputtes Fenster in der Nacht.

Luka atmete durch. Er nahm sich die Zeit, hinauf ins Obergeschoss zu steigen, und blickte in die Zimmer. In den Ecken, in die Mondlicht fiel, konnte er Haufen aus Laub und Dreck ausmachen. Sonst: nichts. Kein künstliches Licht, keine Stimmen, überhaupt kein Geräusch.

Als er wieder ins Freie trat, war es unvermutet ein wenig heller geworden. Hinter dem Wanderweg schob sich die Dämmerung über das Meer, der Horizont verblasste von Schwarz zu einem dunklen Grau. Luka bog um eine weitere Mauerecke und stand vor dem Bassin mit dem modernden Wasser. Es glänzte tückisch, als wollte es darauf aufmerksam machen, wie leicht ein Mensch auf seinem Grund verschwinden könnte. Der Feuerlöscher, den Luka schon beim ersten Besuch bemerkt hatte, ragte schemenhaft aus der Suppe. Er sah aus wie der Kopf eines Roboters, der ihn beobachtete. Was nun?

Und plötzlich hörte er doch etwas. Eine männliche Stimme, zu leise, um Wörter zu verstehen, laut genug, um Aufregung und Zorn erkennen zu lassen. Er eilte den Weg, den er gekommen war, zurück. Mechanisch griff er nach der Pistole, die er zu Hause in die Jackentasche hatte gleiten lassen, und entsicherte sie.

Wieder Worte, dann ein dünner Schrei – und Stille. Luka näherte sich einem eingeschossigen, relativ kleinen Gebäude, das direkt vor dem roten Turm stand. Die Fenster waren schmal, bodentief und schwarz. Aber aus einem seitlichen Kelleraufgang drang schwaches Licht. Er eilte zu dem Gitter, das die Treppe absicherte – und entdeckte Conny. Sie war die Stufen hinabgeklettert, stand zwischen verkeilten Brettern unten auf dem Sockel und starrte durch eine Tür, aus der die Stimmen drangen. Regenwasser, das sich am Ende der Treppe gesammelt hatte, waberte knöcheltief um ihre Füße, die Bretter zwangen sie zu einer unnatürlichen Haltung. Sie hielt ihre Waffe in der Hand.

«... ist doch irre. Was redest du ...» Die Stimme, die sich vor Wut fast überschlug, brach ab. Es folgten platschende Geräusche, als strampele jemand im Wasser. Dort war ein Kampf im Gange, todsicher. Luka hastete über die modrigen Stufen zu seiner Kollegin hinab. Der Anblick, der sich ihm bot, war gespenstisch. Von dem Treppensockel führte eine weitere kleine Treppe in einen Kellerraum hinab, in dem sich noch viel mehr Regenwasser gesammelt hatte, alles, was in den Unwettern der letzten Jahrzehnte hineingelaufen war und nicht hatte verdunsten können. Er schätzte die Tiefe auf einen halben Meter. Aus dem Wasser ragte Gerümpel: Reste eines Billardtischs, ein rostiger Auspuff, ein eiserner Herd, aus dem ein Kabel hing ... Auf dem Boden lagen vereinzelte Mauersteine. Und außerdem eine Hausmatte, die rot im eisenbraunen Wasser glänzte und auf der sich eine Pistole befand.

Ganz in der Nähe der Waffe stand Dietmar Schrepper. Er hatte sich vornübergebeugt und drückte Hagen Tanners Kopf unter Wasser. Nicht um ihn zu ertränken, er zog ihn nach wenigen Augenblicken wieder an die Luft. «Und mein Vater? Was, verflucht, hatte der damit zu tun, du ... du dreckiger Scheißhaufen?»

«Fick dich!», brüllte der gut erzogene Hagen. Er wand sich verzweifelt, bekam auf dem schleimigen Untergrund aber keinen Halt und schaffte es nicht aus Dietmars Griff.

Der Raum wurde von einem Handscheinwerfer erhellt, der auf einem Podest abgestellt worden war. Sein Lichtkegel war auf die Männer gerichtet, Hagens Gesicht wurde direkt angestrahlt. Luka konnte die Panik darin sehen, als Dietmar ihn erneut unter Wasser drücken wollte.

Sie mussten einschreiten. Rein ins Wasser, Waffe bergen und die Männer auseinanderbringen.

Conny legte die Hand auf Lukas Arm. Ihre Gedanken standen in ihrem Gesicht: *Lass sie einander doch fertigmachen. Wer bringt sich für zwei Verbrecher in Gefahr, die ihre gewonnene Zeit dazu nutzen würden, anderen Menschen, unschuldigen Menschen, das Leben zur Hölle zu machen?*

Er schüttelte den Kopf.

Denk an Tilda, denk an dich und mich. Denk vor allem an Nina. Die hatte auch keine Chance, als Dietmars Schwein sich über sie hermachte. Nur ein bisschen warten, als wären wir ein paar Minuten zu spät gekommen ...

Dann hätten sie einen Toten und einen auf frischer Tat ertappten Mörder. Und Ruhe für sich und ihre Familien.

Scheiße!

Luka hob den Arm und sandte einen Warnschuss in den Nachthimmel. Dietmar ließ mit einem Fluch von Hagen ab. Seinem Opfer gelang es endlich, sich aufzurappeln – er hechtete zielstrebig zur Pistole. Ein zweiter Schuss. Dieses Mal hatte Conny abgedrückt, eine Wasserfontäne spritzte Hagen ins Gesicht. Er fuhr zu ihr herum und versuchte zu erkennen, wer sie war. Keine große Herausforderung. Ein Teil des Scheinwerferlichts erreichte auch die beiden Kommissare. «Was soll das?», brach es aus ihm heraus. «Sind Sie irre? Haben Sie nicht gesehen, wie der Mann mich …?»

Dietmar wollte mit einem Wutschrei erneut auf ihn los.

«Ja, mach», sagte Conny tonlos. «Ich hab deine Mutter gesehen, Schrepper. Tanners Schuss ging, zack, direkt in ihr Gesicht. Ihr Gehirn ist in Probsts Keller verteilt.»

Dietmar hielt inne. Er drehte sich zu ihr um und starrte sie an.

«War kein schöner Tod. So wenig wie bei deinem Vater. Verbrennen tut weh, Mann. Verbrennen ist wie …»

«Lass sein», mahnte Luka leise. Er nahm ihr die Waffe ab und ließ sie in seine Tasche gleiten. Seine eigene Pistole war immer noch auf Dietmar gerichtet. «Was geht hier vor?»

Dietmars Blick wanderte wieder zu Hagen. Trotz des bleichen Lichts war zu erkennen, dass er zitterte. «Dieser Scheißer ist ein Mörder. Er hat's mir selbst gesagt, und Sie haben ja scheinbar auch was …»

«Aber das stimmt doch nicht», brach es aus Hagen heraus. «Das ist alles erlogen. Ich habe *nicht* getötet. Was reden Sie denn nur, Frau Böhme? Herr Kroczek, Dietmar hat mich angerufen. Ich sollte hierherkommen. Ich dachte, es geht um etwas Sentimentales, einen Abschiedstreff, weil ich fortziehen …»

«Lügner!», brüllte Dietmar auf.

«... und als ich hier war, ist er plötzlich über mich ...»

Wieder wollte Dietmar auf ihn los. Luka schoss, eine weitere Fontäne spritzte durch den Raum. Normalerweise hemmte Wasser den Lauf einer Kugel, aber die fünfzig, sechzig Zentimeter reichten wohl nicht. Sie schlug am Boden auf, und die kinetische Energie ließ sie zum Querschläger werden. Hagen begann zu brüllen, er fasste sich an die Wade. Dietmar hob die Hände. «Scheiße, nehmt ihn fest!», brachte er kreidebleich hervor.

«Tja», sagte Luka. «Im Grundsatz eine gute Idee. Dass Hagen Tanner ein Mörder ist, könnte ich zumindest im Fall Ihrer Mutter beweisen. Ich *könnte* es tun ...» Er ließ die Worte im Raum hängen.

Dietmar zwinkerte und versuchte zu verstehen. Sein Blick irrte zu Hagen, der sich auf den Kellerboden sinken ließ. Das Wasser färbte sich rot. Hagen stand sichtlich unter Schock. «Was soll das?»

«Es mag Ihnen merkwürdig vorkommen, Herr Schrepper, aber es macht mich sauer, wenn man mein Kind ängstigt. Es macht mich sauer, wenn man mich zusammenschlägt. Und es macht mich dreimal sauer, wenn man einen Vergewaltiger auf die Tochter meiner Kollegin hetzt. Verstehen Sie? Es würde mich nicht gerade ins Herz treffen, wenn Sie hier unten sterben.»

Dietmar leckte sich über die Lippe. Er kapierte immer noch nicht. «Was willst du?»

«Ich spiele gerade im Kopf verschiedene Möglichkeiten durch. Zum Beispiel: Wenn Hagen die Waffe da unten in die Finger bekäme, würde er Sie erschießen. Das könnte man als eine Art ansehen, Gerechtigkeit wiederherzustellen. Wenn andererseits Sie Hagen erschießen, würde ich bezeugen, dass es sich um einen kalt durchgezogenen Rachemord handelte. Das

Motiv wäre ja klar, da Ihre Mutter von ihm erschossen wurde. Sie würden auf lange Zeit ins Gefängnis wandern.»

Dietmar starrte ihn ungläubig an. «Aber ...»

«Ich weiß.»

Wieder fuhr die Zunge über die Lippe. Dietmar roch einen Handel, kriegte aber keine Idee, worum es gehen sollte. «Was willst du?», wiederholte er.

«Der Einbruch in Rambin. Ich will wissen, wo ihr das Diebesgut versteckt habt und wer mitgemacht hat.»

«Was?»

«Ihr seid nach dem Bruch verfolgt worden und habt die Sachen aus dem Auto geworfen, aber später habt ihr sie todsicher wieder abgeholt. Wo habt ihr sie hingebracht?»

Dietmar rieb nervös die Hand an der nassen Jeans. Seine Zunge führte ein Eigenleben wie die einer Eidechse. «Ich geb euch das Zeug oder zahl euch den Gegenwert, fünfzigtausend, in bar.»

«Ich will das Versteck wissen.»

Dietmar schielte zu Hagen, der hasserfüllt zurückstierte. «Verschwindet ihr, wenn ich es verrate? Ihr gebt mir ein bisschen Zeit hier unten ... »

«Das ist nicht der Deal. Es geht um eine Festnahme, um eine Gefängnisstrafe für Tanner wegen Mordes.»

«Aber ... »

«Die Beamten, die die Leiche Ihrer Mutter und die von Probst gefunden haben, gehen davon aus, dass Probst Ihre Mutter umbrachte und anschließend Suizid beging. Man kann es so sehen.»

«Und so war es auch», keuchte Hagen, «so war es, ehrlich. Ich bin nur hier, weil Dietmar mich herbestellt hat. Was ist das denn für ein Wahnsinn? Ich bin verwundet. Helfen Sie ... »

«Womit können Sie ihn überführen?», unterbrach ihn Dietmar.

«Mit einem Detail, von dem nur ich und meine Kollegin hier wissen.»

«Welches Detail?»

«Behalten wir lieber für uns.»

Die Sekunden tropften in den Raum, während Dietmar seine Möglichkeiten abwog. Martha war tot, er hatte sie geliebt, er war zu aufgewühlt, um die Situation kühl einzuschätzen. Noch ein Blick zu Hagen, der mit schmerzverzerrtem Gesicht die Wade umklammerte. Sein Gesicht wurde steif vor Hass. Er entschied sich. «Bei den Sendemasten.»

«Bitte?»

«Die Masten vom Rügenradio hinter dem Kleingarten.»

«Genauer.»

«Direkt hinter den Gartenlauben steht ein Baum vor einem der Masten. Zwischen den Wurzeln ist ein Loch.»

Luka reichte sein Telefon an Conny. «Hol mir Strauss ran.»

Sie strich übers Display und gab ihm das Handy zurück. Er bat seinen Kollegen, Männer zu dem Mast zu schicken und bei ihm durchzurufen, falls sie die Beute aus dem Rambiner Einbruch dort fänden.

«Wieso denn jetzt der Einbruch? Wo stecken Sie überhaupt?»

«Nachher», sagte Luka und drückte ihn weg. «Wer waren Ihre Komplizen?», fragte er Dietmar. Conny zog einen Zettel und einen Kuli aus ihrer Jacke und notierte, was er zähneknirschend verriet. Luka bat sie, Tobias anzurufen. Sie gab die Namen an ihren schlaftrunkenen jungen Kollegen weiter. Luka ließ sich das Handy reichen. «Bitte feststellen, wer diese Leute sind und ob es eine Verbindung zu Dietmar Schrepper gibt», ordnete er an.

«Jetzt?»

«Ja. Ist wichtig.» Conny bekam das Handy zurück.

Hagen erhob sich. Er ging zu einem an der Wand entlanglaufenden Holzpodest, stützte sich ab, zog das Hosenbein hoch und begutachtete die Schussverletzung. Ein Streifschuss, mehr war es nicht. Sein Blick glitt wieder zur Waffe auf dem Bassinboden und dann, hasserfüllt, zu Dietmar, schließlich zu Luka. «Es wäre eine Art, Gerechtigkeit herzustellen, das haben Sie gut ausgedrückt, Herr Kroczek. Wollen Sie wissen, was damals passiert ist, bei dem Brand in meinem Elternhaus?»

Luka sah aus den Augenwinkeln, dass Conny die Diktierfunktion an ihrem Handy einstellte. Sie würden keine perfekte Aufnahme bekommen, aber die Technik würde es richten. Er wollte die Sätze sprechen, die er brauchte, um das Kommende gerichtsfest zu machen, doch Hagen fiel ihm ins Wort. «Wir sind hier gewesen, auf diesem Gelände. Verstehen Sie? Dietmar und ich. In der Nacht des Brandes.»

Das hatte er ja schon früher ausgesagt.

«Dann sind wir nach Hause gegangen und haben das Feuer gesehen. Aber Gottfried Probst hat nicht einfach nur da gestanden. Der Mistkerl ist in unser Wohnzimmer rein. Ich habe gedacht, dass er meinem Vater helfen würde. Er ist auch kurz zu ihm hin und hat ihn gerüttelt, aber dann ist er wieder aufgestanden und zu unserem Bücherschrank gerannt. Er hat angefangen, Bücher rauszutragen.»

«Das ist Ihnen aber nicht erst eingefallen, als Dietmar Schrepper von der Nacht erzählt hat. Es war der eigentliche Grund für Ihren Umzug nach Lohme.»

Hagen war zu sehr in Fahrt, um zu protestieren. «Er hat die Bücher gerettet, weil er Sammler war. Genau wie mein Vater, der hatte auch massenweise Geld für das Zeug ausgegeben. Die beiden hatten dieselbe Leidenschaft, keine Ahnung, was man an diesen beschissenen alten Schinken finden kann. Jedenfalls, als es brannte ... Der Dreckskerl hatte die Wahl – und er hat die Bücher gerettet, statt meinem Vater zu helfen. Er hat ...» Ihm blieb vor Wut die Luft weg.

«Ihr Vater hatte sich die Wirbelsäule verletzt.»

«Kann ja sein, aber er hat auch Rauch eingeatmet. Also hat er noch gelebt, als er unten bei der Treppe lag. Und Probst war kein Arzt. Natürlich hätte er ihn rausziehen müssen, vielleicht hätte man meinem Vater dann ja doch noch helfen können. Zumindest hätte der Dreckskerl verhindern können, dass er verbrannte. Verstehen Sie? Er hat ihn verbrennen lassen! Bei lebendigem Leib. Aber für ihn war das natürlich perfekt: Der Brand würde alles zerstören, mein Vater wäre tot, keiner würde mehr nach den Büchern ...»

«Und was hatte meine Mutter damit zu tun?», kreischte Dietmar. «Erzähl mir nicht, dass die auch auf alte Schwarten stand.»

«Nein, aber auf Geld. Das Aas wusste, was die Dinger wert waren, wetten? Deshalb hat sie zugeguckt. Die stand nämlich auch da, als ... Ich möchte, dass Sie das mit aufnehmen, Frau Böhme. Noch einmal ganz deutlich fürs Protokoll: Martha Schrepper hat zugesehen, wie Gottfried Probst, statt meinen Vater zu retten, einen Diebstahl begangen hat. Sie hat Probst einige von den Büchern abgenommen und ist damit abgezogen. Ich habe das gesehen, verflucht. Mit meinen eigenen Augen!»

«Das lügst du, du Arsch!»

«Kannst du doch gar nicht wissen. Du bist abgehauen, als deine Mutter aufgetaucht ist. Die hat die Bücher später verkauft, jede Wette. Und dein Alter stand bei dem Brand oben am Fenster und hat zugeschaut! Den hab ich auch gesehen. Sie alle! Drei Erwachsene, und keiner krümmt einen Finger, während mein

Vater jämmerlich verbrannt! Und du ...» Hagen hatte seine Stimme mit jedem Wort gehoben, bei den letzten schrie er. «Du *lügst* für deine Mutter. Du lügst für sie, während ich dabeisitze.»

Luka schaute zur Uhr. Sie hatten Zeit, noch hatte Strauss nicht zurückgerufen. Die Quelle sprudeln lassen, solange was kommt, dachte er. «Was war mit Monika Probst? Hatte die auch zugesehen?»

«Nein», schnappte Hagen. «Aber sie muss gewusst haben ...»

Dietmar hechtete zur Waffe, er kam bis auf Armlänge an sie heran. Luka schoss erneut. Er glaubte an das Machtmonopol des Staates, an den Segen unabhängiger Gerichte. Es war ein Versehen, dass er ihn traf. Hoffte er. Dietmar brach heulend zusammen, auch er am Bein getroffen, auch bei ihm färbte sich das Wasser. Sein Haar wurde nass, unter den Strähnen zeigte sich die nackte Kopfhaut. Plötzlich sah er alt aus.

Hagen ließ sich von dem Vorfall nur kurz unterbrechen, er redete weiter, lauter, wie unter dem Zwang, sich von seinen Geheimnissen zu befreien und sich zu rechtfertigen. «Monika hat gewusst, was ihr Mann getan hat. Sie hat doch jede Woche die Bücher abgestaubt, natürlich war ihr klar, woher Gottfried die hatte. Aber sie war nur eine Lügnerin, keine Mörderin. Deshalb musste sie auch nicht sterben. Haben Sie das protokolliert? Ich habe sie mit den Bienen nur erschrecken wollen.»

«Sie sind der Gute, ist angekommen, ja», sagte Conny. Sie zog ihren Gürtel aus der Hose und warf ihn Dietmar zu. «Über dem Knie abbinden. Ist nur 'ne Empfehlung.»

«Wo befindet Frau Probst sich im Moment?»

«Das weiß ich nicht. Ich sage doch, ich hab sie nur ... Die Rakete war auch gar nicht für sie, sondern für Gottfried bestimmt gewesen, sie war nur blöderweise dazwischengelaufen.

Und dann ... Ich bin zu ihr rüber, ich mochte sie eigentlich. Ich habe mir die Bücher angesehen und gesagt, dass mein Vater ähnliche hatte. Und sie hat weggeguckt und irgendwas gemurmelt. Verstehen Sie? Die hatte ihre Chance, sie hätte nur ... »

«Rufen Sie einen Krankenwagen», presste Dietmar heraus.

«Sobald ich die Bestätigung habe, dass der gestohlene Schmuck ...»

«Scheiße, ich brauch einen Krankenwagen.»

«Jetzt nicht weinerlich werden.» Luka musterte die beiden Männer, die in dem dreckigen Wasser bluteten. Tilda, Judy, Nina ... Der Hass saß ihm wie ein Druck auf der Brust. So viel Jämmerlichkeit unter der harten Haut aus Brutalität. So viel Unfähigkeit, über das beschissene kleine Ich hinauszublicken. Wieder schaute er zur Uhr. Warum verging die Zeit nicht schneller? «Die Bremsen an Ihrem Wagen?», fragte er Hagen.

Der Mann antwortete nicht. War auch nicht nötig. Er hatte mit dieser Aktion von sich ablenken wollen. Hatte ja auch lange geklappt. Um Dietmar färbte sich das Wasser intensiver. Wenn er starb, wären die untätigen Kommissare wegen unterlassener Hilfeleistung dran.

«Der armen Judy haben Sie jedenfalls eine Scheißangst eingejagt», sagte Conny zu Hagen. «Und dafür gibt's keine Entschuldigung.»

«Das stimmt nicht. Ich habe dem Mädchen Spielzeug geschenkt. Sie wusste, dass ich ihr wohlgesinnt bin.»

«Einen Dreck wusste sie, Blödmann. Und was Emily betrifft ...»

Luka beschloss, ins Wasser zu gehen. Dietmar rausziehen, Erste Hilfe leisten. Er gab Conny seine Waffe. Aber als er die Stufen genommen hatte, bimmelte das Handy. Nicht Strauss, sondern einer seiner Männer war dran. «Wir haben den Krempel. Der Schmuck liegt tatsächlich in einer Grube zwischen den Wurzeln dieses Baums, in einem schwarzen Müllsack. Wäre man nicht drauf gekommen. Obenauf Blätter und Erde ...»

«Dietmar Schrepper und Hagen Tanner sind verletzt worden. Rufen Sie zwei Krankenwagen und schicken Sie sie ...» Luka gab eine Beschreibung. Anschließend fischte er die Glock vom Boden, mit der Hagen seinen alten Kumpel hatte abknallen wollen, und ging zu Dietmar, um sein Bein abzubinden. Den Gürtel würde Conny nie wieder tragen. Schade eigentlich. Es war ein Glitzerteil, sicher ein Geschenk von Nina.

Zwei Tatortwagen waren angerückt, hinter ihnen, direkt vor dem gelben Haus, stand der schwarze Mercedes des Staatsanwalts. Meyer begutachtete zusammen mit Martin Berger Probsts Keller, sie diskutierten die Verletzungen und die Auffindelage der beiden Leichen. Als Luka dazukam, wollten sie Genaueres über das Geschehen beim Waisenhaus wissen. Er gab einsilbig Auskunft.

«Sie hätten dort gar nicht allein hingehen dürfen, Mann, da wartet man auf ein SEK.»

Luka erfuhr, dass Julia Tanner bei Emily im Krankenhaus war. Offenbar hatte Hagen seiner Tochter ein mildes Betäubungsmittel verabreicht, damit sie schlief, während er auf Rachefeldzug war. «Julia war bei einer Schwägerin zu Besuch gewesen. Sie hatte Kind und Mann in der Wohnung in Stralsund gewähnt und ist aus allen Wolken gefallen. Und natürlich stocksauer», erklärte Martin. «Nachdem sie erfahren hat, was ihr Mann mit ihrer Tochter angestellt hat, hält sie es für möglich, dass Hagen ihr in der Nacht, in der die Elster in den Schornstein gestopft wurde, auch etwas in den Champagner getan hat. Sie hat ein paar komische Erinnerungen, die sie bisher als Träume abgetan hat.»

«Wie kann man nur! Frau und Kind betäuben, um sich Alibis zu verschaffen», empörte sich Meyer.

Tja, wie kann man nur.

«Und Sie haben die Geständnisse von Schrepper und Tanner aufgenommen?»

«Ist schon auf dem Weg zum KTI.»

Luka und Martin kehrten ins Freie zurück. «Gut, dass wir den Schreppers endlich die Diebstähle nachweisen können», seufzte sein Chef zufrieden. «Bei den anderen Namen sind sie drüben in Stralsund auch schon dran.»

Sie blickten sich um. Die Tatortsicherer wanderten wie Außerirdische mit Pinseln und Plastiksäckchen übers Gelände. Auf der Wiese hinter den Häusern, wo ein wunderschöner Morgen anbrach, hatten sich Zaungäste gesammelt. Dass Martha Schrepper und Gottfried Probst ermordet worden waren, hatte sich offenbar herumgesprochen.

«Ich brauche ein paar Stunden Schlaf», sagte Luka zu Martin. «Reicht es, wenn ich heute Mittag zu den Verhören in Stralsund da bin?»

Sein Chef nahm ihn ein paar Schritte zur Seite. «Was ist im Keller passiert? Was werden Schrepper und Tanner sagen, wenn man sie fragt, wie sie an ihre Schusswunden gekommen sind?»

«Weiß ich nicht. Ist mir egal.»

«Hast du irgendwas …?»

«Keine Selbstjustiz, wenn du das meinst.»

«Und werden sie …»

«Ich sag doch: Ist mir egal.» Er ließ ihn grußlos stehen.

Dafür nahm er Conny mit. Ihr Wagen stand ja immer noch auf dem Parkplatz, auf dem sie Emily gefunden hatten. Sie fuhren schweigend. Als sie die asphaltierte Stelle hinter den Büschen erreichten, sahen sie, dass der Boxster bereits abgeschleppt worden war. Hatte wahrscheinlich Strauss veranlasst. Sie starrten auf Connys Karre. «Weißt du, was? Ich bring dich nach Hause. Das Auto können wir auch später holen», sagte Luka. Conny nickte.

Sie fuhren weiter, aber nicht Richtung Sagard. Luka bog zum Nationalpark ab und schlug den Weg zum Herthasee ein, wo sie vor zwei Jahren schon einmal gesessen hatten, als eine junge Frau sich in dem schlierenreichen Wasser ertränkt hatte. Sie parkten am Straßenrand und gingen auf dem Wanderweg in den Wald hinein. Jetzt im Frühsommer mit dem lichtgrünen Dach aus frischen Blättern, den Vögeln und der aufbrechenden Blütenpracht war der Herthasee ein beliebtes Ausflugsziel, aber an diesem Montagmorgen waren sie allein. Sie setzten sich auf den Steg, an dem die Tragödie damals ihren Ausgang genommen hatte. Der See schimmerte schwarz, Enten schwammen am gegenüberliegenden Ufer unter tief hängenden Zweigen.

«Ich krieg meine Gefühle nicht sortiert», sagte Conny, nachdem sie eine Weile den Insekten zugeschaut hatten, die wie kleine Kunstflieger über den Wellen schwirrten. «Hättest du echt geschossen?»

«Ich *habe* geschossen.»

«Ja, aber wenn du die Gelegenheit gehabt hättest ... Hättest du Schrepper ... ach, vergiss es, er lebt ja noch.»

«Wenn er uns angegriffen hätte ... Kann sein.»

«Weißt du, ich habe die ganze Zeit Nina vor mir gesehen. Sie lag auf dem Boden zwischen den Dreckskerlen, irgendwie, als wär's in echt. Ich war so wütend, so ... Wenn du nicht dazugekommen wärst ... Ich weiß nicht, was passiert wäre. Und das macht mir zu schaffen.»

Luka legte den Arm um sie und zog sie an sich. Es war eine

komische Geste, sie waren nicht verliebt ineinander, Conny war dreizehn Jahre älter als er. Aber es fühlte sich richtig an.

«Du hast gelogen», sagte sie. «Wir hatten gar keine Beweise, um Hagen einen der Morde nachzuweisen.»

«Wir hatten Emily.»

«Stimmt, ja. Aber das wäre dünn gewesen.» Plötzlich brach sie in Tränen aus. «Ich war kurz davor. Ich wollte den Scheißkerl abknallen ... Ich war ganz kurz davor. Weil ... dieser Horák, der wird für ein oder zwei Jahre verknackt. Aber Dietmar, der ihn angestiftet hat und ohne den das alles nie passiert wäre ... So jemand darf doch nicht einfach davonkommen. Das ist doch ...»

«Ich weiß.»

«Das ist nicht richtig.» Eine Ente flog unter den Bäumen auf. Sie schien übers Wasser zu laufen und setzte kleine Wirbel auf das dunkle Nass.

«Aber was wir getan haben, war auch nicht richtig. Erpressung, Luka. Wir sind nicht mehr die Guten.» Sie lachte, es war ein Geräusch, das sich eher wie Weinen anhörte.

«Der Grat ist schmal.»

«Auf welcher Seite standen wir heute Nacht?»

Luka nahm einen Stein und ließ ihn übers Wasser springen. Es entstanden ähnliche Wirbel wie bei der Ente. Sie sahen zu, wie er versank. Jeder Weg wäre falsch gewesen, dachte er, das ist die Sache.

SECHSUNDZWANZIG

Monika Probst tauchte im Bergener Kommissariat auf. Sie sei in Berlin gewesen, erklärte sie ihnen. Endlich einmal wieder Großstadtluft atmen, in ein Kabarett gehen, durch ein Shopping-Center flanieren ... Ja, ohne Handy – sie hatte es satt, kontrolliert zu werden, Gottfried hätte ja mit Sicherheit ständig angerufen.

Dann hatte sie in der Frühstückszeitung in ihrem Hotel vom Tod ihres Mannes gelesen. Die Rügenmorde waren eine Geschichte mit dem Potenzial zum Knaller, großer Aufmacher also. Das düstere Dorf am Meer, die eiskalten Killer ...

«In Wirklichkeit stimmt das ja alles gar nicht», meinte sie. «Lohme ist ein freundlicher kleiner Ort, mit seinen restaurierten Häusern und dem Blick auf das Tromper Wiek. Und Leute wie Dietmar und Hagen gibt es überall.»

Ihr Mann kam in den Artikeln übrigens als Opfer rüber, obwohl er mit seiner Gier nach den alten Büchern alles ausgelöst hatte.

Die Frau entschuldigte sich wortreich für die Umstände, die sie gemacht hatte. Luka bat sie, Platz zu nehmen. «Ist noch etwas von dem Morgen, als sie bei den Bienen eingesperrt worden sind, zurückgekommen? Irgendein Erinnerungsfetzen?»

Sie zögerte. «Ich bilde mir ein, eine Maske zu sehen, Sie wissen schon: so etwas wie eine Strickmütze mit Löchern für Augen und Mund, die über den Kopf gezogen wird.»

«Die würde der Täter wohl erst wieder runtergezogen haben,

nachdem er den Bienenschuppen hinter Ihnen zugesperrt hat.»
Luka dachte an Judy, die ihn vermutlich auch in diesem Moment beobachtet hatte. Er hatte sie noch einmal ausgefragt und ihr erklärt, dass sie, was ihren Onkel Dietmar anging, geschwindelt habe. Daraufhin war sie wieder völlig verstummt. Vielleicht würde Gitte es schaffen, die Wahrheit aus ihr herauszulocken. Wäre enorm hilfreich für die Gerichtsverhandlung. «Angefangen hat offenbar alles in der Brandnacht 93. Haben Sie irgendwelche Erinnerungen daran?»

«Tut mir leid. Ich hatte damals ein Schlafmittel genommen, Schlafstörungen, und kaum was mitgekriegt.» Ihre Lider senkten sich, als schaute sie in die Vergangenheit, ihre Stimme wurde leiser. «Dann standen aber plötzlich die Bücher von Lebold Tanner bei uns im Bücherschrank. Gottfried hat gesagt, dass er sie aus dem brennenden Haus retten konnte und sie aufbewahren würde, damit Frau Tanner ...» Monika hob die Hände. «Aber es klang alles nicht richtig. Er hat überhaupt keinen Versuch unternommen, sich mit ihr in Verbindung zu setzen. Frau Tanner war zu der Zeit natürlich in der psychiatrischen Klinik, aber später ... Wissen Sie, ich glaube, Gottfried hat die Bücher in Wirklichkeit gehasst. Ich habe nicht *einmal* gesehen, dass er eines davon aus dem Schrank genommen hätte, um darin zu blättern. Und ich bilde mir ein, dass unsere Ehe damals ihren ersten Knacks bekommen hat. Er veränderte sich. Nur, was ich nicht verstehe ... Also Hagen ... Wieso hat Hagen ihn umgebracht?»

Luka erklärte es ihr. Danach herrschte Stille.

Schließlich stand Monika Probst auf. Sie blieb neben ihrem Stuhl stehen. «Hagen ist einmal zu mir gekommen, vor ein paar Wochen, das stimmt, und hat eines der Bücher aus dem Schrank genommen. Ich bin seinen Fragen ausgewichen, hab Kaffee geholt. Ich habe ja geahnt, dass etwas mit den Dingern nicht stimmte, aber ich wusste einfach nicht, was ich sagen sollte. Ich glaube, diese Minuten haben mir den Rest gegeben. Dass ich für einen wie Gottfried, der immer so tut, als würde ihm nie ein Fehler unterlaufen, heucheln muss. Entschuldigen Sie, das klingt jetzt wie eine Rechtfertigung. Aber so bin ich. Mir hat immer … das Rückgrat gefehlt. Wenn ich etwas unterschreiben soll – hier ist meine Adresse.» Sie reichte ihm einen Zettel mit einer Anschrift in Berlin. Dann war sie fort.

SIEBENUNDZWANZIG

Das Wichtigste war erledigt, die Protokolle geschrieben, die Aufträge an das Kriminaltechnische Institut erteilt, die Verhöre ... na gut, die würden sich noch ein bisschen hinziehen. Vor allem, da die Kollegen vom Einbruchsdezernat anfingen, Strukturen aufzudecken und Namen zuzuordnen.

Das Diebesgut, das Dietmar so sorgfältig versteckt hatte, war zwar frei von Fingerabdrücken gewesen, aber nicht frei von DNA. So viel wussten sie schon. Bislang konnte niemand sagen, wer dem Raubopfer Sabine Loose die Verletzungen beigebracht hatte, die zu ihrem Tod führten, aber dass Dietmar die Beute des Einbruchs berührt hatte, ließ sich nachweisen, und den Spaten, mit dem sie vergraben worden war, fanden sie in seinem Schuppen. Auch Pflanzen besaßen eine DNA – das war etwas weniger bekannt unter Ganoven seines Kalibers, aber enorm hilfreich.

Hagen Tanner hatte seine Taten bei den Verhören eingeräumt. Er war sich keiner Schuld bewusst. Er hatte für Gerechtigkeit sorgen müssen, da sein Vater es nicht mehr konnte. Von diesem Gedanken war er besessen gewesen, seit seiner Kindheit, seit dem Brand.

«Ich vermute, ihn hat verfolgt, dass er selbst ihm auch nicht geholfen hat», spekulierte Conny. «Er hätte ja hinlaufen und die Leute zusammenbrüllen können. Stattdessen hat er sich verkrochen. Jemand anderen verantwortlich zu machen, entlastet, was?»

Der Tod von Simone tat Hagen leid, aber er hatte in Wirklichkeit Martha Schrepper erwischen wollen und schließlich nicht wissen können, dass die Zimmer getauscht worden waren. Es war ein Unfall gewesen. Schwer zu schaffen machte ihm die Nachricht, dass seine Frau die Scheidung eingereicht hatte und ihm nicht nur das Sorgerecht nehmen, sondern auch jegliches Umgangsrecht mit Emily verbieten lassen wollte. Sein Anwalt arbeitete auf Schuldunfähigkeit wegen einer psychischen Krankheit hin.

Was die Schussverletzungen anging, die er und Dieter im Keller des Waisenhauses davongetragen hatten, hatte er dem Staatsanwalt erklärt, dass ihn ein Querschläger getroffen habe, als Dietmar sich auf ihn stürzen wollte. Bei einem zweiten Angriff habe Kroczek Dietmar ins Bein geschossen. Anders hätte er ihn nicht stoppen können.

Dietmars Versuche, sie der Körperverletzung zu beschuldigen, liefen daraufhin ins Leere. Zumindest diesen kleinen Sieg konnte Hagen verbuchen.

Und nun kam endlich wieder ein freies Wochenende. Lukas Mutter war heimgefahren, Teresa kriegte ihn ran, die Möbel im Schlafzimmer und im Wohnzimmer umzustellen, als könnten sie so jede Erinnerung an den Besuch von Dietmar und Monti Schrepper auslöschen. Ihm war es recht, er hielt es für eine gute Idee.

Tilda schlief glücklicherweise erheblich besser, seit sie wusste, dass Martha Schrepper tot war. Sie hatten es ihr erzählt, auch wenn es sich brutal anhörte. Aber Luka fand, dass nichts schlimmer sein könnte als die ständige Angst vor einer Hexe, die sie aus dem Garten holen würde.

Am Sonntagnachmittag fuhren sie hoch nach Vitt. Das Dorf

war wieder von Touristen okkupiert worden, aber hinter der Rosenhecke hatten sie ihre Ruhe. Sie setzten sich in den Garten, und zum ersten Mal seit den Schüssen im Waisenhaus hatte Luka das Gefühl, wieder frei atmen zu können.

David brachte Bier auf die Terrasse, Teresa schleppte Wasser in Eimern aus der Küche und füllte für Tilda und Judy eine eiserne, angerostete Badewanne. Die Sonne sank. Die beiden Frauen unterhielten sich, während Tilda und Judy abwechselnd im Wasser planschten und auf einem alten Gartentisch herumhüpften, um mit Stunts zu glänzen, die vor allem darin bestanden, dass sie mit ausgebreiteten Armen auf den Rasen sprangen.

Zwei kleine Mädchen. Tilda war die Anführerin, weil sie sich in der Rolle gefiel, Judy die staunende Mannschaft. Das Schrepper-Mädchen zu beobachten, tat weh. Die konstante Vorsicht, die wie ein Zwang wirkte, die Blicke zu Gitte, ob sie auch nicht zu laut war oder sonst etwas falsch machte, das Lachen, das klang, als könnte es per Knopfdruck ausgestellt werden. Sie kam, um sich noch ein Glas Sprudel zu holen.

Luka beugte sich zu ihr vor. «Tja, Judy, dein Onkel Dietmar und der Onkel Monti sitzen jetzt im Gefängnis. Sie haben ein paar böse Dinge getan, und du wirst sie wohl nicht wiedersehen, bis du erwachsen bist.»

Judy nickte mit dem ergebenen Blick eines kleinen Menschen, der das Unheil hatte kommen sehen.

«Willst du mir jetzt nicht die Wahrheit sagen ...»

«Lass sie in Ruhe», knurrte David.

«... was damals passiert ist, als deine Mama gestorben ist?»

Judy steckte den Daumen in den Mund, ihr Blick verlor sich, ihre gewohnte Reaktion, wenn sie es mit der Angst bekam.

«Sie will einfach nicht drüber reden. Auch nicht mit mir», erklärte Gitte. «Wahrscheinlich hat sie es verdrängt.»

«Ich hab Marshmallows aufs Messer gespießt und am Feuer gebraten.»

«Bitte?», fragte Luka.

Judy blickte ihn an. «Marshmallows. Aber nur die rosanen.»

«Und dann?»

«Ist die Frau gekommen, die so böse war.»

«Und dann?»

«Hat Mutti mir das Messer mit den Marshmallows weggenommen.»

«Was wollte sie denn damit?»

Judy dachte nach. «Sie war stoned, ich glaub nicht, dass sie was machen wollte. Wenn sie stoned war, ist sie immer nur so rumgerannt.»

Stoned. Interessanter Wortschatz. Reichte die Aussage, um Kerstin Sonntag zu entlasten? Es hatte ein Messer gegeben – zumindest das war jetzt klar.

«Saus ab, Judy. Heute ist kein Tag, um sich Sorgen zu machen», sagte David und fügte leiser hinzu, als sie mit Tilda eine Leiter zu einem Aprikosenbaum trug: «Kannst du deinen idiotischen Job nicht mal für einen Nachmittag vergessen?»

«Kann ich, klar.»

Tilda erklärte Judy wortreich, wie man sich an den Sprossen festhalten musste, um nicht herunterzufallen. Judy horchte mit glänzenden Augen, blieb aber unten stehen.

Luka wollte nicht, dass die beiden sich anfreundeten, das war die Sache. Es war noch gar nicht klar, wie das Gericht ihre Beweise einschätzen würde, und deshalb auch nicht, wie lange Dietmar und Monti wirklich hinter Gittern verschwänden. Aber irgendwann wären sie wieder draußen. Und dann sollte Tilda keinen Kontakt zu Judy haben. Er hatte selten erlebt, dass jemand wie Dietmar geläutert aus …

«Woran denkst du?», fragte Teresa.

Er behielt es für sich. Auch, weil er sich schämte. Judy kam hinter einem Busch hervor und zeigte ihrer neuen Spielkameradin eine halb vergammelte Tüte mit Blumensamen. Tilda wies auf ein freies Eckchen neben dem Schuppen. Sie fanden eine kleine Unkrauthacke und begannen, den Boden zu lockern und Furchen zu ziehen. Dann legten sie die Samen hinein. Jeder einen, immer nacheinander. Judy sagte etwas, Tilda lachte. Sie bedeckten die Furche mit Erde.

Anschließend sausten sie wieder zur Leiter. Dieses Mal traute Judy sich bis zur dritten Sprosse hinauf, ihr eigener Entschluss, ein Maximum an neu gewonnener Verwegenheit. Dort drehte sie sich um und winkte ihnen zu.

Luka dachte an Conny. Ja, es war eine Gratwanderung gewesen, in der Nacht im Keller, eine Gratwanderung, bei der man höllisch aufpassen musste, nicht auf die falsche Seite zu geraten.

Er wandte sich an Gitte. «Tilda feiert Anfang August das Ende ihrer Kindergartenzeit. Nichts Sensationelles, einfach ein bisschen beisammensitzen, Sprudel, Bratwurst, Planschbecken. Würdet ihr Judy vorbeibringen?», fragte er.

WAS NOCH ZU SAGEN WÄRE

Am Anfang eines Buchs steht immer die Recherchereise. Zuerst lege ich mich auf einige Schauplätze fest, informiere mich, was es zu wissen gibt – und dann geht's los. Nichts ersetzt den echten Blick von der Klippe, den Geruch des Buchenwaldes, das verschwitzte Erklimmen steiler Gassen. Und mit ein bisschen Glück entdeckt die Autorin auch einen magischen Ort.

Meinen magischen Ort in Lohme habe ich der freundlichen Wirtin des Hotels «Am Ostseegarten» zu verdanken. Sie hat sich Zeit für ein Schwätzchen genommen und dabei das Zauberwort «Waisenhaus» ausgesprochen. Ein ehemaliges Waisenhaus direkt an der Küste, mit Kellern voller Wasser und Gerümpel. Waisenkinder, die an einem tragischen Abend in der Ostsee ertranken ... Da schlägt das Autorenherz schneller. Ein bisschen Recherche, und ich habe tatsächlich einen der gruseligsten Orte Rügens kennengelernt. Und ihn natürlich umgehend zum Schauplatz meines Showdowns erwählt.

Als umwerfend schön entpuppte sich ein Restaurant in Bergen, das «Tüffelhus». Nicht nur das Essen war sensationell – ich habe dort auch die nostalgische DDR-Brause trinken dürfen, die ich vor Jahrzehnten als Kind bei einem Verwandtenbesuch auf einem Bahnhof bekommen habe. Der Geschmack hat eine Lawine an Erinnerungen losgetreten.

Der Hauptschauplatz des Buches, das Bullerbü von Lohme, ist allerdings erfunden, genau wie die Handlung selbst.